EMILY HENRY

BEACH READ

ROMANZO D'ESTATE

Traduzione di Valentina Zaffagnini

HarperCollins

ISBN 979-12-5985-251-9

Titolo originale dell'edizione in lingua inglese:
Beach Read
A JOVE BOOK Published by Berkley
An imprint of Penguin Random House LLC

Traduzione di Valentina Zaffagnini

Prima edizione HarperCollins
luglio 2021
Questa edizione - giugno 2023

FSC
www.fsc.org
MISTO
Carta da fonti gestite
in maniera responsabile
FSC® C005461

Questo libro è prodotto con carta FSC certificata e da fonti controllate con un sistema
di controllo di parte terza indipendente per garantire una gestione forestale responsabile.

Per Joey:
sei la mia persona preferita. In assoluto.

1

LA CASA

Ho un difetto mortale.

Mi piace pensare che ce l'abbiamo tutti. Mi facilita le cose, almeno quando scrivo. Costruisco i miei protagonisti attorno a quell'unico tratto autolesionista, attribuendo qualunque cosa gli accada a una caratteristica specifica: il meccanismo che hanno sviluppato per proteggersi, e al quale non possono rinunciare, persino quando smette di funzionare.

Forse, per esempio, da bambino non avevi molto controllo sulla tua vita. Quindi, per evitare delusioni, hai imparato a non chiederti mai cosa volevi davvero. E per un bel po' ha funzionato. Soltanto che ora, dopo esserti reso conto che non hai *ottenuto* quello che non *sapevi* di volere, stai correndo in autostrada, a bordo di una costosa auto sportiva, con una valigia piena di contanti e un uomo di nome Stan nel bagagliaio.

Forse il tuo difetto mortale è che non usi gli indicatori di direzione.

O magari, come me, sei un inguaribile romantico. Non

puoi fare a meno di raccontarti la storia della tua vita, con tanto di colonna sonora melodrammatica in sottofondo e luce dorata che entra dai finestrini dell'auto.

Tutto è cominciato quando avevo dodici anni. I miei genitori mi fecero sedere e mi comunicarono la notizia. La mamma aveva avuto la sua prima diagnosi – cellule sospette nel seno sinistro – e mi disse talmente tante volte di non preoccuparmi da farmi venire il sospetto che mi avrebbe messo in castigo, se mi avesse sorpresa a farlo. Mia madre era una donna intraprendente, sempre allegra, ottimista, *non* un tipo ansioso, ma si vedeva che era terrorizzata, e lo ero anch'io, paralizzata sul divano, senza sapere bene cosa dire per paura di peggiorare la situazione.

Poi, quell'avido lettore pantofolaio di mio padre fece una cosa inaspettata. Si alzò, ci prese entrambe per mano e disse: *Sapete di cos'abbiamo bisogno per mandare via queste emozioni negative? Abbiamo bisogno di ballare!*

Nel nostro quartiere, l'unico locale con musica dal vivo era un ristorante mediocre con una cover band che si esibiva tutti i venerdì sera, ma la mamma si illuminò come se le avessero appena proposto di salire su un jet privato per volare a Copacabana.

Indossò il suo vestito color crema e un paio di orecchini metallizzati che scintillavano a ogni movimento. Papà ordinò due scotch invecchiati per loro e un Shirley Temple per me, e poi cominciammo a volteggiare e danzare fino a stordirci, ridendo e rischiando più volte di inciampare e cadere. Continuammo a ridere fin quasi a non reggerci in piedi, e il mio riservatissimo padre si mise a cantare *Brown Eyed Girl*, indifferente agli sguardi dei presenti.

Poi, sfiniti, salimmo in macchina e tornammo a casa in silenzio, mamma e papà mano nella mano, io con la testa appoggiata al finestrino a guardare i lampioni baluginare dietro il vetro, pensando: *Andrà tutto bene. Staremo sempre bene.*

E in quel momento ebbi una rivelazione: quando il mondo ti sembra un luogo buio e spaventoso, l'amore può trascinarti a ballare; le risate possono alleviare il dolore; la bellezza può forare la paura fino a ridurla a un pallone sgonfio. In quel momento, decisi che la mia vita sarebbe stata piena di tutte e tre le cose. Non solo per il mio bene, ma per quello della mamma e di tutte le persone che mi circondavano.

Avrebbe avuto uno scopo. Tanta bellezza. E sarebbe stata a lume di candela, con i Fleetwood Mac in sottofondo.

Così cominciai a raccontarmi una storia bellissima sulla mia vita, il destino e il fatto che le cose si sistemano, e fino ai ventotto anni la mia storia era perfetta.

Genitori perfetti (e senza cancro) che chiamavano più volte alla settimana, ebbri di vino o della compagnia reciproca. Un fidanzato perfetto (spontaneo, poliglotta, alto un metro e novanta) che lavorava al pronto soccorso e sapeva cucinare il *coq au vin*. Un appartamento perfetto in stile shabby chic nel Queens. Il mestiere perfetto: scrittrice di romanzi rosa (ispirati ai genitori e al fidanzato perfetti) per la Sandy Lowe Books.

Una vita perfetta.

Ma era soltanto una storia, e quando apparve il primo buco nella trama, la situazione precipitò. È così che funzionano le storie.

Ora, a ventinove anni, ero infelice, al verde, praticamente senza più un tetto, molto single e stavo accostando davanti a una magnifica casa sul lago la cui sola esistenza mi dava la nausea. Idealizzare la mia vita non funzionava più, ma il famoso difetto mortale era ancora lì, sul sedile della mia Kia Soul scassata, a raccontare ciò che stava accadendo:

January Andrews guardò il lago fuori dal finestrino, le onde che si abbattevano rabbiose sulla riva al tramonto. Cercò di convincersi che quel viaggio non era stato uno sbaglio.

Era *decisamente* uno sbaglio, ma non avevo alternative migliori. Non puoi rifiutare un alloggio gratis se sei senza un soldo.

Parcheggiai sulla strada e osservai l'enorme facciata del cottage, le vetrate luccicanti e la veranda da favola, i cespugli ispidi di ammofila che danzavano nella brezza calda.

Confrontai l'indirizzo sul mio GPS con quello scritto a mano sul portachiavi. Era esatto, bene.

Attesi un istante, nella speranza che un asteroide apocalittico mi centrasse prima di essere costretta a entrare. Poi feci un respiro profondo e scesi dall'auto, trascinando a fatica la valigia strapiena e la scatola zeppa di bottigliette di gin fuori dal sedile posteriore.

Scostai una ciocca di capelli scuri dagli occhi e studiai le tegole color fiordaliso e le rifiniture bianchissime. *Fa' finta di essere in un Airbnb.*

Un attimo dopo un annuncio immaginario mi balenò in testa: *Fascinoso cottage sul lago, tre camere da letto e tre bagni, prova che tuo padre era uno stronzo e la tua vita è sempre stata una menzogna.*

Mi avviai lungo i gradini scavati nel pendio erboso, con il sangue che mi pompava nelle orecchie e le gambe tremanti, in attesa del momento in cui si sarebbero spalancate le bocche dell'inferno e mi sarebbe mancato il terreno sotto i piedi.

È già successo. L'anno scorso. E sei sopravvissuta, quindi sopravvivrai anche stavolta.

Sulla veranda, le sensazioni fisiche si intensificarono. Il formicolio al viso, la stretta allo stomaco, il sudore che mi pizzicava il collo. Appoggiai la scatola del gin contro il fianco e infilai la chiave nella serratura, sperando che rimanesse incastrata. Che fosse soltanto un elaborato scherzo organizzato da papà prima di morire.

O, meglio ancora, che non fosse morto. Sarebbe saltato fuori dai cespugli gridando: *Sorpresa! Non avrai mica pensato che avessi* davvero *una vita segreta, eh? Non puoi aver pensato che avessi una seconda* casa *con un'altra donna!*

La chiave girò senza sforzo. La porta si spalancò verso l'interno.

La casa era immersa nel silenzio.

Fui attraversata da una fitta di dolore. La stessa che avevo provato almeno una volta al giorno da quando mia madre mi aveva telefonato per dirmi dell'ictus e tra i singhiozzi aveva pronunciato quelle parole: *È* morto, *Janie.*

Papà non c'era più. Non qui. Né da nessun'altra parte. E poi la seconda fitta di dolore, il coltello che affondava nella piaga. *E comunque il padre che conoscevi non esisteva nemmeno.*

Non lo avevo mai avuto davvero. Proprio come non avevo mai avuto il mio ex, Jacques, o il suo *coq au vin*.

Era soltanto una storia che avevo raccontato a me stessa. D'ora in poi, soltanto l'orribile, cruda verità, o niente. Mi feci coraggio ed entrai.

Il mio primo pensiero fu che la cruda verità non era poi così orribile. Il nido d'amore di mio padre era un open space: il soggiorno si apriva su un'eccentrica cucina rivestita di piastrelle blu con un accogliente angolo per la colazione, oltre il quale una serie di finestre a parete affacciavano su un terrazzo in legno scuro.

Se il cottage fosse appartenuto a mia madre sarebbe stato un mix di morbidi, rassicuranti toni neutri. La stravagante stanza in cui ero entrata era più in linea con il vecchio appartamento mio e di Jacques che con quello dei miei genitori. Mi venne un po' di nausea a immaginare papà lì dentro, tra mobili e oggetti che la mamma non avrebbe mai scelto: il rustico tavolino per la colazione verniciato a mano, le librerie in legno scuro, il divano mezzo sfondato coperto di cuscini spaiati.

Non c'era traccia della versione di mio padre che avevo conosciuto.

Mi squillò il telefono in tasca e appoggiai la scatola sul piano di lavoro di granito per rispondere.

«Pronto?» dissi in un sussurro.

«Com'è?» mi incalzò la voce all'altro capo della linea. «C'è una stanza del sesso?»

«Shadi?» buttai lì. Svitai il tappo di una bottiglietta e bevvi un sorso di gin per farmi coraggio, tenendo il cellulare tra la spalla e l'orecchio

«Sono sinceramente preoccupata all'idea di essere *l'unica* persona che ti chiama per chiederti una cosa del genere» rispose Shadi.

«Non dimentichiamo che sei anche l'unica persona a sapere del Nido d'Amore» le feci notare.

«Non sono l'unica» protestò.

Tecnicamente era vero. Avevo scoperto l'esistenza della casa segreta di mio padre al suo funerale, l'anno prima, ma la mamma ne era a conoscenza da molto più tempo. «Come vuoi» dissi. «Sei l'unica a cui l'ho *detto*. Comunque, dammi un secondo, sono appena arrivata.»

«Letteralmente?» Shadi aveva il fiatone, il che significava che stava andando al ristorante. Visti i nostri orari così diversi la maggior parte delle nostre telefonate avveniva mentre lei andava al lavoro.

«Metaforicamente» dissi. «Letteralmente, sono qui da dieci minuti ma sento di essere appena *arrivata*.»

«Come sei saggia» commentò Shadi. «E profonda.»

«Ssh» feci io. «Sto cercando di metabolizzare.»

«Va' a vedere se c'è la stanza del sesso!» mi incalzò, come se stessi per riagganciare.

Non ne avevo alcuna intenzione. Stavo soltanto premendo il telefono all'orecchio, col fiato sospeso, cercando di impedire al mio cuore impazzito di uscirmi dal petto mentre passavo in rassegna la seconda vita di mio padre.

E in quell'istante, quasi sul punto di convincermi che mio padre non potesse in alcun modo aver trascorso del tempo in quel cottage, vidi qualcosa alla parete. Un ritaglio di giornale incorniciato risalente a tre anni prima, con la classifica dei bestseller stilata dal *New York Times*, la stessa che papà aveva messo sulla mensola del camino a casa nostra. C'ero anch'io, al quindicesimo posto, in fondo. E lì, tre posizioni sopra di me, per un beffardo scherzo del destino c'era il mio rivale al college, Gus (anche se ora si faceva chiamare Augustus, perché era diventato un Uomo Serio), con il suo sofisticato esordio letterario, *Le rivelazioni*. Era rimasto in classifica per cinque settimane (non che le avessi contate. Sì, le avevo contate eccome).

«Allora?» mi incalzò Shadi. «Cosa ne pensi?»

Mi voltai e lo sguardo mi cadde sulla stampa mandala del divano.

«Sono tentata di chiedermi se mio padre fumasse marijuana.» Mi girai verso le finestre sul lato della casa, quasi perfettamente allineate con quelle del vicino: un difetto di progettazione sul quale mia madre non avrebbe mai sorvolato per l'acquisto di una casa.

Ma quella non era casa sua, e riuscivo a vedere chiaramente le grandi librerie a muro che rivestivano le pareti dello studio del vicino.

«Oddio, magari è una serra anziché un nido d'amore!» esclamò Shadi entusiasta. «Avresti dovuto leggere la lettera, January. Si è trattato soltanto di un equivoco. Scommetto che tuo padre ti ha lasciato l'azienda di famiglia. Quella Donna era la sua socia in affari, non la sua amante.»

Quanto avrei voluto che avesse ragione.

In ogni caso, avevo tutte le intenzioni di leggere la lettera. Aspettavo solo il momento giusto, sperando che la rabbia si placasse e le ultime parole di mio padre mi fossero di conforto. Però era passato un anno e la paura che provavo al pensiero di aprire la busta aumentava ogni giorno di più. Era così ingiusto che lui avesse l'ultima parola e io non potessi ribattere in alcun modo. Gridare o piangere o esigere altre risposte. Una volta aperta, non avrei potuto tornare indietro. Sarebbe finito tutto. Addio per sempre.

Quindi la lettera stava vivendo una vita felice, seppur solitaria, in fondo alla scatola del gin che avevo portato con me dal Queens, fino a data da destinarsi.

«Non è una serra» dissi a Shadi, facendo scorrere la porta sul retro per uscire in terrazzo. «A meno che la piantagione non sia nel seminterrato.»

«Figurati» obiettò lei. «Là sotto c'è la stanza del sesso.»

«Adesso basta parlare della mia vita deprimente» dissi. «Cosa mi racconti di nuovo?»

«Intendi con Cappello Stregato» replicò Shadi. Se soltanto avesse avuto meno di quattro coinquilini in quel minuscolo appartamento di Chicago, forse ora sarei stata da lei. Non che fossi in grado di combinare qualcosa, quando ero con Shadi. E la mia situazione finanziaria era troppo disastrosa per *non* combinare niente. Dovevo finire il mio prossimo romanzo in quell'inferno, almeno però non dovevo pagare l'affitto. Poi, forse, avrei potuto permettermi una casa tutta mia.

«Se è di Cappello Stregato che vuoi parlare» dissi, «forza. Spara.»

«Non mi ha ancora rivolto la parola» fece lei, lasciandosi sfuggire un sospiro malinconico. «Però, ecco, è come se riuscissi a *sentire* il suo sguardo su di me quando siamo in cucina. Perché c'è feeling.»

«Non temi che il feeling anziché col ragazzo che indossa quel borsalino d'epoca sia con il fantasma del proprietario originario? Che fai se poi ti rendi conto di esserti innamorata di un fantasma?»

«Mmm.» Shadi ci pensò su un istante. «Credo che mi toccherà aggiornare il mio profilo Tinder.»

Una brezza leggera increspò l'acqua del lago ai piedi

della collina, scompigliandomi i capelli sulle spalle, e il tramonto riversò schegge di luce dorata su ogni cosa, così abbagliante e calda che fui costretta a socchiudere gli occhi per vedere le screziature rosse e arancio che disegnava sulla spiaggia. Se questa fosse stata soltanto una casa presa in affitto, sarebbe stato il posto perfetto per scrivere la meravigliosa storia d'amore che promettevo da mesi alla Sandy Lowe Books.

Mi resi conto che Shadi stava ancora parlando. Mi aggiornava su Cappello Stregato. Il suo nome era Ricky, ma non lo chiamavamo mai così. Quando si trattava della vita amorosa di Shadi ne parlavamo sempre in codice. C'era il maturo gestore di un fantastico ristorante di pesce (Il Signore del Nasello) e poi c'era un tizio che avevamo battezzato Mark perché assomigliava a un altro Mark *famoso*, e adesso c'era questo nuovo collega, un barman che portava tutti i giorni un cappello che la mia amica detestava ma al quale non poteva resistere.

Mi sintonizzai di nuovo su Shadi, che stava dicendo: «Il fine settimana del Quattro luglio? Posso venire a trovarti?».

«Manca più di un mese.» Avrei voluto obiettare che per quel giorno non sarei nemmeno stata lì, ma sapevo che non era vero. Mi ci sarebbe voluta almeno tutta l'estate per scrivere il libro, svuotare la casa e vendere entrambi, in modo da tornare (così speravo, almeno) a una situazione di relativo benessere. Non a New York, ma in un posto meno costoso.

Duluth, per esempio, era abbordabile. Mia madre non sarebbe mai venuta a trovarmi laggiù, ma d'altra parte non ci eravamo viste comunque nell'ultimo anno, a parte i tre giorni che avevo passato a casa per Natale. Mi aveva trascinato a quattro lezioni di yoga, a bere centrifugati in bar pieni di gente e a uno *Schiaccianoci* con un ballerino che non avevo mai sentito nominare: come se restando sole l'argomento papà rischiasse di divampare da un momento all'altro e noi potessimo prendere fuoco.

I miei amici erano sempre stati invidiosi del rapporto tra me e mia madre. Del fatto che parlavamo molto e senza censure (o così credevo) e ci divertivamo tantissimo insieme. Ormai però le nostre chiamate senza risposta erano diventate il gioco meno competitivo del mondo.

Ero passata dall'avere due genitori amorevoli e un fidanzato-convivente, ad avere soltanto Shadi, la mia migliore amica a lunghissima distanza. L'unico lato positivo di essermi trasferita da New York a North Bear Shores, nel Michigan, era il fatto di essere più vicina a lei, a Chicago.

«Il Quattro luglio è lontanissimo» mi lamentai. «Abiti ad appena tre ore di distanza.»

«Sì, e non so guidare.»

«Allora dovresti restituire la patente» le dissi.

«Credimi, sto solo aspettando che scada. Mi sentirò così libera. *Odio* che le persone pensino che so guidare soltanto perché, legalmente, lo posso fare.»

Shadi era un'automobilista terribile. Gridava per qualunque cosa.

«E poi sai bene che col mio lavoro è complicato prendere dei giorni di permesso. È una fortuna che il capo abbia acconsentito a darmi il Quattro luglio. Per quello che ne so, ora si aspetterà che gli faccia un pompino.»

«Figurati. I pompini sono per le festività più importanti. Secondo me ti toccherà sdebitarti con un buon vecchio lavoretto di piede.»

Mandai giù un altro sorso di gin poi, dal fondo del terrazzo, mi girai e a momenti cacciai un urlo. Sul terrazzo accanto al mio, a tre metri di distanza, una testa di riccioli castani spuntava da una sedia a sdraio. Pregai in silenzio che l'uomo fosse addormentato: che non fossi costretta a passare tutta l'estate accanto a qualcuno che mi aveva sentito gridare «buon vecchio lavoretto di piede».

Come se mi avesse letto nel pensiero, l'uomo si protese in avanti e prese la bottiglia di birra dal tavolo della veranda, bevve un sorso e si appoggiò di nuovo allo schienale della sedia.

«Vero. Non dovrò nemmeno togliermi le Crocs» stava dicendo Shadi. «Comunque, sono arrivata al lavoro. Però fammi sapere se nel seminterrato scopri della droga o qualche frustino.»

Voltai le spalle al terrazzo del mio vicino. «Non ho intenzione di andare a vedere finché non mi vieni a trovare.»

«Sei perfida» disse Shadi.

«Prendere o lasciare» dissi. «Ti voglio bene.»

«Io di più» disse lei, poi riattaccò.

Tornai a girarmi verso la testa di riccioli castani, aspettando che mi salutasse e chiedendomi allo stesso tempo se fossi tenuta a presentarmi.

A New York non conoscevo bene nessuno dei miei vicini, ma qui eravamo in Michigan, e a giudicare dalle storie che mi aveva raccontato mio padre sulla sua infanzia a North Bear Shores ero convinta che prima o poi avrei dovuto prestare a quell'uomo dello zucchero (a proposito: dovevo comprare lo zucchero).

Mi schiarii la voce e sfoderai un sorriso da perfetta vicina di casa. L'uomo si protese in avanti per bere un altro sorso di birra, e rivolta al suo terrazzo dissi: «Mi dispiace averla infastidita!».

Lui mi rivolse un vago cenno della mano, poi girò la pagina del libro che aveva sulle ginocchia. «Cosa c'è di fastidioso in un lavoretto di piedi come merce di scambio?» disse con voce roca e annoiata.

Mi affannai alla ricerca di una risposta, una *qualsiasi*. La vecchia January avrebbe saputo cosa dire, ma la mia mente era vuota, come ogni volta che aprivo Microsoft Word.

D'accordo, forse ero diventata una specie di eremita nell'ultimo anno. *Forse* non sapevo bene come avevo impiegato il mio tempo in quest'anno, dal momento che non avevo fatto visita a mia madre, non avevo scritto e di sicuro non ero andata in giro a sedurre i miei vicini.

«Comunque» ribattei. «Ora abito qui.»

Come se mi avesse letto ancora nel pensiero, mi liquidò con un altro cenno e borbottò: «Fammi sapere se ti serve dello zucchero». Soltanto che sembrava più qualcosa tipo: *Non rivolgermi più la parola, a meno che non ti accorgi che la mia casa sta andando a fuoco e, anche in quel caso, aspetta di sentire le sirene.*

Alla faccia dell'ospitalità del Midwest. Almeno a New York i nostri vicini ci avevano dato il benvenuto portatoci un piatto di biscotti (senza glutine e con l'LSD, ma è il pensiero che conta).

«O se hai bisogno di sapere dov'è il sexy shop più vicino» aggiunse Brontolo.

Mi sentii avvampare, le guance in fiamme per l'imbarazzo e la rabbia. Senza riflettere dissi: «Mi basterà venirti dietro quando esci». Sbottò in una risata sorpresa, ruvida, ma continuò a non degnarmi di uno sguardo.

«È stato un *piacere*» tagliai corto, per poi voltarmi verso la porta scorrevole e rifugiarmi nella sicurezza della casa dove con ogni probabilità sarei stata costretta a nascondermi tutta l'estate.

«Bugiarda» lo sentii borbottare prima di sbattere la porta.

2

IL FUNERALE

Non ero pronta a passare in rassegna il resto della casa, così mi sedetti al tavolo e cominciai a scrivere. Come al solito, il documento vuoto mi fissava con aria accusatoria, rifiutando di riempirsi di parole o di personaggi, per quanto lo guardassi a mia volta.

È questo il problema quando scrivi storie a lieto fine: finisci col crederci.

È questo il mio problema: ci ho creduto, fino al funerale di mio padre.

I miei genitori, la mia famiglia, avevano già attraversato tante difficoltà, e in qualche maniera ne eravamo sempre usciti più forti, con più amore e risate di prima. Quando ero una bambina, per un breve periodo i miei si separarono e la mamma cominciò a perdere la sua identità: guardava fuori dalla finestra come se potesse vedere se stessa, là fuori, e capire come fare per andare avanti. Appena mio padre tornò a casa, ricominciarono a ballare in cucina, a tenersi per mano e a baciarsi sulla fronte. Poi arrivò la prima diagnosi di cancro della mamma e la costosissima cena per festeggiare la sconfitta della malattia in cui mangiammo come fossimo miliardari, ridendo così tanto che a un certo punto il vino italiano dei miei genitori e la mia bibita gassata ci uscirono dal naso, come se potessimo permetterci tutto quello spreco, come se potessimo ignorare il debito contratto per pagare le spese mediche. E poi la recidiva e la seconda possibilità, dopo la mastectomia: il corso di ceramica, le lezioni di ballo da sala, quelle di yoga e il corso di cucina marocchina con cui i miei genitori riempirono le giornate, decisi a concentrare quanta più vita possibile in poco tempo. I fine settimana in cui venivano a trovare Jacques e me a New York, le corse in metro in cui la mamma mi implorava di non raccontarle più delle nostre vicine di casa strafatte, Sharyn e Karyn (nota a margine: infilavano regolarmente sotto la nostra porta opuscoli informativi dell'Associazione Terra Piatta), perché temeva di farsela addosso, mentre mio padre confutava sottovoce le teorie dei terrapiattisti insieme a Jacques.

Problemi. Lieto fine. Tribolazioni. Lieto fine. Chemio. Lieto fine.

E poi, nel mezzo del lieto fine più importante, era morto.

Ero nell'ingresso della chiesa episcopale frequentata dai miei, circondata da una folla di persone vestite di nero che mormoravano frasi inutili, con la sensazione di esserci arrivata da sonnambula, perché ricordavo a malapena di aver preso l'aereo, di essere andata all'aeroporto, di aver fatto le valigie. Ricordavo soltanto, per la milionesima volta negli ultimi tre giorni, che era *morto*.

La mamma era andata in bagno, ed ero sola quando la vidi: l'unica donna che non mi sembrava di conoscere. Indossava un abito grigio e un paio di sandali di cuoio, le spalle coperte da uno scialle lavorato all'uncinetto, i capelli bianchi scompigliati dal vento. Mi stava fissando.

Dopo un istante, si incamminò nella mia direzione e, per qualche motivo, mi si chiuse lo stomaco. Come se il mio corpo avesse intuito che le cose stavano per cambiare. La presenza di quell'estranea al funerale di papà stava per far deragliare la mia vita, proprio come la sua morte.

Si fermò davanti a me, rivolgendomi un sorriso incerto. Profumava di agrumi e vaniglia. «Ciao, January.» Parlò con un filo di voce, tormentando le frange dello scialle. «Ho sentito tanto parlare di te.»

Alle sue spalle, mia madre spalancò la porta del bagno e uscì. Si fermò di colpo, con una strana espressione in viso. *Era orrore? La conosceva?*

Non voleva che parlassi con quella donna. Perché?

«Sono una vecchia amica di tuo padre» disse la sconosciuta. «È... *era* molto importante per me. Lo conoscevo da una vita, più o meno. Per un certo periodo siamo stati molto uniti e... mi parlava *sempre* di te.» Tentò una risata disinvolta, mancandola clamorosamente. «Mi dispiace» aggiunse poi con voce roca. «Mi ero ripromessa di non piangere, ma...»

Fu come se mi avessero spinto giù da un palazzo e la caduta non avesse mai fine.

Una vecchia amica. Disse così. Non *compagna* o *amante*. Ma lo capii da come piangeva: era la versione deformata di mia madre durante il funerale. Riconobbi l'espressione del suo viso, era la stessa che avevo visto sul mio quella mattina, mentre coprivo le occhiaie con il correttore. La morte di papà le aveva irreparabilmente spezzato il cuore.

Prese qualcosa dalla tasca. Una busta con il mio nome sopra e una chiave. Sull'etichetta del portachiavi c'era un indirizzo, scritto con la stessa grafia illeggibile e inconfondibile che c'era anche sulla busta. Quella di papà.

«Voleva che avessi questo» disse. «È tuo.»

Mi mise la lettera e la chiave nel palmo e mi tenne stretta la mano un secondo. «È una casa bellissima, sul lago Michigan» disse d'un fiato. «Te ne innamorerai. Ha sempre detto che ti sarebbe piaciuta. E la lettera è per il tuo compleanno. Puoi aprirla quel giorno oppure... quando preferisci.»

Il mio compleanno. Mancavano ancora sette mesi, al mio compleanno. Mio padre non ci sarebbe stato, per il mio compleanno. Mio padre era morto.

Dietro la donna, la mamma uscì dal suo stato di paralisi e si diresse verso di noi con espressione omicida. «*Sonya*» sibilò.

E poi seppi il resto.

Ossia che mentre io ero sempre stata all'oscuro di tutto, mia madre sapeva.

Chiusi il documento Word, come se cliccare su quella piccola X nell'angolo potesse cancellare anche tutti i ricordi. Nel tentativo di distrarmi, controllai la casella di posta e aprii l'ultima e-mail della mia agente, Anya.

Era arrivata due giorni prima, quando ero ancora a New York, e avevo trovato un pretesto più assurdo dell'altro per rimandarne la lettura. Fare i bagagli. Portare le mie cose in un deposito. Guidare. Bere quanta più acqua possibile mentre facevo pipì. Scrivere (per modo di dire). Smaltire la sbornia. Mettere qualcosa nello stomaco. Respirare.

Anya aveva la fama di essere tosta, un mastino, quando si trattava di avere a che fare con gli editori, ma con gli scrittori era più un mix tra la signorina Dolcemiele – la dolce insegnante del film *Matilde* – e una strega sexy. Sentivo sempre il bisogno di compiacerla, perché avevo l'impressione che nessuno mi avesse mai amato e ammirato in modo così puro, e *anche* perché sospettavo che potesse aizzarmi contro un'intera famiglia di pitoni, se solo lo avesse deciso.

Scolai il terzo gin tonic della serata, aprii l'e-mail e lessi:

Ciaoooo, bellissima e prodigiosa medusa, artista celestiale, gallina dalle uova d'oro.

Lo so, è stato un periodo ASSURDO per te, ma Sandy mi ha scritto di nuovo: vuole sapere come procede il manoscritto e/o se pensi sempre di poterlo consegnare per la fine dell'estate. Come sempre, sono più che felice di raggiungerti al telefono (o su WhatsApp, o sulle ali di Pegaso, se necessario) per aiutarti a raccogliere le idee/discutere i dettagli della trama/QUALSIASI COSA pur di consegnare di nuovo al mondo le tue meravigliose, ineguagliabili parole!
Cinque libri in cinque anni sono un traguardo arduo per chiunque (anche per qualcuno con il tuo impressionante talento), ma sono convinta che siamo a un punto di rottura con l'editore, quindi è ora di stringere i denti e sfornare la pagnotta, se possibile.

xox,
Anya

Stringere i denti e sfornare la pagnotta. Sospettavo che sarebbe stato più semplice espellere dal mio utero un neonato completamente formato che scrivere e vendere un nuovo libro per la fine dell'estate.

Decisi che se fossi andata a dormire subito avrei potuto svegliarmi presto e buttar giù qualche migliaio di parole. Davanti alla camera del pianterreno esitai. Era impossibile sapere quali letti avessero condiviso papà e Quella Donna.

Ero in un parco giochi dell'adulterio geriatrico. Sarebbe stato divertente, se non fosse che non mi faceva ridere più niente dopo l'anno trascorso a scrivere commedie romantiche in cui alla fine un autista di autobus si addormentava al volante facendo precipitare tutti da una scogliera.

Ogni tanto immaginavo di mandare ad Anya una di quelle bozze. *È SUPER interessante,* avrebbe detto la mia agente. *Sono sicura che mi farebbe piangere di gioia persino la tua lista della SPESA. Ma non sarebbe un libro della Sandy Lowe. Quindi, più languore e meno dolore, dolcezza.*

Avevo bisogno di un aiutino per dormire. Mi versai un altro gin tonic e spensi il computer. In casa faceva un caldo soffocante, così rimasi in reggiseno e slip, poi feci il giro del pianterreno e spalancai le finestre, prima di finire il mio drink e buttarmi sul divano.

Era ancora più comodo di quanto sembrasse. Maledizione a Quella Donna e ai suoi gusti eclettici. Ma era anche troppo basso per un uomo con il mal di schiena, decisi, quindi con ogni probabilità non era stato usato per il SESSO.

Papà comunque non aveva sempre sofferto di mal di schiena. Da bambina mi portava in barca quasi tutti i fine settimana, e da quanto avevo potuto vedere in barca a vela passavi il 90% del tempo a chinarti per fare e disfare nodi e il restante 10% a fissare il sole, le braccia spalancate e il vento che ti faceva frusciare il giubbotto e...

Una lama di dolore mi attraversò il petto, spietata.

Quelle mattine sul lago artificiale a trenta minuti da casa erano sempre state soltanto nostre, di solito quando tornava da un viaggio. A volte non sapevo nemmeno che era già rientrato. Mi svegliavo nella mia camera immersa nel buio, con papà che mi faceva solletico al naso, sussurrandomi la canzone di Dean Martin da cui avevo preso il nome: *It's June in January, because I'm in love*... Mi svegliavo di soprassalto, col cuore che scoppiava di felicità, sapendo che mi aspettava una giornata in barca, io e lui da soli.

Mi chiesi se quelle fredde mattine che avevo tanto amato non fossero state dettate soltanto dai sensi di colpa: un modo per guadagnare tempo e riabituarsi alla vita con la mamma dopo un fine settimana con Quella Donna.

Avrei dovuto usare tutte quelle energie mentali per il mio manoscritto. Scacciai i pensieri dalla mente e mi coprii il viso con un cuscino, mentre il sonno mi inghiottiva come una balena biblica.

Quando mi svegliai, la stanza era al buio e piena di musica.

Mi alzai e mi diressi verso il ceppo dei coltelli in cucina, annebbiata e stordita dal gin. Non avevo mai sentito di serial killer che uccidevano le loro vittime svegliandole con *Everybody Hurts* dei R.E.M., ma non potevo certo escluderlo.

Mentre raggiungevo la cucina, la musica si affievolì, e mi resi conto che proveniva dalla parte opposta della casa. Dal cottage di Brontolo.

Guardai l'orologio digitale del piano cottura. Mezzanotte e mezzo, e il mio vicino stava ascoltando una canzone perfetta per quelle vecchie commedie drammatiche in cui il protagonista torna a casa da solo sotto la pioggia.

Mi precipitai alla finestra, sporgendomi fuori col busto. Anche le finestre di Brontolo erano aperte e vidi un gruppo di persone nella cucina illuminata, con bicchieri, tazze e bottiglie in mano, che cantavano appassionatamente, abbracciate o con la testa appoggiata sulla spalla del vicino.

Era una festa scatenata. Quindi Brontolo non odiava tutti, ma soltanto *me*. Portai le mani a coppa attorno alla bocca e gridai: «SCUSATE!».

Dopo un altro paio di tentativi senza ottenere risposta, chiusi la finestra e feci il giro del pianterreno per chiudere anche le altre. Ma sembrava ancora che i R.E.M. suonassero dal vivo sul mio tavolino da caffè.

E poi, per un meraviglioso istante, la canzone si interruppe e i rumori della festa, le risate, le chiacchiere e il tintinnio delle bottiglie, si affievolirono fino a diventare un brusio.

Per ricominciare un attimo dopo.

La stessa canzone. Ancora più forte. Oddio. Mentre infilavo i pantaloni della tuta, valutai le conseguenze di un'eventuale telefonata alla polizia per rumori molesti. Da una parte, avrei potuto negare l'evidenza con il mio vicino (Oh, non sono stata io a chiamare la polizia! Sono una ragazza di ventinove anni, non una vecchia zitella inacidita che odia le risate, il divertimento, la musica e le feste!). Dall'altra, però, da quando avevo perso mio padre facevo sempre più fatica a perdonare le offese.

Indossai la felpa e uscii di casa, salendo decisa i gradini del vicino. Prima che potessi ripensarci, avevo già il dito sul campanello.

Si levò un trillo baritonale e potente come quello di un orologio a pendolo, ma all'interno del cottage continuarono a cantare imperterriti. Contai fino a dieci e suonai di nuovo. Il vocio proseguì come se niente fosse. Se avevano sentito il campanello, lo stavano ignorando.

Bussai alla porta insistentemente, poi presi atto che non sarebbe venuto nessuno e mi girai per tornare sui miei passi. Avrei aspettato l'una, poi avrei chiamato la polizia.

In casa, la musica mi sembrò ancora più forte di prima, e nei pochi minuti trascorsi da quando avevo chiuso le finestre la temperatura si era alzata, e ora si boccheggiava. Non avendo niente di meglio da fare, presi un tascabile dalla borsa e andai in terrazzo, cercando a tentoni l'interruttore accanto alla porta scorrevole.

Lo trovai, ma non accadde nulla. Le luci esterne erano fulminate. E va bene: avrei letto alla luce del cellulare, all'una di notte, sul terrazzo della seconda casa di mio padre. Uscendo rabbrividii per via della brezza fresca che arrivava dal lago.

Anche il terrazzo di Brontolo era buio, a parte una lampadina fluorescente circondata da goffe falene. Motivo per cui, quando scorsi qualcosa muoversi nell'oscurità, per poco non mi misi a gridare.

E con *per poco* intendo che *gridai con tutto il fiato che avevo in gola.*

«Cristo!» esclamò l'entità misteriosa, tirandosi su dalla sedia dov'era seduto fino a un istante prima. E con *entità misteriosa* intendo *l'uomo che si stava rilassando al buio e a cui avevo fatto venire un mezzo infarto.* «Cosa c'è, cosa c'è?» chiese, come se si aspettasse di sentirmi dire che era ricoperto di scorpioni.

Sarebbe stato meno imbarazzante.

«Niente!» dissi, ancora senza fiato per lo spavento. «Non ti avevo visto!»

«Non mi avevi visto?» mi fece eco lui. Si lasciò sfuggire una risata ruvida, incredula. «Davvero? Non mi avevi visto, sul mio terrazzo?»

Tecnicamente, continuavo a non vederlo. La luce del portico alle sue spalle, a qualche metro di distanza, lo trasformava in una sagoma dalle sembianze umane piuttosto alta, con un'aureola attorno ai capelli scuri e spettinati. A quel punto, forse era meglio passare tutta l'estate senza doverlo guardare negli occhi.

«E ti metti a urlare anche quando le macchine ti superano in autostrada o vedi le persone dalle vetrate di un ristorante? Perché non oscuri anche tutte le finestre, così non corri il rischio di *vedermi* con un coltello o un rasoio tra le mani?»

Incrociai le braccia sul petto con fare minaccioso. O almeno ci provai. Il gin continuava a rendermi un po' confusa e impacciata.

Quello che volevo dire – che la vecchia January avrebbe detto – era: *Potresti abbassare un po' il volume, per favore?* Anzi, probabilmente si sarebbe spalmata di glitter, avrebbe indossato le sue pantofole di velluto preferite e si sarebbe presentata alla porta con una bottiglia di champagne, decisa a conquistare quel brontolone del padrone di casa.

Ma quello era il terzo peggior giorno della mia vita, e la vecchia January era sepolta da qualche parte accanto alla vecchia Taylor Swift, quindi gli dissi: «Puoi spegnere quella musica da teenager depresso e arrabbiato?».

La silhouette scoppiò a ridere e si appoggiò alla balaustra, tenendo una bottiglia di birra in mano. «Secondo te sono io che decido la scaletta?»

«No, tu sei quello seduto da solo, al buio, mentre gli altri si divertono» dissi. «Soltanto che quando ho suonato il campanello per chiedere a quelli della tua confraternita di abbassare il volume, non mi hanno sentito perché erano troppo impegnati con il karaoke, quindi lo chiedo a te.»

Mi studiò per un minuto, o così pensai, dal momento che nessuno dei due poteva vedere l'altro.

Alla fine disse: «Ascolta, sarò il primo a fare i salti di gioia quando questa serata sarà finita e usciranno tutti da casa mia. *Però* è sabato sera, e siamo in estate, e questa è una strada piena di cottage per le vacanze. A meno che il quartiere non sia stato magicamente trasportato nella cittadina di *Footloose*, non mi sembra poi così assurdo sentire un po' di musica fino a tardi. E forse – chissà – la mia nuova vicina, che appena poche ore fa era in terrazzo a gridare "lavoretto di piedi" così forte da spaventare gli uccellini sugli alberi, potrebbe mostrare un po' di comprensione se una squallida festa si protrae più a lungo di quanto vorrebbe».

Ora era il *mio* turno di fissare la sagoma informe e scura.

Cavolo, aveva ragione. Era un brontolone, ma io non

ero da meno. Le feste in cui Karyn e Sharyn vendevano integratori vitaminici si protraevano ben oltre quell'ora ed erano infrasettimanali, di solito quando Jacques doveva alzarsi presto per il turno al pronto soccorso. A volte avevo persino *partecipato*, e adesso non riuscivo nemmeno a sopportare un karaoke di sabato sera?

Ma la cosa peggiore fu che stavo ancora pensando a cosa dire quando a casa di Brontolo calò magicamente il silenzio. Dalla porta sul retro illuminata, vidi gli invitanti abbracciarsi, salutarsi, posare le tazze e infilarsi le giacche.

Avevo discusso con quel tizio per niente e ora avrei dovuto vivere per mesi nella casa accanto alla sua. Per lo zucchero, avrei dovuto arrangiarmi.

Volevo scusarmi per il commento sul «teenager depresso e arrabbiato», o almeno per essermi presentata con quei pantaloni assurdi. In quei giorni avevo sempre reazioni sproporzionate e non era facile spiegarlo agli estranei che avevano la sfortuna di esserne i testimoni.

Mi dispiace, pensai, *non volevo trasformarmi in una zitella inacidita. È solo che mio padre è morto e poi ho scoperto che aveva un'amante e una seconda casa e che mia madre ne era al corrente ma non me l'ha mai detto e continua a non volermene parlare, e quando alla fine sono crollata il mio fidanzato ha deciso che non mi amava più e la mia carriera è a un punto morto e la mia migliore amica vive lontano e* PS *questa è la summenzionata Casa del Sesso e a me le feste sono sempre piaciute ma ultimamente non mi piace niente, quindi ti prego scusami per il mio comportamento e passa una bella serata. Buonanotte e grazie.*

Invece la lama di dolore affondò di nuovo nel mio stomaco e, mentre le lacrime affioravano, con voce stridula e patetica dissi, rivolta a nessuno in particolare: «Sono *così* stanca».

Anche se era soltanto una silhouette, lo sentii irrigidirsi. Ormai avevo imparato che spesso le persone reagivano così di fronte a una donna sull'orlo di un crollo emotivo. Nelle nostre ultime settimane insieme, Jacques sembrava uno di quei serpenti che avvertono in anticipo i terremoti, e ogni volta che le mie emozioni si affacciavano in superficie diventava nervoso e di punto in bianco decideva che ci serviva qualcosa dal negozio di alimentari, dopodiché infilava la porta e usciva.

Il mio vicino non disse niente, ma nemmeno scappò. Rimase lì, un po' a disagio, a fissarmi nel buio. Restammo così, uno di fronte all'altra, per almeno cinque secondi, in attesa di vedere cosa sarebbe successo prima: io che scoppiavo a piangere o lui che se la dava a gambe.

Poi la musica ripartì a tutto volume, un pezzone di Carly Rae Jepsen che in altre circostanze avrei adorato, e Brontolo sussultò.

Lanciò uno sguardo alla porta scorrevole, poi di nuovo a me. Si schiarì la voce. «Ora li sbatto fuori» disse in tono severo, prima di girarsi ed entrare in casa. La sua comparsa scatenò un coro unanime di «EVERETT!».

Sembravano intenzionati a trascinarlo in una gara di birra, invece lo vidi avvicinarsi a una ragazza bionda e gridarle qualcosa nell'orecchio, e l'istante dopo calò il silenzio una volta per tutte.

Be'. Se volevo fare colpo, la prossima volta avrei fatto meglio a presentarmi con un piatto di biscotti all'LSD.

3

PETE

Mi svegliai con un mal di testa feroce all'arrivo di un messaggio di Anya. Ciao, dolcezza! Volevo essere sicura che avessi ricevuto la mia e-mail. Oggetto: la tua mente meravigliosa e la scadenza estiva di cui abbiamo parlato.

La frase rintoccò nel mio cranio come una campana a morto.

Avevo preso la mia prima vera sbornia a ventiquattro anni, quando Anya aveva venduto il mio romanzo d'esordio, *Kiss Kiss, Wish Wish*, alla Sandy Lowe. (Per festeggiare, Jacques aveva comprato il suo champagne preferito e lo avevamo bevuto direttamente dalla bottiglia mentre aspettavamo l'alba passeggiando sul ponte di Brooklyn, perché ci sembrava tremendamente romantico.) Più tardi, sdraiata sul pavimento del bagno, avevo giurato a me stessa che mi sarei lasciata cadere su un coltello affilato piuttosto che ritrovarmi di nuovo con il cervello fritto come un uovo sotto il sole di Cancún.

E invece no! Eccomi lì, il viso premuto contro il cuscino ricamato del divano, il cervello che sfrigola nella padella del mio cranio. Mi precipitai in bagno. Non dovevo vomitare, ma speravo che, fingendo di farlo, il mio corpo ci sarebbe cascato e avrebbe espulso il veleno dalle viscere.

Mi inginocchiai davanti al water e alzai gli occhi alla foto incorniciata appesa alla parete.

Papà e Quella Donna erano su una spiaggia, in giacca a vento, e lui le cingeva le spalle con un braccio. Sorridevano, mentre la brezza scompigliava i capelli ancora biondi di lei e schiacciava i riccioli brizzolati sulla fronte di mio padre.

E poi, per un più sottile ma altrettanto divertente scherzo del destino, vidi il portariviste accanto al water con tre proposte di lettura.

Un numero dell'*Oprah Magazine* di due anni prima. Una copia del mio terzo romanzo, *Luce del Nord*. E quel maledetto *Le rivelazioni*: un'edizione rilegata con l'adesivo COPIA AUTOGRAFATA in copertina, niente meno.

Aprii la bocca e vomitai sentitamente nel gabinetto. Dopodiché mi alzai, mi sciacquai il viso e girai la foto verso la parete.

«Mai più» dissi ad alta voce. Il primo passo verso la sobrietà? Probabilmente *non* trasferirsi in una casa che ti spinge a bere. Avrei dovuto trovare altre strategie di adattamento. Tipo... immergermi nella natura.

Tornai in soggiorno, presi lo spazzolino dalla valigia e mi lavai i denti nel lavello della cucina. Il passo successivo fondamentale per continuare a esistere era farmi una flebo di caffè.

Quando lavoravo a un libro passavo le giornate infilata in un paio di pantaloni della tuta impresentabili, quindi, a parte una serie di cambi altrettanto orribili, mi ero portata dietro poche cose. Avevo persino guardato qualche tutorial su come creare un "guardaroba a capsula", nel tentativo di massimizzare i look da poter "creare" partendo da un paio di shorts alla Daisy Duke (che indossavo per lo più quando mi prendeva la smania di fare le pulizie) e una collezione di vecchie T-shirt di personaggi famosi (acquistate durante una fase imprecisata dei miei vent'anni).

M'infilai una sobria maglietta bianca e nera con Joni Mitchell, costrinsi il mio corpo gonfio d'alcol negli shorts di jeans e misi ai piedi i miei stivaletti con motivo floreale.

Avevo un debole per le scarpe, dalle più economiche e pacchiane alle più costose ed eccentriche. Soltanto che il mio "debole" era abbastanza incompatibile con il concetto del guardaroba a capsula. Ne avevo messe in valigia soltanto quattro paia, e dubitavo che qualcuno potesse considerare le mie scarpe da ginnastica con gli strass o gli stivali sopra il ginocchio che mi erano costati un occhio della testa delle calzature "classiche".

Presi le chiavi dell'auto e mi accinsi a uscire nell'accecante sole estivo, quando sentii vibrare il telefono tra i cuscini del divano. Un messaggio di Shadi: Ho limonato con Cappello Stregato, seguito da una serie di teschi.

Mentre mi avviavo alla porta risposi: FATTI VEDERE SUBITO DA UN PRETE.

Scesi i gradini e raggiunsi la Kia, cercando di non pensare all'umiliante incontro della sera prima con il mio vicino – con l'unico risultato di lanciare la mente a briglia sciolta proprio verso quell'argomento.

Papà. L'ultima volta che eravamo stati in barca mi aveva portato al lago artificiale con la Kia e mi aveva detto che me l'avrebbe regalata. Quel giorno, mi aveva anche detto che dovevo buttarmi e trasferirmi a New York. Jacques già frequentava la facoltà di Medicina lì, e stavamo vivendo una relazione a distanza in modo che io potessi stare vicino alla mamma. Papà doveva viaggiare molto "per lavoro" e, anche se alla fine credevo a ciò che mi raccontavo – che avremmo sempre risolto i nostri problemi –, una parte di me era ancora troppo spaventata all'idea di lasciarla da sola. Come se la mia assenza potesse in qualche modo lasciare campo libero al cancro per la terza volta.

«Sta bene» mi aveva assicurato papà nel buio parcheggio gelido.

«Potrebbe ammalarsi di nuovo» avevo protestato. Non volevo perdere un solo istante con lei.

«Potrebbe succedere di tutto, January.» Aveva detto così. «Potrebbe succedere qualsiasi cosa alla mamma, a me, persino a te, in qualunque momento. Ma ora non sta succedendo. Per una volta, fa' qualcosa per te stessa, piccola.»

Forse pensava che trasferirmi a New York per andare a vivere con il mio fidanzato fosse, più o meno, come comprare una seconda casa in cui rifugiarsi con la propria amante. Avevo mollato il dottorato per prendermi cura di mia madre durante il suo secondo ciclo di chemio, avevo speso fino all'ultimo centesimo per contribuire alle spese mediche, e dov'era stato lui nel frattempo? A bere Pinot nero sulla spiaggia con Quella Donna.

Scacciai il pensiero mentre salivo in auto, il sedile bollente contro le cosce, e mi allontanavo dal marciapiede abbassando il finestrino.

In fondo alla strada svoltai a sinistra, lasciando il lago

per dirigermi in città. L'insenatura che si apriva sulla destra proiettava schegge di luce scintillante sul finestrino e il vento caldo mi frusciava nelle orecchie. Per un istante fu come se la mia vita fosse sospesa. Fluttuavo tra orde di adolescenti seminudi che si accalcavano attorno al chiosco degli hot dog alla mia sinistra, genitori con i bambini che facevano la fila davanti alla gelateria alla mia destra e orde di ciclisti che tornavano dalla spiaggia.

A mano a mano che avanzavo lungo la strada principale gli edifici si infittirono, finché non furono l'uno a ridosso dell'altro: prima un ristorantino italiano con la terrazza ricoperta di rampicanti, poi un negozio di skateboard, seguito da un pub irlandese e un negozio di dolciumi dall'aria rétro e, più in fondo, un bar di nome Pete's Coffee – da non confondersi con la famosa catena di caffetterie Peet's, anche se l'insegna sembrava fatta apposta per trarre in inganno la clientela.

Parcheggiai ed entrai nella piacevole frescura del Pete-Non-Peet's. Il pavimento era in legno bianco e alle pareti, dipinte di blu scuro e punteggiate di stelle argentate che si riflettevano sui tavolini, le solite frasi banali di qualche autore "anonimo" incorniciate. La stanza si apriva su una libreria ben illuminata, con la scritta PETE'S BOOKS nello stesso color argento beneaugurante dell'ingresso. Una coppia di anziani in gilet di pile era seduta sulle poltrone semisfondate nell'angolo in fondo. A parte la donna di mezz'età alla cassa e la sottoscritta, erano gli unici clienti.

«È una giornata troppo bella per stare al chiuso, suppongo» disse la barista, come se mi avesse letto nel pensiero. Aveva una voce roca che si addiceva alla perfezione ai capelli biondi tagliati a spazzola. I cerchietti dorati che portava alle orecchie scintillarono nella luce soffusa quando, con uno sfoggio di unghie rosa pastello, mi fece cenno di avvicinarmi. «Non essere timida. Siamo una grande famiglia, qui al Pete's.»

Sorrisi. «Santo cielo, spero di no.»

Lei sbatté la mano sul bancone scoppiando a ridere. «Eh, le famiglie sono complicate» disse. «Allora, cosa posso servirti?»

«Ho bisogno di un po' di carburante.»

Lei annuì con aria saggia. «Eh, hai bisogno di caffeina, quindi. Da dove arrivi, tesoro?»

«Da New York. Ma sono dell'Ohio.»

«Eh, ho dei parenti a New York. Lo stato, non la città. Tu però intendi la città, giusto?»

«Il Queens» confermai.

«Mai stata» disse. «Ci vuoi un po' di latte? Qualche sciroppo?»

«Un po' di latte» risposi.

«Intero? Parzialmente scremato? Con lo 0,1% di grassi?»

«Fai tu. Non sono esigente in fatto di percentuali.»

Reclinò la testa all'indietro e scoppiò di nuovo a ridere mentre si spostava con indolenza tra i macchinari. «Chi ne ha il tempo? Certi giorni la vita è troppo frenetica persino a North Bear Shores, credimi. Forse sarebbe diverso se cominciassi a bere "carburante" anch'io.»

Una barista che *non* beveva caffè non era l'ideale, ma quella donna con i cerchietti d'oro alle orecchie mi piaceva. Altroché se mi piaceva, tanto che avvertii una fitta di nostalgia.

Per la vecchia January. Quella che amava organizzare

feste a tema e coordinare gruppi in maschera, che non poteva andare al distributore di benzina o fare la fila in posta senza ritrovarsi a prendere accordi per un caffè o l'inaugurazione di una mostra con una persona appena conosciuta. Avevo la rubrica del telefono piena di contatti tipo "Sarah dell'Anchor bar", "Tizio col cane carino" e "Mike del nuovo negozio di vestiti vintage". Persino Shadi l'avevo conosciuta nel bagno di una pizzeria, quando era uscita dalla toilette indossando gli stivali Frye più belli del mondo. Mi mancava quella curiosità profonda nei confronti del genere umano, la scintilla di entusiasmo quando capivo di avere qualcosa in comune con una persona o l'ammirazione nello scoprire un talento o una qualità nascosta.

A volte, mi mancava *amare* le persone.

Ma quella barista era piacevolissima. Anche se il caffè avesse fatto schifo, sapevo che sarei tornata. Chiuse il bicchiere col coperchio di plastica e lo appoggiò sul bancone davanti a me. «Il primo giro lo offre la casa» mi disse. «Basta che torni.»

Sorrisi, promisi che l'avrei fatto e infilai il mio ultimo biglietto da un dollaro nel barattolo delle mance, mentre lei tornava a pulire i tavoli. Verso l'uscita mi bloccai, la voce di Anya che mi frullava in testa: *Ehiiiii, tesoruccio! LUNGI DA ME intromettermi, ma lo sai, i club del libro sono il tuo mercato IDEALE. Quindi se per caso ti trovi proprio DENTRO la libreria di una piccola cittadina, perché non passi a fare un saluto?*

Sapevo che l'Anya immaginaria aveva ragione. Al momento, ogni singola copia venduta era importante.

Mi sforzai di sorridere e varcai la soglia della libreria. Se solo avessi potuto tornare indietro nel tempo e scegliere di indossare qualcosa di diverso. *Qualsiasi* cosa tranne la mise da comparsa di un video di Jessica Simpson che stavo sfoggiando.

La libreria aveva scaffalature in quercia lungo le pareti, con un dedalo sconclusionato di espositori più piccoli al centro. Alla cassa non c'era nessuno e, nell'attesa, guardai le tre preadolescenti con l'apparecchio ai denti nella sezione dei romanzi rosa, per assicurarmi che non stessero ridendo di uno dei *miei*. Sarebbe stato un trauma per tutte e quattro se il libraio mi avesse accompagnato a firmare le copie e avessi scoperto che la ragazzina con i capelli rossi stringeva tra le mani *Languore del Sud*. Mentre le ragazze ridacchiavano convulsamente, la rossa si portò il libro al petto rivelandone la copertina: un uomo e una donna a torso nudo stretti in un abbraccio e avvolti dalle fiamme. Non era il mio, decisamente.

Bevvi un sorso di caffè macchiato e lo sputai subito nel bicchiere. Sembrava fango.

«Scusa l'attesa, tesoro» disse una voce ruvida alle mie spalle. Mi girai e vidi una donna che zigzagava verso di me tra le file sghembe degli scaffali. «Le mie ginocchia non sono più quelle di una volta.»

All'inizio pensai che fosse la gemella della barista e che avessero aperto insieme l'attività, poi mi accorsi che la donna si stava slacciando il grembiule grigio della caffetteria mentre andava dietro il registratore di cassa.

«Ci credi che ero campionessa di roller derby?» disse, appoggiando il grembiule appallottolato sul bancone. «Be', che tu ci creda o no, è la verità.»

«A questo punto non mi stupirebbe scoprire che sei il sindaco di North Bear Shores.»

Si lasciò sfuggire un risolino. «Oh no, niente del genere! Anche se potrei sistemare un bel po' di faccende, da queste parti, se mi lasciassero fare! Questa cittadina è una piccola oasi progressista, ma quelli che tengono i cordoni della borsa sono comunque un mucchio di tromboni perbenisti.»

Mi sforzai di non sorridere. Era una cosa che avrebbe potuto dire mio padre. Il dolore mi travolse, intenso e bruciante come un attizzatoio.

«Comunque, non fare caso a me e alle mie OPINIONI» disse, inarcando le folte sopracciglia biondo cenere. «Sono soltanto una modesta imprenditrice. Cosa posso fare per te, tesoro?»

«Volevo presentarmi, tutto qua» dissi. «Sono una scrittrice, pubblico con la Sandy Lowe Books e trascorrerò l'estate in città, quindi ho pensato di passare a fare un saluto, magari firmare qualche copia del mio libro, se l'avete.»

«Ohhh, un'altra scrittrice!» gridò. «Che emozione! Sai, North Bear attira un sacco di artisti. Credo sia per il nostro stile di vita. E poi c'è il college. È pieno di liberi pensatori. Una bellissima comunità. Ti innamorerai di questo posto...» Lasciò la frase in sospeso come aspettandosi che fossi io a concluderla con il mio nome.

«January» mi affrettai a dire. «Andrews.»

«Pete» disse lei, stringendomi la mano con l'energia di un Berretto Verde che dice *Qua la mano, figliola!*

«Pete?» chiesi. «Quella della caffetteria?»

«Esatto. Il mio nome di battesimo è Posy. Che razza di nome è?» Finse di vomitare. «Secondo te ho la faccia di una che si chiama Posy? Esiste qualcuno con la faccia da Posy?»

Scossi la testa. «Forse una bambina con un vestitino sintetico a fiori?»

«Appena ho imparato a parlare ho subito messo le cose in chiaro. Comunque, January Andrews...» Pete andò al computer e digitò il mio nome. «... ora controllo se abbiamo il tuo libro.»

Non correggevo mai le persone che dicevano "libro" anziché "libri", ma a volte la loro supposizione mi faceva arrabbiare. Era come se dessero per scontato che la mia carriera fosse soltanto un colpo di fortuna. Uno starnuto ed era saltato fuori un romanzo rosa.

E poi c'erano quelli che, dopo un'appassionata conversazione di arte o di politica, nello scoprire che scrivevo frivoli romanzi rosa reagivano come se avessi fatto una battuta. Mi dicevano: «Si deve pur pagare le bollette, giusto?», quasi cercassero rassicurazioni da me sul fatto che non volevo *davvero* scrivere libri sulle donne o sull'amore.

«A quanto pare non abbiamo niente in magazzino» disse Pete, alzando gli occhi dallo schermo. «Ma sai che ti dico? Adesso li ordino.»

«Sarebbe fantastico!» esclamai. «Potremmo organizzare un laboratorio di scrittura, più avanti.»

Pete ebbe un sussulto e mi afferrò il braccio. «Ho un'idea, January Andrews! Dovresti venire al nostro *club del libro*. Sarebbe un onore. Un modo fantastico per entrare a far parte della comunità. Si tiene tutti i lunedì. Puoi farcela per questo lunedì? Domani?»

Nella mia testa, Anya disse: *Lo sai cos'ha trasformato* La ragazza del treno *in un bestseller? I club del libro.*

Era un'esagerazione. Però Pete mi piaceva. «Certo.»

«*Fantastico*. Ti mando il mio indirizzo. Domani sera alle sette, alcol a fiumi, divertimento assicurato.» Prese un biglietto da visita dalla scrivania e me lo passò attraverso il bancone. «Le e-mail le usi?»

«Praticamente non faccio altro.»

Pete mi rivolse un gran sorriso. «Bene, allora scrivimi e ci organizziamo per domani.»

Le promisi che l'avrei fatto e mi girai per andarmene, rischiando di finire contro l'espositore. Guardai la piramide di libri vacillare e, mentre aspettavo di vedere se sarebbe crollata, mi accorsi che era composta da copie dello stesso libro, tutte con l'adesivo COPIA AUTOGRAFATA in bella vista.

Un brivido di inquietudine mi corse lungo la schiena.

Lì, sulla copertina astratta in bianco e nero, sotto *Le rivelazioni*, c'era il suo nome scritto in caratteri rossi squadrati. Tessera dopo tessera, il puzzle stava prendendo forma nella mia mente. Non volevo dirlo ad alta voce, ma avrei potuto.

Perché la porta della libreria si aprì con un tintinnio e, quando alzai lo sguardo, lo vidi. Carnagione olivastra. Zigomi affilati. La bocca atteggiata a un sorriso sarcastico e una voce roca che non avrei mai potuto dimenticare. Capelli scuri e spettinati che immaginai circondati da un alone di luce fluorescente.

Augustus Everett. Gus, come si faceva chiamare ai tempi del college.

«Everett!» lo salutò affettuosamente Pete da dietro il bancone.

Il mio vicino, Brontolo.

Feci quello che qualsiasi donna adulta e ragionevole avrebbe fatto, se messa di fronte al suo rivale del college trasformatosi in vicino di casa. Mi nascosi dietro lo scaffale più vicino.

4
LA BOCCA

La cosa peggiore di essere la rivale di Gus Everett al college? Probabilmente il fatto di non essere sicura che lo sapesse. Aveva tre anni più di me, si era ritirato dal liceo e aveva preso il diploma privatamente, dopo aver lavorato qualche anno come becchino. Lo sapevo perché ogni racconto che presentò nel corso del primo semestre faceva parte di una raccolta ambientata in quel cimitero.

Mentre noi altri del programma di scrittura creativa ci facevamo un gran mazzo per trovare spunti narrativi, ispirandoci alla nostra infanzia (partite di calcio vinte all'ultimo minuto, discussioni con i genitori, viaggi con gli amici), Gus Everett scriveva delle otto diverse tipologie di vedove in lutto, analizzando gli epitaffi più diffusi, i più divertenti, quelli che tradivano in modo sottile il rapporto complicato tra il deceduto e chi aveva pagato la lapide.

Come me, anche Gus era all'università del Michigan grazie a una sfilza di borse di studio, ma non era chiaro in che modo le avesse ottenute, dal momento che non praticava alcuno sport e tecnicamente non si era diplomato.

L'unica spiegazione era che fosse mostruosamente bravo in ciò che faceva.

Come se non bastasse, Gus Everett era bello in maniera esagerata. E non il tipo di bellezza universale che è così oggettiva da risultare quasi noiosa. Era più una questione di magnetismo. Certo, era un po' più alto della media e aveva la corporatura asciutta e muscolosa di chi è sempre stato in movimento senza tuttavia essersi mai allenato – una forma fisica frutto della genetica e dell'irrequietezza, piuttosto che delle buone abitudini –, ma non era soltanto quello.

Era il suo modo di parlare e di muoversi, il suo modo di guardare le cose. Non la sua visione del mondo. Ma proprio come *guardava* le cose, nel vero senso della parola: quando si concentrava, sembrava che gli occhi diventassero più grandi e più scuri, e aggrottava le sopracciglia sopra il naso irregolare.

Per non parlare della piega della sua bocca, che avrebbe dovuto essere messa fuori legge.

Prima di abbandonare l'università del Michigan e diventare una ragazza alla pari (occupazione ben presto abbandonata), Shadi mi chiedeva tutte le sere aggiornamenti sul Sexy Malefico Gus, a volte abbreviato in SMG. Io non ero particolarmente infatuata di lui e della sua prosa.

Finché non parlammo la prima volta, a lezione. Stavo distribuendo il mio ultimo racconto ai miei compagni di corso perché lo leggessero, e quando fu il suo turno mi guardò fisso negli occhi – la testa piegata di lato in un modo strano – e disse: «Fammi indovinare: E vissero tutti felici e contenti. Di nuovo».

All'epoca non avevo ancora cominciato a scrivere romanzi rosa – non sapevo nemmeno che adoravo *leggerli* finché non arrivò la seconda diagnosi della mamma, due anni dopo, e mi ritrovai ad avere bisogno di una buona distrazione –, ma scrivevo decisamente in *modo romantico*, raccontando un mondo *bellissimo* in cui tutto accadeva per una ragione e l'amore e i rapporti umani erano le uniche cose che contavano davvero.

E Gus Everett mi aveva guardato con quegli occhi profondi e scuri, che sembravano volermi risucchiare nel suo cranio, e aveva deciso che ero un palloncino pronto a scoppiare.

Fammi indovinare: E vissero tutti felici e contenti. Di nuovo.

Passammo i quattro anni successivi a vincere a turno i premi e i concorsi di scrittura della nostra scuola, ma non ci rivolgemmo più la parola, se non durante i laboratori, nel corso dei quali criticava soltanto i miei racconti, dopo essere arrivato in ritardo con metà della roba, chiedendomi regolarmente in prestito le penne. E poi ci fu la folle serata della festa della confraternita in cui... non parlammo granché, ma di certo interagimmo.

In realtà, le nostre strade si incrociarono *costantemente*, anche perché frequentò due mie compagne di stanza e un sacco di altre ragazze del mio dormitorio. Be', *frequentare* non è il termine esatto: Gus era famoso per avere storie che duravano dalle due alle quattro settimane, e mentre la mia prima coinquilina aveva cominciato a uscire con lui sperando di essere un'eccezione, la seconda (e tante altre) era ben consapevole che con Gus Everett potevi divertirti fino a un massimo di trentun giorni.

A meno che non scrivessi racconti a lieto fine. In quel

caso, era molto più probabile passare quattro anni come sua rivale e altri sei a cercarlo su Google confrontando le vostre carriere, per poi incontrarlo per caso mentre sei vestita come una cheerleader che lava le auto a un evento di beneficenza.

Qui. Ora. Nella libreria di Pete.

Già stavo pensando a ciò che avrei scritto a Shadi mentre, a testa bassa, mi incamminavo spedita tra gli scaffali come per dare un'occhiata ai libri (quando in realtà stavo praticamente correndo).

«January?» mi chiamò Pete. «January, dove sei finita? Voglio presentarti una persona.»

Non sono orgogliosa di ammettere che, appena mi bloccai, stavo puntando l'uscita per capire se potevo raggiungerla senza rispondere.

È importante notare che sapevo benissimo che avrei fatto tintinnare la porta, tuttavia non riuscivo a decidermi.

Alla fine feci un respiro profondo e, sforzandomi di sorridere, sbucai dagli scaffali con il mio atroce caffè macchiato stretto nella mano come fosse una pistola. «Ciaooooo» dissi, salutando come un automa.

Mi costrinsi a guardarlo negli occhi. Era tale e quale alla foto di copertina sul suo libro: zigomi affilati, occhi nerissimi e due braccia asciutte e muscolose da becchino trasformatosi in romanziere. Indossava una maglietta blu (o nero scolorito) stropicciata e un paio di jeans blu scuro (o nero scolorito) altrettanto stropicciati. Tra i capelli c'era qualche filo grigio e il suo sorriso beffardo era incorniciato da un'ombra di barba.

«Ti presento January Andrews» disse Pete. «Fa la *scrittrice*. Si è appena trasferita in città.»

Proprio come era successo a me un istante prima, vidi il puzzle prendere forma anche nella sua mente, tessera dopo tessera, mentre con ogni evidenza tornava alla sera prima per cercare di mettere insieme i pezzi di me che aveva intravisto al buio.

«A dire il vero ci conosciamo già» disse. Il fuoco di mille soli mi investì il viso e probabilmente anche il collo e il petto e le gambe e ogni altro centimetro scoperto del mio corpo.

«Ah!» disse Pete tutta contenta. «Davvero?»

Aprii la bocca per replicare, ma la parola *college* non volle saperne di uscire, mentre il mio sguardo si posava di nuovo su Gus. «Siamo vicini di casa» disse lui. «Almeno credo.»

Oddio. Davvero non si ricordava di me? Mi chiamavo January, Cristo. Non ero una Rebecca o una Christy/Christina/Christine qualunque. Cercai di non chiedermi come avesse potuto dimenticarsi di me, altrimenti il mio colorito sarebbe passato da aragosta bollita a melanzana. «Esatto» farfugliai. Il telefono accanto al registratore di cassa cominciò a squillare e Pete alzò un dito per scusarsi, poi si girò per rispondere.

«Allora» fece Gus.

«Allora» ripetei come un pappagallo.

«Che genere di cose scrivi, January Andrews?»

Feci del mio meglio per non guardare la pila di *Le rivelazioni* che torreggiava sul tavolo alle mie spalle. «Romanzi rosa, per lo più.»

Gus inarcò un sopracciglio. «Ah.»

«Ah, cosa?» dissi, già sulla difensiva.

Lui scrollò le spalle. «Soltanto "ah".»

Incrociai le braccia sul petto. «Era un "Soltanto ah" estremamente eloquente.»

Lui si appoggiò al tavolo e incrociò le braccia, corrugando la fronte. «Be', ho fatto presto» disse.

«A fare cosa?»

«A offenderti. Una sillaba. Ah. Davvero impressionante.»

«Offendermi? Questa non è la mia espressione offesa. Ho questa faccia perché sono stanca. Quello svitato del mio vicino ha sparato la sua musica strappalacrime a palla tutta la notte.»

Lui annuì pensieroso. «Certo, è per via della musica che ieri sera non ti reggevi in piedi. A proposito, se ritieni di avere un problema con *la musica*, non devi vergognarti a chiedere aiuto.»

«Comunque» dissi, cercando di non arrossire. «Non mi hai mai detto cosa scrivi *tu, Everett*. Sono sicura che sia qualcosa di davvero rivoluzionario e importante. Totalmente innovativo e originale. Magari la storia di un uomo bianco disilluso che se ne va in giro per il mondo, incompreso e distaccatamente arrapato.»

Scoppiò a ridere. «Distaccatamente arrapato? Al contrario delle inclinazioni sessuali raccontate con maestria dal tuo genere letterario? Dimmi, cosa ti piace di più, scrivere di pirati innamorati, o di lupi mannari innamorati?»

Stavo di nuovo schiumando dalla rabbia.

«Be', il punto non è cosa piace a *me*, ma cosa piace ai miei *lettori*. Com'è scrivere fan fiction di Hemingway per un mucchio di palloni gonfiati? Conosci tutti i tuoi lettori per nome?» C'era qualcosa di liberatorio, nella nuova January.

Gus piegò la testa di lato e corrugò di nuovo la fronte, mentre i suoi occhi scuri mi scrutavano con un'intensità tale da farmi venire la pelle d'oca. Socchiuse le labbra carnose come per parlare, ma nel frattempo Pete riagganciò e ci raggiunse, interrompendolo.

«Che coincidenza, vero?» disse lei, battendo le mani. «Due scrittori che abitano nella stessa strada di North Bear Shores! Scommetto che ne avrete tante di cose da dirvi. Ti avevo avvisato che la città è piena di artisti, January. Che te ne pare?» Rise di cuore. «Neanche il tempo di dirlo, che Everett è entrato in libreria! Ho l'universo dalla mia parte oggi, a quanto sembra.»

Per fortuna mi squillò il telefono in tasca e non fui costretta a replicare. Per una volta, mi affannai a rispondere, ansiosa di sottrarmi a quella conversazione. Speravo che fosse Shadi, ma quando vidi che si trattava di Anya mi sentii sprofondare.

Alzai lo sguardo e vidi Gus che mi fissava con i suoi brucianti occhi neri. L'effetto era decisamente minaccioso. Guardai Pete. «Scusami, devo rispondere. È stato un vero piacere conoscerti.»

«Piacere mio!» mi assicurò Pete, mentre mi allontanavo tra gli scaffali. «Non dimenticarti di mandarmi un'e-mail!»

«Ci vediamo a casa» gridò Gus.

Risposi alla chiamata di Anya e uscii dal negozio.

5
I LABRADOR

«Giura che puoi farlo, January» stava dicendo Anya mentre lasciavo la città. «Se prometto a Sandy che avranno un libro per il 1° settembre, *dobbiamo* avere *un libro per il 1° settembre.*»

«Ho scritto romanzi in metà del tempo» gridai per sovrastare il rumore del vento.

«Oh, lo so bene. Ma stiamo parlando di *questo* manoscritto. Per l'esattezza, stiamo parlando di un libro che stai scrivendo da più di quindici mesi. A che punto sei?»

Avevo il cuore a mille. Stava per scoprire che le avevo mentito. «Non l'ho ancora scritto» ammisi. «Ma ce l'ho tutto in testa. Ho soltanto bisogno di lavorarci, senza distrazioni.»

«Farò in modo di non distrarti. Mi impegnerò al massimo, però, ti prego. Ti prego, ti prego, ti prego, non mentirmi. Se vuoi prenderti una pausa...»

«Non voglio prendermi nessuna pausa» le dissi. E poi non potevo permettermela. Dovevo fare il possibile. Liberare la casa sul lago in modo da poterla vendere. Scrivere un romanzo rosa nonostante avessi appena perso quasi del tutto la fiducia nell'amore e nel genere umano. «Sta procedendo alla grande, a dire il vero.»

Anya finse di essere soddisfatta e io di credere che lo fosse. Era il due giugno, e avevo poco meno di tre mesi di tempo per scrivere qualcosa che avesse le sembianze di un libro.

Quindi, ovviamente, invece di fiondarmi subito a casa a lavorare, decisi di fermarmi a fare la spesa. I due sorsi del caffè macchiato di Pete mi erano bastati. Lo buttai nel cestino e presi un americano gigante ghiacciato al chiosco di Starbucks all'entrata dell'ipermercato, dopodiché iniziai a fare provviste sufficienti per un paio di settimane (maccheroni al formaggio, cereali e qualunque altra cosa non avesse bisogno di troppa preparazione).

Quando arrivai a casa, il sole era alto e l'aria calda e appiccicosa, ma almeno il caffè ghiacciato mi aveva alleviato il mal di testa. Una volta finito di mettere a posto la spesa, portai il computer in terrazzo, rendendomi subito conto che la sera prima mi ero dimenticata di caricare la batteria. Tornai dentro per metterlo in carica e mi accorsi che il mio cellulare stava vibrando sul tavolo. Un messaggio di Shadi: GIURA. Il Sexy Malefico GUS? Ti ha chiesto di me? Digli che sento la sua mancanza.

È ancora sexy. E ancora MALEFICO. NON gli dirò un bel niente, perché non ho intenzione di parlargli MAI PIÙ. Non si ricorda di me, risposi.

Mmm, è IMPOSSIBILE. Sei la sua principessa delle fiabe. Il suo alter ego. O tu sei il suo, è uguale, replicò subito Shadi.

Si riferiva a un altro episodio umiliante che avevo cercato di dimenticare. Gus era finito in un corso di matematica insieme a Shadi e le aveva detto di aver notato che eravamo amiche. Quando lei aveva confermato, lui le aveva chiesto che "problema" avessi. Al che Shadi gli aveva detto di spiegarle meglio cosa accidenti volesse dire, e lui aveva scrollato le spalle borbottando qualcosa a proposito del fatto che mi comportavo come una principessa delle fiabe cresciuta da creature del bosco.

Shadi gli aveva risposto che in realtà ero un'imperatrice cresciuta da due spie molto sexy.

Vederlo nel suo ambiente naturale dopo tutto questo tempo è stato orribile, le scrissi. Sono traumatizzata. Ti prego, ho bisogno che tu venga a prenderti cura di me.

Vengo presto, habibi, rispose lei.

Avevo intenzione di scrivere millecinquecento parole, quel giorno. Ero arrivata soltanto a quattrocento, ma volendo guardare il lato positivo, avevo anche vinto ventotto partite consecutive a Spider, prima di fare una pausa per saltare in padella un po' di verdure. Dopo cena, restai seduta al tavolo della cucina, al buio, il bicchiere di vino rosso illuminato dal bagliore del portatile. Mi serviva soltanto una stupida bozza. Ne avevo buttate giù a decine, di getto, per poi riscriverle faticosamente nei mesi successivi.

Perché non riuscivo a *scrivere* questo *stupido libro*, allora?

Mi mancavano così tanto i giorni in cui le parole fluivano sulla pagina senza che me ne accorgessi. In cui scrivere quelle storie a lieto fine, i baci sotto la pioggia e le scene sdolcinate e strappalacrime era la parte più bella della mia giornata.

All'epoca, il vero amore mi sembrava la ricompensa più bella, l'unica cosa che potesse resistere alle intemperie, salvarti dalla fatica e dalla paura, e scriverne era l'unico dono veramente importante che potessi offrire.

E anche se quella mia visione del mondo si stava prendendo un breve periodo sabbatico, nel profondo continuavo a credere che, a volte, una donna col cuore infranto potesse trovare il suo lieto fine, i suoi momenti sdolcinati e strappalacrime di pura felicità.

Sullo schermo mi arrivò la notifica di un'e-mail, che mi fece tremare finché non ebbi la conferma che era soltanto la risposta di Pete, con l'indirizzo del club del libro e un breve messaggio: Se vuoi puoi portare qualcosa da bere, o anche solo te stessa :)))

Sorrisi. Forse nel mio nuovo romanzo avrei inserito un personaggio ispirato a lei.

«Un giorno alla volta» dissi ad alta voce, poi presi il mio bicchiere e andai verso la porta sul retro.

Appoggiai le mani a coppa sul vetro per sbirciare fuori, verso il terrazzo di Gus. Fino a poco prima, dal braciere si levavano spirali di fumo, ma ora era spento e fuori non c'era nessuno.

Così aprii la porta scorrevole e uscii. Sfumature blu e argento avvolgevano il mondo e il lieve sciabordio della marea che lambiva la riva del lago era amplificato dal silenzio. Una folata di vento si insinuò tra gli alberi facendomi rabbrividire. Mi strinsi nella vestaglia, vuotai il bicchiere di vino e rientrai.

All'inizio, pensai che il bagliore azzurro che avevo intravisto provenisse dal mio portatile, invece non era da casa mia. Brillava dalle finestre buie di Gus, ed era così intenso da permettermi di vederlo camminare nervosamente davanti al suo tavolo. Si fermò all'improvviso e si chinò a scrivere qualcosa, poi prese una bottiglia di birra dal tavolo e ricominciò a camminare, passandosi la mano tra i capelli.

Conoscevo bene quella coreografia. Poteva prendermi in giro quanto voleva con la storia dei "pirati e dei lupi mannari innamorati", ma alla resa dei conti, Augustus Everett era lì che faceva avanti e indietro per la stanza, al buio, a inventare cazzate come tutti noi.

Pete viveva in una villetta vittoriana rosa sul limitare del campus universitario. Nonostante il temporale che si stava abbattendo sul lago quel lunedì sera, sembrava di essere davanti a una deliziosa casa delle bambole.

Parcheggiai accanto al marciapiede e guardai le finestre invase dai rampicanti e le incantevoli torrette laterali. Il sole non era ancora tramontato del tutto, ma le morbide nuvole grigie che affollavano il cielo lasciavano trapelare soltanto un fioco bagliore verdognolo, e il giardino che si estendeva dalla veranda alla staccionata di legno bianco sembrava lussureggiante e magico sotto quel velo di foschia. Era il luogo perfetto in cui rifugiarmi, dopo una giornata rintanata in casa a scrivere.

Presi dal sedile del passeggero la borsa piena di segnalibri firmati e spillette con citazioni da *Languore del Sud* e scesi dall'auto. Tirai su il cappuccio del giubbotto per ripararmi dalla pioggia e aprii il cancello, correndo lungo il vialetto lastricato.

Il giardino di Pete era, senza ombra di dubbio, il luogo più pittoresco in cui fossi mai stata, ma la cosa migliore, nel fragore del temporale, era *Another Brick in the Wall* sparata così forte da far tremare la veranda.

Prima che riuscissi a bussare, la porta si spalancò e Pete, con un bicchiere di plastica azzurra pieno fino all'orlo tra le mani, gridò: «Jaaaaaaanuary Andrews!».

Dietro di lei, un coro di voci le fece eco: «January Aaaaaandrews!».

«Peeeeete» risposi, porgendole la bottiglia di chardonnay che avevo comprato lungo il tragitto. «Grazie per avermi invitato.»

«Ohhh.» Accettò la bottiglia di vino e studiò l'etichetta strizzando gli occhi, poi scoppiò a ridere. Si chiamava POCKETFUL OF POSIES, ma avevo cancellato POSIES e scritto PETES. «Sembra francese!» scherzò lei. «Che in olandese sta per "costoso"!» Mi fece cenno di seguirla in corridoio, verso la musica. «Vieni, ti presento le ragazze.»

Su un tappeto accanto alla porta c'era una fila ordinata di scarpe, per lo più sandali e scarponi da trekking, così mi tolsi gli stivali da pioggia verdi e seguii Pete, che a piedi nudi mi faceva strada lungo il corridoio. Aveva le unghie dei piedi color lavanda, in tinta con la manicure appena fatta; i jeans scoloriti e la camicia di lino bianco le davano un'aria più delicata rispetto a quando l'avevo vista in libreria.

Superammo una cucina con i piani di lavoro in granito zeppi di superalcolici ed entrammo in un salotto sul retro della casa. «Di solito usiamo il giardino, ma a quanto pare stasera Dio ha deciso di giocare a bowling sopra la nostra testa, quindi ce ne staremo al coperto. Manca ancora una persona e poi possiamo cominciare.»

Con le cinque presenti, la stanza sembrava già affollata. Certo, i tre labrador neri che sonnecchiavano – due sul divano e un terzo sulla poltrona – non miglioravano la situazione. Alcune sedie di legno verde, disposte a semicerchio, erano chiaramente destinate agli umani. Uno dei cani si alzò e si fece largo tra le sedute per venire a salutarmi, scodinzolando.

«Ragazze» disse Pete, posandomi una mano sulla schiena, «questa è January. Ha portato del vino!»

«Vino, che bel pensiero!» esclamò una donna con lunghi capelli biondi, venendomi incontro per abbracciarmi e baciarmi sulla guancia. Quando si ritrasse, Pete le passò la bottiglia, poi fece il giro della stanza diretta all'impianto stereo. «Sono Maggie» si presentò la bionda. La sua figura alta e slanciata era messa ancor più in risalto dall'abito bianco drappeggiato che indossava. Mi sorrise e gli angoli degli occhi si incresparono dolcemente. Era un incrocio tra Galadriel, la Dama dei Boschi, e un'attempata Stevie Nicks. «È davvero un piacere conoscerti, January.»

«È la mia signora» disse Pete un po' troppo forte, mentre abbassava il volume della musica.

Maggie mi rivolse un sorriso pacato, la sua versione di un'affettuosa espressione esasperata. «Chiamami Maggie. E questa è Lauren.» Si fece da parte per permettermi di stringere la mano a una donna con i dread e un prendisole arancione. «E quella sul divano è Sonya.»

Sonya. Il nome mi colpì allo stomaco con la forza di un martello. Prima ancora di vederla, mi si seccò la gola. Mi si offuscò la vista.

«Ciao, January» disse Quella Donna con voce sommessa da sotto i labrador che russavano. Mi rivolse un sorriso tirato. «È un piacere vederti.»

6

IL CLUB DEL LIBRO

C'era un modo dignitoso di incontrare per caso l'amante del tuo defunto padre? Se sì, immaginai che non fosse farfugliare «devo fare la pipì», strappando di mano alla padrona di casa la bottiglia di vino che le avevo appena regalato per precipitarmi in corridoio alla ricerca di un bagno. Ma non riuscii a fare di meglio.

Mi barricai nel bagno arredato in stile marinaresco, svitai il tappo dalla bottiglia e mi versai il contenuto direttamente in gola. Pensai se fosse il caso di andarmene, ma per qualche ragione mi sembrò l'opzione più imbarazzante di tutte. Ma valutai comunque la possibilità di uscire da quella casa, salire in macchina e guidare senza fermarmi fino in Ohio. Non sarei più stata costretta a vedere quelle persone. Mi sarei trovava un lavoro in un ristorante. La vita poteva essere meravigliosa! Oppure potevo restare per sempre in quel bagno. Avevo il vino, avevo un water, non mi serviva nient'altro.

Non fu di certo il mio atteggiamento positivo né la mia forza d'animo a farmi uscire da lì dentro. Fu il rumore di passi e la conversazione in corridoio, con Pete che diceva: «Oh, sei *sicura* che non puoi restare?» con un tono di voce che lo faceva sembrare più un: *Maccheccavolo, Sonya? Perché quella ragazzina stramba ha paura di te?*, e Sonya che rispondeva: «Mi piacerebbe, ma mi ero completamente dimenticata che devo fare una telefonata di lavoro. Il mio capo continuerà a tempestarmi di e-mail finché non salirò in auto e accenderò il Bluetooth».

«Bluetooth di merda» stava dicendo Pete.

«Davvero» dissi, attaccandomi alla bottiglia. Lo chardonnay stava facendo effetto. Ripensai alla giornata appena trascorsa, passando in rassegna i miei pasti, nel tentativo di capire perché l'alcol mi avesse già annebbiato il cervello. L'unica cosa che ero *sicura* di aver mangiato era una manciata di mini marshmallow che avevo preso in cucina mentre andavo a fare pipì perché non riuscivo più a trattenerla.

Ops.

La porta d'ingresso si stava aprendo. Le sentii salutarsi col ticchettio della pioggia in sottofondo, e io ero sempre chiusa in bagno.

Appoggiai la bottiglia sul lavandino e mi guardai allo specchio, puntando il dito contro i miei occhietti castani. «Questa sarà la sera più difficile della tua estate» mormorai. Era una bugia, ma ci cascai in pieno. Mi diedi una ravviata ai capelli, mi tolsi il giubbotto, nascosi la bottiglia di vino nella borsa e tornai in corridoio.

«Sonya è dovuta scappare» mi disse Pete, anche se sembrava più qualcosa tipo: *Eccheccavolo, cosa le hai fatto, January?*

«Davvero?» dissi. «Che peccato.» Ma sembrava più qualcosa tipo: *Sia lodato il Bluetooth di merda!*

«Già» disse Pete.

La seguii in salotto, dove i labrador avevano cambiato posizioni, insieme alle signore presenti. Uno dei cani si era spostato in fondo al divano e Maggie si era accomodata al suo posto, mentre l'altro si era piazzato sulla poltrona, praticamente sopra il terzo. Lauren era seduta su una delle sedie verdi con lo schienale alto, e Pete mi fece cenno di sistemarmi su quella accanto, mentre lei si accomodava sull'altra controllando l'ora sul suo orologio di cuoio. «Dovrebbe arrivare da un momento all'altro. Maledetto temporale! Sono sicura che potremo cominciare a breve.»

«Ottimo» commentai. Mi girava ancora un po' la testa. Non avevo nemmeno la forza di guardare il punto del divano sul quale fino a pochi minuti prima era seduta Sonya, flessuosa e rilassata, con i riccioli bianchi raccolti sulla testa; tutto l'opposto di mia madre, minuta e con la frangetta liscia. Ne approfittai per frugare nella borsa in ricerca dei segnalibri (facendo attenzione a non rovesciare il vino).

Qualcuno bussò alla porta e Pete scattò subito in piedi. Vacillai, al pensiero che Sonya avesse cambiato idea e fatto dietrofront. Poi però in fondo al corridoio si sentì una voce roca e profonda, e Pete rientrò nella stanza con un fradicio e spettinato Augustus Everett. Il quale si passò una mano tra i capelli brizzolati scrollandosi la pioggia di dosso. Sembrava che fosse appena sceso dal letto e avesse camminato sotto il temporale bevendo alcolici da un sacchetto di carta. Non che io fossi propriamente nella posizione di poter giudicare, al momento.

«Ragazze» disse Pete. «Credo conosciate tutte l'unico e inimitabile Augustus Everett!»

Gus salutò. Sorrise? Una definizione un po' troppo generosa considerata la sua espressione. Direi piuttosto che *prese atto* della nostra presenza, poi posò lo sguardo su di me sollevando un angolo della bocca e mi rivolse un cenno del capo. «January.»

La mia mente cominciò ad azionare i suoi ingranaggi cigolanti oliati dal vino, cercando di capire cosa mi infastidisse così tanto. Certo, c'era quell'arrogante di Gus Everett. C'era il fatto di essermi imbattuta in Quella Donna e di aver bevuto mezza bottiglia di vino in bagno. E...

La disparità tra le presentazioni di Pete.

"Questa è January" era il modo in cui un genitore obbligava un bambino dell'asilo a fare amicizia con un altro bambino.

"L'unico e inimitabile Augustus Everett" era il modo in cui un club del libro introduceva un ospite speciale.

«Vieni, vieni. Siediti qui, accanto a January» disse Pete. «Vuoi qualcosa da bere?»

Oddio. Avevo completamente frainteso. Non ero lì in qualità di ospite. Ma come potenziale membro del club.

Stavo partecipando a una serata dedicata a *Le rivelazioni.*

«Ti porto qualcosa da bere?» gli domandò ancora Pete, tornando in cucina.

Gus guardò i bicchieri di plastica azzurra tra le mani di Lauren e Maggie. «Cosa state bevendo?» chiese a Pete, girandosi verso di lei.

«Oh, il primo giro è sempre White Russian, January però ha portato del vino, se preferisci.»

Non so cosa mi spaventasse di più: *cominciare* una serata con un White Russian, o dover estrarre dalla borsa il vino per Gus, umiliandomi terribilmente.

A giudicare dal sorriso raggiante di Pete, sembrava che non aspettasse altro.

Gus si protese in avanti, appoggiando i gomiti sulle ginocchia. La manica sinistra della camicia si sollevò, scoprendo un sottile tatuaggio nero sul braccio: un cerchio ritorto ma chiuso. Nastro di Möbius, credo si chiamasse.

«Un White Russian è perfetto» rispose Gus.

Figuriamoci.

Ai lettori piace immaginare i propri autori maschi preferiti seduti davanti a una macchina da scrivere, con un dito di whisky bello forte e la brama di conoscenza ad animarli. Ma non sarei rimasta affatto sorpresa nello scoprire che l'uomo tormentato accanto a me, lo stesso che si era preso gioco della *mia* carriera, aveva l'abitudine di indossare le mutande sporche al rovescio e si nutriva di snack al formaggio.

Poteva anche presentarsi vestito come l'ultimo degli spacciatori, lo avrebbero comunque tenuto in maggior considerazione di me, con il mio banale vestito di Michael Kors. Anche se per la foto di copertina mi avesse immortalato lo storico photo editor di *Bloomberg Businessweek* e *lui* si fosse fatto ritrarre con una vecchia macchina digitale di sua madre mentre guardava l'obiettivo con aria imbronciata, avrebbe comunque ottenuto più rispetto di me.

Tanto valeva che mandasse la foto del suo pisello. L'avrebbero stampata e messa sulla sovraccoperta, sopra la concisa biografia che gli avrebbero chiesto di scrivere. *A buon intenditor poche parole*, avrebbe detto Anya.

Avvertii lo sguardo di Gus su di me. *Sentiva* che il mio cervello lo stava facendo a pezzi. Come Lauren e Maggie sentivano che la serata era stata un terribile errore, immaginai.

Pete tornò con un altro bicchiere azzurro pieno fino all'orlo e Gus lo prese, ringraziandola. Feci un respiro profondo, mentre Pete si accomodava su una delle sedie.

La serata non poteva andare peggio di così.

Poi il labrador accanto a me mollò una sonora scorreggia.

«Bene, ci siamo!» disse Pete, battendo le mani.

Al diavolo. Tirai fuori il mio vino dalla borsa e ne bevvi un sorso. Maggie si lasciò sfuggire una risatina e il labrador sul divano si mise zampe all'aria, infilando il muso tra i cuscini.

«Bene, dichiaro ufficialmente aperta la serata. Muoio dalla voglia di sentire cosa pensate del libro.»

Maggie e Lauren si scambiarono un'occhiata mentre bevevano un sorso di White Russian. Poi Maggie posò il bicchiere sul tavolo e si diede una pacca sulla coscia. «Cavoli, l'ho adorato.»

A Pete scappò una risata ruvida ma affettuosa. «Tu adori tutto, Mags.»

«Non è vero. Il tipo che faceva la spia non mi è piaciuto, per esempio. Non la spia principale, l'altra. Era troppo brusco.»

Spie? C'erano delle *spie* in *Le rivelazioni*? Guardai Gus, che sembrava perplesso quanto me. Aveva la bocca socchiusa e il White Russian appoggiato sulla coscia sinistra.

«Anche a me non è piaciuto molto» disse Lauren. «Soprattutto all'inizio, ma verso la fine mi sono ricreduta. Quando sono arrivata all'antefatto in cui si spiega che sua madre aveva dei legami con l'URSS, ho cominciato a capirlo.»

«Quello è stato un bel tocco di classe» concordò Maggie. «Va bene, mi rimangio tutto. Verso la fine, è piaciuto anche a me. Però non mi è andata giù come ha trattato l'agente Michelson. Non ha scusanti.»

«Be', no, certo che no» intervenne Pete.

«Un misogino totale» disse Maggie.

Lauren annuì. «E cosa ne pensate della rivelazione del fratello gemello?»

«Se devo essere sincera, l'ho trovata un po' noiosa, e vi dico perché» intervenne Pete. E poi ci spiegò il motivo, ma l'ascoltai a malapena, completamente distratta dalla gamma infinita di espressioni sul viso di Gus.

Non stavano parlando del suo libro, questo era certo. Più che sconvolto sembrava divertito, come se sospettasse di essere la vittima di uno scherzo ma non fosse ancora abbastanza sicuro di poterlo rivelare. Si era già scolato il White Russian e guardava verso la cucina, come sperando di vederne arrivare un altro.

«Avete pianto anche voi quando la figlia di Mark ha cantato *Amazing Grace* al funerale?» chiese Lauren, portandosi le mani al petto. «Mi ha colpito tantissimo. E lo *sapete* che ho un cuore di pietra! Doug G. Hanke è uno scrittore fenomenale.»

Mi guardai attorno. Sulla credenza, negli scaffali in fondo al divano e nel portariviste sotto il tavolino da caffè c'erano decine, se non centinaia, di oscuri tascabili. *Ope-*

razione Skyforce. La partita di Mosca. Massima copertura. Bandiera rossa. Oslo dopo il tramonto.

Ecco perché il White Russian.

Io, January Andrews, scrittrice di romanzi rosa, e il ragazzo prodigio Augustus Everett eravamo finiti in un club del libro dedicato per lo più a romanzi di spionaggio. Diedi fondo a tutte le mie energie per soffocare una risata, ciononostante non ottenni un gran risultato.

«January?» mi chiese Pete. «Va tutto bene?»

«Alla grande» risposi. «Penso di aver bevuto troppo vino da borsetta. Augustus, sarà meglio che me lo togli.» Gli passai la bottiglia. Lui sollevò un sopracciglio scuro con aria severa.

Sorridere era fuori questione, ma riuscii comunque a rivolgergli uno sguardo trionfante mentre aspettavo che prendesse la bottiglia di chardonnay semivuota.

«Ci ho pensato su» disse Maggie disinvolta. «E credo che il colpo di scena dei gemelli mi sia *proprio* piaciuto.»

Da qualche parte, uno dei labrador mollò una scorreggia.

7

IL PASSAGGIO

«Grazie tante per averci invitati, Pete» dissi, mentre l'abbracciavo all'ingresso.

Mi diede un buffetto sulla schiena. «Quando vuoi. Soprattutto il lunedì! Anzi, tutti i lunedì. Al nostro club farebbe comodo un po' di carne fresca. Lo vedi come si fa presto ad ammuffire. A Maggie piace assecondarmi, ma non è appassionata di narrativa, e penso che Lauren venga qui per socializzare. È una moglie universitaria, come me.»

«Moglie universitaria?» ripetei.

Pete annuì. «Maggie lavora all'università con il marito di Lauren» si affrettò a spiegarmi, poi disse: «Come pensi di tornare a casa, tesoro?».

Il vino non mi aveva fatto l'effetto sperato, ma sapevo che era meglio non rischiare di mettermi al volante.

«L'accompagno io» disse Gus in tono austero e per niente divertito.

«Chiamo un Uber» dissi.

«Uber?» esclamò Pete. «Non a North Bear Shores, di sicuro. Ne abbiamo uno solo, e dubito che sia in giro dopo le dieci di sera!»

Finsi di guardare il telefono. «In realtà è proprio qui, è meglio che vada. Grazie ancora, Pete. Davvero, è stato... estremamente interessante.»

Mi diede un buffetto sul braccio e io uscii nella pioggia, aprendo l'app di Uber. Sentii lei e Gus salutarsi a bassa voce, poi la porta chiudersi, e capii che eravamo soli in giardino.

Così accelerai il passo, varcai il cancello e mi incamminai lungo la staccionata, fissando la mappa vuota sulla mia app. La chiusi e la riaprii.

«Fammi indovinare» disse Gus. «È esattamente come ti ha appena detto la persona che vive qui: non c'è nessun Uber.»

«Arriva tra quattro minuti» mentii. Lui mi fissò. Sollevai il cappuccio del giubbotto e continuai a camminare.

«Che c'è?» disse. «Hai paura che accettando un passaggio ti ritroveresti a fare l'acquascivolo dal mio tetto o a partecipare ai miei famosissimi incontri di lotta nel fango?»

Incrociai le braccia sul petto. «Non ti conosco.»

«Mentre l'autista di Uber lo conosci benissimo.»

Non risposi. Gus salì in auto e mise in moto, ma non partì. Finsi di essere impegnata col cellulare. Perché non se ne andava? Facevo del mio meglio per non guardare la sua macchina, nonostante mi sembrasse sempre più invitante sotto la pioggia fredda.

Controllai di nuovo l'app. Ancora nulla.

Il finestrino del passeggero si abbassò e Gus si protese sul sedile per guardarmi. «January.» Fece un sospiro.

«Augustus.»

«I quattro minuti sono passati. Niente Uber. Vuoi salire in auto, per favore?»

«Faccio due passi.»

«Perché?»

«Perché ho bisogno di fare un po' di esercizio» dissi.

«E di una bella polmonite.»

«Ci saranno diciotto gradi» dissi.

«Stai letteralmente tremando.»

«Forse è perché sono emozionata all'idea dell'inebriante camminata che mi aspetta.»

«O forse la tua temperatura corporea sta precipitando, la pressione sanguigna e la frequenza cardiaca stanno calando e i tuoi tessuti cutanei si stanno disintegrando per via del freddo.»

«Scherzi? Ho il cuore che batte *all'impazzata*. Ho appena trascorso *tre ore* seduta ad ascoltare i membri di un club del libro che parlavano di romanzi di *spionaggio*. Ho bisogno di rilasciare un po' di questa adrenalina.» Mi incamminai lungo il marciapiede.

«Stai andando dalla parte sbagliata» fece lui.

Girai i tacchi e mi avviai nell'altra direzione, superando di nuovo l'auto di Gus. Alla luce fioca del cruscotto, lo vidi contrarre la bocca in una smorfia. «Lo sai che abitiamo a undici chilometri da qui, vero? Di questo passo non arriverai mai. Probabilmente finirai dentro un cespuglio e ci passerai il resto della tua vita.»

«È giusto il tempo che mi servirà per smaltire l'alcol che ho bevuto» dissi. Gus accostò accanto a me. «Inoltre, *non* posso correre il rischio di svegliarmi con un'altra sbornia da smaltire, domani. Preferisco finire sotto una macchina.»

«Sì, be', temo che farai entrambe le cose. Lascia che ti accompagni.»

«Mi addormenterò ubriaca. Non è una buona idea.»

«D'accordo, vorrà dire che non ti porto a casa finché non sarai di nuovo sobria. So io come fare: conosco il trucco migliore di tutta North Bear Shores.»

Smisi di camminare e guardai l'auto. Si fermò anche lui, in attesa.

«Tanto per essere chiari» dissi. «Non stai parlando di sesso, giusto?»

Il suo sorriso si contrasse in una smorfia. «No, January, non sto parlando di sesso.»

«Sarà meglio per te.» Aprii la portiera del passeggero e salii in macchina, avvicinando le dita all'aria calda che usciva dalle ventole. «Perché ho lo spray al peperoncino nella borsa. E una pistola.»

«Ma *cazzo*» esclamò, fermando l'auto. «Sei ubriaca e hai una *pistola* nella borsa?»

Allacciai la cintura. «Scherzavo. Sulla pistola, non sul fatto che potrei ucciderti se provi a fare qualcosa. Lì ero sincera.»

Scoppiò a ridere, più per la sorpresa che per il divertimento. Persino nel buio dell'abitacolo, vidi che aveva gli occhi spalancati e la bocca contratta. Scosse la testa, si passò il dorso della mano sulla fronte bagnata di pioggia e partì.

«E questo sarebbe il trucco?» chiesi, quando ci fermammo nel parcheggio. La pioggia era diminuita, ma le pozzanghere sull'asfalto crepato riflettevano l'insegna sopra il basso edificio rettangolare. «Il trucco per smaltire la sbornia sarebbero delle... ciambelle?» Questo diceva l'insegna. In pratica, era il nome di una tavola calda.

«Cosa credevi?» mi chiese Gus. «Ti aspettavi che fingessi di finire con l'auto in un dirupo o pagassi qualcuno per inscenare il tuo rapimento? Un attimo. Non era una battuta, quella sul sesso, giusto? Volevi *davvero* che ti seducessi?»

«No, dico solo che la prossima volta ti conviene andare dritto alle *ciambelle* per convincermi a salire in auto. Risparmierai un sacco di tempo.»

«Spero di non doverti convincere troppo spesso a salire nella mia auto» commentò.

«No, non credo» dissi. «Solo il lunedì.»

Sorrise di nuovo, debolmente, come se preferisse non darlo a vedere. All'improvviso la macchina mi sembrò troppo piccola, lui troppo vicino. Distolsi lo sguardo e uscii per schiarirmi le idee. L'edificio brillava come una di quelle lampade fulmina-insetti, e dalle vetrate riuscivo a vedere i séparé vuoti di un arancione anni Settanta, oltre a un acquario pieno di koi.

«Sai, credo che dovresti prendere in considerazione l'idea di guidare per Uber» suggerii.

«Dici?»

«Sì, il riscaldamento della tua auto funziona alla grande. E scommetto anche il climatizzatore. Non profumi di dopobarba da quattro soldi e non hai detto una parola per tutto il tragitto. Cinque stelle. Sei. Meglio di qualsiasi Uber abbia mai preso.»

«Mmh.» Gus mi aprì la porta piena di ditate, facendo tintinnare il campanello. «Magari la prossima volta che chiami Uber dovresti informare l'autista che hai una pistola carica nella borsa. Potresti ottenere un servizio migliore.»

«Sicuro.»

«Adesso non ti spaventare» disse sottovoce, mentre lo seguivo all'interno.

«Perché?» gli chiesi, girandomi verso di lui.

«Salve!» gridò qualcuno con voce allegra, sovrastando la canzone dei Bee Gees.

Mi voltai e vidi l'uomo dietro la vetrinetta illuminata. La radio era sul bancone e trasmetteva rumori di sottofondo e musica in parti uguali. «Salve» risposi.

«Come butta?» disse l'uomo con un vigoroso cenno del capo. Doveva avere almeno l'età dei miei genitori ed era magro come un chiodo, gli occhiali spessi assicurati al viso da un elastico giallo fluo.

«Salve» dissi di nuovo. Il mio cervello stava girando a vuoto intorno a un unico pensiero: quel signore anziano era in mutande.

«Be', ma salve!» cinguettò l'uomo, deciso a non perdere la partita. Appoggiò i gomiti sulla vetrinetta. Per fortuna, il suo outfit comprendeva una maglietta bianca, inoltre aveva optato per un paio di boxer bianchi invece degli slip.

«Salve» dissi un'ultima volta.

Gus si mise tra la mia faccia sbalordita e il bancone. «Possiamo avere una dozzina di ciambelle di ieri?»

«Certo!» Il fornaio in mutande si protese dentro la vetrinetta e prese una confezione da asporto in cima alla pila. La portò verso l'antiquato registratore di cassa e digitò un paio di cifre. «Cinque dollari tondi, amico.»

«Possiamo avere anche un po' di caffè?» chiese Gus.

«Non posso farti pagare per quella roba, in tutta coscienza.» L'uomo fece un cenno verso la caraffa. «Quella brodaglia è lì che cuoce da tre ore buone. Volete che metta su un po' di caffè fresco?»

Gus mi guardò in attesa di una risposta.

«Cosa c'è?» chiesi.

«Dice a te. Cosa preferisci? Gratis e cattivo? O un dollaro e...» Non ebbe il coraggio di dire "buono", e non ci fu bisogno che aggiungesse altro.

"Quella brodaglia" era *sempre* lì, sul fornello.

«Gratis» dissi.

«Sono cinque dollari tondi, allora» ripeté l'uomo.

Feci per prendere il portafoglio, ma Gus mi precedette, appoggiando una banconota da cinque sul bancone. Mi rivolse un cenno, invitandomi a prendere il bicchiere di polistirolo e la scatola di ciambelle che l'uomo teneva in mano.

Per farcene stare dodici, le aveva compresse fino a farle diventare una poltiglia a forma di scatola. Afferrai il contenitore e mi sedetti a un séparé.

Gus si accomodò di fronte a me, si sporse sul tavolo e aprì la scatola. Guardò le ciambelle semidistrutte. «Santo cielo, hanno un aspetto disgustoso.»

«Finalmente siamo d'accordo su qualcosa» dissi.

«Scommetto che siamo d'accordo su un sacco di cose.» Prese una ciambella alle noci e succo d'acero e si appoggiò allo schienale, esaminandola alla luce del neon.

«Tipo?»

«Tipo le cose importanti» rispose. «La composizione chimica dell'atmosfera terrestre, se il mondo abbia davvero bisogno di sei film dei *Pirati dei Caraibi*, o il fatto che bisognerebbe bere il White Russian soltanto se sei sicuro che vomiterai comunque.»

Riuscì a infilarsi tutta la ciambella in bocca. Poi mi guardò negli occhi, serissimo. Scoppiai a ridere.

«Cosa c'è?» domandò con la bocca piena.

Scossi la testa. «Posso chiederti una cosa?»

Masticò e deglutì, prima di rispondere: «No, January, non ho intenzione di chiedere a quel tizio di abbassare la musica». Allungò una mano e prese un'altra ciambella informe dalla scatola. «Adesso ho io una domanda per te, Andrews. Perché ti sei trasferita qui?»

Alzai gli occhi al cielo e ignorai la sua domanda. «Se mai volessi chiederti di incoraggiare quel tizio ad apportare un piccolo cambiamento alle sue abitudini lavorative, di sicuro non sarebbe il volume della radio.»

Gus sfoderò un sorriso e il mio stomaco fece una capriola, a tradimento. Non ero sicura di averlo mai visto sorridere a quel modo e fu inebriante. I suoi occhi scuri si spostarono verso il bancone e seguii il suo sguardo. L'uomo in mutande stava ballando tra i forni. Gus tornò a fissarmi, super concentrato. «Mi dici perché ti sei trasferita qui, sì o no?»

Infilai un pezzo di ciambella in bocca e scossi la testa.

Lui scrollò le spalle. «Allora non posso rispondere alla tua domanda.»

«Le conversazioni non funzionano così» gli dissi. «Non sono scambi alla pari.»

«E invece sì» obiettò lui. «A meno che tu non voglia sdebitarti con un lavoretto di piedi.»

Mi coprii il viso con le mani per l'imbarazzo. «Sei stato molto maleducato con me, a proposito» dissi.

Restò in silenzio un minuto. E sussultai quando le sue dita ruvide mi afferrarono i polsi costringendomi a togliere le mani dal viso. Il suo sorriso beffardo era svanito e ora aveva la fronte corrugata, lo sguardo serio, profondo. «Lo so. Mi dispiace. Era stata una brutta giornata.»

Il mio stomaco fece un'altra capriola. Non mi aspettavo delle scuse. Di sicuro non si era mai scusato per quel commento sui miei racconti a lieto fine. «Stavi dando una festa scatenata» dissi, riprendendo il controllo di me stessa. «Non oso immaginare cosa fai nelle giornate buone.»

Sollevò l'angolo della bocca in un accenno di sorriso. «Togli la festa, e ci sei molto vicina. Comunque, puoi perdonarmi? Mi dicono tutti che all'inizio faccio sempre una brutta impressione.»

Incrociai le braccia sul petto e incoraggiata dal vino, o dalle sue scuse, gli dissi: «Non era la prima volta».

Un'espressione enigmatica affiorò sul suo viso, ma svanì prima che potessi decifrarla. «Qual era la tua domanda?» disse. «Se rispondo, mi perdonerai?»

«Nemmeno il perdono funziona così» dissi. Quando cominciò a massaggiarsi la fronte, aggiunsi: «Comunque, sì».

«Bene. Una domanda» concesse.

Mi protesi sul tavolo. «Pensavi che parlassero del tuo libro, vero?»

Corrugò di nuovo la fronte. «Chi?»

«La spia che venne dal semifreddo e company» dissi.

Finse di essere inorridito. «Vuoi dire il club del libro di Pete? Perché il soprannome che gli hai appena dato è un affronto ai circoli letterari di tutto il mondo, per non dire alla libertà e agli Stati Uniti.»

Gli sorrisi, mio malgrado. Mi appoggiai allo schienale, soddisfatta. «Avevo ragione. Pensavi che leggessero *Le rivelazioni*.»

«Prima di tutto, vivo qui da cinque anni e Pete non mi ha mai invitato al suo club del libro, quindi sì: mi era sembrata un'ipotesi abbastanza plausibile» disse Gus. «In secondo luogo, meglio che tu faccia attenzione, January Andrews. Mi hai appena rivelato che conosci il titolo del mio romanzo. Quali altri segreti stai per farti sfuggire?» chiese, prendendo una ciambella glassata dalla scatola.

«Come fai a sapere che non l'ho cercato su Google?» ribattei. «Forse non ne avevo mai sentito parlare.»

«Come fai a sapere che le tue eventuali ricerche su Google non rendono tutto ancora più divertente?» disse lui.

«Come fai a sapere che non ti cercavo su Google perché sospettavo che avessi dei precedenti penali?»

«Come fai a sapere che non continuerò a rispondere alle tue domande con altre domande finché non moriremo entrambi?»

«Come fai a sapere che mi importa qualcosa?»

Gus scosse la testa, sorrise e affondò i denti nella ciambella. «Cavoli, questa è terribile.»

«La ciambella o la conversazione?» chiesi.

«La conversazione, di sicuro. Le ciambelle sono buone. A proposito, anch'io ti ho cercato su Google. Dovresti prendere in considerazione l'idea di scegliere dei titoli meno abusati, per i tuoi romanzi.»

«Inoltrerò il tuo suggerimento ai piani alti, ma non posso promettere nulla» dissi. «Ci sono un sacco di scartoffie e ostacoli burocratici da superare.»

«Devo ammettere che *Languore del Sud* è un titolo

piuttosto sexy» disse. «Per caso hai un debole per i ragazzi del Sud? Ti eccitano i tipi sdentati in tuta da lavoro?»

Alzai gli occhi al cielo. «Ne deduco che non sei mai stato al Sud, e probabilmente non saresti in grado di trovarlo nemmeno con una bussola. Inoltre, perché date tutti per scontato che una donna scriva sempre storie semiautobiografiche? I tuoi lettori pensano davvero che ci sia tu dietro quei protagonisti virili, solitari e...»

«*Distaccatamente arrapati*» mi interruppe Gus.

«... distaccatamente arrapati?»

Lui annuì pensieroso, gli occhi scuri fissi su di me. «È una bella domanda. Tu lo pensi? Che sia distaccatamente arrapato?»

«Decisamente.»

Sembrò divertito dalla mia risposta e mi rivolse un sorriso beffardo.

Guardai fuori dalla finestra. «Se Pete non aveva in programma di parlare dei nostri romanzi, come ha fatto a dimenticarsi di dirci quale titolo aveva scelto? Insomma, se voleva che partecipassimo avrebbe dovuto darci almeno la possibilità di leggere il libro.»

«Non è stato un caso» disse Gus. «L'ha fatto di proposito. Sa che non ci sarei mai andato se avessi saputo cosa mi aspettava.»

Sbuffai. «E qual era lo scopo ultimo di questo piano scellerato? Diventare uno stravagante personaggio secondario nel prossimo romanzo di Augustus Everett?»

«Cos'hai di preciso contro i miei libri, che a quanto pare non hai mai letto?» chiese.

«E tu cos'hai contro i *miei*» dissi, «che *di sicuro* non hai mai letto?»

«Come fai a esserne certa?»

«L'allusione ai pirati.» Mi avventai su una ciambella glassata alla fragola. «Non scrivo quel genere di storie. Anzi, i miei libri non sono nemmeno catalogati come romanzi rosa, tecnicamente. Rientrano nella letteratura femminile.»

Gus si appoggiò al séparé e stirò le braccia magre dalla pelle olivastra sopra la testa, roteando i polsi per scioglierli. «Sono solo libri per donne. Non capisco che bisogno ci sia di attribuirgli un genere letterario vero e proprio.»

Gli rivolsi un sorriso beffardo. Eccola lì, la rabbia sempre pronta a venir fuori, come se aspettasse soltanto un pretesto. «Sì, be', non sei l'unico a non capire» dissi. «So come scrivere una storia, Gus, e so come mettere insieme una frase. Se sostituissi le mie Jessica con i tuoi John, sai cosa otterresti? *Narrativa*. Semplice narrativa. Pronta per essere letta da chiunque. Soltanto che *sono* una donna che *scrive* romanzi sulle donne, e così facendo ho eliminato metà della popolazione mondiale dai miei potenziali lettori. Ma sai una cosa? Non me ne *vergogno*. Sono *arrabbiata*. Le persone come te pensano che i miei libri non siano degni del loro tempo, mentre voi potete cagare in diretta e il *New York Times* elogerebbe il vostro gesto come un'audace dimostrazione di umanità.»

Gus mi stava fissando con aria seria, la testa inclinata di lato, una ruga severa tra le sopracciglia.

«Adesso mi porti a casa?» dissi. «Mi sento perfettamente sobria.»

8
LA SCOMMESSA

Gus uscì dal séparé e io lo seguii con la scatola delle ciambelle e il caffè. Aveva smesso di piovere, ma ora c'erano fitti banchi di nebbia. Senza aggiungere altro, salimmo in auto e ci allontanammo dalla tavola calda, l'insegna CIAMBELLE verde foglia che brillava nello specchietto retrovisore.

«Il problema sono i lieto fine» disse Gus all'improvviso, mentre imboccava la strada principale.

«Cosa?» Mi si chiuse lo stomaco. *E vissero tutti felici e contenti. Di nuovo.*

Gus si schiarì la voce. «Non è che non considero il romanzo rosa un genere serio. E mi piacciono le protagoniste femminili. Ma ho un pessimo rapporto con i lieto fine.» Mi lanciò un'occhiata guardinga, poi tornò a fissare la strada.

«Un pessimo rapporto?» ripetei, come se potesse dare un senso alle sue parole. «Hai un pessimo rapporto con i romanzi... *a lieto fine*?»

Si massaggiò la curva del bicipite, un tic nervoso di cui non ricordavo l'esistenza. «Credo di sì.»

«Perché?» gli chiesi, più confusa che offesa.

«La vita non è altro che una successione di momenti belli e momenti brutti, fino a quando si muore» disse categorico. «Che è senza dubbio un momento brutto. L'amore non cambia la realtà delle cose. Faccio molta fatica a sospendere l'incredulità. Inoltre, conosci una sola storia d'amore nella vita reale che sia davvero finita come quella Bridget Jones del cazzo?»

Eccolo, il Gus Everett che conoscevo. Quello che mi considerava un'inguaribile ingenua. E anche se non potevo dargli completamente torto, non ero pronta a permettergli di distruggere la cosa che un tempo consideravo la più importante di tutte, il genere letterario che mi aveva tenuto a galla quando la mamma aveva avuto la ricaduta e il nostro futuro si era di colpo dissolto come fumo al vento.

«*Prima* di tutto» esordii, «quella Bridget Jones del cazzo è una serie. È l'esempio più *sbagliato* che potessi scegliere per dimostrare la tua teoria. È l'antitesi degli stereotipi semplicistici e approssimativi di quel genere letterario. Ottiene *esattamente* il risultato a cui ambisco: far sentire le lettrici riconosciute e comprese, le loro storie – storie di *donne* – importanti. E in secondo luogo, stai davvero dicendo che non credi nell'amore?»

Mi sentivo un po' disperata. Se gli avessi lasciato vincere quella battaglia, temevo che sarebbe stata l'ultima goccia: non sarei mai più tornata a essere quella di un tempo, a credere nell'amore e a vedere il mondo e le persone come cose pure e bellissime. Non sarei più riuscita ad amare la scrittura.

Gus aggrottò la fronte, mentre i suoi occhi scuri si posavano su di me e poi sulla strada, con quello sguardo intenso e profondo che io e Shadi avevamo cercato mille volte di descrivere a parole. «Certo, l'amore esiste» disse alla fine. «Ma è meglio essere realistici, in modo che non ti si ritorca contro. Ed è *molto* più probabile che l'amore ti si ritorca contro piuttosto che portarti la felicità eterna. E se non ti ferisce, allora sei *tu* a ferire qualcun altro.

«Avere una relazione con qualcuno è al limite del sadomasochismo. Specialmente quando puoi ottenere anche da un'amicizia *tutto* quello che può offrirti una relazione romantica. Senza distruggere la vita di nessuno quando le cose finiscono, com'è inevitabile.»

«Tutto?» dissi. «Tipo il sesso?»

Lui inarcò un sopracciglio. «Per quello non c'è nemmeno bisogno dell'*amicizia*.»

«Quindi non si trasforma mai in qualcosa di più, per te?» chiesi. «Riesci a essere così distaccato?»

«Sì, se sei realistico» disse. «Ci vuole una linea di condotta. Se succede soltanto una volta, non si trasforma in qualcosa di più.»

Cavoli. La data di scadenza di Gus si era ridotta parecchio. «Vedi? Sei *davvero* distaccatamente arrapato, Gus» gli dissi.

Lui mi lanciò un'occhiata di traverso, sorridendo.

«Cosa c'è?»

«È la seconda volta che mi chiami Gus, stasera.»

Mi sentii avvampare. A quanto pareva ora preferiva farsi chiamare *Everett*. «Allora?»

«Andiamo, January.» Tornò a concentrarsi sulla guida. I fasci di luce dei fanali si allungavano sull'asfalto, catturando fotogrammi dei sempreverdi ai lati della strada.

«Mi ricordo di te.» Mi guardò di nuovo, gli occhi concreti e pesanti come mani.

Fui grata che il buio dell'abitacolo nascondesse il mio rossore. «Ah, sì?»

«Smettila. Non è passato molto tempo. E poi c'è stata quella sera.»

Oddio. Non aveva intenzione di parlare di *quella sera*, vero? L'unica sera in cui avevamo interagito fuori dall'aula scolastica. Be', non esattamente parlato. Eravamo andati a una festa della confraternita a tema "I classici".

Gus e il suo amico Parker erano vestiti da Johnny e Ponyboy e per tutta la sera i ragazzi ubriachi della confraternita li avevano chiamati Danny Zuko e Kenickie. Shadi e io ci eravamo vestite da Thelma (lei) e Louise (io) nella scena del camionista.

La ragazza di Gus, Tessa, era tornata a casa per il fine settimana. Io e lei vivevamo nello stesso studentato e finivamo sempre alle stesse feste, motivo per cui capitava spesso che io e Gus ci incrociassimo in quel periodo. *Quella sera*, però, andò diversamente.

Era l'inizio dell'anno scolastico e l'autunno doveva ancora arrivare. Con Shadi stavamo ballando nel seminterrato dalle pareti di cemento che trasudavano umidità. Avevo guardato Gus tutta la sera, un po' arrabbiata perché il suo ultimo racconto era fantastico e anche perché era incredibilmente attraente e il suo sarcasmo sempre inappuntabile, e poi ero stanca che mi chiedesse in prestito le biro, per non parlare del fatto che si era accorto che lo guardavo e da quel momento avevo avuto l'impressione – o era solo un pensiero (una speranza?) – che mi guardasse anche lui.

Al bar improvvisato nella stanza a fianco. Al piano di sopra, mentre giocavamo a birra pong. In cucina, accanto al fusto della birra. E poi tra la folla di corpi che saltavano al ritmo di *Sandstorm* (Shadi aveva sequestrato l'iPod, come al solito). Era lì, a pochi metri da me, immobile, e ci stavamo guardando e da un certo punto di vista sentii di aver avuto la mia vendetta, sicura che per tutto quel tempo mi avesse davvero considerato la sua avversaria.

Non sapevo se fossi stata io ad andare da lui, o il contrario, o se ci fossimo incontrati a metà strada. Sapevo solo che alla fine ballavamo, io e lui, molto vicini. C'erano flashback di quella sera che mi facevano ancora fremere: le sue mani sui miei fianchi, le mie mani sul suo collo, il suo viso contro la mia gola, le sue braccia attorno alla mia vita.

Distaccatamente arrapato? No, di Gus Everett ricordavo soltanto il respiro bollente e le scariche elettriche provocate dal suo contatto.

Al netto della rivalità, quella sera il desiderio che provavamo l'uno per l'altra era palpabile. Eravamo entrambi pronti a fare una scelta sbagliata.

E poi Shadi aveva salvato la situazione tagliandosi i capelli a zero con il rasoio elettrico che aveva trovato sotto il lavandino del bagno e facendoci sbattere fuori e bandire per sempre dalle feste della confraternita. Anche se non avevamo più provato a intrufolarci e sospettavo che i suoi membri avessero una memoria piuttosto corta. Quattro anni al massimo.

La mia memoria era molto più lunga, invece.

«January?»

Alzai gli occhi e sussultai di fronte allo sguardo intenso che ricordavo così bene. Avevo dimenticato la minuscola cicatrice bianca vicino al labbro superiore, e mi chiesi come avessi potuto.

Mi schiarii la voce. «Hai detto a Pete che ci siamo appena conosciuti.»

«Le ho detto che siamo vicini di casa» mi concesse. Occhi sulla strada. Occhi su di me. Aveva tutta l'aria di un assalto, il modo in cui continuava a guardarmi e poi distoglieva lo sguardo con un secondo di ritardo. La sua bocca si contrasse. «Non ero sicuro che ti ricordassi di me.»

Qualcosa, nelle sue parole, mi fece torcere le budella. Lui riprese: «Però nessuno mi chiama Gus, a parte le persone che ho conosciuto prima di pubblicare il mio romanzo».

«Perché?»

«Perché non mi va che qualsiasi svitato possa cercarmi su Google e scrivere una recensione feroce su di me» disse. «O possa chiedermi una copia omaggio del mio libro.»

«Oh, a me le copie omaggio non interessano» lo rassicurai.

«Davvero?» mi prese in giro. «Avresti un motivo in più per adorarmi.»

«Non riuscirai a distrarmi» dissi. «La conversazione non è conclusa.»

«Cavoli. Non volevo offenderti, davvero» disse. «Di nuovo.»

«Non mi hai offeso» risposi, esitante. O forse sì, ma le sue scuse mi avevano colto alla sprovvista, di nuovo. In più, ero confusa. «Penso soltanto che tu stia dicendo delle stupidaggini.»

Eravamo arrivati a casa senza che me ne fossi accorta.

Gus parcheggiò accanto al marciapiede e si girò a guardarmi. Per la seconda volta la sua auto mi sembrò troppo piccola e noi troppo vicini, e il buio dell'abitacolo parve accentuare l'intensità del suo sguardo. «January, perché sei qui?»

Scoppiai a ridere, a disagio. «Nell'auto in cui mi hai implorato di salire?»

Scosse la testa, frustrato. «Ora sei diversa.»

Mi sentii avvampare. «Vuoi dire che non sono più una principessa delle fiabe.»

Mi guardò con aria confusa.

«Mi hai definito così» gli dissi. «Anni fa. Vuoi che ti dica che hai ragione. Mi hai aperto gli occhi, le cose non vanno come nei miei romanzi, giusto?»

Scosse ancora la testa, serrando la mascella. «Non è quello che intendevo.»

«È esattamente quello che intendevi, invece.»

«Be', invece no» ribatté. «Volevo dire che... eri sempre così...» sbuffò. «Non lo so, avevi una bottiglia di vino nella borsa. Immagino che ci sia un motivo, se lo fai.»

Serrai le labbra, irrigidendomi. Non avrei mai immaginato che Gus potesse leggermi dentro in quel modo.

Guardai il cottage al di là del finestrino come se fosse il cartello rosso di un'uscita di emergenza, una via di fuga da quella conversazione. Sentivo le onde infrangersi sulla spiaggia dietro la casa, ma la nebbia era troppo fitta per vedere qualcosa.

«Non ti sto chiedendo di dirmelo» disse Gus dopo un secondo. «È solo che... non lo so. È strano vederti comportare così.»

Mi girai verso di lui e piegai le gambe sul sedile, mentre lo studiavo nel tentativo di capire se fosse ironico. Ma la sua espressione era seria, lo sguardo concentrato e la fronte aggrottata, la testa inclinata in quel modo particolare, come se mi osservasse al microscopio. Lo sguardo sexy e malefico di qualcuno che ti sta leggendo nel pensiero.

«Non riesco a scrivere, sono bloccata» ammisi. Non sapevo bene perché stessi rivelando una cosa del genere, men che meno a Gus. Ma era comunque meglio lui di Anya o Sandy. «Sono senza un soldo e il mio editore vuole *assolutamente* qualcosa da me: e io ho soltanto una manciata di brutte pagine e tre mesi di tempo per finire un libro che non comprerebbe nessuno, a parte mia madre. Ecco cosa sta succedendo.»

Cercai di non pensare al rapporto teso tra me e la mamma e alla conversazione che avevamo avuto dopo il funerale, per concentrarmi sul minore dei mali.

«L'ho già fatto» proseguii. «Quattro libri, nessun problema. Ed è già abbastanza difficile non riuscire a fare *l'unica* cosa in cui sono brava, *la* cosa che mi fa sentire *bene* con me stessa; aggiungici il fatto che sono al verde.»

Gus annuì, pensieroso. «È sempre più difficile scrivere quando *devi* farlo. È come se... la pressione lo facesse diventare un lavoro come gli altri, e allora tanto vale vendere assicurazioni. È come se all'improvviso la storia perdesse l'urgenza di essere raccontata.»

«Esatto» dissi.

«Ma troverai una soluzione» aggiunse subito dopo, disinvolto. «Sono sicuro che in quella testa ci siano migliaia di lieto fine.»

«Allora, punto numero uno: no, non ce ne sono» dissi. «E punto numero due: non è facile come credi, Gus. I lieto fine non hanno alcuna importanza, se per arrivarci devi attraversare l'inferno.»

Appoggiai la testa al finestrino. «A questo punto sarebbe più semplice archiviare la narrativa femminile e saltare a bordo della deprimente "letteratura". Se non altro, avrei la scusa per descrivere un paio di tette in qualche nuovo modo orribile. Tipo: "bulbose piante grasse di carne e tendini". Non riesco mai a infilare "bulbose piante grasse di carne", nei miei libri.»

Gus si appoggiò alla portiera scoppiando a ridere, e mi sentii allo stesso tempo in colpa per averlo preso in giro e trionfante per avergli strappato un'altra risata. Al college, era già tanto vederlo sorridere. Chiaramente non ero l'unica a essere cambiata.

«Non potresti *mai* scrivere così» disse. «Non è il tuo stile.»

Incrociai le braccia sul petto. «Credi che non ne sia capace?»

Gus alzò gli occhi al cielo. «Dico solo che quella non sei tu.»

«Quella non *ero* io» lo corressi. «Ma come mi hai fatto notare, ora sono diversa.»

«Stai attraversando un momento difficile» disse, e l'idea che riuscisse a leggermi dentro mi mise di nuovo a disagio. Proprio come la vecchia scintilla della competizione che Gus accendeva sempre dentro di me. «Ma le tue probabilità di scrivere un romanzo cupo e deprimente sono le stesse che ho io di scrivere *Harry ti presento Sally*. Sono pronto a scommetterci.»

«Posso scrivere quello che voglio» dissi. «Però capisco che sia difficile scrivere un lieto fine per uno abituato a storie di una notte.»

Lo sguardo di Gus si fece più intenso e la sua bocca si contrasse in un sorriso incerto. «Mi stai sfidando, Andrews?»

«Dico solo che quello non sei tu» dissi.

Gus si grattò la mandibola, lo sguardo distante, come di chi è immerso nei suoi pensieri. Poi appoggiò la mano sul volante e mi guardò dritto negli occhi. «D'accordo» disse. «Mi è venuta un'idea.»

«*Pirati dei Carabi* 7?» gli chiesi. «È così assurdo che potrebbe funzionare!»

«A dire il vero, pensavo che potremmo stringere un accordo» disse Gus.

«Che tipo di accordo, Augustus?»

Sentire il suo nome per intero lo scosse visibilmente e si protese verso di me. Un fremito di eccitazione – non sapevo bene per cosa – mi attraversò dalla testa ai piedi. Ma lui si limitò ad aprire la scatola che avevo sulle ginocchia per prendere un'altra ciambella. Al cocco.

Ci affondò i denti. «Tu cerchi di scrivere qualcosa di triste, vedi se è nelle tue corde, se sei in grado di calarti nella parte.» Sollevai gli occhi al cielo e gli strappai di mano l'ultimo pezzetto di ciambella. «E io scrivo una storia a lieto fine» concluse.

Lo guardai negli occhi. La nebbia si stava diradando e la luce del portico accarezzava il finestrino, posandosi sui suoi zigomi affilati e sulla ciocca di capelli scuri che gli scendeva sulla fronte. «Stai scherzando.»

«No» rispose. «Non sei l'unica a essere a un punto

morto. Potrebbe farmi comodo prendermi una pausa dal romanzo che sto...»

«Perché per te scrivere un romanzo rosa sarà *così* facile da essere riposante» lo punzecchiai.

«Mentre *tu* puoi immergerti nella tua nuova, deprimente visione del mondo e vedere se ci stai comoda. Se è *quella*, la nuova January Andrews. E il primo che vende il libro – con uno pseudonimo, se preferisci – vince.»

Aprii la bocca per dire qualcosa, ma non ci riuscii. La richiusi e tentai di nuovo. «Vince *cosa*?»

Gus inarcò le sopracciglia. «Be', prima di tutto, avrai venduto un libro, quindi potrai pagare le bollette e continuare a riempirti la borsa di bottiglie di vino. In secondo luogo...» Ci pensò un momento. «Chi perde promuoverà il libro del vincitore, scriverà un bell'endorsement per la copertina, lo raccomanderà nelle interviste, ne parlerà in occasione degli eventi letterari eccetera, favorendo le vendite. Infine, se vinci potrai rinfacciarmelo per sempre. E ho il sospetto che per te sia una cosa che non ha prezzo.»

Non riuscii a nascondere il sorriso che si stava facendo largo sul mio viso. «Vero.» Quello che stava dicendo aveva senso, da un certo punto di vista. Gli ingranaggi del mio cervello cominciarono a mettersi in moto – dopo almeno un anno in cui erano stati fuori servizio. In cuor mio, pensavo *davvero* di poter scrivere il tipo di libro che scriveva Gus, di poter emulare il Grande Romanzo Americano.

Con i romanzi rosa era diverso. Significavano moltissimo per me, e i miei lettori aspettavano da troppo tempo: non potevo dare loro qualcosa in cui non credevo al cento per cento.

Aveva senso. Tutto, a parte un ultimo dettaglio. Lo guardai, diffidente. Gus ricambiò lo sguardo. «E *tu* cosa ci guadagni?» gli chiesi.

«Oh, le stesse cose» rispose. «Voglio avere qualcosa da rinfacciarti. E poi ci sono i soldi. I soldi sono sempre utili.»

«Oh-oh» dissi. «Anche i distaccatamente arrapati hanno problemi economici?»

«Impiego molto tempo per scrivere i miei romanzi» rispose Gus. «Gli anticipi sono buoni, ma nonostante le borse di studio, avevo diversi prestiti studenteschi e qualche vecchio debito da estinguere, e poi ho speso parecchi soldi per mettere a posto questa casa. Se riuscissi a vendere qualcosa in fretta mi sarebbe di grande aiuto.»

Portai le mani al petto, fingendomi scandalizzata. «E quindi ti abbasseresti a rifilare ai tuoi lettori il sogno sadomasochista dell'amore eterno?»

Gus si rabbuiò. «Se la cosa non ti interessa, lasciamo stare.»

Ma ormai non potevo più lasciar stare. Ormai dovevo dimostrare a Gus che quello che facevo era più difficile di quanto sembrasse, che ero brava quanto lui. Inoltre, avere Augustus Everett che promuoveva il mio libro avrebbe portato una serie di vantaggi a cui non potevo permettermi di rinunciare.

«Ci sto» dissi.

Mi fissò negli occhi, la bocca che si sollevava in un accenno di sorriso beffardo. «Sicura? Potrebbe essere molto umiliante.»

Mi lasciai sfuggire una risata. «Oh, non vedo l'ora. Ma ho deciso che ti renderò le cose *un po'* più facili. Ci aggiungo un corso intensivo sul romanzo rosa.»

«Bene» disse Gus. «Allora ti spiegherò il mio processo di ricerca. *Io* ti aiuterò ad assecondare il tuo nichilismo latente e *tu* mi insegnerai a cantare come se nessuno mi ascoltasse, ballare come se nessuno mi guardasse e amare come se nessuno mi avesse mai ferito.»

Il suo sorriso era contagioso, anche se un po' troppo sicuro di sé.

«Pensi davvero di farcela?» gli chiesi.

Sollevò una spalla. «E *tu*?»

Lo guardai negli occhi, mentre ci riflettevo. «E tu promuoverai il mio libro? Se vinco e riesco a pubblicarlo, scriverai una bella frase a effetto da mettere in copertina, anche se il romanzo fa schifo?»

Mi rivolse di nuovo quel suo sguardo sexy e perverso. Era come se i suoi occhi diventassero più grandi e scuri mentre era perso nei suoi pensieri. «Ricordo come scrivevi a ventidue anni» mi disse. «Non potrà mai fare schifo.»

Cercai di non arrossire. Non capivo come potesse farlo: un istante prima era scortese, quasi altezzoso, e quello dopo ti ricopriva di complimenti.

«La risposta è sì, comunque» aggiunse, protendendosi in avanti. «Anche se scrivessi l'adattamento al sequel di *Amore estremo* e riuscissi a venderlo, ti aiuterò a promuoverlo.»

Mi appoggiai allo schienale, per mettere un po' di distanza tra di noi. «D'accordo. Allora ti faccio una proposta. Scriviamo dal lunedì al venerdì e dedichiamo il fine settimana alla *formazione*.»

«Formazione» ripeté.

«Il venerdì ti accompagno a fare le ricerche che fai di

solito. Il che comprende...» Gli feci cenno di completare la frase.

Mi rivolse un sorriso malizioso. Era davvero molto perverso. «Oh, comprende un sacco di cose affascinanti» disse. «E poi il sabato facciamo tutto quello che fai di solito per i tuoi romanzi: voli in mongolfiera, lezioni di vela, viaggi in moto, cenette a lume di candela nella veranda di un ristorante con una pessima cover band in sottofondo e *tutta quella roba lì*.»

Mi sentii di nuovo avvampare. Ci aveva preso in pieno. Cioè, non avevo fatto nessun viaggio in moto (non avevo tendenze suicide), ma ero *davvero* salita su una mongolfiera per preparare il mio terzo romanzo, *Luce del Nord*.

Lui sorrise, divertito dalla mia espressione.

«Allora, affare fatto?» Mi porse la mano.

La mia mente cominciò a mulinare vorticosamente. Non è che avessi molte alternative. Forse uno scrittore depresso poteva scrivere soltanto un libro deprimente. «Affare fatto.» Afferrai la sua mano, fingendo di non sentire la scarica elettrica provocata dal contatto con la sua pelle.

«Solo un'ultima cosa» aggiunse in tono solenne.

«Cosa?»

«Promettimi di non innamorarti di me.»

«*Oddio!*» Gli diedi una spinta e mi appoggiai di nuovo allo schienale, ridendo. «Stai per caso citando *I passi dell'amore*?»

Gus mi sorrise di nuovo. «Gran film» disse. «Scusa, *pellicola*.»

Alzai gli occhi al cielo, continuando a ridere.

Scoppiò a ridere anche lui. «Dico davvero. Quella volta sono riuscito a pomiciare, al cinema.»

«Mi rifiuto di credere che una ragazza possa svilire la storia d'amore più bella che sia mai stata raccontata, permettendo a un Gus Everett adolescente di palpeggiarla.»

«Credi quello che vuoi, January Andrews» disse. «Jack Reacher rischia la vita ogni giorno, per garantirti quella libertà.»

9

IL MANOSCRITTO

Quando mi svegliai, non avevo i postumi di una sbornia, ma un messaggio di Shadi che diceva: Ha uno scaffale PIENO di cappelli vintage!!!

E come fai a saperlo?, risposi.

Mi alzai dal divano e andai in cucina. Nonostante non avessi ancora trovato il coraggio di salire al piano di sopra né di dormire nella stanza degli ospiti al pianterreno, in cucina avevo cominciato a orientarmi. Sapevo che il bollitore con le rose era già sul fornello e che non c'era la macchinetta del caffè automatica ma una caffettiera a stantuffo con relativo macinino. Doveva essere un contributo di Sonya, perché mio padre aveva sempre bevuto esclusivamente le cialde di Starbucks che mia madre comprava in quantità, o il tè verde che lo supplicava di bere al loro posto.

Nemmeno io ero un tipo schizzinoso in fatto di caffè – potevo chiudere un occhio sull'uso degli sciroppi aromatizzati e tutto il resto –, ma cominciavo quasi tutte le mattine con qualcosa che si potesse quantomeno mandare giù senza zucchero. Riempii il bollitore e accesi il fornello, con il piacevole odore terroso del gas che si diffondeva nell'aria. Inserii la spina del macinacaffè e nell'attesa guardai fuori dalla finestra. La foschia della sera prima era ancora lì e tingeva il lembo di bosco tra la casa e la spiaggia di una sfumatura tra il grigio e il blu. Faceva freddo, e mi strinsi nella vestaglia, rabbrividendo.

Mentre aspettavo che il caffè fosse pronto, vibrò il telefono.

ALLORA, esordì Shadi, abbiamo fatto un'uscita tra colleghi e COME AL SOLITO mi ha ignorato, ECCETTO quando non lo stavo guardando e poi a un certo punto mi sono accorta che mi fissava. Così alla fine è andato in bagno e dovevo andarci anch'io, quindi ero in corridoio ad aspettare e quando è uscito mi fa: "ehi, shad" e io: "cavoli, finora ero straconvinta che fossi muto" e lui ha scrollato le spalle. Allora gli faccio: "comunque stavo pensando di andare via". E lui: "Oh, accidenti, davvero?" e si capiva benissimo che era deluso, così gli dico: "pensavo di andare via con te comunque" e lui era SUPER nervoso!! E anche emozionato, tipo: "ah sì? È una bella idea. Quando vuoi andare?" e io: "be', subito". E il resto è storia.

Accidenti, risposi. È una storia vecchia come il mondo.

Altroché, replicò Shadi. Una ragazza incontra un ragazzo. Il ragazzo ignora la ragazza eccetto quando lei non lo guarda. La ragazza va a casa col ragazzo e vede che ripone il suo cappello stregato su uno scaffale pieno di cappelli.

Quando il timer suonò, pressai il caffè e ne versai un po' in una tazza a forma di orca dei cartoni animati, poi presi tazza e computer e uscii in terrazzo, rabbrividendo piacevolmente. Mi accomodai su una sedia e cominciai a stilare un elenco mentale delle cose da fare quel giorno e per il resto dell'estate.

Prima di tutto avevo bisogno di capire che direzione stava prendendo il mio libro, se non quella di un romanzo da ombrellone pieno di buoni sentimenti con un padre single per protagonista. Poi dovevo organizzare lo scenario da commedia romantica per Gus, fissato per sabato.

Al solo pensiero il mio stomaco fece una capriola. Ero quasi convinta che mi sarei svegliata in preda al panico, per via del nostro accordo. Invece ero emozionata. Per la prima volta dopo anni avrei scritto un libro che non si aspettava *nessuno*. E avrei avuto la possibilità di osservare da vicino Gus mentre cercava di scrivere un romanzo rosa.

Oppure mi sarei resa terribilmente ridicola e, ancora peggio, avrei deluso Anya. Ma non era il momento di pensarci. Avevo del lavoro da fare.

A parte dedicarmi al libro e prenotare (l'unico) Uber per andare da Pete a recuperare l'auto, decisi che avrei varcato la soglia della seconda camera da letto del piano di sopra e fatto una cernita di tutto ciò che conteneva, dividendo in: cose da buttare, da regalare o da vendere.

Inoltre mi ripromisi di portare i miei effetti personali nella stanza al pianterreno. Il divano era andato bene per le prime notti, ma quella mattina mi ero svegliata con il collo bloccato.

Il mio sguardo andò alla serie di finestre sul retro della casa di Gus. In quel preciso istante, lo vidi entrare in cucina e infilarsi (che orrore!) una maglietta scura e sgualcita. Mi girai svelta dall'altra parte.

Non poteva essersi accorto che lo stavo guardando. Ma più ci pensavo, più temevo di averlo fissato un paio di secondi di troppo prima di distogliere lo sguardo. Nella mente avevo impresse le immagini dei muscoli delle sue braccia mentre si infilava la maglietta, il ventre piatto e i fianchi spigolosi. Aveva messo su qualche chilo rispetto al college (non che ci volesse molto), ma gli stavano bene. O magari stavano bene a me.

Dovevo ammetterlo: lo avevo fissato qualche secondo di troppo.

Guardai di nuovo nella sua direzione e sussultai. Gus era fermo davanti alla porta a vetri. Sollevò la tazza come per un brindisi. Gli risposi sollevando la mia, e poi sparì.

Se Gus Everett si stava già mettendo al lavoro, dovevo farlo anch'io. Accesi il computer e fissai il documento che stavo riscrivendo negli ultimi giorni. Un colpo di fulmine. Non c'erano colpi di fulmine nei romanzi di Augustus Everett, di questo ero sicura al cento per cento.

Cosa c'era, allora? Non avevo letto nessuno dei suoi due libri, né *Rochambeau* né *Le rivelazioni*, ma avevo letto un numero sufficiente di recensioni da soddisfare la mia curiosità.

Persone che facevano la cosa sbagliata per i motivi giusti. Persone che facevano la cosa giusta per i motivi sbagliati. Che ottenevano ciò che volevano soltanto per esserne completamente distrutte.

Famiglie contorte, piene di segreti.

Be', ne sapevo qualcosa! La fitta di dolore mi attraversò da parte a parte. Era la stessa sensazione dei primi secondi di un'ustione: all'inizio non riesci a capire se quello che ti ferisce la pelle è caldo o freddo, ma sai che farà un danno in entrambi i casi.

Il ricordo del litigio con mia madre dopo il funerale montò come un'onda di marea.

Jacques aveva raggiunto l'aeroporto subito dopo la funzione per tornare al lavoro, perdendosi lo scontro con Sonya, e dopo che anche lei se ne fu andata, io e la mamma ci mettemmo in viaggio.

Litigammo per tutto il tragitto fino a casa. No, non è vero. Io litigai. Anni di emozioni che avevo scelto di non provare. Anni di tradimento che le costringevano a riemergere.

«Come hai potuto tenermelo nascosto?» avevo urlato mentre guidavo.

«Non sarebbe dovuta venire!» aveva detto la mamma, nascondendo il viso tra le mani. «Non posso parlarne» aveva singhiozzato, scuotendo la testa. «*Non posso.*»

Da quel momento, le sue risposte a ogni mia domanda erano state: *Non posso parlarne. Non posso parlare di lui in questo modo. Non ho intenzione di parlarne. Non posso.*

Avrei dovuto capire. Avrei dovuto tenere in maggiore considerazione i suoi sentimenti.

Quello era il momento in cui avrei dovuto diventare adulta, in cui avrei dovuto abbracciarla forte, promettendole che sarebbe andato tutto bene, che avrei alleviato il suo dolore. È quello che fanno le figlie grandi per le madri. Ma in chiesa mi ero come spezzata a metà e per la prima volta era uscito tutto quanto allo scoperto.

Centinaia di notti in cui avevo scelto di non piangere. Migliaia di momenti in cui mi ero preoccupata di *preoccuparmi.* Temendo che, se l'avessi fatto, avrei peggiorato le cose per i miei genitori. Perché dovevo essere forte. *Dovevo* essere felice, in modo da non trascinarli a fondo.

In tutti quegli anni, vissuti nel *terrore* che mia madre morisse, avevo nascosto le cose brutte e trasformato la mia vita in una vetrina scintillante per il suo bene.

Avevo fatto ridere i miei genitori. Li avevo resi orgogliosi. Avevo portato a casa ottimi voti, lottato con le unghie e con i denti per stare al passo con Gus Everett. Ero rimasta sveglia fino a tardi a leggere con papà e mi ero alzata presto fingendo che mi piacesse fare yoga con la mamma. Avevo raccontato loro la mia vita, sfinendoli di domande sulla loro, in modo da non dover rimpiangere di aver sprecato un solo istante. E avevo nascosto le emozioni complicate che si provano quando cerchi di imprimerti nella mente qualcuno che ami, per precauzione.

Mi innamorai a ventidue anni, proprio come loro, di un ragazzo di nome Jacques, che era una delle persone più adorabili e interessanti che avessi mai incontrato, e sfoggiai la nostra felicità davanti ai loro occhi il più spesso possibile. Rinunciai al dottorato per stare vicino ai miei, ma dimostrai loro che in realtà non avevo rinunciato a *niente*, pubblicando il mio primo romanzo a venticinque anni.

Guardate! Sto bene! Guardate! Ho ottenuto tutte le cose bellissime che volevate per me! Guardate! Non ci sono state ripercussioni!

E vissero tutti felici e contenti. Di nuovo.

Avevo fatto di tutto per dimostrare che stavo bene, che non ero preoccupata. Per *quella* storia. La storia in cui noi tre eravamo invincibili.

Tornando a casa dal funerale, non volevo più stare bene.

Volevo essere una bambina. Volevo gridare, sbattere le

porte, urlare: *Ti odio! Mi stai rovinando la vita!* come non avevo mai fatto.

Volevo che la mamma mi punisse, poi entrasse in punta di piedi nella mia camera e mi baciasse sulla fronte, mormorando: Lo so che sei spaventata.

Invece, si asciugò le lacrime, fece un respiro profondo e disse di nuovo: «Non ho intenzione di parlarne».

«Va bene» dissi, sconfitta. A pezzi. «Non parliamone.»

Quando tornai a New York, cambiò tutto. Le sue telefonate si diradarono, e quando mi chiamava si abbatteva su di me come un tornado. Mi travolgeva con i racconti della sua settimana per filo e per segno, poi mi chiedeva come stavo, e se esitavo troppo a lungo si faceva prendere dal panico e diceva che doveva andare, accennando a qualche lezione di ginnastica di cui si era dimenticata.

Aveva passato anni a tentare di accettare la propria morte, ma non aveva avuto il tempo di prepararsi per *quello*. Mio padre che ci lasciava e la cruda verità che veniva al suo funerale, distruggendo tutti i nostri bei ricordi. Stava soffrendo. Questo lo sapevo.

Ma stavo soffrendo anch'io, così tanto che per una volta non riuscivo a sfuggire al dolore in alcun modo. Non riuscivo nemmeno a scrivere il mio lieto fine.

Non volevo starmene seduta davanti al computer sul terrazzo di quella casa piena di segreti a strapparmi dal petto il ricordo di mio padre. Ma sembrava proprio che fosse l'unica cosa che *riuscivo* a fare. Perché avevo già cominciato a scrivere.

La prima volta che incontrò l'amore della vita di suo padre fu al suo funerale.

La mia storia d'amore con i romanzi rosa era cominciata nella sala d'attesa del radiologo della mamma. A lei non piaceva che entrassi anch'io – continuava a dirmi che la faceva sentire vecchia –, così avevo preso un tascabile logoro dallo scaffale e mi ero seduta, cercando di ignorare l'infausto ticchettio dell'orologio sopra lo sportello dell'accettazione.

Pensavo che avrei fissato la prima pagina per venti minuti, intrappolata in uno stato d'ansia permanente. Invece ne avevo lette centocinquanta e poi, quando si era fatta ora di andare a casa, avevo accidentalmente infilato il libro nella borsa.

Era la prima sensazione di sollievo che provavo da settimane, e da quel momento cominciai a divorare ogni romanzo rosa su cui riuscivo a mettere le mani. Poi, senza fare progetti concreti, cominciai a scriverne uno, accorgendomi che quella sensazione, *la* sensazione di innamorarmi di una storia e dei suoi personaggi mentre prendevano vita, era diversa da tutte le altre.

La prima diagnosi di mia madre mi insegnò che l'amore era una via di fuga, ma fu la seconda a insegnarmi che l'amore poteva essere un giubbotto di salvataggio quando stai annegando.

Più lavoravo alla mia storia d'amore, meno mi sentivo impotente nel mondo. Avevo dovuto abbandonare il progetto di frequentare il dottorato e diventare un'insegnante, ma potevo ancora aiutare le persone. Potevo regalare loro qualcosa di *bello*, qualcosa di divertente e pieno di speranza.

Funzionò. Per anni, ebbi uno scopo, una cosa bella su cui concentrarmi. Ma quando mio padre era morto, all'improvviso scrivere – la sola cosa che mi aveva sempre fatto sentire a mio agio, un verbo che rappresentava un posto tutto mio, la cosa che mi aveva affrancato dai momenti più bui riempiendomi il petto di speranza quando il mio cuore era pesante – mi sembrò impossibile.

Fino a ora.

E va bene, non era proprio un romanzo, piuttosto una specie di diario in terza persona. Ma le parole mi fluivano dalle mani, ed era passato così tanto tempo dall'ultima volta che era successo che avrei esultato anche se sul mio documento Word avessi trovato scritto mille volte IL MATTINO HA L'ORO IN BOCCA.

Non poteva essere peggio di *questo* (????):

Non aveva idea se suo padre avesse davvero amato Quella Donna. Non sapeva nemmeno se avesse amato sua madre. Le tre cose che aveva amato, ne era certa, erano i libri, le barche, e gennaio.

Non era soltanto perché ero nata io. Per lui era come se fossi nata a gennaio *perché* era il mese più bello, e non il contrario.

In Ohio, lo avevo sempre considerato il mese di gran lunga peggiore dell'anno. Spesso nevicava soltanto a febbraio, e quindi gennaio non era altro che un periodo grigio, freddo e buio in cui non c'erano più festività importanti da aspettare con ansia.

Nel Michigan occidentale è diverso, aveva sempre detto papà. C'era il lago che ghiacciava sotto metri di neve. Era possibile attraversarlo a piedi, come una specie di tundra marziana. Al college, Shadi e io avevamo deciso di andarci per un fine settimana, poi aveva ricevuto una telefonata con la notizia che il suo pastore scozzese era morto, così avevamo passato il weekend a guardare *Masterpiece Classic* e a mangiare marshmallow.

Tornai a concentrarmi sul mio libro.

Se le cose fossero andate diversamente, sarebbe andata nella cittadina sul lago in inverno, anziché in estate, si sarebbe seduta dietro le grandi vetrate a fissare i blu imbiancati e gli insoliti verdi ghiacciati della spiaggia innevata.

Ma aveva una specie di presentimento inquietante, la paura di doversi ritrovare faccia a faccia con il fantasma di suo padre, se si fosse presentata al momento opportuno.

L'avrei visto ovunque. Mi sarei chiesta cos'avesse provato davanti a ogni dettaglio, mi sarei ricordata della nevicata della sua infanzia che una volta mi aveva descritto: *Tutte quelle sfere minuscole, January, come se il mondo fosse una soffice meringa. Zucchero puro.*

Aveva un modo tutto suo di descrivere le cose. Quando la mamma lesse il mio primo libro, mi disse che riusciva a vederci papà. Era per come scrivevo.

Non faceva una piega. Avevo imparato da lui ad amare le storie, dopotutto.

Era orgogliosa di tutte le cose che aveva in comune con lui, guardava con affetto alle loro somiglianze. Entrambi nottambuli. Disordinati. Perennemente in ritardo, sempre con un libro in mano.

Non mettevamo la protezione solare e andavamo matti per le patate. Vivi quando eravamo sull'acqua. Le braccia spalancate, i giubbotti che frusciavano, gli occhi socchiusi contro il sole.

Ora temeva che quelle somiglianze tradissero la terribile stortura che abitava dentro di lei. Forse, come suo padre, era incapace di quell'amore che aveva trascorso la vita a inseguire.

O forse quell'amore non esisteva e basta.

10

L'INTERVISTA

Da qualche parte avevo letto che ci volevano diecimila ore per diventare esperto in qualcosa. Scrivere era diverso, un "qualcosa" di troppo vago per essere misurato in diecimila ore. Forse, fare brainstorming sdraiati in una vasca da bagno vuota per diecimila ore equivaleva a essere un esperto di brainstorming dentro una vasca da bagno vuota. Forse, portare a passeggio il cane del vicino cercando di risolvere tra sé un problema di trama equivaleva a diventare un risolutore professionista di intrecci.

Ma quelle cose erano parti di un tutto.

Probabilmente avevo passato più di diecimila ore a *digitare al computer* (tra romanzi pubblicati e quelli accantonati), e non ero ancora un'esperta quando si trattava di digitare al computer, figuriamoci a scrivere libri. Perché passare diecimila ore a scrivere narrativa piena di buoni sentimenti e altre diecimila a leggerla non ti rendeva un'esperta capace di scrivere qualsiasi altro genere di libro.

Non sapevo cosa stavo facendo. In realtà non ero nemmeno sicura di stare facendo *qualcosa*. C'era una discreta possibilità che mandando quella bozza ad Anya ricevessi un'e-mail del tipo: *Perché mi hai mandato il menu del Red Lobster?*

Non sapevo se sarei *riuscita* a concludere quel libro, però lo stavo scrivendo. Era un flusso disperato di parole, con alti e bassi dolorosi, simile alle onde che si infrangevano da qualche parte oltre il muro di nebbia.

Non raccontava la mia vita, ma ci andava vicino. La conversazione fra le tre donne – Ellie, sua madre e la controfigura di Sonya, Lucy – era la stessa, parola per parola, anche se ero consapevole che non dovevo fidarmi tanto della mia memoria, ultimamente.

Perché era *impossibile* che papà fosse stato qui, in questa casa, quando il cancro della mamma era tornato. Non poteva essere qui, perché fino al giorno in cui era morto ricordavo di averli visti ballare scalzi in cucina, ricordavo che le aveva accarezzato i capelli e baciato la testa, che l'aveva accompagnata in ospedale con me seduta sul sedile posteriore ad ascoltare la playlist che avevamo fatto insieme.

Always on My Mind di Willie Nelson.

Mamma e papà che si tenevano per mano sul vano portaoggetti.

Certo, ricordavo anche i "viaggi di lavoro". Ma era proprio quello il punto. Ricordavo le cose come pensavo fossero state, e poi la verità, Quella Verità, aveva strappato i miei ricordi come fossero immagini stampate su carta.

I tre giorni seguenti furono un fermento di scrittura, pulizie e poco altro. A parte una scatola di carta regalo, un paio di giochi da tavolo e una montagna di asciugamani e lenzuola, nella camera da letto al piano di sopra non c'era niente di minimamente personale. Avrebbe potuto benissimo essere una casa per le vacanze qualsiasi, o una casa modello, la promessa incompleta di una generica vita gradevole.

L'arredamento del piano superiore mi piaceva molto meno della calda atmosfera bohémienne del pianterreno. Non sapevo bene se esserne sollevata o delusa.

Se un tempo c'era stata l'impronta di mio padre, o di *lei*, quella donna si era già data da fare per cancellarla.

Mercoledì, fotografai i mobili e li postai su un sito di vendita online. Giovedì, impacchettai lenzuola, giochi in scatola e carta regalo per darli in beneficenza. Venerdì, tolsi tutte le lenzuola e gli asciugamani dagli scaffali del bagno al piano di sopra e li portai nella lavanderia al pianterreno, ficcandoli in lavatrice prima di sedermi a scrivere.

Finalmente la foschia si era diradata e l'aria era di nuovo calda e afosa, così aprii le finestre e le porte e accesi i ventilatori.

Negli ultimi tre giorni avevo intravisto Gus solo di rado. Per quel che ne sapevo, scriveva spostandosi da una stanza all'altra. Se al mattino lavorava al tavolo della cucina, quando io mi versavo la seconda tazza di caffè non c'era già più. Se spariva tutto il giorno, la sera si materializzava all'improvviso sul terrazzo e lavorare alla luce del portatile, con le falene a fargli compagnia.

Ogni volta che lo avvistavo, perdevo la concentrazione. Era troppo divertente immaginare cosa stava scrivendo, scervellarmi sui possibili scenari. Speravo si trattasse di vampiri.

Il venerdì pomeriggio ci sincronizzammo per la prima volta, seduti a tavola davanti alle rispettive finestre.

Lui in cucina, rivolto verso casa mia.

Io lo stesso, rivolta verso casa sua.

Quando ce ne accorgemmo, sollevò la bottiglia di birra proprio come aveva fatto per il finto brindisi con la tazza di caffè qualche giorno prima. Ricambiai alzando il mio bicchiere d'acqua.

Le finestre erano aperte. Potevamo parlare, ma avremmo dovuto gridare.

Invece, Gus mi sorrise e prese l'evidenziatore e il taccuino che aveva accanto a sé. Scrisse qualcosa, poi sollevò il foglio, in modo che potessi leggere:

LA VITA È SENZA SENSO, JANUARY. SE GUARDI A LUNGO NELL'ABISSO, L'ABISSO GUARDERÀ TE.

Soffocai una risata, poi presi un pennarello dallo zaino, avvicinai il mio quaderno e andai a una pagina bianca. A grandi lettere squadrate, scrissi:

MI HAI FATTO VENIRE IN MENTE QUEL VIDEO DI TAYLOR SWIFT.

Un sorriso gli illuminò il volto. Scosse la testa, poi tornò al suo lavoro. Nessuno dei due disse un'altra parola e nessuno dei due si spostò in un'altra stanza. Questo finché Gus non bussò alla mia porta con due thermos da viaggio in mano, pronto per la nostra prima escursione.

Guardò gli stivali e il vestito che indossavo – lo stesso

abito nero e scomodo che avevo all'incontro del club del libro –, poi scosse la testa. «Non... non ci siamo.»

«Sono elegantissima» protestai.

«Sono d'accordo. Se andassimo all'American Ballet Theatre, saresti perfetta. Però credimi, January, per questa sera *non* è adatto.»

«Sarà una lunga serata» mi avvertì Gus. Eravamo nella sua auto e stavamo costeggiando il lago, diretti a nord. Il sole era basso all'orizzonte e gli ultimi raggi febbrili coloravano ogni cosa facendola sembrare zucchero filato in controluce. Quando gli avevo chiesto di scegliere il mio nuovo outfit per risparmiarmi il disturbo, temevo che si sarebbe sentito a disagio. Invece mi aveva seguito nella stanza degli ospiti al pianterreno, aveva dato un'occhiata al mio sparuto guardaroba e aveva scelto gli shorts di jeans che indossavo quando ci eravamo incontrati in libreria e la mia maglietta con Carly Simon, dopodiché ci eravamo messi in marcia.

«Penso di reggere, a patto che tu non mi faccia ascoltare *Everybody Hurts* due volte di fila» gli dissi.

Mi sorrise, socchiudendo le palpebre. «Non preoccuparti. Mi ero fatto convincere da un amico a festeggiare un'occasione speciale. Non succederà più» disse, fermandosi a un semaforo rosso. Stava tamburellando con le dita sul volante e il mio sguardo scivolò sulle vene del suo avambraccio, risalendo lungo il bicipite fino all'orlo della manica. Jacques era bello come un modello di biancheria intima, con tutti i muscoli al posto giusto, un sorriso smagliante e i capelli castano dorato sempre impeccabili. Ma erano le piccole imperfezioni di Gus – le cicatrici e le asperità e le linee irregolari e gli spigoli – e il modo in cui si combinavano che rendevano difficile smettere di guardarlo e mi facevano venir voglia di vedere di più.

Si protese in avanti per regolare la temperatura dell'abitacolo, lanciandomi un'occhiata di sfuggita. Distolsi rapidamente lo sguardo, cercando di svuotare la mente prima che potesse leggermi nel pensiero.

«Preferisci che ti faccia una sorpresa?» mi chiese.

Il mio cuore cominciò a fare le capriole. «In che senso?»

«Sulla nostra destinazione.»

Mi rilassai. «Mmh. Sarà sicuramente qualcosa di così inquietante da volerne scrivere in un *tuo* romanzo. No, grazie.»

«Mi sembra molto saggio» disse. «Andremo a intervistare una donna che ha una sorella in una setta suicida.»

«Stai scherzando.»

Scosse la testa.

«Oddio» esclamai, ridendo per lo shock. All'improvviso la tensione che mi ero immaginata svanì. «Gus, stai scrivendo una *commedia romantica* su una setta che predica il suicidio di massa?»

Alzò gli occhi al cielo. «Ho fissato l'intervista prima della nostra scommessa. Inoltre, lo scopo di questa uscita è insegnarti a scrivere letteratura di un certo livello.»

«Be', comunque sia non stavi scherzando quando dicevi di guardare nell'abisso» osservai. «Quindi, in pratica, lo scopo di questa lezione è: *Il mondo fa schifo, quindi mettiti al lavoro e raccontalo*?»

Gus mi rivolse una smorfia. «No, signorina Sottuttoio. Lo scopo della lezione è lavorare sui personaggi e sui dettagli.»

Finsi di essere sbalordita. «Ti sembrerà una coincidenza assurda, ma funziona così anche per la narrativa femminile!»

«Ti ricordo che sei stata tu a proporre questa cosa delle lezioni come parte integrante dell'accordo» disse lui. «Se hai intenzione di prendermi in giro tutto il tempo, sarò ben lieto di lasciarti alla serata del dilettante più vicina e venirti a prendere sulla via del ritorno.»

«Okay, va bene» dissi, liquidandolo con un cenno della mano. «Personaggi e dettagli. Stavi dicendo...»

Gus scrollò le spalle. «Mi piace descrivere situazioni stravaganti. Personaggi ed eventi che *sembrano* troppo assurdi per essere reali ma che funzionano comunque. L'attenzione al dettaglio aiuta a rendere credibile l'incredibile. Quindi faccio molte interviste. È interessante vedere cosa ricordano le persone di una determinata situazione. Per esempio, se voglio scrivere di un fanatico a capo di una setta convinto di essere una coscienza aliena che si reincarna da secoli nei più grandi capi di stato del mondo, devo anche sapere che scarpe indossa e cosa mangia a colazione.»

«Ma dici *davvero*?» lo stuzzicai. «I lettori vogliono sul serio questo genere di storie?»

Lui scoppiò a ridere. «Sai, forse il motivo per cui non riesci a finire il tuo libro è proprio questo: continui a chiederti cosa vogliono leggere tutti gli altri, invece di chiederti cosa vuoi scrivere tu.»

Incrociai le braccia, sulla difensiva. «Allora dimmi, Gus. Come farai a infilare una storia d'amore in un libro che parla di una setta suicida?»

Si lasciò andare contro il poggiatesta, gli zigomi affilati

che disegnavano un'ombra sul suo viso. Si grattò la mandibola. «Prima di tutto, quand'è che ho detto che l'intervista è per il mio romanzo rosa? Potrei benissimo mettere da parte tutti i miei appunti, finché non vinco la scommessa, e poi tornare a lavorare al mio prossimo romanzo *ufficiale*.»

«È così?» gli chiesi.

«Non lo so ancora» ammise. «Sto cercando di capire se posso unire le due cose.»

«Chissà» dissi, dubbiosa. «Spiegami di cosa si tratta. Magari posso darti una mano.»

«Va bene. Allora.» Regolò la presa sul volante. «La premessa è questa: un giornalista scopre che la fidanzatina del liceo, ex tossicodipendente, è entrata a far parte di una setta, così decide di infiltrarsi per smantellarla. Ma durante la sua permanenza comincia a scalare velocemente la gerarchia, salendo di grado rispetto alla ragazza che voleva *salvare*. E mentre lo fa, inizia ad aprire gli occhi, a capire che il capo della setta ha ragione. Su tutto. Alla fine la ragazza si spaventa e cerca di uscirne e di convincere anche *lui* a fuggire con lei.»

«Fammi indovinare» dissi. «Scappano, luna di miele a Parigi, vanno a vivere in una villetta nel Sud della Francia. Probabilmente diventano viticoltori.»

«Lui era intenzionato a ucciderla» disse Gus in tono piatto. «Per salvare la sua anima. Non ho ancora deciso se l'uccisione decreterà la fine della setta – con l'arresto dei capi eccetera – o se ne diventerà il nuovo profeta. La prima opzione mi piaceva, perché mi dava l'idea di un cerchio che si chiude: vuole farla uscire dalla setta; ci riesce. Vuole distruggere la setta; ci riesce. Ma la seconda opzione sembra più ciclica, da un certo punto di vista. È come se ogni persona danneggiata con il complesso dell'eroe potesse finire col diventare a sua volta un aguzzino. Non lo so. Forse potrei inserire un personaggio maschile o femminile con un problema di tossicodipendenza alla fine.»

«Carino» dissi.

«Proprio quello che speravo» rispose.

«Allora, hai qualche idea per la versione non deprimente del romanzo?»

«Be', quella cosa della fuga nel Sud della Francia mi è piaciuta. Roba incendiaria.»

«Sono contenta che la pensi come me.»

«Comunque» disse. «Troverò una soluzione. Una commedia romantica su un culto suicida mi sembra notevole. E tu? Di cosa parla il tuo libro?»

Finsi di vomitarmi addosso.

«Carino» mi imitò lui, rivolgendomi un sorriso. A proposito di incendi, a volte avevo l'impressione di vederli riflessi nei suoi occhi. Eravamo al buio, per fortuna. Quegli occhi non avrebbero dovuto avere il permesso, fisico o morale, di brillare in quel modo. Le sue pupille mostravano un'evidente mancanza di rispetto nei confronti delle leggi di natura. Mi sentivo bruciare di desiderio sotto quello sguardo.

«Non ne ho idea» dissi, quando finalmente tornò a concentrarsi sulla strada. «Ora più che mai. Credo che parli di una ragazza.»

Aspettò che proseguissi, e quando non lo feci, disse: «Wow».

«Lo so.» C'era anche altro. C'era il padre che adorava. C'erano un'amante e una casa sulla spiaggia nella città in cui era cresciuto, e gli appuntamenti della moglie per la radioterapia. Ma anche se io e Gus Everett ci eravamo avvicinati (tutta colpa dei suoi occhi), non ero pronta per rispondere alle domande che sarebbero scaturite da quella conversazione.

«Comunque, perché ti sei trasferito qui?» chiesi dopo qualche minuto di silenzio.

Gus si sistemò sul sedile. Era evidente, anche lui non voleva parlare con *me* di molte cose. «Per scrivere il libro» disse. «Ho letto di una setta. Negli anni Novanta. C'era questo grande complesso nei boschi, prima che si venisse a sapere della sua esistenza. Succedevano un sacco di cose illegali. Sono qui da cinque anni per intervistare le persone e fare ricerche.»

«Davvero? Ci stai lavorando da cinque anni?»

Mi lanciò un'occhiata. «Ci sono un sacco di ricerche da fare. E nel frattempo stavo finendo il mio secondo libro e girando per promuoverlo eccetera. Non è che sono stato per cinque anni davanti a una macchina da scrivere facendo pipì dentro una bottiglia.»

«Il tuo dottore sarebbe contento di saperlo.»

Proseguimmo immersi in un silenzio teso, poi Gus abbassò il finestrino e io lo imitai. La folata di aria fresca spazzò via l'imbarazzo. Avremmo potuto benissimo essere due estranei sulla stessa spiaggia o sullo stesso autobus o traghetto.

Il sole a poco a poco cominciò a sparire. Alla fine, Gus armeggiò con la radio e si sintonizzò su un canale di vecchi successi che stava trasmettendo Paul Simon.

«Adoro questa canzone» mi disse, con il vento che turbinava nell'abitacolo.

«Davvero?» gli chiesi, sorpresa. «Temevo che mi avresti fatto ascoltare Elliott Smith o la versione di *Hurt* di Johnny Cash per tutto il tragitto.»

Gus alzò gli occhi al cielo, ma stava sorridendo. «E io temevo che avresti portato una playlist di Mariah Carey.»

«Cavoli, perché non ci ho pensato?»

La sua risata burbera si perse quasi del tutto nel vento, ma bastò comunque a farmi arrossire.

Ci vollero due ore per uscire dall'autostrada e poi altri trenta minuti di strade secondarie dissestate dal ghiaccio e illuminate soltanto dai fanali delle auto e dalle stelle sopra di noi.

Finalmente lasciammo il percorso tortuoso tra i boschi e ci fermammo in uno spiazzo di ghiaia davanti a un bar con il tetto di lamiera ondulata. L'insegna luminosa diceva THE BY-WATER.

A parte qualche motociclista e un pick-up scassato, lo spiazzo era deserto, ma dalle finestre illuminate vidi che il locale era affollato.

«Dimmi la verità» gli dissi. «Mi hai portato qui per uccidermi?»

Gus spense il motore e alzò i finestrini. «Per favore. Abbiamo guidato per tre ore. A North Bear Shores conosco un posticino perfetto per commettere un omicidio.»

«Fissi tutte le tue interviste in posti del genere? Bettole spaventose in mezzo al bosco?» gli chiesi.

Lui scrollò le spalle. «Soltanto le più importanti.»

Scendemmo dall'auto. Senza il vento a ottanta chilometri orari, l'aria era calda e umida, con nugoli di zanzare e lucciole. Mi parve di sentire il rumore dell'acqua a cui si riferiva l'insegna del bar, da qualche parte nel bosco.

Non era il lago, almeno non sembrava. Un torrente, probabilmente.

Ero sempre un po' in ansia quando andavo in posti come quello senza essere un'abitante del luogo, ma Gus pareva a proprio agio e appena entrammo nessuno alzò lo sguardo dalla propria birra o dal biliardo o dalla tresca che si stava consumando accanto al vecchio juke-box. Il locale era pieno di berretti mimetici, canottiere e giubbotti da caccia.

Ero profondamente grata a Gus per avermi spinto a cambiarmi l'abito.

«Chi dobbiamo incontrare?» gli chiesi, restandogli vicino, mentre scrutava gli avventori. Poi rivolse un cenno del capo a una donna sola seduta a un tavolino in fondo al locale.

Grace era sui cinquantacinque anni e aveva le spalle curve di chi ha passato molto tempo seduto, ma non necessariamente rilassato. Il che non faceva una piega. Era una camionista con quattro figli al liceo e nessun compagno su cui fare affidamento.

«Non che sia importante» disse, bevendo un sorso di Heineken. «Non siamo qui per parlare di me. Volete sapere di Hope.»

Hope, sua sorella. Hope e Grace. Erano gemelle e venivano dal Michigan settentrionale, non lontano dalla penisola superiore, ci spiegò.

«Vorremmo sapere tutto ciò che ti sembra rilevante» le disse Gus.

Lei volle essere sicura di non finire sui giornali. Gus scosse la testa. «È per un romanzo. I personaggi avranno nomi di fantasia e non avranno il vostro aspetto. La setta non sarà la stessa. L'intervista ci serve per capire la psicologia dei personaggi. Cosa spinge una persona a entrare in una setta, quando ti sei accorta che c'era qualcosa che non andava, con Hope. Cose del genere.»

Lei guardò l'ingresso del locale e poi di nuovo noi, con un'espressione incerta sul viso.

Mi sentii in colpa. Sapevo che era venuta di sua spontanea volontà, ma non doveva essere facile, per lei, togliere tutto quel sudiciume dal cuore e metterlo nelle mani di due estranei.

«Non sei obbligata» dissi d'impulso, e avvertii che Gus mi inceneriva con lo sguardo, ma continuai a fissare Grace, i suoi occhi acquosi, le sue labbra socchiuse. «So che parlarne non cambierà le cose. Ma anche tacere non le cambierà, e qualsiasi cosa tu senta il bisogno di dire, puoi farlo. Anche se soltanto per raccontare ciò che amavi di più di tua sorella, puoi parlarne.»

I suoi occhi divennero schegge di zaffiro taglienti e la sua bocca una linea serrata. Per un istante restò così, immobile e austera come la madonna di una Pietà scolpita nella pietra, che culla in grembo un ricordo sacro invisibile agli occhi.

«La sua risata» disse alla fine. «Quando rideva sembrava che nitrisse.»

Accennai un sorriso, ma un senso di oppressione nuovo si depositò sul mio petto. «Mi piace tanto quando le persone ridono così» ammisi. «Come la mia migliore amica. Sembra sempre che anneghi nel mare della vita. In senso buono. Come se le si infilasse su per il naso, no?»

Un sorriso dolce e fragile si schiuse sulle labbra sottili di Grace. «In senso buono» disse piano. Poi il sorriso si spense, e lei si grattò il mento scottato dal sole, sollevando le spalle ricurve e appoggiando gli avambracci sul tavolo. Si schiarì la voce.

«Non c'era niente» disse con voce strozzata. «Non c'era niente che non andasse. È questo che volevate sapere?» Gli occhi le si riempirono di lacrime e scosse il capo. «Quando me ne sono accorta, non c'era già più.»

Gus inclinò la testa di lato. «Com'è possibile?»

«Perché...» Aveva gli occhi pieni di lacrime, anche mentre scrollava le spalle. «La risata era sempre lì.»

Restammo in silenzio per quasi tutto il viaggio di ritorno. I finestrini alzati, la radio spenta, gli occhi sulla strada. Forse, pensai, Gus stava riordinando le informazioni che aveva avuto da Grace.

Io stavo pensando a mio padre. Mi ci vedevo benissimo, a ignorare tutte le domande che avevo su di lui finché non avessi raggiunto l'età di Grace. Finché Sonya non fosse morta, e anche la mamma, e non ci fosse stato più nessuno in grado di darmi delle risposte, nemmeno se avessi voluto.

Non ero pronta a passare la vita evitando di pensare all'uomo che mi aveva cresciuta, stando male ogni volta che mi tornava in mente la busta nella scatola sopra il frigorifero.

Ma ero anche stanca del dolore che sentivo dentro al petto, del peso che mi schiacciava le clavicole e dell'ansia che mi faceva sudare quando mi fermavo a riflettere sulla verità.

Chiusi gli occhi e mi abbandonai contro il poggiatesta, mentre il ricordo riaffiorava in superficie. Cercai di scacciarlo, ma ero troppo stanca, e mi arresi. Lo scialle lavorato all'uncinetto, lo sguardo sul viso di mia madre, la chiave sul palmo della mia mano.

Non volevo tornare in quella casa.

L'auto si fermò e aprii gli occhi di colpo.

«Scusa» balbettò Gus. Aveva inchiodato per evitare di centrare un trattore a un incrocio poco illuminato. «Ero distratto.»

«Perso nel tuo bellissimo cervello?» dissi, prendendolo in giro senza troppa convinzione. Gus sembrò non registrare le mie parole. Gli angoli della sua bocca erano fermamente piegati all'ingiù.

«Tutto bene?» mi chiese.

«Sì.»

Restò in silenzio qualche altro secondo. «È stato molto intenso. Se vuoi parlarne...»

Ripensai alla storia di Grace. Da quando aveva cominciato a frequentare quella gente, Hope non era mai stata meglio. Tanto per cominciare, aveva smesso con l'eroina: una sfida praticamente impossibile. «Ricordo che aveva un bel colorito» aveva detto Grace. «E i suoi occhi. Non so bene cosa fosse, ma quella gente era diversa. Pensavo che mi avessero restituito mia sorella. Quattro mesi dopo, non c'era più.»

Era stato un incidente, era morta a causa di un'emorragia interna provocata da una "punizione". Il complesso di roulotte che prendeva il nome di Nuovo Eden era bruciato mentre le indagini dell'FBI erano vicine a una soluzione.

Tutto quello che Grace ci aveva raccontato era perfetto per il romanzo originale di Gus. Non lasciava molto spazio a colpi di fulmine, né a un lieto fine. Ma era proprio quello il punto. Le ricerche di quella sera erano per *me*, per accompagnare il mio cervello lungo i sentieri che portavano al tipo di libro che avrei dovuto scrivere.

Non riuscivo a capire come fosse possibile. Come faceva Gus a percorrere strade così buie, per amore di una storia? Come faceva a tempestare Grace di domande, quando tutto quello che avrei voluto fare *io* era abbracciarla e chiederle scusa per ciò che il mondo le aveva portato via, e trovare un modo – uno qualsiasi – per rendere quella perdita un po' meno pesante?

«Devo fare benzina» disse Gus, uscendo dall'autostrada e fermandosi in un distributore deserto. C'erano soltanto campi inariditi a perdita d'occhio.

Scesi dalla macchina per sgranchirmi le gambe, mentre Gus faceva rifornimento. Col calar del sole, l'aria si era rinfrescata, ma non troppo. «È uno dei posti di cui mi parlavi? Per l'omicidio perfetto?» chiesi, facendo il giro dell'auto.

«Mi rifiuto di rispondere, dal momento che potresti portarmelo via.»

«Come darti torto» replicai. Dopo un istante, non riuscii più a trattenermi e gli feci una domanda: «Non ti disturba? Dover vivere nella tragedia di qualcun altro? Cinque anni. Un periodo lungo, per stare in un posto del genere».

Gus infilò l'erogatore nella pompa e chiuse il tappo del serbatoio. «Tutti dobbiamo affrontare qualche casino nella vita, January. A volte pensare a quelli degli altri è quasi un sollievo.»

«Va bene, come vuoi» dissi. «Tiralo fuori.»

Gus inarcò le sopracciglia, socchiudendo la bocca sexy e malefica. «Cosa?»

Incrociai le braccia e appoggiai il fianco alla portiera del conducente. Ero stanca di essere sempre la persona più fragile di tutte. Quella che nascondeva il vino nella borsa e che cercava di non tremare mentre qualcuno tirava fuori tutto il suo dolore e lo riversava sul tavolino di uno squallido bar. «Il misterioso casino di cui parlavi. Magari riesce davvero a non farmi pensare ai miei.» E ora anche a quelli di Grace, che mi schiacciavano il petto con la stessa intensità.

Gli occhi neri come l'inchiostro di Gus si posarono sul mio viso. «Nah» disse alla fine, e venne verso la portiera, ma io non mi mossi di un millimetro. «Mi stai ostacolando» disse.

«Davvero?»

Fece per prendere la maniglia e io mi spostai per impedirglielo. La sua mano mi sfiorò il fianco, facendomi fremere dalla testa ai piedi.

«Mi stai ostacolando ancora di più» disse piano, come a voler intendere: *Ti conviene spostarti.*

Mi sentii avvampare. La sua mano indugiava sul mio fianco. Sembrava che se ne fosse dimenticato, poi però il suo dito si contrasse e capii che non era così.

«È stato l'appuntamento più deprimente del mondo» dissi. «Il minimo che puoi fare è dirmi una cosa di te e perché la storia del Nuovo Eden è così importante.»

Inarcò un sopracciglio, divertito, e i suoi occhi scintillarono come se dentro ci fosse un falò. «Non era un appuntamento.»

In qualche modo, riuscì a farlo sembrare una cosa sconcia.

«Giusto, niente appuntamenti per te» dissi. «Perché? Fa sempre parte del tuo oscuro, misterioso passato?»

La sua bocca sexy e malefica si contrasse. «Cosa ci guadagno?»

Si avvicinò, e divenni super consapevole di ogni singola molecola di spazio tra di noi. Era dai tempi di Jacques che non ero così vicina a un uomo. Jacques profumava di acqua di colonia esclusiva; Gus aveva un odore dolce e affumicato, tipo incenso e aria salmastra. Jacques aveva due occhi azzurri che brillavano come una campana a vento nella brezza. Gli occhi neri di Gus mi entravano dentro come un cavatappi: *Cosa ci guadagno?*

«Una conversazione vivace?» dissi a voce insolitamente bassa.

Lui scosse la testa. «Dimmi perché ti sei trasferita qui, e io ti dirò *una* cosa del mio oscuro, misterioso passato.»

Valutai la sua offerta. Decisi che ne valeva la pena. «Mio padre è morto. Mi ha lasciato la sua casa delle vacanze.»

La verità, anche se incompleta.

Per la seconda volta, un'espressione che non riuscii a decifrare – comprensione? delusione, forse? – balenò sul suo viso, troppo fugace perché potessi afferrarla. «Ora tocca a te» lo incalzai.

«Bene» disse con voce roca. «Una cosa.»

Annuii.

Gus si avvicinò accostando la bocca al mio orecchio con aria complice, e il suo respiro caldo sul collo mi fece venire la pelle d'oca. Si girò per guardarmi e con l'altra mano mi toccò il fianco, leggero come un alito di vento. Il calore si diffuse fino al ventre, avvinghiandosi attorno alle mie cosce come un rampicante.

Assurdo: il ricordo di quella sera al college era così vivido che avevo immediatamente riconosciuto il suo modo di toccarmi. Quel primo contatto, sulla pista da ballo, leggero come una piuma e rovente, cauto, deliberato.

Mi resi conto che stavo trattenendo il fiato, e quando mi sforzai di respirare il mio petto si sollevò e si abbassò in modo ridicolo, come quello della protagonista di un romanzo erotico dell'Ottocento.

Come poteva *farmi* un effetto del genere? *Di nuovo?*

Dopo la sera appena trascorsa, quella sensazione, quel desiderio che sentivo dentro di me, non avrebbe dovuto essere possibile. Dopo *l'anno* che avevo passato, avevo creduto che non fosse più possibile.

«Ti ho mentito» mormorò nel mio orecchio. «Ho letto *tutti* i tuoi libri.»

Mi afferrò i fianchi e mi spostò dall'auto, aprì la portiera e salì, lasciandomi senza fiato, nel freddo improvviso del parcheggio.

11

IL NON APPUNTAMENTO

Trascorsi buona parte del sabato cercando di scegliere la meta perfetta per la prima avventura di Gus nel meraviglioso mondo del romanzo rosa. Anche se soffrivo di blocco cronico dello scrittore, ero pur sempre un'esperta del settore e il mio elenco di possibili ambientazioni per il suo corso di introduzione ai colpi di fulmine e ai lieto fine era interminabile.

Quella mattina, come prima cosa, avevo scritto un altro migliaio di parole, poi però avevo cominciato a vagare per casa e a cercare su Google il posto *perfetto*. Poiché non riuscivo a decidere, ero andata al mercato cittadino e avevo gironzolato tra le bancarelle, in cerca di ispirazione. Mi ero aggirata tra vasi di fiori freschi, rimpiangendo i giorni in cui potevo permettermi un mazzo di margherite per la cucina, delle calle per il comodino della camera da letto. Questo, quando io e Jacques abitavamo sotto lo stesso tetto. Se vivi da solo, a New York, non resta molto denaro per comprare cose che profumano una settimana e poi ti muoiono sotto gli occhi.

Mi fermai alla bancarella di un contadino del posto e riempii la sporta di polposi pomodori maturi, basilico e menta, cetrioli, e un cespo di lattuga fresca. Se non fossi riuscita a decidere cosa fare con Gus quella sera, magari potevamo preparare la cena insieme.

Al pensiero di una bella cenetta, mi brontolò lo stomaco. Non ero una patita dei fornelli – ci voleva troppo tempo e mi sembrava di non averne mai –, ma dovevo ammettere che riempire due bicchieri di vino rosso e muoversi in una cucina pulita, tagliando e sciacquando, mescolando e assaggiando da un cucchiaio di legno, aveva un che di romantico. Jacques adorava cucinare – io ero in grado di seguire una ricetta, d'accordo, ma lui preferiva un approccio più intuitivo, immersivo, e l'istinto culinario e la pazienza per il cibo erano cose che a me mancavano del tutto.

Pagai le mie verdure e sollevai gli occhiali da sole per entrare nella zona chiusa del mercato, alla ricerca di un po' di pollo o di una bistecca, tornando a sprofondare nei miei pensieri.

I personaggi potevano innamorarsi ovunque – in aeroporto, in officina o all'ospedale –, ma per un antiromantico ci voleva qualcosa di un po' più ovvio per mettere in moto il meccanismo. Per me, di solito, le cose migliori accadevano in maniera inaspettata, dagli errori e dai contrattempi. Non occorreva chissà quale ispirazione per inventare una trama. La parte difficile era trovare il momento che richiedeva un'alchimia impossibile da simulare: l'istante perfetto che definiva un libro, che lo rendeva vivo, trasformandolo in qualcosa di più grande della somma delle sue parole.

L'ultimo anno della mia vita lo aveva dimostrato. Potevo lavorare sulla trama tutto il giorno, ma non serviva a niente se non mi buttavo a capofitto nella storia, se la storia stessa non mi catturava con la forza di un tornado, risucchiandomi nel suo vortice. *Quello* era ciò che avevo sempre amato della lettura, ciò che mi aveva spinto a scrivere. La sensazione di un nuovo mondo, tessuto intorno a te come una ragnatela, e l'impossibilità di muoverti finché il disegno completo non si fosse rivelato.

L'intervista con Grace non aveva scatenato nessun tornado, ma mi ero comunque svegliata con un barlume di ispirazione. C'erano storie che meritavano di essere raccontate, storie che non avevo mai preso in considerazione, e provai un fremito di eccitazione al pensiero che forse potevo scriverne una, e farlo con *piacere*.

Volevo trasmettere anche a Gus quella sensazione. Volevo che si svegliasse e non vedesse l'ora di mettersi all'opera. Un conto era dimostrare quanto fosse difficile scrivere una commedia romantica, ed ero sicura che Gus lo avrebbe capito, ma fargli comprendere cosa amavo di quel genere – il fatto che leggerlo e scriverlo ti assorbiva completamente e ti trasformava come quando ti innamori *davvero* – era un altro paio di maniche.

Quando arrivai a casa, ero troppo distratta per lavorare, così decisi di impiegare il tempo in modo produttivo. Legai i capelli in una crocchia, infilai gli shorts e una canottiera di Todd Rundgren e andai nel secondo bagno del piano di sopra, munita di scatoloni e sacchetti dell'immondizia.

Papà e Quella Donna avevano riempito l'armadio di asciugamani e articoli da toeletta. Misi tutto negli scatoloni destinati alla beneficenza che poi portai nell'ingresso uno alla volta. Al terzo viaggio, mi fermai davanti alla finestra della cucina che si affacciava sulla casa di Gus. Era seduto a tavola e teneva sollevato un foglio enorme, per mostrarmelo. Sembrava che mi stesse aspettando.

Appoggiai lo scatolone al tavolo e mi asciugai il sudore dalle tempie con l'avambraccio, mentre leggevo:

OH JANUARY, JANUARY, DOVE SEI TU, JANUARY?

Il messaggio era ironico. Le farfalle nel mio stomaco decisamente no. Posai lo scatolone e presi il quaderno, scrivendo la risposta. Sollevai il foglio.

HO IL TELEFONO NUOVO, CHI SEI?

Gus scoppiò a ridere, poi tornò al suo computer. Ripresi lo scatolone e lo infilai nella Kia, dopodiché tornai in casa a prendere gli altri. L'umidità degli ultimi giorni aveva mollato, lasciando al suo posto un caldo arieggiato. Quando ebbi finito di caricare l'auto, mi versai un bicchiere di rosé e mi sedetti in terrazzo.

Il cielo era azzurro, attraversato pigramente da sporadiche nuvole soffici, e la luce del sole dipingeva le cime fruscianti degli alberi di un verde pallido. Se chiudevo gli occhi, isolandomi dal mondo esterno, riuscivo a sentire le urla e le risate in riva al lago.

A casa, il giardino di mamma e papà confinava con quello di una famiglia con tre bambini. Appena si erano trasferiti, papà aveva piantato un boschetto di sempreverdi lungo la staccionata, per avere un po' di privacy, ma nelle sere d'estate, mentre eravamo seduti attorno al fuoco, aveva sempre amato sentire le grida e le risate dei bambini che giocavano a nascondino o saltavano sul tappeto elastico o se ne stavano sdraiati dentro una tenda dietro la loro casa.

Papà amava il suo spazio personale, ma gli piaceva tenere presente che là fuori c'erano anche altre persone che vivevano la loro vita. Persone che non lo conoscevano o a cui non importava niente di lui.

Lo so, a certe persone dà fastidio sentirsi piccole, mi aveva detto una volta, *ma a me piace. Rendersi conto di essere soltanto una vita su sei miliardi toglie la pressione di dosso. E quando stai attraversando un momento difficile* – all'epoca, la mamma stava facendo la chemio – *è bello sapere che non sei l'unico.*

Per me valeva l'esatto contrario. Stavo dando rifugio a un dolore privato. Per l'universo, per il corpo di mia madre che la stava tradendo di nuovo. Per la vita che avevo sognato, che stava svanendo come foschia. Avevo guardato su Facebook i miei compagni di università fare il dottorato e viaggi internazionali (grazie a misteriosi finanziamenti). Li avevo guardati postare amorevoli auguri per la Festa della mamma dagli angoli più remoti del pianeta. Avevo ascoltato i bambini che vivevano dietro casa dei miei strillare e ridere mentre giocavano a Fantasmi.

E in segreto mi si era spezzato il cuore all'idea che il mondo potesse farci di nuovo un torto del genere, e mi ero sentita ancora peggio perché sapevo che parlarne avrebbe soltanto reso le cose più difficili per mia madre.

E poi l'aveva sconfitto di nuovo. E mi ero sentita così riconoscente. Più sollevata di quanto avrei mai potuto immaginare. La nostra vita era tornata a scorrere, e noi tre eravamo più forti che mai. Niente ci avrebbe più potuto separare, ne ero certa.

Tuttavia piangevo, per quegli anni persi tra visite mediche e capelli che cadevano e la mamma, quella che non si dava mai per vinta, sofferente sul divano. Quelle emozioni non si adattavano alla nostra bellissima vita postcancro, lo sapevo – non aggiungevano niente di utile o di buono –, così tornai a soffocarle.

Quando avevo scoperto l'esistenza di Sonya, erano germogliate di nuovo, e con il tempo si erano trasformate in rabbia, come un demone maligno troppo zelante che puntava l'indice contro papà.

«Domanda.»

Alzai lo sguardo e vidi Gus appoggiato alla balaustra del suo terrazzo. Indossava una maglietta grigia stropicciata, come tutto quello che gli avevo visto addosso fino a quel momento. Era molto probabile che i suoi vestiti non passassero mai dalla cesta della biancheria ai cassetti – sempre ammesso che finissero in lavatrice –, ma i capelli scompigliati suggerivano anche che si fosse appena svegliato da un sonnellino.

Mi appoggiai al parapetto a mia volta. «Spero tu voglia chiedermi qual è il significato della vita. O il titolo del primo libro di Bridget Jones.»

«Proprio così» disse. «E un'altra cosa: devo mettermi lo smoking, stasera?»

Trattenni un sorriso. «Pagherei cento dollari per vedere che aspetto ha uno smoking dopo essere passato dal tuo regime di lavaggio. Tuttavia sono al verde, quindi in parte ti ho già risposto.»

Fece una smorfia. «Mi piace pensarla più come una *democrazia*, che un regime.»

«Be', se concedi diritto di voto sull'essere lavato o meno a un oggetto inanimato non otterrai mai una risposta.»

«January, hai intenzione di portarmi a una rievocazione del ballo della *Bella e la Bestia*, oppure no? Sto cercando di organizzarmi.»

Lo studiai. «Va bene, risponderò alla domanda, ma a patto che tu mi dica se *possiedi* uno smoking.»

Gus sostenne il mio sguardo poi, dopo una lunga pausa, sospirò. Il sole stava tramontando e disegnava delle ombre sulle vene e sui muscoli contratti delle sue braccia magre. «Va bene. Sì. Possiedo uno smoking.»

Scoppiai a ridere. «Davvero? Chi sei, un Kennedy in incognito? Nessuno *possiede* uno smoking.»

«Ho accettato di rispondere a una domanda. Adesso dimmi come devo vestirmi.»

«Considerato che ti ho visto indossare variazioni pressoché identiche dello stesso look, non ti chiederei mai di partecipare a un evento in smoking. Questo fino a un secondo fa, prima di scoprire che ne possiedi uno. Il che cambia tutto. Per stasera, tuttavia, il tuo look da barista scorbutico dovrebbe andare bene.»

Scosse la testa, allontanandosi dalla balaustra. «Fenomenale» disse, poi entrò in casa.

In quel momento decisi dove avrei portato Gus Everett.

«Cavoli» disse Gus.

Il "luna park" che avevo trovato a dodici chilometri da casa si trovava nel parcheggio di un grande magazzino, e non lo riempiva nemmeno tutto.

«Ho appena contato le attrazioni» disse. «Sono sette.»

«Sono davvero orgogliosa di te, sei un fenomeno» ribattei. «Magari la prossima volta vediamo se riesci ad arrivare fino a dieci.»

«Non un fenomeno da baraccone, spero» brontolò lui.

«È perfetto» replicai.

«Per cosa?» mi chiese.

«Mmh, be'» dissi. «Per innamorarsi.»

Quando Gus scoppiò a ridere, mi sentii di nuovo orgogliosa di me. Anche troppo, per i miei gusti. «Andiamo.» Con un po' di rammarico, consegnai la carta di credito in biglietteria per ritirare i nostri braccialetti all-you-can-ride. Appena Gus mi bloccò, deciso a pagare il suo, tirai un sospiro di sollievo. Era uno dei molti lati orribili di essere al verde: chiedermi di continuo se potevo permetterti di offrire qualcosa. Un vero schifo.

«Non è stato un gesto molto romantico, farti pagare» osservai, mentre ci facevamo largo tra la folla di persone accalcate attorno agli stand.

«Be', sei fortunata: *quella* è la mia definizione esatta di romanticismo.» Indicò la fila di bagni chimici color foglia di tè ai bordi del parcheggio. Un adolescente con il cappellino girato al contrario si teneva lo stomaco, spostando il peso da un piede all'altro mentre aspettava il suo turno, e la coppia accanto a lui pomiciava senza ritegno.

«Gus» dissi impassibile. «Quei due sono così presi che si stanno baciando a un metro di distanza da una montagna di merda, e non è un modo di dire. In *quel* contrasto è concentrata tutta la tua lezione di stasera. Non fa nessun effetto al tuo cuore di ghiaccio?»

«Al cuore no. Forse un po' di male alla pancia. Sto simpatizzando con il loro amico. Te lo immagini? Uscire con gli amici e trascorrere una serata *talmente* orribile che un bagno chimico diventa una luce di speranza? Qualcosa a cui appoggiarti quando tutto intorno vacilla! Un cuscino di piume sul quale posare la tua testa esausta. Stiamo guardando un esistenzialista in erba, ne sono certo. Forse persino un romanziere distaccatamente arrapato.»

Alzai gli occhi al cielo. «La serata di quel tizio riassume tutta la mia vita da liceale – e buona parte di quella del college – e tuttavia sono sopravvissuta, conservando il mio tenero cuore intatto.»

«Stronzate!» esclamò Gus.

«Cioè?»

«Ti conoscevo, al college, January.»

«Tra tutte le colossali esagerazioni che ti sono uscite di bocca stasera, questa è la più grossa.»

«Va bene, diciamo che ti avevo presente» disse. «Il fatto è che non eri la ruota di scorta con il mal di pancia. Frequentavi un sacco di ragazzi. Marco, giusto? Il tizio del nostro laboratorio di narrativa. E poi non sei uscita con quel ragazzo d'oro della facoltà di Medicina? Quello fissato con i viaggi di studio all'estero e l'insegnamento ai ragazzi svantaggiati, il tizio che faceva arrampicata a torso nudo.»

Sbuffai. «Sembra quasi che ne fossi più innamorato di me.»

Gus mi rivolse uno sguardo tagliente, inquisitore. «Ma *eri* innamorata di lui.»

Certo. Lo avevo conosciuto durante una battaglia di palle di neve al campus. Non riuscivo a immaginare niente di più romantico: mi aveva estratto dal cumulo di neve in cui ero caduta, gli occhi azzurri che brillavano, e mi aveva offerto il berretto asciutto, in sostituzione del mio, che era fradicio.

Mi erano bastati dieci minuti, mentre mi accompagnava a casa, per decidere che era la persona più interessante che avessi mai conosciuto. Stava prendendo il brevetto da pilota e voleva lavorare in pronto soccorso fin da piccolo, dopo aver perso un cugino in un incidente. Aveva studiato in Brasile, Marocco e Francia (Parigi, dove vivevano i nonni paterni), e aveva anche percorso un bel tratto del Cammino di Santiago da solo.

Quando gli avevo detto che non ero mai stata all'estero, mi aveva proposto subito di fare un viaggio in Canada. Avevo creduto che scherzasse, finché, intorno a mezzanotte, non ci eravamo fermati al duty-free dall'altra parte del confine. «Ecco» mi aveva detto col suo sorriso da fotomodello, smagliante e impeccabile. «La prossima volta dobbiamo andare in un posto in cui ti mettano un timbro sul passaporto.»

Quella serata aveva assunto un aspetto nebuloso, un po' confuso, come se fosse tutto un sogno. Ripensandoci, da un certo punto di vista era andata proprio così: lui che fingeva di essere estremamente interessante; io che fingevo di essere spontanea e spensierata, come al solito. All'apparenza eravamo molto diversi, ma alla resa dei conti volevamo entrambi la stessa cosa: una vita rischiarata da una luce magica, in cui ogni istante fosse più bello e luminoso e ricco del precedente.

Per i sei anni successivi ci concentrammo a brillare l'uno per l'altra.

Nascosi i ricordi in un luogo sicuro. «Non sono mai stata con Marco» dissi a Gus. «Sono andata a *una* festa con lui, e se n'è andato con un'altra. Grazie per avermelo ricordato.»

La risata di Gus si trasformò in un esagerato «oooh» di compassione.

«Non preoccuparti. L'ho superata.»

Gus inclinò la testa di lato, perforandomi con lo sguardo. «E il Ragazzo d'Oro?»

«Abbiamo avuto una relazione» ammisi.

Avevo creduto che l'avrei sposato. E poi papà era morto ed era cambiato tutto. Durante la malattia di mia madre avevamo superato tante difficoltà, ma ero sempre stata io a far sì che restassimo uniti, a trovare il modo di scacciare le preoccupazioni e divertirci. Soltanto che quella volta era diverso. Jacques non sapeva cosa fare con quella versione di me, che restava a letto e non riusciva a scrivere né a leggere senza crollare in mille pezzi, che vagava per casa lasciando che la biancheria sporca si accumulasse e lo squallore si impadronisse del nostro appartamento da sogno, che non voleva mai organizzare feste né fare passeggiate al tramonto fino al ponte di Brooklyn, né prenotare fughe romantiche last minute in qualche luogo da sogno.

Continuò a ripetermi che ero cambiata. Ma si sbagliava. Ero la stessa persona di sempre. Avevo soltanto smesso di brillare per lui, o per chiunque altro.

Per tutto quel tempo, ci aveva tenuto insieme la nostra bellissima vita di coppia, le vacanze da sogno, i gesti plateali e i fiori freschi nei vasi fatti a mano.

Non era che non potessi vivere senza di lui. E non era l'uomo migliore che avessi mai conosciuto. (Mi ero illusa che fosse mio padre, ma lo avevo sostituito con il padre della mia serie preferita, *Veronica Mars*.) E non era la persona che adoravo di più al mondo. (Quella era Shadi.) E non mi faceva ridere così tanto da farmi piangere. (Rideva facilmente, ma scherzava di rado.) E non era nemmeno la prima persona che volevo chiamare quando succedeva qualcosa di brutto. (Decisamente no.)

Era perché ci eravamo conosciuti alla stessa età dei miei genitori, perché le battaglie di palle di neve e i viaggi all'ultimo minuto sembravano frutto del destino, e perché mia madre lo adorava. Era talmente perfetto per la storia romantica che avevo immaginato per me che lo scambiai per l'amore della mia vita.

Rompere era comunque stato uno schifo, sotto tutti i punti di vista, ma quando il dolore iniziale svanì, i ricordi della nostra relazione cominciarono a sembrare soltanto l'ennesima storia letta in un libro. Ora odiavo pensarci. Non perché mi mancasse, ma perché mi sentivo male all'idea di aver sprecato tutto quel tempo – mio e suo – cercando di essere la ragazza dei suoi sogni.

«Siamo stati fidanzati» precisai. «Fino all'anno scorso.»

«Accidenti.» Gus si lasciò sfuggire una risata imbarazzata. «È un sacco di tempo. Io... adesso mi dispiace averlo deriso per le arrampicate a torso nudo.»

«Figurati» dissi, scrollando le spalle. «Mi ha scaricato mentre eravamo in una vasca idromassaggio.» Fuori da un cottage nei Catskills, tre giorni prima della fine del viaggio con i suoi genitori. La spontaneità non è sempre sexy come viene descritta. *Non sei più tu*, mi aveva detto. *Non stiamo più bene insieme, January.*

Il mattino dopo ce ne eravamo andati e, mentre tornavamo a New York, Jacques mi aveva detto che avrebbe chiamato i genitori una volta rientrato, per comunicare loro la notizia.

«La mamma si metterà a piangere. Anche Brigitte.»

Persino in quel momento, ero più devastata all'idea di perdere i genitori di Jacques e sua sorella – una liceale esuberante che vestiva in perfetto stile anni Settanta – che lui.

«In una vasca idromassaggio?» disse Gus. «Cavoli. Davvero, quel ragazzo era così egocentrico che dubito ti abbia mai visto, accecato com'era dal riflesso del suo corpo luccicante.»

Abbozzai un sorriso. «Sono sicura che mi abbia visto.»

«Ehi» disse a un tratto.

«Ehi, cosa?»

Indicò una bancarella di zucchero filato con un cenno della testa. «Penso che dovremmo prenderne un po'.»

«Eccola, finalmente» dissi.

«Cosa?» mi chiese Gus.

«La seconda cosa su cui siamo d'accordo.»

Gus pagò lo zucchero filato e io non protestai. «Di nulla, figurati» mi prese in giro quando non dissi niente. «Ora sei in debito. Puoi ripagarmi quando ti pare.»

«Quanto è costato?» gli chiesi, strappando un enorme pezzo di zucchero filato e mettendomelo in bocca con aria drammatica.

«Tre dollari. Ma non preoccuparti, puoi mandarmi il dollaro e mezzo con PayPal.»

«Sicuro che non sia un problema?» gli chiesi. «Posso farti un assegno.»

«Sai dov'è la banca più vicina?» domandò lui. «Così puoi farmi un bonifico.»

«Che tasso d'interesse applichi di solito?»

«Puoi darmi i tre dollari quando ti porto a casa e poi, nel caso avessi bisogno di un rene, ci aggiorniamo.»

«Certo, certo» dissi. «Magari ne parliamo più tardi?»

«Sì, e comunque ci sarà bisogno di informare i nostri avvocati.»

«Ben detto» dissi. «Fino ad allora, quale attrazione vuoi provare?»

«Attrazione?» chiese Gus. «Assolutamente nessuna.»

«Bene» dissi. «Cosa sei disposto a provare?»

Camminavamo, parlavamo e mangiavamo a un ritmo allarmante, poi Gus si fermò, offrendomi l'ultimo boccone di zucchero filato. «Quella» disse, mentre io masticavo, indicando una giostra di dimensioni ridicole. «Ha l'aria di qualcosa che non potrebbe *mai* uccidermi, nemmeno mettendocela tutta.»

«Quanto pesi, Gus? Quanto tre lattine di birra, un mucchietto d'ossa e un pacchetto di sigarette?» Senza contare i muscoli tonici e asciutti, da cui non riuscivo a staccare gli occhi. «Uno qualsiasi di quegli animali dipinti potrebbe ucciderti con uno starnuto.»

«Vacci piano» replicò. «Potrò anche pesare quanto tre lattine di birra, ma sono comunque tre lattine di birra in più del tuo ex fidanzato. Aveva l'aria di un patito del fitness e dei germogli di soia. Peso tranquillamente il doppio di lui. E poi, senti chi parla: quanto sei alta, un metro e quaranta?»

«Per tua informazione, supero abbondantemente il metro e sessanta» dissi.

Mi guardò diffidente e scosse la testa. «Sei tanto bassa quanto ridicola.»

«Perciò non molto!»

«La giostra. È la mia ultima offerta» disse lui.

«È il posto perfetto per il nostro climax» risposi.

«Il nostro cosa?»

«Una giovane donna – bellissima e *molto alta per il suo metro e sessanta* – con un paio di scarpe da tennis sbrilluccicose ai piedi, insegna a un burbero, ansioso misantropo a godersi la vita» dissi. «Naturalmente tu opponi molta resistenza. Io insisto per provare tutte le attrazioni del luna park. Tu che mi trascini via dalla fila. Io che ti trascino di nuovo in fila. Sarebbe adorabile, e soprattutto sarebbe utile al tuo libro super romantico sulla setta suicida. È la parte del romanzo in cui premetti e prometti, dove i tuoi lettori sorridono tutti contenti. Abbiamo *bisogno* di un climax.»

Gus incrociò le braccia, studiandomi sospettoso.

«Andiamo, Gus» gli dissi, dandogli una leggera pacca sul braccio. «Puoi farcela. Sii adorabile.»

I suoi occhi si posarono sul punto in cui lo avevo toccato, poi di nuovo su di me, con aria di rimprovero.

«Forse non mi sono spiegata. Ho detto *adorabile.*»

La sua espressione burbera vacillò. «Va bene, January. Ma non ci sarà nessun climax. Scegli *una* trappola mortale. Se sopravvivo, allora stanotte potrai dormire serena, sapendo di aver messo in crisi il mio scetticismo verso i lieto fine.»

«Oddio» esclamai. «Vuoi dire che se scrivessi questa scena, ci faresti *morire*?»

«Se scrivessi questa scena, non saremmo noi i protagonisti.»

«Accidenti. Tanto per cominciare, sono offesa. E poi, chi sarebbero i protagonisti?»

Lui osservò la folla e io seguii il suo sguardo. «Lei» disse alla fine.

«Chi?»

Si mise dietro di me, la testa appena al di sopra della mia spalla destra. «Laggiù. Sotto la ruota panoramica.»

«La ragazza con la maglietta SCOPAMI, SONO IRLANDESE?» gli chiesi.

La sua risata calda e ruvida mi solleticò l'orecchio. Stargli così vicino faceva riaffiorare ricordi della festa della confraternita che avrei preferito non rivivere.

«La donna che manovra la ruota» mi disse nell'orecchio. «Potrebbe commettere un errore e qualcuno potrebbe farsi male per colpa sua. Questo lavoro è la sua ultima possibilità, l'unico posto in cui l'hanno assunta dopo aver commesso errori ancora più gravi. In una fabbrica, forse. Oppure ha infranto la legge per proteggere qualcuno a cui voleva bene. Una specie di errore innocente, che potrebbe portare a conseguenze meno innocenti.»

Mi girai a guardarlo. «O forse potrebbe essere la sua possibilità di diventare un'eroina. Questo lavoro è la sua ultima occasione, ma lo adora ed è brava. Le permette di viaggiare e, anche se vede quasi soltanto parcheggi, conosce sempre gente nuova. E a lei piace. L'errore non è suo: il meccanismo ha un guasto, ma lei prende una decisione rapida e salva la vita a una ragazza. La ragazza cresce e diventa una deputata, o un cardiochirurgo. Passano gli anni e il destino le fa incontrare di nuovo. La donna è troppo vecchia per viaggiare con il luna park. Vive da sola, sente di aver sprecato la sua vita. Poi, un giorno, ha un infarto. Sul punto di morire, chiama il 911. L'ambulanza la porta in ospedale e chi è il dottore che la salva? La ragazzina a cui aveva salvato la vita.

«Naturalmente, la donna della ruota panoramica non la riconosce: l'altra è adulta ormai. Ma la dottoressa non ha mai dimenticato la signora del luna park. Le due diventano amiche. Luna Park non riesce ancora a muoversi, ma due volte al mese la dottoressa va a trovarla nella roulotte in cui vive e guardano un film insieme. Film ambientati in paesi diversi. Guardano *Casablanca* e mangiano cibo marocchino d'asporto. Guardano *Il Re ed io* e mangiano thai. Guardano persino – incredibile! – *Il diario di Bridget Jones*, ingozzandosi di fish and chips. Visitano venti paesi diversi, poi Luna Park muore, e quando succede la dottoressa capisce che la sua vita è stata un dono che non ha apprezzato abbastanza. Prende le ceneri di Luna Park – quello stronzo ingrato del figlio non è venuto a ritirarle – e fa il giro del mondo. È grata di essere viva. Fine.»

Gus mi fissò, sollevando un angolo della sua bocca maliziosa. Ero ragionevolmente sicura che si trattasse di un sorriso, anche se i solchi profondi tra le sopracciglia sembravano raccontare qualcos'altro. «Allora scrivilo» disse alla fine.

«Forse lo farò» risposi.

Guardò di nuovo la donna con i capelli grigi che azionava il meccanismo della ruota panoramica. «Quella» disse. «Sono disposto a salirci. Ma soltanto perché mi fido moltissimo di Luna Park.»

12
IL RISTORANTE ITALIANO

Non ci fu nessun climax. Il tempo trascorse lentamente, sull'asfalto caldo, tra il bagliore delle insegne al neon e il cigolio delle attrazioni da due soldi. Le provammo tutte e sette, mangiando cibo fritto e bevendo birra aromatizzata da lattine appiccicose tra l'una e l'altra. Io non cercai di trascinarlo da nessuna parte, lui non si tirò indietro. Girammo senza meta. Raccontando storie.

Gus indicò una ragazza incinta con tatuato un filo spinato. «Lei entra nella setta.»

«Non credo proprio» dissi.

«Invece sì. Perde il bambino. È un'esperienza orribile. L'unica cosa che le fa tornare la voglia di vivere è un astro nascente che segue su YouTube. Grazie a lui viene a sapere dell'esistenza di Nuovo Eden; poi un fine settimana va a un seminario e non torna più a casa.»

«Ci resta per due anni» proseguii. «Poi però il fratello minore va a prenderla. Lei non lo vuole vedere e gli addetti alla sicurezza cercano di allontanarlo, ma il ragazzo tira fuori un'ecografia. La sua fidanzata, May, è incinta. Di un maschietto. Che sta per nascere. La sorella non se ne va con lui, ma quella sera...»

«Cerca di fuggire» continuò Gus. «Glielo impediscono. La chiudono in una stanza bianca per decontaminarla. L'esposizione all'energia del fratello, dicono, ha alterato l'equilibrio chimico del suo cervello. Deve completare i cinque passi della purificazione. Se dopo vorrà ancora andarsene, potrà farlo.»

«Lei completa il percorso» ripresi io. «Il lettore pensa di averla persa per sempre. Che sia in trappola. Ma l'ultima frase del libro ci offre un indizio. Una cosa che lei e il fratello dicevano sempre. La prova che ha tenuto al sicuro una parte segreta di sé, e l'unico motivo per cui non se ne va è che ci sono delle persone intrappolate che vuole aiutare.»

Andammo avanti in quel modo tutta la sera, e quando finalmente ci fermammo fu soltanto perché scesi dal Twist così nauseata da dover correre al cestino dei rifiuti più vicino per vomitare.

Anche con l'hot dog che mi tornava su, dovetti ammettere che la serata era stata un discreto successo. In fondo, Gus mi aveva scostato i capelli dal viso mentre vomitavo l'anima.

Un discreto successo, finché non lo avevo sentito borbottare: «Merda, odio il vomito», prima di correre via tra i conati.

Tornando a casa, scoprii che *odio* era un modo meno imbarazzante di dire *paura*.

Augustus Everett, candidato al National Book Award, era vomitofobico, e lo era dalla quarta elementare, quando una bambina di nome Ashley gli aveva vomitato sulla nuca.

«Non vomito da almeno quindici anni» mi disse. «E ho avuto la gastroenterite almeno due volte.»

Mi sforzai di non ridere, mentre guidavo. In genere, le fobie non mi facevano ridere, ma Gus era un ex becchino trasformatosi in uno studioso di sette suicide. Niente di quello che Grace ci aveva raccontato durante l'intervista lo aveva sconvolto, eppure le attrazioni di un luna park e una crisi di vomito lo avevano quasi ucciso.

«Santo cielo, mi dispiace» dissi, recuperando il controllo. Lo guardai di sottecchi. Era disteso sul sedile del passeggero, un braccio piegato dietro la testa. «Non posso credere che la mia prima lezione sulle storie d'amore abbia appena fatto riaffiorare tutta una serie di traumi. Almeno non sei finito con la faccia dentro un cestino anche tu a... fare quello che ho fatto io...» Non fui più esplicita, per sicurezza.

Mi lanciò un'occhiata e accennò un sorriso. «Fidati, sono fuggito al momento giusto. Ancora un secondo e avresti fatto una brutta fine.»

«Cavoli» dissi. «E malgrado questo mi hai tenuto i capelli. Che gesto nobile. Audace. Altruista.» Lo stavo prendendo in giro, ma lo trovavo davvero molto dolce da parte sua.

«Sì, be', se non avessi dei capelli così belli non mi sarei preso il disturbo.» Gus tornò a guardare la strada. «Però ho imparato la lezione. Non cercherò mai più di fare l'eroe.»

«I miei genitori si sono conosciuti in un luna park.» Non avevo intenzione di dirlo; mi era uscito di bocca senza accorgermene.

Gus mi fissò con un'espressione imperscrutabile. «Davvero?»

Annuii. Ero fermamente intenzionata a non affrontare l'argomento, ma gli ultimi giorni avevano allentato qualcosa, dentro di me, e le parole uscirono senza che potessi farci niente. «Al primo anno di università, in Ohio.»

«Oh, non *quella* università, ti prego» mi prese in giro. Tra gli abitanti del Michigan e quelli dell'Ohio c'era una accesa rivalità. Spesso me ne dimenticavo, a causa della mia totale ignoranza sportiva. I fratelli chiamavano affettuosamente mio padre il "Grande Disertore" e lui aveva fatto lo stesso con me, quando avevo scelto l'università del Michigan.

«Proprio quella, invece» risposi.

Restammo in silenzio per qualche secondo. «Allora» fece Gus, «racconta.»

«No» dissi, rivolgendogli un sorriso diffidente. «Non credo che tu voglia sentirla davvero.»

«Sono obbligato legalmente» disse. «Come faccio altrimenti a imparare cos'è l'amore?»

Una fitta di dolore mi lacerò il petto. «Magari non dai miei genitori. Mio padre ha tradito mia madre. Molto. Mentre lei era malata di cancro.»

«Cacchio» esclamò Gus. «Che cosa orribile.»

«Disse l'uomo che non crede nelle relazioni.»

Si passò una mano tra i capelli arruffati, spettinandoli ancora di più. I suoi occhi si posarono su di me, poi di nuovo sulla strada. «La fedeltà non è mai stata un problema per me.»

«Essere fedeli per due settimane non è esattamente un'impresa» gli feci notare.

«Per tua informazione, sono uscito con Tessa Armstrong per un mese» ribatté lui.

«E sei stato monogamo? Perché mi pare di ricordare una sordida festa della confraternita che suggerirebbe il contrario.»

Sul suo viso si dipinse un'espressione sorpresa. «Non stavamo più insieme quando è successo.»

«Ti ho visto con lei, quella mattina» lo incalzai. Probabilmente ammetterlo avrebbe dovuto farmi sentire a disagio, ma Gus non sembrò notarlo. Anzi, parve persino un po' offeso dalla mia osservazione.

Si spettinò di nuovo i capelli e in tono infastidito disse: «Ho rotto con lei durante quella festa».

«Lei non c'era, alla festa.»

«No. Ma dal momento che non eravamo nel diciassettesimo secolo, le ho telefonato.»

«Hai fatto una telefonata per scaricare la tua ragazza mentre eri a una festa?» gridai. «Perché hai fatto una cosa del genere?»

«Tu cosa dici, January?» disse, guardandomi intensamente.

Per fortuna era buio. All'improvviso, avevo le guance in fiamme. E una colata di lava incandescente nello stomaco. Stavo fraintendendo? Dovevo chiederglielo? Era *importante*? Erano passati quasi dieci anni, e *anche* se quella sera le cose fossero andate diversamente, alla fine non sarebbe cambiato niente.

Eppure, stavo andando a fuoco.

«Be', per la miseria» dissi. Non riuscii ad aggiungere altro.

Lui scoppiò a ridere. «Comunque, stavamo parlando dei tuoi genitori» disse. «Non sarà stato così brutto.»

Mi schiarii la voce, a disagio. Tanto valeva gridare *NON*

VOGLIO PARLARE DEI MIEI TRISTI GENITORI MENTRE HO LA TESTA PIENA DI PENSIERI INDECENTI SU DI TE.

«Non lo era» confermai, concentrandomi sulla strada. «Non credo.»

«E la sera in cui si sono conosciuti?» mi chiese.

Di nuovo, le parole uscirono fuori come se aspettassi di dirle da un anno – o forse erano soltanto un gradito diversivo dall'altra conversazione che stavamo facendo. «Erano a una fiera organizzata dalla locale parrocchia cattolica» dissi. «Non insieme. Cioè, erano andati ognuno per conto suo in quel luna park. E poi si sono ritrovati a fare la fila vicini per Esmeralda. Hai presente? Il robot della cartomante gitana?»

«Oh, la conosco molto bene» disse Gus. «È stata una delle mie prime cotte.»

Non avevo motivi per avvampare di nuovo, tuttavia stava succedendo. «Comunque» proseguii. «Mia madre era la quinta incomoda di un doppio appuntamento travestito da uscita casuale. Così, quando gli altri si allontanarono per andare nel Tunnel dell'Amore, lei andò da Esmeralda. Mio padre raccontava che quando aveva visto questa ragazza bellissima, con i capelli rossi e un vestito a pois blu, aveva abbandonato il *suo* gruppo di amici.»

«Betty Crocker?» provò a indovinare Gus.

«Ha i capelli castani. Hai bisogno di un oculista» dissi.

Un sorriso fece capolino sulle sue labbra. «Scusa se ti ho interrotto. Continua. Tuo padre ha appena visto tua madre.»

Annuii. «Comunque, mentre faceva la fila, cercò un modo per attaccare bottone, intanto lei pagò per avere il responso della cartomante e poi si mise a imprecare come un camionista.»

Gus scoppiò a ridere. «Ora capisco da chi hai preso le tue ammirevoli qualità.»

Gli feci il dito medio e proseguii. «Le previsioni di mia madre erano rimaste incastrate nella macchinetta. Così papà intervenne per darle una mano. Riuscì a strappare un lembo del biglietto, ma il resto rimase bloccato e la mamma non poté decifrarlo. Così lui le propose di restare e vedere se le previsioni sarebbero uscite insieme alle sue.»

«Oh, è una proposta vecchia come il mondo» disse Gus, sorridendo.

«Funziona sempre» commentai. «Comunque, lui inserì la moneta e uscirono entrambi i biglietti. Quello di mia madre diceva: "Incontrerai uno sconosciuto bellissimo", e quello di mio padre: "La tua storia sta per cominciare".» Li conservavano ancora, incorniciati in salotto. O almeno, quando ero tornata a casa a Natale, erano ancora lì.

Un dolore profondo mi attraversò di nuovo da parte a parte. Era come un coltello affilato piantato nell'addome. Pensavo che sentire la mancanza di papà fosse la cosa più difficile da sopportare. Ma essere arrabbiata con qualcuno con cui non potevo più combattere era ancora peggio.

Qualcuno che amavo a tal punto da volere *disperatamente* superare tutto e inventarmi una nuova normalità. Non avrei mai ottenuto una spiegazione da mio padre. Mia madre non avrebbe mai ricevuto delle scuse. Non saremmo mai riuscite a vedere le cose "dal suo punto di vista" né avremmo potuto scegliere di non farlo. Era morto, e tutti i ricordi a cui avremmo voluto aggrapparci erano stati cancellati.

«Tre mesi dopo si sono sposati» dissi a Gus. «Venticinque anni dopo, il primo libro della loro unica figlia, *Kiss Kiss, Wish Wish* è stato pubblicato dalla Sandy Lowe Books con una dedica che recitava...»

«Ai miei genitori» mi interruppe lui. «La prova vivente che il fato, anche sotto forma di robot, ci mette sempre lo zampino.»

Lo guardai sbalordita. Avevo quasi dimenticato che alla stazione di servizio mi aveva rivelato di aver letto i miei libri. O forse avevo cercato di non pensarci, per paura che intendesse che non gli erano piaciuti, e da un certo punto di vista mi sentivo ancora in competizione con lui e avevo bisogno che mi riconoscesse come rivale e sua pari.

«Te la ricordi?» mormorai senza fiato.

Mi guardò, e il cuore mi balzò in gola. «È per quello che ti ho chiesto di loro» disse. «Ho pensato che fosse la dedica più carina che avessi mai letto.»

Feci una smorfia. Detto da lui, non era necessariamente un complimento. «Carina.»

«Va bene, January» disse a bassa voce. «Ho pensato che fosse bellissima. Sei contenta, adesso?»

Di nuovo, il mio cuore sembrò volermi uscire dal petto. «Sì.»

«Ho pensato che fosse bellissima» disse ancora, sincero.

Mi girai verso il finestrino. «Sì, be'. Alla fine si è rivelata una bugia. Ma a quanto pare non delle più terribili, per mia madre. Sapeva che la tradiva ed è rimasta con lui.»

«Mi dispiace.» Restammo in silenzio per diversi minuti. Alla fine Gus si schiarì la voce, come fosse il gesto più naturale del mondo. «Mi hai chiesto perché mi interessa il Nuovo Eden. Perché voglio scriverne.»

Annuii, contenta che cambiasse argomento, anche se ne fui sorpresa.

«Credo che...» Si passò nervosamente la mano tra i capelli. «Be', mia madre è morta quando ero piccolo. Non so se lo sapevi.»

Non potevo saperlo, ma anche se non ne avevo la più pallida idea, corrispondeva all'immagine che avevo di lui al college. «Non lo sapevo.»

«Già» disse. «Dunque, mio padre faceva schifo, ma mia madre, lei... era incredibile. E quando ero piccolo, pensavo: *Va bene, siamo noi due soli contro il mondo intero. Siamo bloccati in questa situazione, ma non sarà sempre così.* E ho continuato ad aspettare che lasciasse mio padre. Nel senso che avevo la valigia pronta, dentro ci avevo messo dei fumetti, qualche paio di calzini e delle barrette di cereali. Nella mia testa pensavo che saremmo saliti su un treno e saremmo andati in capo al mondo, sai?» Quando mi guardò, aveva l'angolo della bocca sollevato, ma il suo sorriso non era sincero. Diceva: *Non è ridicolo? Non ero ridicolo?* E sapevo come interpretarlo, perché era lo stesso sorriso che avevo anch'io da un anno: *Come ho fatto a essere così stupida? Tranquilli. Non succederà più.*

Un peso mi schiacciò il petto quando pensai a quell'immagine: Gus, prima di essere il Gus che conoscevo. Un Gus che fantasticava di fuggire, che credeva che qualcuno sarebbe venuto a salvarlo.

«E dove sareste andati?» gli chiesi in un sussurro.

I suoi occhi si posarono sulla strada e vidi la sua mascella contrarsi, poi rilassarsi, il suo viso tornare sereno. «Al parco nazionale di Redwood» rispose. «Pensavo che avremmo costruito una casetta sull'albero.»

«Una casetta sull'albero» dissi piano, come se fosse una preghiera, un segreto. Lo era, da un certo punto di vista. Era un frammento di Gus che non avevo mai immaginato, con fantasie romantiche e speranza nei confronti dell'improbabile. «Ma cosa c'entra con il Nuovo Eden?»

Lui tossì, controllò lo specchietto retrovisore, guardò di nuovo la strada. «Ecco... qualche anno fa, mi sono reso conto che mia madre non era una bambina.» Scrollò le spalle. «Credevo che aspettassimo il momento perfetto per fuggire, ma non l'ha mai voluto fare. Non mi ha mai detto che saremmo andati via. Avrebbe potuto portarci lontano, e non l'ha mai fatto.»

Scossi la testa. «Dubito che fosse così semplice.»

«Infatti» mormorò. «Lo so che non era semplice, e quando parlo di questo libro, dico sempre che voglio "indagare i motivi per cui le persone rimangono a qualsiasi costo", ma la verità è che voglio soltanto capire i *suoi* motivi. Lo so, non ha alcun senso. La storia della setta non ha niente a che fare con lei.»

A qualsiasi costo. Quanto era costato rimanere, a sua madre? Quanto era costato a Gus? Il peso che sentivo sul petto si era diffuso e ormai mi opprimeva. Avevo cominciato a pubblicare romanzi rosa perché volevo soffermarmi sui miei momenti più felici, restare il più a lungo possibile nel luogo sicuro che era sempre stato l'amore dei miei genitori. I libri a lieto fine mi avevano dato un grande conforto, e volevo fare lo stesso regalo a qualcun altro.

Gus stava scrivendo per cercare di capire una cosa terribile che gli era successa. Non c'era da meravigliarsi che scrivessimo cose tanto diverse.

«Invece ha senso» dissi alla fine. «Nessuno capisce questa "ricerca di risposte *post mortem*" meglio di me. Se in questo momento guardassi un film come *300*, probabilmente riuscirei a ricondurlo a mio padre.»

Mi rivolse un sorriso poco convinto. «Gran film.» Era chiaramente un *grazie* e un *adesso basta però*. Nonostante fossimo così diversi, era un po' come se io e Gus fossimo due marziani che si erano incontrati per caso sulla Terra e avessero scoperto di parlare la stessa lingua.

«Dovremmo fondare un cineclub» dissi. «Siamo sulla stessa lunghezza d'onda quando si tratta di queste cose.»

Restò in silenzio un momento. «Era davvero una dedica bellissima» disse, pensieroso. «Non sembrava affatto una bugia. Una verità complicata, piuttosto; ma non una bugia.»

Una sensazione di calore si diffuse dentro di me, finché non mi sembrò di essere un bollitore sul punto di fischiare.

Quando tornai a casa, accesi il computer e ordinai la mia copia di *Le rivelazioni*.

E poi arrivò il vero climax: il montaggio.

Presi il mio romanzo e feci un lavoro da chirurgo. Lo smontai, suddividendolo in tanti file. Ellie divenne Eleanor. Da agente immobiliare sfortunata divenne una funambula sfortunata con una voglia a forma di farfalla su una guancia. Suo padre diventò un mangiatore di spade, sua madre una donna barbuta.

Si trasferirono dal ventunesimo secolo ai primi anni Venti. Facevano parte di un circo itinerante. Che era la loro famiglia: un gruppo affiatato, che a fine serata si ritrovava attorno a un fuoco a fumare sigarette rollate. Era l'unico mondo che lei avesse mai conosciuto.

Passavano ogni momento libero insieme, ma per qualche ragione non si confidavano molto. Non c'era molto tempo per parlare, nel loro mestiere.

Rinominai il file, da *ROMANZO_ESTATE.docx a SEGRETI_DI_FAMIGLIA.docx.*

Volevo capire se fosse possibile conoscere qualcuno fino in fondo. Se il *modo* di essere di una persona – di muoversi e parlare, le espressioni del viso e ciò che preferiva evitare – significasse conoscerla. O se sapere delle cose sul suo conto – dov'era nata, chi era stata, chi aveva amato, i mondi da cui veniva – avesse un qualche valore.

Affidai un segreto a ciascun personaggio. Quello era facile.

La madre di Eleanor stava morendo, ma non voleva che lo sapesse nessuno. I clown – che tutti credevano fratelli – in realtà erano amanti. Il mangiatore di spade mandava ancora assegni alla famiglia che aveva in Oklahoma.

Ai miei occhi si trasformarono sempre più in sconosciuti, ma per qualche ragione i loro problemi e segreti divennero più personali. Non riuscivo a scrivere di mia madre, né di mio padre. Continuavano a sfuggirmi. Ma quei personaggi portavano con sé la verità delle persone che avevo amato.

In particolar modo, mi ero affezionata a un meccanico di nome Nick. Adoravo sapere che nessuno, a parte me, avrebbe mai riconosciuto i tratti di Augustus Everett, in quel personaggio.

Io e Gus prendemmo l'abitudine di metterci a scrivere ai rispettivi tavoli della cucina intorno a mezzogiorno, comunicando quasi sempre tramite i nostri biglietti. Divennero sempre più elaborati. Mentre alcuni erano estemporanei, altri erano studiati: scritti con qualche ora d'anticipo, o persino la sera prima. Ogni volta che ci veniva l'ispirazione. Quelli che buttavamo giù di getto divennero insensati, a mano a mano che la frenesia di scrivere si impadroniva di noi. A volte ridevo così forte che perdevo il controllo delle mani e non riuscivo più a scrivere biglietti. Ridevamo finché non appoggiavamo la testa sul tavolo, esausti. Lui sghignazzava nella sua tazza di caffè. In un'occasione il mio mi andò di traverso.

Cominciavamo con banalità del tipo È MEGLIO AVER AMATO E PERSO CHE NON AVER AMATO MAI (io) e L'UNIVERSO NON È BENEVOLO, NÉ OSTILE, MA SOLTANTO INDIFFERENTE (lui), e finivamo con cose tipo 'FANCULO LA SCRITTURA (io) e FORSE DOVREMMO GETTARE LA SPUGNA E ANDARE IN MINIERA (lui).

Una volta mi aveva scritto per dirmi che LA VITA È UGUALE A UNA SCATOLA DI CIOCCOLATINI. NON SAI MAI COSA TI CAPITA E L'IMMAGINE SUL COPERCHIO NON RISPECCHIA FEDELMENTE IL CONTENUTO DELLA SCATOLA.

Io gli avevo scritto: SE SEI UN UCCELLO, LO SONO ANCH'IO.

E lui: NELLO SPAZIO NESSUNO PUÒ SENTIRTI URLARE, allora io: NON TUTTI QUELLI CHE VAGANO SI SONO PERSI.

Passare in rassegna gli effetti personali di mio padre finì nel dimenticatoio, ma rimandare non era un problema. Per la prima volta dopo mesi, non trasalivo a ogni notifica che ricevevo sul telefono o sul portatile. Stavo facendo progressi. Certo, molti di quei progressi coincidevano con la ricerca, ma ogni volta che scoprivo qualcosa di nuovo sull'ambiente circense del ventesimo secolo era come se si accendesse una nuova lampadina.

La sera, Gus e io ci sedevamo in terrazzo con un drink, a guardare il sole tuffarsi nel lago. La maggior parte delle volte parlavamo a distanza: di come procedeva la scrittura e delle persone che vedevamo dal terrazzo, immaginando le loro storie. Parlavamo dei libri (e dei film) che amavamo (e odiavamo), dei nostri compagni di scuola (quelli dell'università del Michigan che avevamo frequentato entrambi e, a ritroso, Sara Tulane, che mi tirava i capelli all'asilo; Mariah Sjogren, che lasciò Gus quando aveva sedici anni – dopo tre mesi abbondanti di relazione, mi disse pieno d'orgoglio – perché aveva fumato una sigaretta mentre era in auto con lei e "baciare un fumatore è come leccare un posacenere").

Parlammo dei nostri lavori orribili (il mio impiego part time all'autolavaggio durante il liceo, dove venivo regolarmente molestata dai clienti e dovevo lustrare l'impianto a fine giornata; il suo lavoro al call center di un'azienda che produceva divise, in cui veniva insultato per i ricami sbagliati e i ritardi nelle spedizioni). Parlammo dei nostri dischi più imbarazzanti e dei concerti a cui eravamo stati (li censuro per decenza).

Altre volte, restavamo in silenzio, ognuno perso nei suoi pensieri, ma a nostro modo insieme.

«Allora, cosa pensi?» gli chiesi una sera. «L'amore e la felicità sono facili come sembrano?»

«Non ho mai detto che lo fossero» rispose dopo qualche istante.

«L'hai insinuato» gli feci notare.

«Ho insinuato che fossero facili per *te*» mi disse. «Per me sono impegnativi, come sicuramente immagini.»

La possibilità era nell'aria: in qualsiasi momento, avrei potuto invitarlo a casa mia e lui avrebbe accettato, o viceversa. Ma nessuno dei due prese l'iniziativa, e le cose restarono immutate.

Quel venerdì partimmo un po' prima rispetto alla settimana precedente, diretti a est, nell'entroterra.

«Chi incontriamo questa volta?» gli chiesi.

«Dave» si limitò a rispondere Gus.

«Ah, giusto, Dave. Sono una fan del suo ristorante, Wendy's.»

«Che tu ci creda o meno, è un altro Dave» disse Gus. Era immerso nei suoi pensieri e partecipava appena al nostro consueto scambio di battute.

Aspettai che continuasse, ma non lo fece. «Gus?»

Mi guardò come se si fosse dimenticato che ero seduta accanto a lui e la mia presenza lo avesse spaventato. Si grattò la mandibola. Aveva la barba più lunga del solito.

«Va tutto bene?» gli chiesi.

Il suo sguardo rimbalzò da me alla strada per tre volte, prima che annuisse. Qualsiasi cosa volesse dirmi, aveva cambiato idea. «Dave faceva parte del Nuovo Eden» disse invece. «All'epoca era soltanto un bambino. Sua madre lo portò via da lì qualche mese prima dell'incendio. Il padre non andò con loro. Ci era dentro fino al collo.»

«Quindi suo padre...»

Gus annuì. «Morì nell'incendio.»

L'appuntamento con Dave era in un ristorante italiano. Entrando, Gus mi avvertì che Dave era un ex alcolista.

«Ha smesso da tre anni» aggiunse, mentre aspettavamo alla reception. «Gli ho detto che non avremmo bevuto alcolici.»

Nell'attesa, ci accomodammo al tavolo e ordinammo un paio di bibite analcoliche. Parlare in auto non era un problema, ma stare seduti l'uno di fronte all'altra nel séparé di un ristorante era un'altra storia.

«Non hai la sensazione che tua madre ci abbia appena accompagnati qui prima del ballo di inizio anno?» gli chiesi.

«Non sono mai andato ai balli della scuola» rispose.

Finsi di suonare il violino, poi però mi resi conto che non avevo idea di come si tenesse in mano.

«Cos'è quello?» disse Gus in tono piatto. «Cosa stai facendo?»

«Sto tenendo in mano un violino, credo» risposi.

«No» disse lui. «Ti posso assicurare che non stai facendo niente del genere.»

«Davvero?»

«Già, proprio così. Perché tieni il braccio sinistro così dritto? Pensi che il violino debba stare in equilibrio lì sopra? Quella mano deve reggere il manico.»

«Stai soltanto cercando di distrarmi dalla tragedia dei tuoi balli mancati?»

Scoppiò a ridere, alzò gli occhi al cielo e si spostò un po' in avanti sulla panca. «In qualche modo, sono sopravvissuto, conservando il mio tenero cuore intatto» disse, ripetendo le mie parole al luna park.

Toccò a me alzare gli occhi al cielo. Gus sorrise e mi diede una ginocchiata scherzosa sotto il tavolo. Io feci lo stesso. Restammo così per qualche secondo, a sorriderci, separati da un cestino di grissini. Mi sentivo ribollire. All'improvviso mi tornarono in mente le sue mani ruvide che mi scostavano i capelli mentre vomitavo nel cestino dei rifiuti del luna park. Le sentivo afferrarmi i fianchi e la vita mentre ballavamo nel seminterrato umido della confraternita. Sentivo il profilo della sua mandibola che mi sfiorava la tempia.

Poi Gus distolse lo sguardo e controllò il suo telefono. «È in ritardo di venti minuti» disse senza guardarmi. «Gliene do altri dieci e poi lo chiamo.»

Ma Dave non rispose alla telefonata di Gus. E non rispose ai suoi messaggi, né ai suoi vocali, e ben presto era trascorsa un'ora e venti e la nostra cameriera, Vanessa, aveva cominciato a evitare il nostro tavolo.

«A volte succede» disse Gus. «Si spaventano. Cambiano idea. Pensano di essere pronti a parlare e invece non lo sono.»

«Cosa facciamo?» gli chiesi. «Aspettiamo ancora?»

Gus aprì un menu. Lo sfogliò, poi indicò la foto di un drink azzurro ghiacciato con un ombrellino decorativo rosa. «Questo» disse. «Ci facciamo questo.»

«Accidenti» esclamai. «Se beviamo questi drink azzurri *adesso*, dovrò rivedere i miei piani per domani sera.»

Gus inarcò un sopracciglio. «Accidenti, stavo vivendo come uno scrittore di romanzi rosa e non lo sapevo nemmeno.»

«Vedi? Ci sei portato, Augustus Everett.»

Lui ebbe un fremito.

«Perché fai così?»

«Cosa?» mi chiese.

«Augustus Everett» dissi di nuovo. Lui ebbe un altro fremito, un po' meno vistoso. «*Quello.*»

Vanessa cercò di passare oltre, ma Gus alzò il menu e lei inchiodò come Willy il Coyote sull'orlo del burrone. «Possiamo avere due di questi drink azzurri?» le chiese.

La guardò in quel suo modo sexy e intimidatorio, come se le facesse i raggi X. Il rossore le affluì al viso. O magari stavo proiettando su di lei quello che stava succedendo a me. «Certo.» Se ne andò in fretta, e Gus tornò a guardare il menu.

«Augustus» dissi.

«Merda» disse, sussultando di nuovo.

«Non ti piace proprio parlare di te, vero?»

«Non tanto» rispose. «Sai già che ho la fobia del vomito. Se aggiungo qualche altra informazione dovrai firmare un accordo di riservatezza.»

«Con piacere» dissi.

Gus sospirò e si protese in avanti, appoggiando gli avambracci sul tavolo. Il suo ginocchio sfiorò il mio, ma nessuno dei due si spostò e tutto il mio calore corporeo sembrò concentrarsi in quel punto. «L'unica persona che mi chiamava così era mio padre.» Scrollò le spalle. «Di solito pronunciava il mio nome in tono di disapprovazione. Oppure quando gridava in preda alla collera.»

Cercai qualcosa da dire, ma avevo lo stomaco chiuso e un sapore acre in gola. Lo guardai negli occhi per cogliere qualche traccia della storia che stava costruendo da giorni. Sua madre era rimasta con suo padre, *a qualsiasi costo*, e una delle conseguenze era che Gus aveva imparato a odiare il proprio nome.

Sollevò lo sguardo dal menu. Sembrava serio, calmo. Ma era un'espressione studiata, così diversa dalla schiettezza disarmante che a volte compariva sul suo volto quando era assorto e cercava di elaborare qualche nuova informazione.

«Mi dispiace» dissi, impotente. «Che tuo padre fosse uno stronzo.»

Gus si lasciò sfuggire una risata roca. «Perché le persone dicono sempre così? Non devi dispiacerti. Fa parte del passato. Non te l'ho detto perché ti dispiacessi.»

«Be', me l'hai detto perché te l'ho chiesto. Fammi almeno essere dispiaciuta per questo.»

Scrollò le spalle. «Non c'è problema.»

«Gus» dissi.

Mi guardò di nuovo negli occhi. Fu come se una marea calda mi travolgesse dalla testa ai piedi. Ora aveva un'espressione di pura curiosità. «E *tu*, com'eri?» mi chiese.

«Cioè?»

«Ti ho raccontato della mia infanzia. Voglio sapere com'eri da piccola, January.»

«Oddio» dissi. «Ero piuttosto impegnativa.»

La sua risata echeggiò fino a me e fui attraversata da un fremito. «Fammi indovinare. Casinista. Precoce. Avevi la stanza piena di libri, organizzati in un modo che capivi soltanto tu. Legata alla tua famiglia e a un paio di amici stretti che senti ancora regolarmente, ma in rapporti più superficiali con tutti gli altri. Molto competitiva, volevi essere la migliore in qualsiasi cosa, anche se non lo sapeva nessuno. Oh, e disposta a fare la giocoliera o a ballare il tip tap per attirare l'attenzione.»

«Accidenti» dissi, un po' sbalordita. «Ci hai preso in pieno, e mi hai *pure* fatto a pezzi – anche se le lezioni di tip tap erano un'idea di mia madre. A me piacevano soltanto le scarpe. Comunque, ti sei dimenticato di dire che per un breve periodo ho idolatrato Sinéad O'Connor perché pensavo che mi facesse sembrare interessante.»

Lui scoppiò a ridere e scosse la testa. «Scommetto che eri una piccola svitata adorabile.»

«Svitata *di sicuro*» dissi. «Penso che essere figlia unica abbia contribuito. I miei genitori mi trattavano come se fossi uno spettacolo vivente. Tipo una bambina prodigio divertentissima e interessante. Ho passato la maggior parte della mia vita a credere ingenuamente in me stessa e nel mio futuro.»

E a pensare che, qualsiasi cosa fosse accaduta, la mia casa sarebbe sempre stata un luogo sicuro, in cui c'era posto per tutti e tre. Una delusione bruciante mi divampò nel petto. Quando alzai lo sguardo e vidi gli occhi di Gus, mi ricordai dov'ero, con chi stavo parlando, e per un istante mi sembrò che gongolasse. La ragazzina ingenua e piena di vita con tutti i suoi lieto fine era stata finalmente distrutta, le sue lenti rosa frantumate fino a ridursi in polvere.

Invece disse: «Ci sono cose peggiori che credere ingenuamente nel futuro».

Studiai i suoi occhi scuri e intensi e la bocca morbida, un po' storta: il volto della sincerità. Ero sempre più convinta di non essere cambiata soltanto io, dai tempi del college, e non sapevo bene cosa dire a questo nuovo Gus Everett.

I cocktail azzurri ghiacciati si erano magicamente materializzati sul tavolo. Mi schiarii la voce e sollevai il bicchiere. «A Dave.»

«A Dave» disse Gus, accostando il bicchiere al mio.

«Non hanno messo gli ombrellini di carta. La più grande delusione della serata, per quanto mi riguarda.»

«Vedi» disse Gus. «È a causa di queste ingiustizie che

non posso credere ai lieto fine. Non ottieni mai l'ombrellino di carta che il mondo ti aveva promesso.»

«Gus» dissi, «devi essere *tu* l'ombrellino di carta che vorresti vedere in questo mondo.»

«Gandhi era un uomo saggio.»

«Veramente stavo citando la mia poetessa preferita, Jewel.»

Appoggiò il ginocchio contro il mio e un'ondata di calore si diffuse tra le mie gambe. Ricambiai il gesto. Le sue dita ruvide mi sfiorarono il ginocchio, risalendo fino a trovare la mia mano. Gli offrii il palmo e lo accarezzò con il pollice per un minuto.

Quando avvicinai la mano, chiuse le dita sulle mie e restammo così, a stringerci sotto il tavolo facendo finta di niente. Fingendo che non fossimo due sedicenni molto presi l'uno dall'altra.

Dio mio, cosa stava succedendo? Cosa stavo facendo e perché non riuscivo a fermarmi? E *lui*, cosa stava facendo lui?

Quando portarono il conto, Gus si ritrasse di scatto e tirò fuori il portafoglio. «Ci penso io» disse senza guardarmi.

13
IL SOGNO

Ho sognato Gus Everett e quando mi sono svegliata sono dovuta andare a farmi una doccia.

14

LA REGOLA

Avevo organizzato l'escursione di sabato con tre giorni di anticipo, quindi ero libera di dedicare la mattina al mio romanzo. Stavo procedendo lentamente, non perché non avessi idee, ma perché la stesura del libro richiedeva ricerche scrupolose per rendere ogni scena il più accurata possibile da un punto di vista storico.

Avevo cominciato a lavorare alle otto ed ero riuscita a buttar giù circa cinquecento parole, quando Gus andò a sedersi al tavolo della sua cucina, di fronte a me. Scrisse il primo biglietto della giornata e lo tenne sollevato, in modo che potessi leggerlo. Strizzai gli occhi per metterlo a fuoco.

MI DISPIACE DI ESSERE DIVENTATO UN PO' STRANO IERI SERA.

Pennarello e taccuino erano già pronti. Lo erano sempre. Non capivo bene cosa intendesse, ma immaginai che avesse a che fare con l'essere due adulti che non stavano insieme ma si tenevano per mano sotto il tavolo di un ristorante italiano.

Cercai di soffocare il brutto presentimento in fondo allo stomaco. Sì, era stato strano.

Ma mi era anche piaciuto da impazzire.

In qualità di osservatrice della vita amorosa di Shadi, conoscevo le reazioni delle persone allergiche ai legami come Gus Everett quando le barriere venivano abbattute, quando dall'amicizia si passava a qualcosa di più profondo, o il sesso si trasformava in un legame romantico. I tipi come Gus non erano *mai* quelli che frenavano quando il treno del coinvolgimento emotivo cominciava a muoversi, ed erano *sempre* quelli che saltavano giù e si dileguavano non appena si rendevano conto di aver raggiunto la velocità massima.

Dovevo tenere la testa sgombra e lo sguardo lucido: vietato indulgere in pensieri romantici. Nell'attimo in cui la situazione si fosse complicata, Gus sarebbe sparito, e in quel preciso istante mi resi conto che *non* ero pronta per una cosa del genere. Era il mio unico amico, in quella città. Dovevo proteggere ciò che si era creato tra di noi. Inoltre, c'era la scommessa, e non avrei potuto beneficiarne, se fosse sparito prima ancora di riuscire a vincere.

Risposi:

NON ESSERE RIDICOLO, GUS. SEI SEMPRE STRANO.

L'angolo della sua bocca si sollevò in un sorriso. Mi guardò negli occhi un istante di troppo, poi tornò a concentrarsi sul suo quaderno. Quando mi mostrò il biglietto successivo, vidi una serie di cifre. Le prime tre erano il prefisso locale.

Il mio stomaco fece una capriola. Appuntai il suo numero in cima alla pagina, poi scrissi il mio a caratteri più grandi e aggiunsi: CONTINUERÒ A SCRIVERTI COMUNQUE.

Gus rispose: BENE.

Alle tre e mezzo del pomeriggio avevo scritto altre cinquecento parole e a quel punto portai al negozio dell'usato gli scatoloni con gli oggetti della stanza degli ospiti e del bagno al piano di sopra. Quando tornai, pulii il bagno da cima a fondo, poi andai di sotto a farmi una doccia nel bagno che stavo usando da due settimane. La foto di mio padre e Sonya era ancora lì sulla parete, rivolta verso il muro.

Mi ero sentita troppo in colpa per buttarla via, ma prima o poi avrei trovato il coraggio di farlo. Per il momento, era lì a ricordarmi che il lavoro più difficile doveva ancora essere fatto: il seminterrato in cui non avevo nemmeno messo piede e la camera da letto padronale che avevo evitato con cura.

Non ero ancora stata sulla spiaggia ed era un peccato, così, dopo essermi preparata un po' di pasta per riuscire ad arrivare fino a cena, mi incamminai lungo il sentiero nel bosco che portava al lago. La luce del tramonto che rimbalzava sulle onde era incredibile, mille sfumature di rosso e oro che scintillavano sulla superficie del lago. Mi tolsi le scarpe e le portai a riva, rabbrividendo quando l'acqua gelida mi lambì i piedi. Mi ritrassi senza fiato, ridendo per lo shock termico.

L'aria era calda, ma non abbastanza da rendere piacevole

la temperatura dell'acqua. Le persone rimaste sulla spiaggia avevano indossato la felpa o si erano avvolte negli asciugamani e nei teli. Tutti quanti – quei visi accarezzati dal vento e scottati dal sole, quei capelli aggrovigliati dall'acqua del lago, quegli occhi socchiusi alla luce accecante – erano rapiti dallo stesso tramonto.

Mi si spezzò il cuore. All'improvviso, mi sentii sola al mondo. Non c'era nessun Jacques, col suo romanticismo e i capelli sul viso, ad aspettarmi nel Queens. Nessuno che mi preparasse un vero pasto o mi tirasse via dal computer. Niente chiamate perse né messaggi della mamma, tipo: *Stavo pensando a Karyn e Sharyn e a momenti me la facevo addosso*. Non c'era modo di mandarle una foto di quel tramonto senza aprire la ferita che era per lei la casa sul lago.

Dopo il funerale, avevo visto Shadi soltanto due volte. Per via dei suoi orari di lavoro, la maggior parte dei suoi messaggi arrivava quando io ero a letto da un pezzo, e la maggior parte delle mie risposte le arrivava molto prima che si alzasse.

Anche i miei amici scrittori avevano smesso di farsi vivi, quasi sentissero che ogni messaggio, chiamata o sms non faceva che ricordarmi quanto fossi rimasta indietro. E quanto continuassi a rimanerlo. Ogni singolo istante di ogni singolo giorno stavo procedendo a ritroso, mentre il resto del mondo andava avanti.

Mi mancavano persino Sharyn e Karyn: sedute sul loro tappeto colorato a bere il pessimo whisky fatto in casa di cui andavano tanto orgogliose mentre vendevano oli essenziali casalinghi dal profumo fantastico, sebbene non curassero davvero il cancro.

Il mio mondo era vuoto. Come se al suo interno non ci fosse nessuno, a parte Gus, e nient'altro che il libro e la scommessa. E per quanto *quel* libro fosse molto meglio di qualsiasi versione precedente prodotta negli ultimi dodici mesi, non era abbastanza.

Ero su una spiaggia bellissima, in un posto bellissimo, ed ero sola. Peggio ancora, temevo che lo sarei stata per sempre. Volevo mia madre, e mi mancava quel bugiardo di mio padre.

Mi sedetti sulla sabbia, con le gambe raccolte e la fronte appoggiata sulle ginocchia, e piansi. Piansi finché il mio viso non fu bollente, arrossato e bagnato di lacrime, e avrei continuato così, se un gabbiano non mi avesse cagato in testa, come fece, naturalmente.

Così mi alzai e tornai verso il sentiero, per trovarci qualcuno piantato in mezzo, che mi guardava piangere a dirotto come Tom Hanks in *Castaway*.

Sembrava la scena di un film, con Gus fermo in mezzo al sentiero, soltanto che non aveva niente di romantico né di magico. Anche se stavo piangendo perché ero sola, era l'ultima persona da cui avrei voluto farmi vedere. Dimenticando per un istante gli escrementi che avevo sui capelli, mi asciugai il viso e gli occhi cercando di darmi un contegno.

«Scusa» disse Gus, visibilmente a disagio. Guardò di lato, verso la spiaggia. «Ti ho visto venire qui e...»

«Un gabbiano mi ha fatto la cacca sulla testa» frignai. Non c'era molto altro da dire.

Il suo sguardo di dolorosa empatia si dissolse in una risata silenziosa. Colmò la distanza che ci separava e mi attirò in un abbraccio maldestro. Il gesto sembrò costargli fatica, se non addirittura dolore, ma era comunque un sollievo sentirsi accolti.

«Non sei obbligata a dirmi niente» disse. «Però, per la cronaca... puoi farlo.»

Nascosi il viso sulla sua spalla, mentre le pacche impacciate sulla mia schiena diventavano lenti, delicati massaggi circolari, e poi le sue mani si fermarono e mi avvolsero, tenendomi stretta. Mi abbandonai. Il pianto era cessato all'improvviso, proprio com'era cominciato. Riuscivo a pensare soltanto al suo addome e al suo petto muscoloso premuti contro di me, agli spigoli dei suoi fianchi e al suo profumo inebriante. Al calore del suo corpo e al suo respiro.

Era una pessima idea starmene lì con lui in quel modo, toccarlo così, ma era anche eccitante. Decisi di contare fino a tre e allontanarmi.

Arrivai a due, e la sua mano si insinuò tra i miei capelli, prendendomi la nuca, poi tutto a un tratto la ritrasse di scatto, facendo un passo indietro. «Cavoli. Quel gabbiano ci è andato giù pesante.»

Stava fissando la sua mano e il guano che sgocciolava a terra.

«Sì, ho detto "gabbiano" ma poteva benissimo essere un dinosauro.»

«Non scherzare. Credo che dovremmo andare a darci una ripulita, prima di prendere il volo questa sera.»

Tirai su col naso e mi asciugai le ultime lacrime dagli occhi. «*Prendere il volo* è un riferimento al gabbiano o...?»

«Assolutamente no» disse Gus, incamminandosi con me lungo il sentiero. «L'ho detto perché pensavo che avremmo sorvolato il lago in elicottero.»

Mi lasciai sfuggire una timida risata, che sciolse gli ultimi residui di emozione e calore dentro il petto. «È la tua risposta definitiva?»

Mi squadrò dall'alto in basso, come per decidere se il mio abbigliamento fosse adatto a un appuntamento galante in elicottero. «Sì, penso di sì.»

«Ci sei andato vicinissimo.»

«Davvero?» disse. «Di cosa si tratta, allora? Un volo in biplano sul lago? Una gita in sommergibile *sotto* il lago?»

«Ti toccherà aspettare, per scoprirlo.»

Ci separammo, ognuno diretto a casa propria, dopo esserci dati appuntamento alla mia auto di lì a venti minuti. Mi lavai i capelli per la seconda volta in un giorno e li raccolsi in una crocchia, poi indossai i vestiti di prima (senza cacca di gabbiano). Avevo già preparato la maggior parte delle provviste per il viaggio, quindi dovevo soltanto tirare fuori il resto dei viveri e metterli nel frigo portatile che avevo trovato in uno degli scaffali bassi della cucina.

Erano le sette e mezzo quando finalmente partimmo, e le otto e quaranta quando arrivammo al Big Boy Bobby's drive-in per la serata dedicata a Meg Ryan.

«Oddio» fece Gus, appena accostammo accanto alla cassa per consegnare i biglietti che avevo acquistato online. «È una tripla proiezione.» Stava leggendo l'insegna luminosa alla nostra destra: *HARRY TI PRESENTO SALLY*, *INSONNIA D'AMORE* e *C'È POSTA PER TE*. «Metà di quei film non sono pellicole di Natale?»

L'addetto sollevò la sbarra ed entrammo. «Metà di tre è uno e mezzo, quindi no, metà di questi film non sono pellicole di Natale.»

«Ti ho mai detto che la faccia di Meg Ryan mi manda in bestia?»

Sbuffai. «Punto numero uno: no. Punto numero due: è impossibile. Ha un viso adorabile e perfetto.»

«Forse è proprio per quello» disse Gus. «Non dovrei dirtelo, e so che non ha alcun senso, però... non la sopporto.»

«Stasera cambierai idea» promisi. «Fidati di me. Devi soltanto aprire il tuo cuore. Se ci riesci, il tuo mondo diventerà un posto molto più luminoso. E *forse* avrai anche la possibilità di scrivere un romanzo rosa decente.»

«January» disse solennemente, mentre facevo retromarcia in una piazzola di sosta, «prova soltanto a *immaginare* come reagiresti se ti portassi a un reading di sei ore di Jonathan Franzen.»

«Non posso e non voglio» dissi. «E se deciderai di usare uno dei nostri venerdì sera in quel modo, non posso fare niente per fermarti, però oggi è sabato e quindi ci sono io al timone della nave. Adesso aiutami a capire dove possiamo comprare i gelati di Big Bobby. Ho letto sul sito che sono SUUUPER!»

«Sarà meglio» sospirò Gus, scendendo dalla Kia. Mentre i trailer scorrevano sullo schermo, attraversammo il drive-in diretti alle aree di ristoro. Andai dritta verso l'insegna di legno colorato a forma di coppa di gelato, ma Gus mi toccò il braccio, fermandomi prima che mi mettessi in fila. «Mi prometti soltanto una cosa?»

«Gus, non mi innamorerò di te.»

«Anche un'altra cosa» disse. «Prometti che farai il possibile per non vomitare.»

«Se mi viene da vomitare, prometto di ingoiarlo.»

Si portò una mano alla bocca per soffocare un conato.

«Scherzavo! Non vomiterò. A patto che non mi porti a un reading di sei ore. Adesso andiamo. È tutta la settimana che non vedo l'ora di mangiare qualcosa di diverso da una barretta di cereali.»

«Non credo che qui troverai l'assortimento di alimenti ricchi di vitamine e sostanze nutrienti che immagini.»

«Non ho bisogno di vitamine. Ho bisogno di salsa piccante al formaggio e cioccolato fuso.»

«Ah, in questo caso, hai organizzato la serata perfetta.»

Dal momento che avevo pagato i biglietti, Gus prese i popcorn e i gelati (sei dollari l'uno, decisamente non ne valeva la pena) e cercò di comprare un paio di bibite, prima che glielo impedissi senza troppe cerimonie, tentando in tutti i modi di fargli capire che in auto avevamo delle opzioni migliori.

Quando tornammo alla Kia, aprii il portellone posteriore e abbassai i sedili, rivelando i cuscini e le coperte che avevo caricato insieme al frigo portatile pieno di birre. «Sorpreso?» gli chiesi.

«Dalla capienza del bagagliaio? Assolutamente.»

«Ah ah ah» feci io.

«Ah ah ah» ripeté lui.

Salimmo dal bagagliaio aperto e misi in moto l'auto, sintonizzando la radio sul canale per sentire l'audio dei film e sedendomi accanto a Gus appena in tempo per i titoli. Nonostante ciò che aveva appena detto del bagagliaio, la Kia non era affatto spaziosa. Sdraiati a pancia sotto, col mento appoggiato alle mani, ci sfioravamo in diversi punti e i nostri gomiti erano *decisamente* a contatto. Non saremmo stati comodi a lungo e cambiare posizione in quello spazio angusto sarebbe stata un'impresa ardua. Anche stargli così vicino sarebbe stata un'impresa ardua.

Non appena Meg Ryan si materializzò sullo schermo, Gus si protese verso di me e mormorò: «Davvero la sua faccia non ti infastidisce?».

«Penso che dovresti farti vedere da un dottore» sibilai. «La tua non è una reazione normale.» Subito dopo aver incassato l'anticipo per il mio primo libro, avevo comprato una ventina di film con Meg Ryan per me e Shadi, in modo da guardarli insieme, a distanza, ogni volta che volevamo, commentando le scene in tempo reale e mettendo in pausa quando una delle due doveva andare in bagno.

«Aspetta di sentire come pronuncia *horses* quando canta *Sleigh Ride*» mormorai a Gus. «Ti cambierà la vita.»

A giudicare dallo sguardo di Gus, non stavo migliorando la mia posizione. «Ha un'aria così *spocchiosa*» disse.

«Un sacco di gente mi ha detto che le assomiglio» dissi.

«Non esiste.»

«Va bene, non me l'hanno detto, però avrebbero *dovuto*.»

«È ridicolo» ribatté. «Non le assomigli per niente.»

«Da un lato, sono offesa. Dall'altro, sono sollevata all'idea che probabilmente non detesti la mia faccia.»

«Non c'è niente da disprezzare, nella tua faccia» disse in tono pratico.

«Non c'è niente da disprezzare nemmeno nella faccia di Meg Ryan.»

«Va bene, mi rimangio tutto. Adoro la sua faccia. Sei felice così?»

Mi girai verso di lui. Aveva la testa appoggiata alla mano, il corpo rivolto verso di me e la luce dello schermo si rifletteva nei suoi occhi con schegge liquide di colore. I suoi capelli scuri erano scompigliati come al solito, ma la barba era tornata sotto controllo, e aveva sempre lo stesso odore di affumicato.

«January?» mormorò.

Mi girai su un fianco, lo guardai e annuii. «Sono felice.»

Urtò leggermente il mio ginocchio con il suo. Ricambiai.

L'ombra di un sorriso gli attraversò il volto, così fugace che potevo anche essermelo immaginato. «Bene» disse.

Restammo così a lungo, fingendo di guardare il film da una posizione impossibile, le ginocchia vicine.

Ogni volta che uno dei due si muoveva, l'altro faceva lo stesso. Ogni volta che uno dei due non riusciva più a sopportare la scomodità, ci spostavamo entrambi. Ma non smettevamo mai di toccarci.

Eravamo in un territorio pericoloso.

Erano anni che non provavo quella sensazione: il peso quasi doloroso del *desiderio*, la paura paralizzante che una mossa sbagliata potesse rovinare tutto.

Quando sentii il suo sguardo su di me gli lanciai un'occhiata, e lui continuò a fissarmi. Volevo dire qualcosa per spezzare la tensione, ma la mia mente era dolorosamente vuota. Non il vuoto di quando cerchi di inventarti un romanzo dal nulla e fissi il cursore lampeggiante sullo schermo. Ma il vuoto di quando chiudi forte gli occhi e vedi un'esplosione di fuochi d'artificio colorati nell'oscurità. Di quando fissi le fiamme troppo a lungo.

Il vuoto di quando *senti* così tanto che non riesci a *pensare* a niente.

La gara di sguardi si protrasse, senza che nessuno

dei due si decidesse ad arrendersi. Quando la luce dello schermo li illuminava, i suoi occhi scuri si accendevano di un fuoco illusorio, per poi spegnersi.

Da qualche parte, nella mia mente, sentii gridare l'istinto di conservazione: *QUELLI SONO GLI OCCHI DI UN PREDATORE*, ma era proprio quello il motivo per cui la natura dotava i predatori di occhi del genere. Perché i coniglietti non avessero alcuna speranza di sopravvivere.

Non essere uno stupido coniglietto, January!

«Devo andare in bagno» dissi all'improvviso.

Gus sorrise. «Ci sei appena stata.»

«Ho una vescica minuscola» dissi.

«Ti accompagno.»

«Va bene!» accettai disinvolta, e poi, dimenticandomi di essere in auto, scattai a sedere così in fretta da andare a sbattere contro il tettuccio.

«Merda!» esclamò Gus, mentre io dicevo: «COSA?».

Si mise in ginocchio e si avvicinò, afferrandomi la testa. «Fammi vedere.» Mi prese il viso tra le mani e mi fece abbassare per poter controllare se mi ero fatta male. «Non sanguina» disse, poi mi sollevò di nuovo il viso, insinuando dolcemente le dita tra i miei capelli. I suoi occhi si posarono sulla mia bocca, e poi socchiuse le labbra.

Oh, maledizione.

Ero un coniglietto.

Mi sporsi verso di lui, mentre le sue mani scivolavano sulla mia cintura, attirandomi a sé, e l'istante dopo ero a cavalcioni su di lui. Il suo naso sfiorò il mio e con le labbra cercai di colmare lo spazio che ci divideva. Mi afferrò i fianchi e in risposta serrai le cosce, mentre il nostro respiro lento ci spingeva l'uno verso l'altra.

Una volta una volta una volta. Non riuscivo a pensare ad altro. Era la sua politica, no? Se fosse successo qualcosa tra noi, una volta sola, sarebbe stato così tremendo? Potevamo tornare a essere amici, vicini di casa che parlavano tutti i giorni. Potevo avere la storia di una notte con la mia cotta dell'università trasformatasi in nemesi, sette anni dopo? Non ero abbastanza lucida per darmi una risposta. Avevo il respiro tremante e accelerato; il suo era inesistente.

Restammo così un minuto, come se nessuno dei due volesse prendersi la responsabilità di fare il primo passo.

Mi hai toccato tu per primo!, avrei detto.

Ti sei avvicinata!, avrebbe protestato lui.

E poi mi hai preso tra le braccia!

E tu hai avvicinato la bocca alla mia!

E poi...

Il suo respiro caldo mi accarezzò la mandibola e poi le labbra. I suoi denti mi sfiorarono il labbro inferiore e mi attraversò un sottile brivido di piacere. La sua bocca si aprì in un sorriso e si posò, calda e leggera, sulla mia, convincendola a schiudersi. Sapeva di vaniglia e cannella, per via della coppa gelato, soltanto che era molto meglio del gelato. Il suo ardore si riversò nella mia bocca, dentro di me, e poi mi travolse, impetuoso come un fiume riscaldato dal sole. Il desiderio si diffuse in ogni centimetro del mio corpo, riempiendo ogni spazio tra di noi.

Gli afferrai la maglietta e sentii il calore della sua pelle attraverso il tessuto sottile. Avevo bisogno di averlo più vicino, per ricordare la sensazione del suo corpo premuto contro il mio, avvinghiato al mio. Con una mano risalì lungo il mio collo, insinuandomi le dita tra i capelli. Sospirai nella sua bocca, mentre mi baciava di nuovo, più lentamente, più intensamente, più rudemente. Io mi aggrappai al suo torace, cercando di avvicinarmi. Lui si protese verso di me, schiacciandomi contro la fiancata dell'auto, finché non mi fu sopra e addosso.

Quando sentii il suo petto saldo contro il mio, mi sfuggì uno stupido gemito, e strusciai i fianchi contro i suoi. Lui appoggiò una mano al finestrino dietro di me per poi affondarmi i denti nel labbro inferiore, questa volta più deciso. Poi tolse la mano dal vetro e me la posò sul seno, palpandomi da sopra la maglietta e togliendomi il fiato.

Gli infilai le dita tra i capelli, inarcandomi sotto la pressione della sua mano, e lui si lasciò sfuggire un gemito roco. Si tirò indietro per farmi sdraiare sulla schiena, e io lo tirai a me, avidamente. Mi sembrò di esplodere quando il suo desiderio mi travolse, e cercai il contatto, per quanto me lo permettevano i vestiti. Un gemito roco si levò di nuovo dalla sua gola.

Non ricordavo l'ultima volta che mi ero sentita così eccitata.

A dire il vero me lo ricordavo eccome. Era stato sette anni prima, nel seminterrato di una confraternita dell'università.

Insinuò una mano sotto la mia maglietta, percorrendomi il fianco con il pollice e facendomi sciogliere. La sua bocca era calda e umida sul mio collo, e più giù, sulle clavicole. Il mio corpo implorava di più, senza tanti indugi, sollevandosi verso di lui come una calamita. Mi sentivo un'adolescente, ed era meraviglioso, e anche terribile, e...

Lo sentii irrigidirsi sopra di me, mentre un fascio di

luce ci illuminava, raffreddandoci come una secchiata d'acqua gelata. Un'arcigna donna di mezz'età ci stava puntando addosso una torcia. Aveva un triangolo di capelli grigi e crespi e una giacca della tuta blu con la scritta BIG BOY BOBBY'S.

Si schiarì la voce.

Gus era sempre su di me, con una mano incastrata nell'orlo della mia maglietta.

«Questo è un luogo per *famiglie*» sibilò la donna.

«Be', state facendo un lavoro eccezionale» disse Gus con voce roca e profonda. Si schiarì la gola e le rivolse un sorriso smagliante. «Io e mia moglie stavamo proprio dicendo che prima o poi dobbiamo portare anche i bambini.»

La donna incrociò le braccia sul petto, apparentemente immune al fascino della sua bocca. Beata lei.

Gus si mise in ginocchio e io mi tirai giù la maglietta. «Mi scusi» dissi, mortificata.

La donna indicò con il pollice la corsia buia ed erbosa tra le auto. «Fuori» ringhiò.

«Certo che sì» si affrettò a dire Gus, e chiuse il portellone posteriore, lasciandola fuori. Scoppiai a ridere, per la sorpresa e l'imbarazzo, e lui si girò verso di me con un accenno di sorriso, le labbra ancora tumide, i capelli in uno stato pietoso.

«Ho avuto una pessima idea» mormorai a disagio.

«Sì.» La sua voce aveva recuperato il pericoloso tono rauco. Si protese in avanti, al buio, e mi strappò un ultimo bacio folle e rovente, interminabile, tenendomi il viso tra le dita. «Non succederà più» disse, spegnendo i fuochi d'artificio nel mio flusso sanguigno.

Una volta. Era la sua regola. Ma *questo* contava? Sentii una stretta allo stomaco per la delusione. Non poteva essere. Non ero appagata, nemmeno un po'. Anzi, ero in una condizione peggiore di prima, e dal modo in cui Gus mi stava guardando doveva essere lo stesso anche per lui.

La donna batté contro il lunotto posteriore facendoci trasalire.

«Meglio andare» disse Gus.

Raggiunsi a fatica il sedile anteriore. Lui scese dal portellone posteriore e risalì dal lato del passeggero.

Guidai fino a casa, il corpo simile a una mappa di calore: ogni punto che aveva toccato, ogni punto che guardava tutte le volte che si girava verso di me dal sedile accanto, era rosso fuoco.

La domenica a mezzogiorno, Gus non andò al tavolo della cucina. Pensai che fosse un brutto segno: i fatti della sera prima avevano distrutto l'unica amicizia che avevo in città. Anzi, una delle poche amicizie che avevo al mondo, visto che Jacques e gli altri amici, evidentemente, non sapevano cosa farsene di me.

Cercai di non pensare a Gus, di lavorare al libro concentrandomi più del solito, ma ogni volta che mi arrivava una notifica sul telefono avevo un sussulto.

Un messaggio di Anya: Ciao, tesoro! Volevo soltanto farti un saluto. In casa editrice vorrebbero tanto dare un'occhiata alle prime pagine, per qualche suggerimento.

Un'e-mail da Pete: Ciao! Buone notizie! Domani arrivano i tuoi libri. In settimana riesci a trovare un giorno per passare a firmarli?

Un'e-mail da Sonya, di cui lessi soltanto la frase iniziale: Ti prego, per favore, non voglio che te ne vada dal club del libro! Sono felicissima di passare i lunedì sera a casa, se vuoi continuare a...

Un messaggio di Shadi: January. Aiuto. Sto IMPAZZENDO per Cappello Stregato. Sono TRE sere che viene a casa mia e ieri l'ho fatto dormire QUI.

Le risposi: Sai esattamente come andrà a finire. SEI COTTA!!

ODIO innamorarmi, rispose. Rovina la mia reputazione da cattiva ragazza.

Le mandai una faccina triste. Lo so, ma devi perseverare. Per il bene di Cappello Stregato e perché così posso vivere per procura tramite te.

Mi balenarono in mente i ricordi della sera prima, luminosi e caldi come fuochi d'artificio, le scintille che atterravano e bruciavano ogni parte del mio corpo che aveva toccato. Sentivo il fantasma dei suoi denti sulle clavicole e avevo una scapola graffiata, nel punto in cui mi ero appoggiata alla portiera.

Fui travolta da un'ondata di desiderio e imbarazzo.

Dio mio, cosa avevo fatto? Avrei dovuto aspettarmelo. E poi c'era una parte di me che continuava a chiedersi: *Ci sarà una seconda volta?*

Non doveva *per forza* significare qualcosa. Forse era proprio questo il punto: finalmente avrei imparato ad avere una relazione occasionale.

O forse l'accordo era saltato e Gus non si sarebbe mai più fatto sentire.

Avevo finito i cereali e il ramen, così, dopo aver faticosamente sfornato trecento parole, decisi di prendermi una pausa e andare a fare la spesa. Uscendo, vidi che l'auto di Gus non era al suo solito posto sulla strada. Cercai di non pensarci. Non dovevo farne una questione di stato.

Al negozio di generi alimentari, controllai il mio estratto conto, poi vagai per le corsie con l'app della calcolatrice aperta, sommando il prezzo dei cereali e delle zuppe in scatola. Ero riuscita a mettere insieme un discreto bottino con sedici dollari, quando girai l'angolo per andare alla cassa e la vidi.

Capelli ricci e bianchi, figura slanciata, lo stesso scialle lavorato all'uncinetto.

L'ondata di panico che mi travolse fu intensa, come se mi avessero iniettato dell'adrenalina direttamente nel cuore. Abbandonai il carrello in mezzo alla corsia e, a testa china, le passai accanto, fiondandomi verso l'uscita. Se mi vide, non disse nulla. E se anche mi disse qualcosa, il cuore mi batteva troppo forte per sentire. Salii in auto come un ladro reduce da una rapina in banca e guidai per venti minuti, diretta a un altro supermercato, dove – scossa e terrorizzata all'idea di un altro incontro – riuscii a malapena a comprare un paio di cose.

Quando arrivai a casa, avevo ancora i nervi a fior di pelle e il fatto che l'auto di Gus non fosse riapparsa non aiutava. Un conto era schivare Sonya durante la mia spesa quindicinale. Se fossi stata costretta a evitare il mio vicino di casa, ero ragionevolmente sicura di dover attuare il piano B: trasferirsi a Duluth.

Prima di infilarmi sotto le lenzuola, quella sera, sbirciai un'ultima volta fuori dalle finestre del salotto, ma della macchina di Gus ancora nessuna traccia. Il terrore mi gonfiò il petto come il palloncino meno divertente del mondo. Finalmente avevo trovato un amico, qualcuno con cui parlare, contento di frequentarmi quanto lo ero io, e ora non c'era più. Perché ci eravamo baciati. La rabbia mi travolse, costringendo l'umiliazione e la solitudine a farsi da parte per un po', prima di riaffiorare nuovamente in superficie.

Pensai di mandargli un messaggio, ma mi sembrava il momento meno opportuno per farlo, così andai a dormire, con una sensazione di nausea e ansia striscianti nello stomaco.

Il lunedì mattina, non era ancora tornato. *Stasera*, decisi. Se quella sera la sua auto non fosse stata accanto al marciapiede, gli avrei mandato un messaggio. Non sarebbe stato inopportuno.

Misi il pensiero da parte e macinai duemila nuove parole, poi risposi ad Anya: Tutto bene (davvero. Sul serio. Questa volta lo giuro!), ma vorrei andare avanti ancora un po' prima di mostrare a qualcuno quello che ho scritto. È difficile spiegare come si evolverà la storia, senza avere il quadro completo, e ho paura che se corro troppo e cerco di definirne i contorni, rovinerò l'atmosfera che sono riuscita a creare.

Poi risposi a Pete: Fantastico! Che ne dici di mercoledì? La verità era che avrei potuto fare un salto in negozio anche domenica, quando avevo ricevuto l'e-mail, o quel giorno stesso. Ma non volevo ricevere un altro invito al club del libro. Rimandare la visita in libreria a mercoledì eliminava la possibilità di rivivere quell'esperienza senza dover rifiutare l'invito.

Alle undici di sera, l'auto di Gus non c'era ancora e avevo preso il telefono almeno cinque volte con l'intenzione di scrivergli, per poi rinunciare. Alla fine, misi il cellulare nel cassetto del comodino, spensi la lampada e andai a dormire.

Il martedì mi svegliai sudata fradicia. Avevo dimenticato di puntare la sveglia e il sole filtrava dalle tende con tutta la sua forza, cuocendomi con la sua luce pallida. Dovevano essere quasi le undici. Uscii da sotto il piumone e restai sdraiata ancora un minuto.

Mi sentivo poco bene. Ed ero un po' arrabbiata, perché mi sentivo poco bene. Era una situazione così stupida. Ero una donna adulta. Gus mi aveva detto chiaramente quale fosse la sua linea e cosa pensasse delle storie d'amore, e non aveva mai detto né fatto niente per suggerire che avesse cambiato idea. Sapevo che per quanto fossi attratta da lui, l'unico posto in cui poteva andare la nostra relazione era attraverso una porta girevole dentro e fuori dal suo letto.

O nel retro della mia sfigatissima auto.

E anche se quella sera ci eravamo spinti un po' più in là, ciò non gli aveva impedito di sparire per giorni. C'era soltanto un modo in cui avrei potuto *avere* Gus Everett, e sapevo che non appena fosse finita sarei stata male come in quel momento.

Dovevo togliermelo dalla testa.

Feci una doccia gelata. O, per l'esattezza, un secondo di doccia gelata, in cui imprecai come un camionista rischiando di rompermi una caviglia, mentre cercavo di allontanarmi dal getto d'acqua fredda. Come facevano nei romanzi a fare docce gelate? Regolai la temperatura e mi lavai i capelli, avvolta da una nuvola di vapore caldo.

Non ero arrabbiata con *lui*. Non potevo. Ero furiosa con me stessa, per aver imboccato quella strada. Avrei dovuto immaginarlo. Gus non era Jacques. I ragazzi come Jacques volevano le battaglie di palle di neve e i baci in cima alla torre Eiffel e le passeggiate all'alba sul ponte di

Brooklyn. I ragazzi come Gus volevano le battute sarcastiche e il sesso occasionale sopra montagne di biancheria sgualcita.

Sul retro della tua sfigatissima auto in un drive-in per famiglie.

Anche se non ero sicura che non fosse stata una *mia* idea.

Era possibile che fossi stata io a buttarmi tra le sue braccia. Non era la prima volta che vedevo la vita dietro un paio di occhiali rosa, attribuendole significati che non c'erano.

Ero una stupida. Dopo tutto quello che era successo con mio padre, dovevo immaginarmelo. Mi ero a malapena ripresa, e mi ero subito invaghita dell'unica persona in grado di confermare ogni singola paura che avevo riguardo alle relazioni.

Dovevo dimenticarlo.

Decisi che scrivere sarebbe stato il mio conforto. All'inizio arrancai, imponendomi a ogni parola di non pensare al fatto che Gus si era volatilizzato, ma dopo un po' trovai il ritmo, sostenuto quasi quanto quello del giorno prima.

La famiglia circense tornò in Oklahoma, vicino a dove viveva la seconda famiglia segreta del padre di Eleanor. Una settimana, stabilii. Il grosso del libro doveva svolgersi nella settimana in cui il circo faceva tappa in una città da definirsi (Tulsa?) in Oklahoma. L'ambientazione in un'epoca diversa era una sfida del tutto nuova. Mi facevo un sacco di appunti mentali, tipo: *Scoprire quali bevande erano diffuse al tempo*, o *inserire insulto storicamente accurato.*

La cosa importante, però, era che avevo una visione d'insieme.

Tutti i segreti sarebbero riaffiorati in superficie, come per una sorta di rivincita, e poi sarebbero stati di nuovo seppelliti con cura. Sarebbe andata così, in un romanzo di Augustus Everett, no? Gliene avrei parlato appena possibile, e lui mi avrebbe risposto che il romanzo aveva un bel ritmo ciclico.

(Sempre se avessi avuto la possibilità di dirglielo.)

Volevo che i lettori facessero il tifo per Eleanor, che implorassero affinché la sua famiglia ritrovata alla fine le dicesse la verità, e volevo che leggessero coprendosi gli occhi, spaventati all'idea di come sarebbe implosa la situazione.

Mi resi conto che qualcuno aveva bisogno di una pistola, e di un motivo per reagire. Per paura, naturalmente. Dovevo portare a bollore la situazione. Costruendola passo dopo passo, per poi allentare la pressione e permettere ai personaggi di proseguire verso la destinazione successiva.

Il padre di Eleanor doveva del denaro a degli uomini pericolosi nella sua città natale: il motivo per cui era fuggito, per cui aveva abbandonato la famiglia.

La madre di Eleanor aveva una pistola. Mi sembrava il minimo, darle qualcosa con cui combattere. Ma oltre a quella, avrebbe dovuto sobbarcarsi il peso di un disturbo da stress post-traumatico, provocato da un vecchio datore di lavoro a cui piaceva essere violento con le ragazze che lavoravano per lui. Doveva avere i nervi a fior di pelle, essere tesa come una corda di violino, come mi ero sentita io nell'ultimo anno.

Come volevo che fosse per mia madre, quando la portata delle menzogne di papà era venuta alla luce.

Eleanor, dal canto suo, si sarebbe innamorata di un abitante del luogo. O almeno le sarebbe piaciuto innamorarsene, la sera del primo spettacolo a Tulsa. Avrebbe trascorso la settimana avvicinandosi alla fuga dalla vita che conosceva, per poi avere un'orribile rivelazione all'ultimo minuto: per quanto a volte disprezzasse quel mondo, era l'unico possibile.

O magari si sarebbe resa conto che il mondo che desiderava disperatamente, quello che guardava da dietro il tendone del circo e dall'alto della sua fune, che trapelava mentre era impegnata a lavorare sodo, era un'illusione, quanto quello che conosceva.

Il ragazzo si sarebbe innamorato di un'altra, come aveva fatto con lei.

Oppure il ragazzo sarebbe partito per il college, si sarebbe arruolato nell'esercito.

O magari i genitori di lui avrebbero scoperto l'esistenza di Eleanor e lo avrebbero convinto che era una scelta sconsiderata.

Sarebbe stato tutto il contrario di un romanzo rosa. Ed ero perfettamente in grado di scriverlo.

15
IL PASSATO

«Ed ecco l'autrice in persona!» esclamò Pete quando entrai nella caffetteria. «Ti faccio un Pink Eye, tesoro?»

Probabilmente intendeva un Red Eye. A ogni modo, scossi la testa. «Cos'altro mi consigli?»

«Un tè verde ti farà bene» disse Pete con aria ironica.

«Affare fatto.» Il mio corpo aveva bisogno di un po' di antiossidanti. O qualsiasi cosa ci fosse nel tè verde da "farmi bene". Me lo diceva sempre anche mia madre, ma all'epoca non volevo disintossicarmi, ma farla contenta, quindi non mi ricordavo bene.

Pete mi porse il bicchiere di plastica, e questa volta mi fece pagare. Ignorai la morsa che mi stringeva lo stomaco. Quanto denaro era rimasto nel mio conto in banca? Quanto tempo sarebbe passato prima che fossi stata costretta a tornare a casa con la coda tra le gambe?

Ricordai a me stessa che *SEGRETI_DI_FAMIGLIA.docx* stava rapidamente prendendo le sembianze di un libro. Un libro che persino io avrei letto con curiosità. Forse Sandy Lowe non l'avrebbe voluto, ma *di sicuro* qualcun altro sì.

Va bene, non di sicuro. Ma ci speravo.

Pete si tolse il grembiule e mi accompagnò in libreria.

«Forse dovresti procurarti un impermeabile alla Clark Kent» dissi. «Sarebbe più comodo di tutti quei lacci e quei nodi.»

«Sì, poi chi non vuole farsi fare un caffè da una ragazza in impermeabile?» disse Pete.

«*Touché.*»

«Eccoci.» Pete si fermò davanti all'espositore con la piramide di *Le rivelazioni*, che ora era soltanto una mezza piramide. L'altra metà era costituita da libri rosa confetto, giallo limone e azzurro cielo. Pete mi guardò raggiante. «Ho pensato che fosse una bella idea mettere in vetrina gli autori del posto. Mostrare l'ampia scelta che offre North Bear. Cosa ne pensi? Prendine qualche copia, a proposito.» Pete ne stava già portando una pila al bancone, dove ci aspettavano un rotolo di adesivi con la scritta COPIA AUTOGRAFATA e un paio di pennarelli.

«È fantastico» dissi, seguendola con un'altra pila di libri.

«Ed Everett?» chiese.

«Fantastico anche lui» risposi, prendendo il pennarello che mi porgeva. Cominciò ad aprire i libri, andando alla pagina del frontespizio, e passandomeli a uno a uno perché li firmassi.

«A quanto pare state passando un sacco di tempo insieme.»

«A quanto pare?» dissi, esitante.

Pete si abbandonò a una risata fragorosa. «Sai, quel ragazzo è molto riservato, quindi devo ricavare le informazioni dal contesto delle nostre conversazioni. Però sì, gli indizi che ho raccolto mi suggeriscono che abbiate fatto amicizia.»

Cercai di nascondere la mia sorpresa. «Voi due parlate spesso?»

«Risponde sì e no a un terzo delle mie telefonate. Certo, lo faccio diventare matto chiamandolo così spesso, ma è perché mi preoccupo. Sono l'unica famiglia che ha.»

«Famiglia?» La guardai, senza più nascondere la confusione.

I suoi lineamenti sembrarono scattare verso l'alto, per la sorpresa. Si grattò la nuca. «Pensavo che lo sapessi. Non riesco *mai* a capire cosa sia privato e cosa non lo sia, per lui. Nei suoi libri si rivela così tanto che non mi stupirei di vederlo girare tranquillamente nudo per Times Square. Certo, magari sono solo proiezioni mie. Lo so come siete, voi artisti. Lui insiste a dire che è soltanto finzione, quindi dovrei leggerla come tale.»

Riuscivo a seguirla a malapena. Evidentemente, l'espressione del mio viso era molto chiara, perché Pete mi spiegò: «Sono sua zia. Sua madre era mia sorella».

Fui travolta da una violenta sensazione di vertigine. Il negozio sembrò vacillare. Non aveva alcun senso. Due settimane e mezzo in cui avevo comunicato quasi costantemente (anche se non in modo tradizionale), e Gus non aveva condiviso con me nemmeno le informazioni essenziali della sua vita.

«Ma tu lo chiami Everett» dissi. «Sei sua zia e non usi il suo nome di battesimo.»

Mi fissò un istante, confusa. «Oh! Quello. Una vecchia abitudine. Quando era piccolo, allenavo la sua squadra di calcio. Non potevo fare favoritismi, così lo chiamavo per cognome come tutti gli altri, e l'abitudine è rimasta. Per metà del tempo mi dimentico che ce l'abbia, un nome.

Cavoli, ormai l'ho presentato come Everett a metà della città.»

Era come se mi fosse caduta dalle mani una bambola di legno e nell'impatto si fosse aperta, rivelando al suo interno altre bambole, come una matrioska. C'era il Gus che conoscevo: divertente, incasinato, sexy. E poi c'era l'altro Gus, che spariva per giorni, che da bambino giocava a calcio e viveva nella stessa città di sua zia, e che non diceva niente più dello stretto necessario su se stesso, la sua famiglia, il suo passato, mentre io versavo vino e lacrime, e gli aprivo il mio cuore.

Chinai il capo e ricominciai a firmare in silenzio. Pete continuò a porgermi i libri, impilando quelli firmati sull'altro lato del bancone. Dopo una manciata di secondi disse: «Devi essere paziente con lui, January. Gli piaci molto».

Andai avanti a firmare. «Credo che tu abbia frainteso...»

«Per niente» disse.

Fissai i suoi intensi occhi azzurri. «Mi ha raccontato del giorno in cui ti sei trasferita. Una prima impressione non delle migliori. È un problema ricorrente, con lui.»

«A quanto pare.»

«Però in questo caso devi dargli un po' di tregua» proseguì. «Il suo compleanno è un momento molto difficile, da quando si è separato.»

«Compleanno?» le feci eco, alzando lo sguardo. *Separato*? pensai.

Pete mi guardò sorpresa, poi esitante. «L'ha lasciato il giorno del suo compleanno, sai. E da allora, ogni anno, Markham organizza questo festone per cercare di distrarlo. E ovviamente Gus *odia* le feste, ma non vuole che

Markham pensi che è sconvolto, così in nome della loro amicizia lascia correre.»

«Scusa?» sbottai. Era uno scherzo? Sembrava quasi che quella mattina Pete si fosse svegliata e avesse pensato: *Vediamo, magari oggi potrei rivelare a January qualche verità sconvolgente su Gus, dandole informazioni criptiche in ordine sparso.*

«L'ha lasciato il giorno del suo compleanno?» ripetei.

«Non ti ha detto cosa lo assillava la sera in cui ti sei trasferita?» chiese. «Be', questo sì che mi sorprende. Se ti avesse detto che stava pensando al suo divorzio, almeno avresti capito perché era così di malumore.»

«Divorzio» dissi, come se mi avessero rovesciato addosso una secchiata d'acqua gelida. «Era per via del suo... divorzio.»

Gus era divorziato.

Gus era stato *sposato*.

Pete cambiò posizione sulla sedia, a disagio. «Sono sorpresa che non te l'abbia detto. Si sentiva così in colpa per essere stato scortese.»

Il mio cervello sembrava una trottola impazzita dentro il cranio. Non aveva senso. Nessun senso. Era impossibile che Gus fosse stato sposato. Lui era contrario alle relazioni. Il negozio cominciò a vacillare tutto intorno.

«Non volevo turbarti» disse Pete. «Pensavo soltanto che così avresti capito...»

«No, non c'è problema» dissi, e poi accadde di nuovo: il mondo prese a girare. Mi ero tenuta tutto dentro un istante di troppo e ora non avevo scelta, se non quella di dire tutto quello che mi passava per la mente. «Probabilmente sto soltanto esagerando, ma... è stato un anno assurdo, per me. Cioè, ho sempre considerato il matrimonio un legame sacro, capisci? Tipo la quintessenza dell'amore, un vincolo che può resistere a qualsiasi cosa. E odio pensare che le persone gettino quintali di merda su un concetto del genere soltanto perché hanno avuto una brutta esperienza.»

Gus stava gettando merda sul concetto. Aveva definito la relazione tra due persone un legame sadomasochista, senza nemmeno dirmi che era stato sposato. Mi aveva quasi fatto sentire una stupida, perché volevo e credevo nell'amore eterno, e questo solo perché il suo tentativo non aveva funzionato. Me lo aveva tenuto nascosto.

E comunque, perché mi importava così tanto la sua opinione? Non è che tutti dovessero per forza credere o desiderare le cose in cui credevo e che desideravo io.

In fin dei conti, quello che mi dava fastidio era che una parte di lui mi ritenesse una stupida a credere in qualcosa che il mio stesso padre aveva smentito. In più, ero infastidita da *me stessa*, perché non riuscivo ad accettarlo. Perché continuavo a volere l'amore che avevo sempre immaginato per me.

E una piccola, stupida parte di me era infastidita anche dall'idea che Gus avesse segretamente amato così tanto una donna da sposarla, mentre un breve momento di intimità con la sottoscritta era stato sufficiente per farlo trasferire al Polo Sud senza nemmeno un saluto.

«Non lo so» dissi, scuotendo la testa. «Mi capisci?»

«Certo» disse Pete, stringendomi un braccio.

Avevo la sensazione che lo avrebbe detto anche in caso contrario. Come se sapesse che avevo bisogno di sentirmelo dire, in quel frangente.

16

I MOBILI DELLA VERANDA

Giovedì a mezzogiorno, Gus era di nuovo seduto al tavolo della cucina. Il suo aspetto non era più "sexy trasandato", ma ricordava quello di un uomo trascinato per metri da un camion dei rifiuti con il portellone rotto. Mi salutò con un sorriso e ricambiai, nonostante l'ondata di nausea che mi chiudeva lo stomaco.

Mi scrisse un biglietto: MI DISPIACE DI ESSERE SPARITO QUESTA SETTIMANA.

Mio malgrado, la nausea fu sostituita dalla sensazione di un giro della morte sulle montagne russe. Mi guardai intorno: avevo dimenticato di portare con me il taccuino. Andai in camera da letto, lo presi e, mentre tornavo di là, scrissi: NON HAI NIENTE DI CUI SCUSARTI. Gli mostrai il messaggio. Il sorriso di Gus vacillò. Annuì e tornò a fissare il suo portatile.

Adesso che era tornato, era più difficile concentrarsi sul lavoro, ma feci del mio meglio. Avevo già scritto un quarto del libro e dovevo mantenere il ritmo.

Intorno alle cinque osservai Gus (con discrezione, o

almeno così speravo) alzarsi e girare per la cucina, preparandosi qualcosa da mangiare. Una volta finito, tornò a sedersi al computer. Verso le otto e mezzo, mi guardò, indicando il terrazzo con un cenno del capo. Era il nostro segnale, la cosa più simile a un invito che rivolgevamo l'uno all'altra, prima di andare fuori e passare la serata insieme, ma non troppo.

Ora, mi sembrò una metafora più che ovvia: il suo mantenere le distanze, la prontezza con cui lo incontravo ogni volta. Non c'era da stupirsi, se mi sentivo così confusa. Aveva mantenuto dei confini ben precisi e io li avevo ignorati. Ero così inesperta, così impreparata, che mi ero ritrovata attratta da qualcuno sentimentalmente inaccessibile.

Scossi la testa, rifiutando il suo invito, poi scrissi: MI DISPIACE, TROPPO DA FARE. ANYA MI STA COL FIATO SUL COLLO.

Gus annuì con fare comprensivo. Si alzò, dicendo qualcosa tipo: *Se cambi idea...* poi scomparve un istante e riapparve sul terrazzo.

Raggiunse il punto più lontano e si appoggiò alla balaustra. La brezza si insinuava sotto la maglietta, sollevandogli la manica sinistra e scoprendogli la parte posteriore del braccio. All'inizio pensai che si fosse fatto un tatuaggio nuovo – un grande cerchio nero, riempito di colore –, poi mi resi conto che fino a qualche giorno prima in quel punto c'era il suo nastro di Möbius: doveva averlo cancellato completamente. Rimase in terrazzo fino al calar del sole. Poi la sera avvolse tutto nei toni del blu intenso, mentre le lucciole prendevano vita, simili a un milione di piccole luci accese da una mano invisibile.

Lanciò un'occhiata verso la porta del mio terrazzo e io spostai lo sguardo sullo schermo del portatile, digitando STO FINGENDO DI ESSERE OCCUPATA, MOLTO OCCUPATA E CONCENTRATA per darmi un contegno.

In realtà ero al computer da quasi dodici ore e avevo scritto soltanto un migliaio di parole. Però ero riuscita ad aprire quattordici schede diverse sul mio motore di ricerca, incluse due distinte pagine di Facebook.

Dovevo uscire di casa. Quando Gus guardò altrove, mi alzai dal tavolo e andai in veranda. L'aria era pregna di umidità, ma non faceva troppo caldo. Mi sedetti sul divano di vimini e osservai le case dall'altra parte della strada. Non avevo passato molto tempo sul lato anteriore della casa, dal momento che il lago era dalla parte opposta, però i cottage e le casette che vi si affacciavano erano graziosi e colorati, e ogni portico era arredato con mobili da giardino di stile diverso. Nessuno tuttavia era accogliente ed eclettico quanto quello arredato da Sonya.

Se non fosse stato per la relazione difficile che avevo con quei mobili, mi sarebbe dispiaciuto disfarmene, però pensai che fosse inutile aspettare. Una volta venduti, avrei avuto una preoccupazione in meno. Mi alzai, accesi la luce del portico e cominciai a scattare foto a ciascun pezzo d'arredamento, poi fotografai il set completo, e infine aprii un sito di compravendita online sul cellulare.

Restai a fissarlo un istante, poi chiusi la pagina e controllai la posta elettronica. Vedevo ancora le parole in grassetto dell'ultimo messaggio di Sonya. Non le avevo cancellate, ma non volevo neanche rileggerle. Creai una nuova e-mail.

OGGETTO: Mobili della veranda
Ciao,
sto cominciando a fare ordine in casa. Vuoi venire a prenderti i mobili della veranda o è meglio che li venda?

Provai tre firme diverse, ma nessuna mi sembrava quella giusta. Alla fine, optai per una semplice J. e cliccai su "invia".

Fine. Era il massimo dello sforzo emotivo che ero in grado di fare, per quel giorno. Mi lavai il viso, i denti, e mi infilai a letto, guardando *Veronica Mars* fino alle prime luci dell'alba.

Il venerdì, bussarono alla porta molto prima del previsto. Erano le due e mezzo del pomeriggio e mi ero addormentata alle cinque di mattina, quindi ero sveglia da appena un paio d'ore.

Presi la vestaglia appoggiata sul divano e la indossai per nascondere i boxer rubati a Jacques e la vecchia maglietta di David Bowie (senza reggiseno sotto) che indossavo. Scostai la tenda di lino che copriva la portafinestra e vidi Gus camminare su e giù per il portico con le mani intrecciate dietro la nuca, come per allungare i muscoli del collo.

Quando aprii, si fermò, girandosi verso di me con gli occhi spalancati.

«È successo qualcosa?» gli chiesi. In quel momento, mentre sul suo viso la confusione cedeva il passo alla sorpresa, notai la parte di patrimonio genetico che aveva in comune con Pete.

Scosse la testa. «È arrivato Dave.»

«Dave?» ripetei. «Dave nel senso di... *quel* Dave? Del ristorante italiano?»

«Di sicuro non quello di Wendy's» disse Gus. «Mi ha chiamato un minuto fa dicendomi che era in città. Credo che sia venuto fin qui d'impulso: in questo preciso momento è a casa mia. Puoi venire?»

«Adesso?» chiesi come una stupida.

«Sì, January! Adesso! Perché si trova a casa mia! Adesso!»

«Va bene» risposi. «Dammi solo il tempo di vestirmi.»

Chiusi la porta e andai di corsa in camera da letto. Nell'ultima settimana ero rimasta indietro con le lavatrici. L'unica cosa pulita era quel maledetto vestito nero. Quindi, ovviamente, infilai una maglietta sporca e un paio di jeans.

La porta di Gus non era chiusa a chiave ed entrai senza pensarci. Una volta all'interno, ebbi una specie di illuminazione. Eravamo amici da quasi un mese e finalmente mi trovavo nella casa che avevo osservato con tanta curiosità quella prima sera. Ero tra gli scaffali di legno scuro pieni zeppi di volumi e nell'aria aleggiava l'odore di Gus: come di incenso che brucia. La stanza era vissuta – libri aperti sui tavoli, pile di corrispondenza sopra antologie e riviste letterarie, tazze sparse un po' ovunque con il loro sottobicchiere –, ma in confronto alla sua solita sciatteria, qui regnava un ordine impeccabile.

«January?» Il corridoio angusto piegava verso la cucina e sembrava inghiottire la sua voce. «Siamo qui» disse Gus.

Seguii quel suono come fossero briciole di pane che conducevano verso un posto da fiaba. O magari verso una trappola.

Mi fermai sulla soglia della cucina, identica alla mia:

a sinistra c'era un angolo per la colazione con il tavolo appoggiato contro la finestra – lo stesso a cui avevo visto tante volte Gus sedersi a scrivere – e a destra il piano di lavoro e le credenze. Gus mi fece un cenno dalla stanza accanto, un piccolo studio.

Avrei voluto prendermela con calma, esaminare ogni angolo di quella casa piena di segreti, ma Gus mi stava osservando in quel suo modo intenso, come se potesse leggermi nel pensiero, quindi mi affrettai a raggiungerli. Una scrivania sgombra e minimalista, in perfetto stile nordico, era stata spostata contro la finestra che dava sul retro.

La casa era posizionata in modo che il terrazzo si affacciasse sul bosco, ma all'estremità destra dell'edificio gli alberi si diradavano, regalando una vista mozzafiato della spiaggia: la luce argentea filtrava tra le nubi e guizzava sul lago increspato, come sassolini lanciati per gioco sulla superficie dell'acqua.

Dave indossava una maglietta rossa e un cappellino da baseball. Le borse sotto gli occhi gli davano un'aria da San Bernardo insonnolito. Quando entrai nello studio, si tolse il cappellino e si alzò, ma non mi porse la mano, dandomi l'impressione di essere finita in un romanzo di Jane Austen.

«Ciao» gli dissi. «Sono January.»

«Piacere» rispose lui con un cenno del capo. Nella stanza c'era una sedia da scrivania (girata in modo che Gus potesse guardare l'interno della stanza), una poltrona incastrata in un angolo (che Dave aveva lasciato per alzarsi a salutarmi) e una sedia portata per l'occasione dalla cucina. Dave si sedette lì, facendomi cenno di usare la poltrona.

«Grazie.» Mi accomodai, infilandomi nel triangolo di

sedie e ginocchia. «E grazie davvero per aver deciso di parlare con noi.»

Dave si rimise il cappellino in testa, girando nervosamente la visiera. «Prima non ero pronto. Mi dispiace avervi fatto fare tutti quei chilometri, e per la perdita di tempo. Mi sento molto in colpa.»

«Non ce n'è motivo» lo rassicurò Gus. «Sappiamo quanto sia delicata questa faccenda.»

Lui annuì. «E in più c'è il fatto che ho deciso di smettere di bere – volevo essere sicuro di riuscire a gestire la situazione. La sera del nostro appuntamento sono andato a una riunione degli alcolisti anonimi, ecco dov'ero.»

«È comprensibile» rispose Gus. «Il mio è solo un libro. Tu sei una persona.»

Solo un libro. Quelle parole, pronunciate da Gus, mi colsero alla sprovvista. Era lo stesso Gus per cui i libri a lieto fine ingannavano il lettore. Il Gus per cui la letteratura era il solo e unico Dio. Everett aveva pronunciato le parole *solo un libro* e, da un certo punto di vista, fu una rivelazione.

Gus è stato sposato.

Si accorse che lo stavo fissando. Distolsi lo sguardo.

«È proprio quello il punto» rispose Dave. «È un libro. Mi offre la possibilità di raccontare una storia che potrebbe aiutare altre persone come me.»

L'angolo della bocca di Gus ebbe un tremito, come se fosse a disagio. Non avevo ancora letto la mia copia di *Le rivelazioni* – temevo che potesse spegnere o accentuare la cotta che avevo per lui – ma, in base a ciò che mi aveva detto lui, sapevo che non stava scrivendo per salvare delle vite, bensì per capire cosa le avesse distrutte.

Il romanzo rosa di Gus avrebbe dovuto essere diverso, ma non riuscivo a immaginare come potesse usare le informazioni di Dave per raccontare una storia con un colpo di fulmine o un lieto fine. I contenuti della sua intervista sarebbero stati molto più adatti al suo prossimo capolavoro letterario.

Però si trattava pur sempre di Gus. Quando avevamo stretto il nostro accordo, avevo creduto che avrei scritto un pessimo romanzo, limitandomi a emulare altri autori; in realtà, nel mio nuovo progetto avevo messo tutta me stessa, com'era successo con i miei lavori precedenti. Forse, il romanzo rosa di Gus sarebbe stato *davvero* ambientato in un luogo come il Nuovo Eden e avrebbe raccontato cose orribili, tra baci e dichiarazioni d'amore.

Forse, avrebbe finalmente regalato un lieto fine a qualcuno che se lo meritava, raccontando la storia di una setta.

O forse Dave stava prendendo un granchio.

«Sarà un libro sincero» gli disse Gus. «Ma non parlerà di Nuovo Eden. Non parlerà di te. Sarà ambientato in un luogo plausibile, spero. Con personaggi verosimili.» Fece una pausa, pensieroso. «E, se siamo fortunati, magari sarà anche utile. Forse qualcuno si riconoscerà tra le sue pagine e si sentirà compreso, e penserà che la *sua* storia è importante.»

Mi lanciò un'occhiata quasi impercettibile. Ebbi un sussulto nel rendermi conto che stava citando una cosa che avevo detto la sera in cui avevamo stretto il nostro accordo, e non pensai che volesse prendermi in giro, ma che fosse sincero.

«Ma anche se non fosse così» proseguì, concentrandosi di nuovo su Dave, «il solo fatto di raccontare la tua storia potrebbe esserti di aiuto.»

Dave tirò un filo che pendeva dai jeans strappati. «Lo so. Dovevo soltanto essere sicuro che lo capisse anche mia mamma. Si sente responsabile. Sostiene che forse avrebbe potuto convincere mio padre a fuggire insieme a noi. Se ci fosse riuscita sarebbe ancora vivo.»

«E tu?» gli chiese Gus.

Dave serrò le labbra. «Credi nel destino, Augustus?»

Gus si sforzò di non sussultare, sentendo il suo nome. «Penso che alcune cose siano... inevitabili.»

Dave si piegò in avanti, tormentando la visiera del cappellino. «Da piccolo ero sonnambulo. È davvero una brutta abitudine. Terribile. Una volta, prima di andare a Nuovo Eden, mia madre mi trovò sul bordo della piscina di casa con un coltello in mano. Nudo. E dormivo sempre in pigiama.

«Due settimane prima di Nuovo Eden, io e la mamma andammo in un parco e scoppiò un temporale. Lei adorava la pioggia, quindi restammo fuori un po' troppo. Tuonava. Boati forti, spaventosi. Così cominciammo a correre verso casa. Quando arrivammo vicino alla rete metallica che delimitava il parco, mia madre mi gridò di aspettare. Non sapeva bene come funzionassero i lampi, ma pensò che permettere a suo figlio di sei anni di toccare il metallo non fosse una buona idea. Avvolse una mano nella maglietta e mi aprì il cancello.

«Arrivammo a casa. Eravamo sui gradini dell'ingresso quando accadde. Uno schianto assordante, come se un'ascia gigantesca si fosse abbattuta sul mondo. Giuro, pensavo che il sole stesse precipitando sulla Terra. La luce era abbagliante.»

«Quale luce?» chiese Gus.

«Il fulmine che mi colpì» rispose Dave. «Non eravamo

persone religiose, Augustus. Specialmente mio padre. Però l'episodio spaventò a morte mia madre. Decise che fosse il momento di cambiare. La settimana successiva andammo in chiesa – la più rigida che fosse riuscita a trovare – e all'uscita qualcuno le diede un opuscolo. C'era scritto: "NUOVO EDEN. Dio ti chiama a un nuovo inizio. Lo ascolterai?".»

Gus annuiva, prendendo appunti. «Quindi lo interpretò come un segno?»

«Pensò che Dio mi avesse salvato la vita» disse Dave. «Per attirare la sua attenzione. Una settimana dopo ci trasferimmo nel complesso di Nuovo Eden e mio padre ci seguì. Non era credente, ma riteneva che l'educazione spirituale di un bambino fosse di competenza della madre. Non so cosa accadde, cosa gli fece cambiare idea. Ma nei due anni successivi si lasciò coinvolgere molto più di mia madre. E poi, una notte, lei si svegliò nella nostra roulotte con un brutto presentimento. Fuori infuriava un temporale e sbirciò nel salottino: la branda in cui dormivo era vuota, a parte un mucchio di coperte in disordine.

«Cercò di svegliare mio padre, ma dormiva come un sasso. Allora uscì sotto il temporale. Mi trovò in mezzo al bosco, completamente nudo, i lampi che illuminavano il cielo come fuochi d'artificio. E sai cosa accadde dopo?»

Dave mi guardò, in silenzio. «Un lampo colpì la roulotte, che prese fuoco. Quello fu il primo incendio di Nuovo Eden: non fu una cosa grave, non come quello in cui perse la vita mio padre. Riuscirono a spegnerlo prima che facesse troppi danni. Il giorno dopo, però, mia madre mi portò via.»

«Lo interpretò come un altro segno?» chiese Gus.

«Be', le cose stanno così» replicò Dave. «Mia madre crede nel fato, nel destino, nella mano provvidenziale di Dio. Ma non al punto da non attribuirsi la colpa di ciò che accadde a mio padre. Era lei che ci aveva portato a Nuovo Eden. Era lei che mi aveva trascinato lì. Non glielo disse, perché sapeva che era troppo coinvolto. Non si sarebbe soltanto rifiutato di andare via, avrebbe fatto ammenda per noi.»

«Fatto ammenda?» ripetei.

«Era il linguaggio della setta» spiegò Dave. «Si tratta di una confessione per conto di qualcun altro. Non volevano che la considerassimo una denuncia, una delazione nei confronti dei vicini. Lo chiamavano "fare ammenda". Fare un sacrificio disinteressato, incrinando il tuo rapporto con una persona, per poterla salvare dal peccato. In cuor suo, mia madre sapeva che l'avrebbero punita se avesse detto a mio padre che voleva andarsene. Le sarebbero toccate due settimane in isolamento. Io sarei stato picchiato e poi affidato a un'altra famiglia fino a quando la sua "fede vacillante non fosse stata ripristinata". Dicevano che a loro la violenza non piaceva. Che si trattava di un sacrificio che facevano per amor nostro, allo scopo di educarci. Ma gli piaceva eccome.

«Lei lo sapeva benissimo. E sapeva cosa sarebbe successo. Non poteva salvare mio padre. Però fece il possibile per salvare me.»

Gus restò in silenzio, concentrato. All'improvviso, assorto nei suoi pensieri, mi sembrò più giovane, più dolce. Fui travolta dalla rabbia. *Perché non ti ha salvato nessuno? Perché non ti hanno preso in braccio e portato via, nel cuore della notte?*

Sapevo che era più complicato di così. Sapevo che c'era un motivo se era andata così, ma la cosa mi fece male comunque. Non era quella la storia che avrei scritto per lui. Per niente.

Gus salutò Dave e chiuse la porta senza fare rumore, poi si girò verso di me. Restammo in silenzio qualche secondo, esausti dopo quella intervista di quattro ore. Ci guardammo negli occhi, senza parlare.

Poi si appoggiò alla porta e disse: «Ciao».

«Ciao» risposi.

Mi rivolse un sorriso incerto. «È bello vederti.»

«Sì» dissi, spostando il peso da un piede all'altro. «Anche per me.»

Poi andò verso il mobile in noce nell'angolo della stanza, prese due bicchieri di cristallo e li posò accanto all'elegante assortimento di bottiglie di liquore. «Ti va qualcosa da bere?»

Certo che mi andava. Avevo appena ascoltato il racconto straziante di un bambino punito per colpe immaginarie; senza contare che mi trovavo da sola con Gus per la prima volta da quando ci eravamo baciati. Anche se ero al lato opposto della stanza, il calore all'interno del cottage sembrava alludere alla tensione che si percepiva tra di noi. Al doloroso groviglio di emozioni che la giornata aveva suscitato dentro di me. Rabbia nei confronti di quei genitori disfunzionali, tristezza al pensiero che dovevano essersi sentiti anche loro dei bambini – impotenti, disorientati, terrorizzati all'idea di prendere le decisioni sbagliate. Mi sentivo male per Dave e per quello che aveva dovuto affrontare, ed ero triste per mia madre, perché sapevo che si sentiva persa, senza mio padre; allo stesso tempo, la presenza di Gus mi dava un po' di calore e conforto, come se riuscisse ad ancorarmi a sé, nonostante fosse dall'altra parte della stanza.

Sentii il tintinnio delicato del ghiaccio nei bicchieri. (Teneva il ghiaccio in un secchiello accanto alle bottiglie dei liquori? Tipico di un danaroso abitante del Connecticut.)

Avrei voluto sapere di Pete, dei genitori di Gus e del suo matrimonio, ma era il tipo di dettagli che una persona doveva condividere di sua spontanea volontà e lui non l'aveva fatto. Non mi aveva neanche fatto entrare in casa, finché un soggetto della sua ricerca non si era presentato senza essere invitato. Non l'avevo fatto nemmeno io, però il cottage non era parte di me. Non mi apparteneva nemmeno, era solo un peso. Il cottage di Gus invece era *casa sua*.

E Dave ci era entrato prima di me.

In quel momento, lui si voltò a guardarmi, scuro in viso.

«Ti sei fatto un tatuaggio» dissi, per rompere il silenzio.

Si osservò il braccio. «Sì.»

Tutto qui. Nessuna spiegazione, nessun dettaglio su dove fosse stato. Potevamo bere un drink, parlando di libri e di una bambina che una volta gli aveva vomitato addosso, ma niente di più.

Mi si spezzò il cuore. Non era ciò che volevo; non ora che avevo intravisto qualcosa di più. Se avessi voluto fare una chiacchierata informale e superficiale, aggirando gli argomenti difficili, avrei chiamato mia mamma. Con lui volevo di più. Ero fatta così.

«Un goccio di whisky?» chiese Gus.

«Oggi non ho combinato molto. Dovrei rimettermi al lavoro.»

«Già.» Annuì lentamente, assorto nei suoi pensieri. «Va bene. Allora ci vediamo domani.»

«A domani» risposi.

Per una volta, la prospettiva del nostro sabato sera insieme mi faceva paura. Posò i bicchieri sulla credenza e mi accompagnò alla porta. Uscii sulla veranda, ma mi fermai quando mi sentii chiamare. Mi voltai e lo vidi appoggiato alla porta, la tempia contro lo stipite.

Si appoggiava sempre a qualcosa, come se non riuscisse a sopportare il proprio peso per più di qualche secondo. Non si sedeva mai come tutti gli altri, era sempre semisdraiato, stravaccato, piegato su se stesso, disteso. Al college, pensavo fosse semplice pigrizia e che gli interessasse soltanto la scrittura. Ora mi domandai se non fosse stanco, se la vita non l'avesse piegato al punto da costringerlo a quella postura raccolta, in modo che nessuno potesse arrivare al bambino vulnerabile di un tempo, che sognava di fuggire lontano e vivere tra i rami di una sequoia.

«Sì?»

«È bello vederti» mi disse.

«L'hai già detto.»

«Sì» rispose. «Hai ragione.»

Mi sforzai di non sorridere, soffocando un fremito di emozione. Un sorriso e un fremito non erano sufficienti. Ne avevo abbastanza di segreti e bugie, per quanto a fin di bene. «Buona serata, Gus.»

17
IL BALLO

STASERA DEVO METTERE LO SMOKING? scrisse Gus sabato a mezzogiorno.

Ogni volta che pensavo a noi due da soli in auto mi facevo prendere dall'ansia, soltanto che avevo organizzato quella serata da una settimana, e non ero pronta a ritirarmi dal nostro accordo, non ora che avevo finalmente ricominciato a scrivere dopo mesi. BE', CERTO, risposi.

DICI SUL SERIO? mi chiese Gus.

NO, risposi. HAI DEGLI STIVALI DA COWBOY?

SECONDO TE? scrisse lui. CONSIDERATO QUELLO CHE SAI DI ME, INDOVINA SE POSSIEDO UNA COSA DEL GENERE.

Fissai la pagina bianca e poi mi buttai: SEI PIENO DI SEGRETI. PER QUANTO MI RIGUARDA, POTRESTI AVERE UN ARMADIO PIENO DI CAPPELLI DA COWBOY. SE È COSÌ, METTINE UNO. CI VEDIAMO ALLE 6.

Quella sera Gus si presentò sulla soglia di casa mia con indosso la solita divisa, a cui aveva aggiunto una camicia nera tutta sgualcita. Aveva la fronte scoperta, come se si fosse passato nervosamente le dita tra i capelli mentre scriveva. «Niente cappello?» chiesi.

«Niente cappello.» Tirò fuori la mano che teneva dietro la schiena, mostrandomi due fiaschette pieghevoli, di quelle tascabili. «Però ho portato queste, in caso tu abbia deciso di trascinarmi a una messa in qualche sperduto paesino texano.»

Infilai gli stivaletti ricamati che erano accanto alla porta. «Ancora una volta, dimostri di essere *molto* più esperto in materia amorosa di quanto tu mi abbia fatto credere finora.»

Lo stomaco mi si chiuse in una morsa.

Gus è stato sposato.

Gus è divorziato.

Per questo era così sicuro che l'amore non potesse durare; soltanto che non aveva condiviso con me nessuno di quei dettagli fondamentali, perché non si era *davvero* aperto.

Non diede a vedere di aver colto la mia allusione.

«Per tua informazione, se nel corso di questa serata dovrò davvero indossare un cappello da cowboy, probabilmente ne morirò.»

«Allergia ai cappelli da cowboy.» Presi le chiavi dal tavolo. «Ricevuto. Andiamo.»

Sarebbe stato un appuntamento perfetto. Se fosse stato un appuntamento.

Il parcheggio del Black Cat Saloon era strapieno, come l'interno del rozzo locale. «Il trionfo delle camicie a quadri» commentò Gus mentre entravamo.

«Cosa ti aspetti da una serata di balli country?»

«Stai scherzando, vero?» disse lui, paralizzandosi. Feci

segno di no con la testa. «È sempre stato il mio incubo ricorrente, ora mi rendo conto che invece era una premonizione.»

Sul palco in fondo alla sala, simile a un fienile, il gruppo riprese a suonare e la folla si spostò a sinistra, mandandomi a sbattere contro Gus, che mi afferrò poco sopra la vita per evitare che cadessi, mentre la marea premeva verso la pista da ballo. «Tutto bene?» gridò per sovrastare la musica, continuando a tenermi stretta.

Avevo il viso in fiamme, le farfalle nello stomaco. «Sì.»

Accostò la bocca al mio orecchio per farsi sentire: «Ho il sospetto che questo sia un ambiente pericoloso, per una della tua taglia. Forse dovremmo andarcene... da qualsiasi altra parte».

Quando si ritrasse per guardarmi, scossi di nuovo la testa, rivolgendogli un gran sorriso. «Non se ne parla. La lezione comincia soltanto tra dieci minuti.»

Mi lasciò andare, ma la mia pelle continuò a fremere nel punto in cui mi aveva toccato. «Se sono sopravvissuto a Meg Ryan...»

«*A malapena*» lo presi in giro, poi avvampai, ripensando a quella sera. La bocca di Gus che cercava la mia. I suoi denti sulla clavicola. Le sue mani che si stringevano sui miei fianchi, percorrendoli col pollice.

Quell'istante sembrò dilatarsi all'infinito. O meglio, diventare più intenso e – dal momento che non ci avvicinammo – l'aria si caricò di elettricità. La canzone stava terminando e un uomo allampanato con un viso equino saltò sul palco con un microfono, invitando in pista i principianti.

Presi Gus per il polso e mi feci strada tra la folla, diretta alla pista da ballo. Per una volta aveva le guance arrossate e l'aria preoccupata. «Dovrai nominarmi tuo unico erede, per ripagarmi di tutto questo» disse.

«Sarebbe meglio che non parlassi, mentre ci spiegano come si balla» replicai, indicando il presentatore dai lineamenti equini. Stava usando un volontario preso dalla folla per illustrare alcuni passi base, parlando alla velocità di un banditore d'asta. «Ho la sensazione che non gli piaccia ripetersi.»

«Ricordati di me, quando farai testamento, January» sibilò Gus.

«Infine, lascio a Gus Everett un armadio pieno di cappelli da cowboy!» mormorai in risposta.

Scoppiò a ridere fragorosamente. Ripensai alla sera della festa al college. Avevamo ballato sul pavimento viscido di quel seminterrato senza parlare, senza dirci nemmeno una parola, e poi c'era stata quella risata, e avevo capito, o perlomeno sospettato, che fosse vagamente consapevole di un fatto, e cioè che avremmo dovuto essere in imbarazzo per essere avvinghiati in quel modo. Era vero, ma c'erano impulsi più urgenti da soddisfare, quella sera. Proprio come al drive-in.

Cercai di scacciare il pensiero, mentre una sensazione di calore si diffondeva nel mio ventre.

Sul palco, il violino cominciò a suonare, seguito a ruota dal resto dei musicisti. I ballerini più esperti sciamarono verso la pista da ballo, riempiendo ogni spazio libero tra i pochi principianti in trepidante attesa. Gus restò al mio fianco, riluttante a separarsi da quella coperta di Linus in forma umana in cui mi ero trasformata non appena avevamo varcato le porte del locale, poi il presentatore gridò al microfono: «Siete tutti pronti? Si parte!».

Al suo comando, la folla si spostò verso destra, trascinandoci con sé. Gus mi agguantò la mano, mentre l'esercito di tacchi e stivali cambiava direzione. Mi lasciai sfuggire un grido quando Gus mi strattonò per allontanarmi da un tizio deciso a fare un passo laterale anche a costo di calpestarmi.

Non c'era un brano cantato, soltanto l'uomo sul palco, che impartiva le istruzioni con il suo strano ritmo da banditore d'asta, e le scarpe che sfregavano il pavimento. A un certo punto, Gus fece un passo in avanti, invece che indietro, andando a sbattere contro una bionda cotonata vestita di pizzo rosa. Scoppiai a ridere. «Scusa!» gridò, alzando le mani e urtandola di nuovo quando la folla si spostò ancora.

«Oddio» disse, indietreggiando. «Mi dispiace, io...»

«Dio non c'entra niente!» sbottò la donna, portando le mani sui fianchi.

«Mi dispiace» intervenni, prendendo Gus per mano. «Non posso mai portarlo da nessuna parte.»

«*Cosa?*» gridò lui, fingendosi scandalizzato. «Se sei stata tu a costringermi a...»

Lo trascinai verso il bordo della pista. Quando guardai alle mie spalle, la donna aveva ricominciato a ballare, il viso una maschera di concentrazione.

«Dici che dovrei darle il mio numero?» mi provocò Gus, parlandomi all'orecchio.

«Secondo me preferirebbe il numero della tua assicurazione.»

«O un identikit della polizia.»

«O un piede di porco» replicai.

«Mi arrendo» disse Gus, abbandonandosi a una risata. «Basta così. Stai solo cercando una scusa per non ballare.»

«*Io* sto cercando una scusa per non ballare?» protestai. «Ti sei aggrappato alle tette di quella donna pur di non farti buttare fuori di qui.»

«Per favore.» Scosse la testa, mi prese per un braccio e mi trascinò in pista, tentando goffamente di eseguire i passi. «Il mio è un impegno a lungo termine. Sarà meglio che ti tieni libera il sabato sera da qui all'eternità.»

Scoppiai a ridere e cominciai a ballare anch'io, ma avevo lo stomaco sottosopra. Non volevo sentirmi così. Non era più divertente, ora che avevo avuto modo di riflettere a fondo e sapevo come sarebbe andata a finire: io che mi legavo e diventavo gelosa e lui che condivideva con me quello che avrebbe potuto condividere con un barbiere.

Poi però mi diceva cose tipo: *Sarà meglio che ti tieni libera il sabato sera da qui all'eternità.* Mi afferrava per la cintura per evitare che andassi a sbattere contro un pilastro portante di cui nella frenesia del ballo non mi ero accorta. Mi faceva volteggiare e girare su me stessa, mentre il resto della folla eseguiva i passi avanti e indietro, roteando i fianchi con i pollici infilati nei passanti di una cintura reale o immaginaria.

Era un Gus diverso da quello che conoscevo (quello che giocava a calcio? Che rispondeva a un terzo delle telefonate di sua zia? Quello sposato e divorziato?) e non sapevo bene come interpretare la comparsa improvvisa di questa nuova versione.

Qualcosa in lui era cambiato di nuovo, e non stava facendo niente per nascondermelo (intenzionalmente o meno). Sembrava più sereno, meno stanco. Era seducente e provocante, e la cosa mi faceva sentire ancora più frustrata, dopo quello che era successo la settimana precedente.

«Ci serve un drink» disse.

«Va bene» risposi. Forse un bicchierino avrebbe allentato la strana tensione che avvertivo. Raggiungemmo il bar e Gus spostò una ciotola di arachidi per ordinare due whisky doppi.

«Salute» disse, alzando il bicchiere.

«A cosa brindiamo?» chiesi.

«Ai tuoi lieto fine» rispose con un sorrisetto.

Pensavo che fossimo amici, che mi rispettasse, invece avevo di nuovo la sensazione che mi considerasse una principessa delle fiabe, che ridesse della mia ingenua, sciocca visione del mondo, usando il suo matrimonio fallito come un asso nella manica da tirare fuori per dimostrare, ancora una volta, che ne sapeva più di me. Una scintilla rabbiosa si accese nel mio stomaco e buttai giù il whisky senza brindare con lui. Gus sembrò considerarla una svista. Mi diressi sulla pista da ballo, lasciandolo al bar a finire il suo whisky.

Dovevo ammettere che eseguire quelle coreografie mentre si era arrabbiati aveva qualcosa di comico, ma la cosa non mi fece desistere. Ballammo altre due canzoni, bevendo altri due drink.

Quando tornammo in pista per il quarto brano – una coreografia complessa destinata ai ballerini più esperti, mentre il presentatore andava in bagno e faceva riposare le corde vocali – ci rendemmo conto che non saremmo mai riusciti a seguire i passi, neanche da sobri. Durante un doppio giro a destra, inciampai su un'asse sconnessa del pavimento e Gus mi afferrò per la cintura, impedendomi di cadere. Appena vide l'espressione del mio viso la sua risata si spense e si appoggiò (ovviamente) al pilastro portante, mio nemico di poco prima, attirandomi a sé. Sentii il calore della sua mano attraverso i jeans e feci uno sforzo per restare lucida, mentre mi teneva stretta in quel modo.

«Ehi» mi disse all'orecchio, perché riuscissi a sentirlo. «Cosa c'è che non va?»

A non andare erano i suoi pollici che disegnavano cerchi sui miei fianchi, la sua bocca che sapeva di whisky pericolosamente vicina alla mia, e la sensazione di essere una stupida, per l'effetto che mi faceva. Ero *davvero* un'ingenua.

Mi ero sempre fidata dei miei genitori, non mi ero mai accorta dei tasselli mancanti, nella relazione tra Jacques e me, e adesso avevo cominciato a legarmi a qualcuno che aveva fatto tutto il possibile per convincermi a non farlo.

Feci un passo indietro. Avrei voluto dirgli: *Credo che sia meglio tornare a casa*, o magari: *Non mi sento bene.*

Ma non ero mai stata molto brava a nascondere i miei sentimenti, soprattutto nell'ultimo anno.

Non dissi nulla. Corsi verso la porta.

Uscii nell'aria fresca del parcheggio e puntai dritto verso la Kia. Gus mi stava seguendo, chiamandomi, ma ero troppo in imbarazzo, frustrata e non so cos'altro, per voltarmi.

«January?» disse di nuovo Gus, correndo verso di me.

«Sto bene.» Frugai in tasca alla ricerca delle chiavi. «Ho

solo... ho bisogno di andare a casa. Non sono... non...» Lasciai la frase in sospeso, mentre cercavo di infilare la chiave nella portiera.

«Non possiamo andare da nessuna parte, finché non smaltiamo la sbornia» mi fece notare lui.

«Vorrà dire che aspetterò in auto.» Mi tremavano le mani e mancai la serratura per l'ennesima volta.

«Da' qua. Faccio io.» Prese la chiave e la infilò nello sportello del conducente, ma non si fece da parte per permettermi di aprirlo.

«Grazie» dissi senza guardarlo.

Mi sfiorò il viso, scostandomi i capelli dalla guancia e facendomi sussultare. «Di qualunque cosa si tratti, puoi dirmelo.»

Scrutai i suoi occhi, ignorando il nodo allo stomaco. «Perché?»

Inarcò le sopracciglia. «Perché *cosa*?»

«Perché posso dirtelo?» gli chiesi. «Perché dovrei dirti qualcosa?»

Serrò le labbra. Vidi guizzare i muscoli della sua mandibola. «Cosa succede? Che cos'ho fatto?»

«Niente.» Mi girai verso l'auto, ma Gus mi impediva il passaggio. «Spostati, Gus.»

«Non è giusto» disse. «Sei arrabbiata con me e non posso neanche rimediare? Cosa potrò aver fatto...»

«Non sono arrabbiata con te» risposi.

«Invece sì» protestò. Cercai di aprire lo sportello. Questa volta si scostò per farmi passare. «Per favore, January, dimmelo.»

«Non lo sono» ripetei con voce tremante. «Non sono arrabbiata con te. Non siamo abbastanza intimi, per una cosa del genere, sono soltanto una che conosci. Non è che siamo amici.»

Aggrottò la fronte, contraendo le labbra in una smorfia. «*Per favore*» disse, quasi senza fiato. «Non fare così.»

«Fare *cosa*?» insistetti.

Allargò le braccia, esasperato. «Non lo so!» disse. «Non ne ho idea.»

«Pensi davvero che sia così stupida?»

«Di *cosa* stai parlando?»

«Immagino che non dovrei essere sorpresa, se non mi racconti niente» aggiunsi. «In fondo non rispetti né me né le mie opinioni.»

«Certo che ti rispetto.»

«So che sei stato sposato» sbottai. «So che sei stato sposato e che vi siete separati il giorno del tuo compleanno, e non solo non me ne hai mai parlato, ma hai permesso che mi confidassi con te, raccontandoti perché faccio quello che faccio e cosa significa per me – per non parlare di mio *padre* e di quello che ha combinato – e sei rimasto lì a guardarmi tutto compiaciuto dall'alto del tuo piedistallo...»

Gus si lasciò sfuggire una risata esasperata. «Il mio piedistallo?»

«... pensando che fossi una stupida o ingenua...»

«Non ho mai...»

«... tenendomi nascosto il tuo matrimonio fallito e il resto della tua vita, così puoi guardare dall'alto in basso tutte le persone *scontate* come me che credono ancora nel...»

«Smettila» sbottò.

«... mentre tu...»

«*Smettila.*» Si allontanò di qualche metro, poi si voltò, infuriato. «Non mi conosci, January.»

Mi lasciai sfuggire una risata amara. «Ne sono consapevole.»

«No.» Scosse la testa e tornò verso di me, fermandosi a pochi centimetri di distanza. «Pensi che il mio matrimonio sia uno scherzo, per me? Sono stato sposato due anni. *Due anni*, e poi mia moglie mi ha lasciato per il nostro testimone di nozze. Non male come cliché, no? Ci sono dei pesci rossi che sopravvivono più a lungo. Non volevo nemmeno divorziare. Sarei rimasto con lei nonostante il tradimento, ma indovina, January: non sempre c'è un lieto fine. Non puoi fare niente, per *costringere* qualcuno ad amarti.

«Che tu ci creda o no, durante le *ore* che passiamo a parlare, non me ne sto lì in silenzio a giudicarti. E se ho bisogno di tempo per dirti cose tipo: *A proposito, mia moglie mi ha lasciato per il mio compagno di stanza al college*, forse non ha niente a che fare con te, intesi? Magari è perché non mi piace dire quella frase ad alta voce. Cioè, tua madre non se ne è andata quando tuo padre l'ha tradita, e *mia* madre non ha lasciato *mio* padre quando quello stronzo mi ha rotto un braccio. *Io*, invece, non sono riuscito a fare *niente* per convincere mia moglie a restare.»

Sentii una morsa allo stomaco. Avevo un nodo in gola. Una fitta di dolore mi attraversò il petto. All'improvviso, era tutto chiaro: l'esitazione e la riluttanza, la diffidenza nei confronti del prossimo, la paura di legarsi.

Nessuno aveva scelto Gus. Da quando era un bambino, nessuno lo aveva scelto, e lui si *vergognava*, come se fosse colpa sua. Volevo dirgli che non era così: non era *lui* a essere sbagliato, ma *tutti gli altri*. Soltanto che non riuscivo a dire una parola. Me ne stavo lì a fissarlo – senza più energie, col respiro affannato – e a soffrire per lui, odiando il mondo per come l'aveva fatto a pezzi.

In quel preciso istante, non mi interessava sapere perché fosse scomparso e dove fosse andato.

Il luccichio tagliente del suo sguardo si era spento. Chinò il viso, massaggiandosi la fronte.

Avrei voluto dirgli mille cose, ma l'unica che mi uscì di bocca fu: «Parker?».

Mi guardò sorpreso, con la bocca socchiusa. «Cosa?»

«Il tuo compagno di stanza al college» mormorai. «Intendevi Parker?»

Gus chiuse la bocca, contraendo i muscoli della mandibola. «Sì» rispose con un filo di voce. «Parker.»

Parker, lo studente d'Arte, con i suoi vestiti stravaganti. Parker, che si era depilato buona parte del sopracciglio sinistro. Aveva due begli occhi azzurri e un lato buffo che con i miei amici avevamo sempre pensato corrispondesse a una frenesia da golden retriever in fatto di sesso. Ed eravamo abbastanza sicuri che ne facesse *tanto*.

Gus non mi stava guardando. Aveva ricominciato a massaggiarsi la fronte e sembrava a disagio e affranto, come me trenta secondi prima.

«Il giorno del tuo *compleanno*. Che stronza.»

Non mi resi conto di averlo detto ad alta voce fino a quando non rispose: «Non l'ha fatto di proposito». Fissò un punto imprecisato del parcheggio. «Gliel'ho tirato fuori io. Avevo la sensazione che qualcosa non andasse e... è andata così.»

Stronza comunque, pensai. Scossi la testa. Non sapevo cosa dire. Mi avvicinai e lo strinsi in un abbraccio, premendo il viso contro il suo collo, abbandonandomi ai suoi respiri profondi. Dopo un istante, mi restituì l'abbraccio e restammo così, fuori dal cono di luce del solitario lampione che illuminava il parcheggio, sorreggendoci a vicenda.

«Mi dispiace» sussurrai. «Avrebbe dovuto scegliere te.» E dicevo sul serio, anche se non sapevo bene a chi mi riferissi, se a sua moglie, o a sua madre.

Le sue braccia si chiusero intorno alla mia schiena. Appoggiò la bocca e il naso sulla mia testa, mentre all'interno cominciavano a suonare un pezzo malinconico di Crosby, Stills, Nash & Young, le note della chitarra simili a un lamento. Gus accennò un passo di danza. «Voglio sapere di te» gli dissi.

«Anch'io lo voglio» mormorò nei miei capelli. Restammo così ancora un po', poi disse: «È tardi. Dovremmo tornare dentro a prenderci un caffè e andare a casa».

Non volevo andare a casa. Non volevo allontanarmi da Gus. «Certo.»

Si ritrasse e la sua mano scese lungo la mia gola, fermandosi nell'incavo tra collo e spalla, accarezzandomi la clavicola col pollice ruvido. Scosse la testa. «Non ho mai pensato che tu fossi stupida.»

Annuii. Non sapevo bene cosa dire e, anche se l'avessi saputo, temevo che avrei parlato con voce impastata e densa, come il sangue che in quel momento scorreva nelle mie vene, o tremante e su di giri, come il mio stomaco.

Gus posò lo sguardo sulla mia bocca, e poi cercò i miei occhi. «Pensavo... *penso* che credere nell'amore sia un atto di coraggio. Intendo l'amore eterno. Cercarlo, pur sapendo che potrebbe farti soffrire.»

«E tu?»

«Io cosa?» mormorò.

Avevo bisogno di schiarirmi la voce, ma non lo feci. Avrebbe rivelato i miei pensieri, i miei sentimenti. «Pensi che non ti innamorerai mai più?»

Gus fece un passo indietro e la ghiaia scricchiolò sotto le sue scarpe. «Non importa se credo che possa funzionare oppure no» disse. «Non credere in qualcosa non ti impedisce di desiderarlo. Se non stai attento.»

Mi sentii avvampare sotto il suo sguardo, e quando alla fine si voltò per raggiungere il bar, il freddo tornò a farsi sentire sulla mia pelle. «Forza» disse. «Andiamo a prendere questo caffè.»

Se non stai attento. La cautela era pressoché impossibile, quando si trattava di Gus Everett.

I postumi della sbronza, il mattino seguente, ne furono la dimostrazione.

Mi svegliò il suo primo messaggio.

C'era scritto soltanto: Ahia.

18
LA EX

Non ci furono più serate sui terrazzi separati. La domenica, Gus venne a casa mia con l'aspetto di chi si è buttato in un tritarifiuti che si è inceppato a metà. Io mi sentivo a pezzi almeno quanto lui.

Sistemammo le chaise-longue sul terrazzo e ci sdraiammo, ognuno con il suo impacco di ghiaccio sulla testa, bevendo il Gatorade che aveva portato con sé. «Hai scritto qualcosa?» mi chiese.

«Mi viene da vomitare soltanto al pensiero, e non è un modo di dire.»

Di fianco a me, Gus tossì. «Quella *parola*» disse.

«Scusa.»

«Dici che è meglio se ordiniamo una pizza?» chiese.

«Stai scherzando? Ma se per poco non...»

«January» fece lui. «Non dire quella parola. Rispondi solo alla domanda.»

«Sì, credo sia una buona idea.»

Lunedì, ci eravamo quasi del tutto ripresi. Abbastanza da sederci ai rispettivi tavoli e lavorare (duemila parole prodotte dalla sottoscritta). Intorno all'una e quaranta Gus mi mostrò il primo biglietto della giornata: TI HO MANDATO UN MESSAGGIO.

ME LO RICORDO, scrissi in risposta. UN MOMENTO STORICO NELLA NOSTRA AMICIZIA.

NO, ribatté lui. TI HO MANDATO UN MESSAGGIO UN MINUTO FA.

Avevo lasciato il telefono in carica accanto al letto. Sollevai l'indice e corsi a recuperare il cellulare. Il messaggio diceva: Sai fare un margarita?

Gus, questo messaggio è più breve del biglietto che mi hai scritto per dirmi che me l'avevi mandato.

Rispose subito: Volevo inoltrare una richiesta formale. I biglietti che ci scambiamo dal terrazzo sono una forma di comunicazione molto informale.

Non lo so fare, il margarita, gli dissi. Però conosco qualcuno che può darci una mano.

Jose Cuervo?, mi chiese.

Scostai le tende e mi affacciai alla finestra che dava sul retro.

«GOOGLE.»

Il mio telefono vibrò di nuovo: Vieni da me. Cercai di non pensare all'effetto che mi facevano quelle parole, il brivido lungo tutto il corpo, la sensazione di calore.

Tornai indietro, presi il computer e lo raggiunsi a piedi nudi. Gus era sul portico, appoggiato allo stipite della porta.

«Ti capita mai di stare dritto?» gli chiesi.

«No, se posso evitarlo» rispose, facendomi strada verso la cucina. Mi sedetti su uno sgabello, mentre lui tirava fuori i lime e andava in soggiorno a prendere lo shaker, la tequila e il triple sec.

«Non disturbarti ad aiutarmi, mi raccomando» mi punzecchiò.

«Non ti preoccupare. Non mi permetterei mai.»

Una volta ultimata la preparazione dei drink, andammo in veranda e ci mettemmo a lavorare, fino a quando gli ultimi raggi di sole non si spensero nel blu scuro del cielo punteggiato di stelle. Appena il nostro stomaco cominciò a brontolare, tornai nel mio cottage a prendere il resto della pizza e la mangiammo fredda, appoggiando i piedi alla balaustra del portico.

«Guarda» disse Gus, indicando il cielo mentre due scie di luce argentea attraversavano il blu trapunto di stelle. Aveva di nuovo quello sguardo negli occhi, e un fremito mi attraversò il petto. Amavo quel suo entusiasmo vulnerabile, quando vedeva qualcosa per la prima volta, l'emozione che affiorava in superficie prima che riuscisse a nasconderla.

Qualche volta guarda me nello stesso modo.

Tornai a concentrarmi sulle stelle cadenti. «Mi assomigliano» commentai assorta.

Gus si lasciò sfuggire un accenno di risata. «In pratica siamo noi. Infuocate e in caduta libera.»

Mi rivolse uno sguardo tenebroso e appassionato, che mise a dura prova il mio autocontrollo. Abbassai gli occhi, cercando qualcosa da dire. «Cos'è quella grossa macchia nera?» Indicai il tatuaggio modificato sulla parte posteriore del braccio. Lì la pelle era un po' più chiara rispetto al normale colorito olivastro.

Sembrò confuso, poi seguì il mio sguardo. «Ah, sì» disse. «Prima c'era qualcos'altro.»

«Un nastro di Möbius, lo so» risposi un po' troppo in fretta.

Mi guardò dritto negli occhi per un paio di secondi, mentre decideva cosa dirmi. «Ce li siamo fatti insieme, io e Naomi.» Il nome rimase sospeso nell'aria, come l'immagine residua di un fulmine. *Naomi.* Dedussi che fosse la donna che Gus Everett aveva sposato. Non sembrò rendersi conto che ero sconvolta. Forse, dentro di sé, la nominava spesso. Forse, avermene parlato equivaleva ad avermi mostrato l'album fotografico del matrimonio, per lui. «Subito dopo esserci sposati.»

«Ah» dissi come una stupida, con le guance in fiamme. Cominciarono a formicolarmi. Avevo il dono di tirar fuori argomenti di cui non aveva nessuna voglia di parlare. «Scusa.»

Scosse la testa, continuando a guardarmi in quel suo modo intenso, bruciante. «Voglio che impari a conoscermi, te l'ho detto. Puoi chiedermi qualunque cosa.»

Fu come se mi avesse detto: *Saltami addosso! Adesso!*

Sperai di essere *molto carina*, nonostante il colorito da pomodoro troppo maturo.

La cosa più intelligente da fare era cambiare argomento, ma la tentazione di metterlo alla prova era irresistibile: io, January Andrews, volevo vedere se potevo *davvero* chiedere al riservato Gus Everett qualunque cosa.

«Cosa significava?» gli domandai.

«Non molto, a quanto pare» rispose. La delusione mi chiuse lo stomaco, vedendo quanto si fosse guastata in fretta la nostra politica della porta aperta.

Poi però fece un respiro profondo e continuò: «Se parti da un punto del nastro di Möbius e lo segui, quando hai completato il giro non torni al punto di partenza. Finisci appena sopra, sul lato opposto nel nastro. E se *prosegui* una seconda volta, alla fine torni dove eri all'inizio. Quindi è un percorso lungo il doppio, rispetto a come dovrebbe essere. All'epoca, credo significasse che noi due insieme eravamo più grandi di quanto non lo fossimo presi singolarmente».

Scrollò le spalle, grattandosi distrattamente il tatuaggio. «Quando mi ha lasciato, sembrava quasi uno scherzo di pessimo gusto: eccoci qua, intrappolati ai lati opposti di questa superficie, apparentemente nello stesso posto, mai davvero insieme. Legati per sempre da uno stupido tatuaggio che è centomila volte più definitivo del nostro matrimonio.»

«Cavoli» dissi. *Cavoli?* Sembravo una baby-sitter adolescente che cercava di immedesimarsi nella storia del suo Papà Figo e Divorziato preferito. Che era un po' come mi sentivo.

Gus mi rivolse un sorriso tirato. «Cavoli» ripeté in tono sommesso.

Ci guardammo negli occhi. «Lei com'è?» Le parole mi scapparono di bocca e fui travolta dal panico all'idea di aver chiesto a Gus una risposta che forse non voleva darmi, o che *io* non avrei voluto sentire.

I suoi occhi scuri mi scrutarono per parecchi secondi. Si schiarì la voce. «Tosta» disse. «Impenetrabile, da un certo punto di vista.»

Di male in peggio. Non lo interruppi: ero arrivata fin lì, non potevo fermarmi. Dovevo scoprire che tipo di donna poteva rapire il cuore di Gus Everett.

«È un'artista visiva di enorme talento» disse. «Ci siamo conosciuti così. Quando frequentavo il dottorato sono andato in una galleria e ho visto una delle sue performance; ho amato il suo lavoro prima ancora di conoscerla. Ho sempre avuto la sensazione che non sarei mai riuscito a conoscerla del tutto, nemmeno dopo esserci messi insieme. Come se fosse sempre un po' irraggiungibile. L'ho sempre trovato molto eccitante.»

Che tipo di donna poteva conquistare il cuore di Gus Everett?

Il mio esatto contrario. Non una come *me*. Io diventavo sgradevole quando ero di cattivo umore. Piangevo quando ero felice, triste, o sopraffatta dalle emozioni. Dicevo sempre quello che mi passava per la testa.

«Però c'è anche un'altra cosa...». Esitò. «Ho sempre pensato che non avrei mai potuto mandarla in crisi. Non aveva bisogno di me. E non ci andava leggera, non si preoccupava di salvarmi, non si confidava, non mi permetteva di aiutarla a far funzionare le cose. Forse ti sembrerò uno stronzo, ma non ho mai creduto di poter stare con una donna troppo... *fragile*.»

«Ah.» Continuai a tenere lo sguardo fisso sul suo braccio, con le guance in fiamme.

«Ho visto succedere la stessa cosa ai miei genitori, sai? Il buco nero e la luce brillante che lui cercava sempre di assorbire per intero.»

Alzai lo sguardo, soffermandomi sul solco profondo in mezzo alle sue sopracciglia. «Gus, tu non sei un buco nero. E non sei neanche tuo padre.»

«Sì, lo so.» Mi fece un sorriso poco convinto. «Però non sono neanche quella luce brillante.»

Certo, non era una luce brillante, ma neanche il cinico che credevo. Era una persona realista, che aveva troppa paura di sperare, quando si trattava della sua vita. Ma era anche bravissimo a sostenere gli altri nei momenti difficili, facendoli sentire meno soli senza fare promesse o dire banalità prive di significato. Lo aveva fatto con me. Con Dave. Con Grace.

Non aveva paura di affrontare situazioni sgradevoli, di vedere le persone nei loro momenti peggiori, né cercava di dissuadermi dai miei sentimenti. Ne prendeva atto e, così facendo, permetteva alle mie emozioni di abbandonare il mio corpo dopo anni di prigionia.

«Qualsiasi cosa tu sia» gli dissi, «è meglio di una luce che brilla nella notte. E, per quello che vale, in quanto ex principessa delle fiabe e campionessa mondiale di fragilità, penso che tu sia parecchio gentile.»

Mi rivolse uno sguardo intenso e pieno di calore, e per un istante mi parve che potesse indovinare ogni mio pensiero, leggere tutto quello che sentivo e pensavo di lui, come se fosse scritto nelle mie pupille. Il calore del mio viso si diffuse in tutto il corpo, e mi concentrai di nuovo sul suo tatuaggio, dandogli un buffetto con la mano. «Inoltre, sempre per quello che vale, direi che quell'enorme macchia nera ti rappresenta. Non perché sei un buco nero, ma perché è buffa e misteriosa, come te.»

«Se la pensi così, non ho rimpianti» mormorò.

«Ti sei fatto un tatuaggio» dissi, ancora un po' incredula.

«Ne ho anche altri, ma se li vuoi vedere devi almeno offrirmi una cena.»

«No, intendevo dire che ti sei fatto un tatuaggio *nuziale*.» Alzai lo sguardo e vidi che mi stava fissando, in attesa di sentire chissà quale rivelazione in merito a ciò che volevo dire. «È una romanticheria di altissimo livello, molto alla Cary Grant.»

«È umiliante.» Fece per strofinare il tatuaggio, ma ci trovò le mie dita appoggiate sopra.

«È emozionante» dissi.

Posò il palmo ruvido sulle mie dita. Pensai a quella mano che mi toccava attraverso la maglietta, che scivolava sulla pelle nuda del mio ventre. La sua voce roca mi strappò al ricordo: «E del Ragazzo d'Oro cosa mi dici?».

Esitai. «Jacques?»

«Scusa» disse Gus. «Jacques. Sei anni sono un bel po' di tempo. Probabilmente pensavi anche tu a un tatuaggio nuziale e a una nidiata di bambini.»

«Pensavo...» Lasciai la frase in sospeso, mentre cercavo di mettere ordine nel guazzabuglio di pensieri che affollavano la mia mente. Le dita di Gus erano calde e ruvide, premurose e delicate sulle mie, e dovetti attraversare controcorrente un mare di pensieri tipo: *Scommetto che gli scienziati potrebbero ricostruirlo partendo anche solo dalla sua mano*, per ripescare un ricordo di Jacques dalla memoria. «Era il perfetto protagonista maschile di un romanzo, hai presente?»

«Dovrei?» scherzò.

«Sì, se stai prendendo sul serio la nostra sfida» ribattei. «Intendo dire che era romantico. Gli piacevano i gesti plateali. Illuminava qualsiasi posto con la sua presenza e aveva una storia incredibile per ogni occasione. E sono stati tutti questi momenti meravigliosi a farmi innamorare di lui.

«Poi però, quando eravamo insieme – tipo quando facevamo colazione dopo aver dato una festa, sapendo che avremmo dovuto pulire l'appartamento sporco –, non lo so, quando non eravamo impegnati a brillare l'uno per l'altra, tiravamo avanti, ma niente di più. Come se fossimo i protagonisti di un film che, a telecamere spente, non avevano molto da dirsi. Però volevamo lo stesso tipo di vita, capisci?»

Gus annuì, pensieroso. «Non ho mai riflettuto sulla mia vita con Naomi, ma sapevo che saremmo sempre stati due individui separati. Tu hai scelto una persona che voleva una relazione. Ci sta.»

«Sì, ma non basta.» Scossi la testa, frustrata. «Hai presente quando guardi qualcuno dormire e sei sopraffatto dalla gioia, per il solo fatto che esiste?»

Gus mi rivolse un accenno di sorriso, limitandosi ad annuire.

«Io amavo Jacques» dissi. «E amavo la sua famiglia e la nostra vita, la sua bravura ai fornelli e la passione che metteva nel suo lavoro al pronto soccorso e il fatto che fosse un avido lettore di saggistica come mio padre e... Be', mia mamma era malata, lo sapevi, vero?»

Gus serrò le labbra, corrugando la fronte. «Sì, me l'avevano detto. Però sapevo che stava guarendo.»

Annuii. «Soltanto che dopo la mia laurea il cancro è tornato. E io mi sono convinta che l'avrebbe sconfitto di nuovo. Da un certo punto di vista, mi consolava sapere che, se non ce l'avesse fatta, almeno aveva conosciuto l'uomo che volevo sposare. Mia madre pensava che Jacques fosse bellissimo e meraviglioso, e mio padre era sicuro che sarebbe riuscito a darmi la vita che desideravo. Ed erano tutte cose che *adoravo*. Però, quando lo guardavo dormire, non provavo niente.»

Gus cambiò posizione, abbassando lo sguardo. «E quando è morto tuo padre? Allora non volevi sposare Jacques? Dal momento che lui l'aveva conosciuto?»

Feci un respiro profondo. Non l'avevo mai ammesso con nessuno. Mi era sempre sembrato troppo complicato, troppo difficile da spiegare. «In un certo senso, perdere mio padre mi ha liberato. Innanzitutto, papà non era la persona che credevo, quindi quello che pensava di Jacques contava molto meno.

«Ma soprattutto, quando è morto... cioè, anche se mio padre era un bugiardo, gli volevo bene. Gli volevo un bene dell'anima, al punto che il solo pensiero che non sia più su questa Terra mi spezza il cuore.» Mentre lo dicevo, il dolore mi travolse, schiacciando con il suo peso opprimente ogni centimetro del mio corpo.

«Io e Jacques» continuai, «amavamo la versione migliore di noi stessi, la nostra vita da cartolina. Ma quando sono cominciati i problemi, tra noi non è rimasto più *niente*. Tolti i vestiti da principessa delle fiabe, ha smesso di amarmi. E ho smesso anch'io. Ho pensato mille volte che fosse il fidanzato perfetto. Ma quando è morto mio padre – e io ero arrabbiata con lui, ma allo stesso tempo mi mancava tantissimo – mi sono resa conto che Jacques non era mai stata la mia persona preferita in assoluto.»

Gus annuì. «Guardarlo dormire ti lasciava indifferente.»

Se l'avesse detto soltanto qualche settimana prima, avrei pensato che mi prendesse in giro. Ma ora conoscevo Gus. Conoscevo quel suo modo di inclinare la testa di lato, quell'espressione seria quando cercava di risolvere qualche mistero che mi riguardava.

L'avevo vista sul suo viso a lezione, quando mi aveva

fatto notare che scrivevo sempre storie a lieto fine. L'avevo vista di nuovo nella libreria di Pete, quando lo avevo punzecchiato, accusandolo di scrivere fan fiction di Hemingway per segaioli.

Quel giorno, in classe, stava cercando di capire chi fossi e quale fosse la mia visione del mondo. Quel giorno, da Pete, si era reso conto che lo detestavo.

Volevo rimangiarmi tutto, dimostrargli che ora riuscivo a capirlo, che mi fidavo di lui. Volevo rivelargli un segreto, come aveva fatto lui quando mi aveva parlato di Naomi. Volevo raccontargli un'altra storia vera, invece di una bellissima menzogna.

Così dissi: «Una volta, per il mio compleanno, Jacques mi ha portato a New Orleans. Siamo andati in un sacco di posti meravigliosi: jazz bar, ristoranti di cucina creola e botteghe dove fanno riti vudù. E per tutto il tempo io ho continuato a mandare messaggi a Shadi, dicendole che avrei voluto essere insieme a lei a bere martini e guardare *Le Streghe di Eastwick*».

Gus scoppiò a ridere. «Shadi» disse in tono mesto. «Me la ricordo.»

«Sì, be', anche lei si ricorda di *te*» dissi.

«Quindi parli di me» disse Gus, rivolgendomi un sorriso malizioso. «A Shadi, la tua persona preferita in assoluto?»

«Tu parli di me con Pete» lo sfidai.

Confermò con un cenno del capo. «E cosa le racconti?»

«Sei tu quello che ha detto che posso chiederti tutto ciò che voglio» replicai. «Cosa racconti, a Pete?»

«Solo l'indispensabile» rispose. «L'ultima cosa che le ho detto è che ci hanno sorpresi a limonare in un drive-in.»

Scoppiai a ridere e lo spinsi via, coprendomi il viso in fiamme con le mani. «Adesso non avrò più il coraggio di ordinare un altro Pink Eye!»

Gus rise e mi prese i polsi, obbligandomi a togliere le mani dal viso. «L'ha chiamato ancora così?»

«Ovviamente!»

Scosse la testa, facendo un gran sorriso. «Ho il sospetto che non sia la sua competenza in fatto di bevande alcoliche a mantenerla in attività.»

Quando alla fine ci alzammo per andare a dormire, Gus non mi diede la buonanotte. Disse solo: «A domani». E quello diventò il nostro rito di fine serata.

A volte veniva a casa mia, a volte andavo io da lui. Il muro tra lui e il resto del mondo non era scomparso, ma era più basso, almeno tra di noi.

Giovedì sera, mentre aspettavamo che ci consegnassero il thai seduti sul divano di Sonya, mi raccontò di Pete. Non solo che era sua zia – e che era stata la sua allenatrice di calcio, nonostante fosse negata –, ma anche che era stato il motivo per cui si era trasferito lì appena Naomi l'aveva lasciato. «Da piccolo, quando abitavo a Ann Arbor, Pete viveva vicino a me. Non veniva mai a trovarci, non andava d'accordo con mio padre, ma è sempre stata presente nella mia vita. Comunque, quando ero al liceo, Maggie ottenne un incarico come insegnante di Geologia qui a North Bear e si sono trasferite. Mi ha supplicato di venire. Conosceva il tizio che vendeva il cottage e mi ha addirittura prestato i soldi per l'anticipo. Mi ha detto che potevo restituirglieli con comodo.»

«Accidenti» esclamai. «Sto ancora pensando al fatto che Maggie sia un'insegnante di Geologia.»

Annuì. «Non parlare mai di rocce in sua presenza. Dico sul serio. Mai.»

«Cercherò di ricordarmene» risposi. «Ma sarà molto difficile, considerando che le rocce sono un argomento di conversazione molto popolare.»

«Ne resteresti sconvolta» mi assicurò. «Sconvolta, traumatizzata e, cosa più importante, annoiata a morte.»

«Qualcuno dovrebbe inventare un farmaco contro la noia.»

«Penso che le droghe servano essenzialmente a quello» disse Gus. «A ogni modo, January, basta parlare di rocce. Dimmi perché ti sei trasferita qui, avanti.»

Le parole mi rimasero incastrate in gola. Riuscii a pronunciarne soltanto un paio. «Mio padre.»

Gus annuì, come se fosse soddisfatto della spiegazione e non volesse forzarmi. «Lui è morto e hai deciso di fuggire via?»

Mi protesi in avanti, appoggiando i gomiti alle ginocchia. «È nato e cresciuto a North Bear Shores» dissi. «E quando è venuto a mancare, io... ho scoperto che ci era tornato. Molte volte.»

Gus aggrottò le sopracciglia e si passò la mano tra i capelli scompigliati come al solito, allontanandoli in modo scomposto dalla fronte. «Scoperto?»

«Questa era casa sua» gli spiegai. «La sua *seconda* casa. Con... una donna.» Non riuscii a pronunciare il suo nome. Non volevo che Gus venisse a sapere chi era, non volevo che avesse un'opinione su di lei – cosa molto probabile, dal momento che la città era piccolissima.

«Oh.» Si passò di nuovo la mano tra i capelli. «Me ne avevi accennato, da un certo punto di vista.» Si appoggiò allo schienale del divano, la bottiglia di birra in mano che penzolava sull'interno coscia.

«L'hai mai incontrato?» gli chiesi, pentendomene quasi subito. Il mio cuore cominciò a battere all'impazzata, in attesa della sua risposta. «Sei qui da cinque anni. Devi averli visti... *per forza.*»

Gus mi studiò con quei suoi occhi liquidi e scuri, i lineamenti tirati. Scosse la testa. «In realtà non mi interesso molto dei miei vicini. La maggior parte delle case del quartiere è in affitto. Se anche l'avessi visto, avrei dato per scontato che fosse qui in vacanza. Non me ne ricorderei.»

Distolsi lo sguardo e annuii. Da una parte, ero sollevata all'idea che Gus non li avesse mai visti fare il barbecue in terrazzo, strappare le erbacce in giardino, dedicarsi a qualsiasi altra attività tipica di una coppia. Sollevata che non conoscesse Quella Donna. Dall'altra, però, mi sentii sprofondare, perché una parte di me avrebbe voluto che Gus conoscesse mio padre. Che avesse qualche aneddoto da raccontarmi, qualche storia che non avevo mai sentito, un nuovo frammento di mio padre, e che la busta sottile che mi guardava con aria di scherno dalla scatola sopra il frigorifero non fosse *davvero* tutto ciò che mi restava da scoprire di lui.

«January» disse Gus dolcemente, «mi dispiace tanto.»

Mi ero messa a piangere senza volerlo. Nascosi il viso tra le mani, e Gus si avvicinò, mi cinse le spalle con un braccio e mi tirò a sé. Delicatamente, mi prese sulle ginocchia e mi tenne stretta, una mano sulla nuca, le dita tra i capelli, e l'altra attorno alla vita.

Una volta cominciato a piangere, non riuscii più a fermarmi. La rabbia e la frustrazione. Il dolore e il senso di tradimento. La confusione che mi aveva annebbiato la mente da quando avevo scoperto la verità. Buttai fuori tutto.

La mano di Gus si muoveva dolcemente tra i miei capelli, sfiorandomi la nuca. Posò la bocca sulla mia guancia, sul mento, sulle palpebre, raccogliendo le lacrime fino a quando, a poco a poco, non mi calmai. O forse le avevo finite. O forse mi resi conto che ero seduta sulle sue ginocchia come una bambina, mentre lui mi asciugava il viso con i baci. O che le sue labbra socchiuse indugiavano sulla mia fronte.

Affondai la faccia nel suo petto e inspirai il suo profumo. Sudore, incenso (che bruciava prima di cominciare a scrivere: il suo solitario rituale mattutino) e l'occasionale sigaretta da stress (anche se aveva quasi smesso di fumare). Mi strinse con forza, tenendomi la nuca.

Avvampai come lava, bruciante e liquida. Gus mi attirò a sé e mi plasmai su di lui, aderendo a ogni curva del suo corpo. A ogni respiro eravamo più vicini, finché non mi afferrò, mettendomi a cavalcioni su di lui e cingendomi la schiena con un braccio. La sensazione di averlo sotto di me scatenò una nuova ondata di calore lungo le mie cosce. Mi accarezzò la vita, guardandomi negli occhi.

Era come la sera al drive-in, moltiplicata per dieci. Perché ora sapevo cosa voleva dire sentire il suo corpo su di me. Conoscevo la carezza ruvida della sua mandibola sulla mia pelle, il modo in cui la sua lingua esplorava lo spazio tra le nostre bocche, assaporava la pelle delicata del mio petto. Ero gelosa, perché conosceva il mio corpo più di quanto io conoscessi il suo. Volevo baciargli l'addome, affondare i denti nella carne dei suoi fianchi, piantargli le dita nella schiena e percorrerla in tutta la sua lunghezza.

Le sue mani scivolarono lungo la mia schiena, dall'alto verso il basso, per poi risalire quando mi piegai su di lui. Gli sfiorai il naso con il mio. La sua bocca socchiusa profumava di cannella. La sua mano destra tornò a posarsi sul mio viso, scendendo leggera verso la clavicola, per poi ritornare sulla mia bocca, premendo le dita nervose sul labbro inferiore.

Non volevo essere cauta, non volevo essere saggia. Lo desideravo sopra di me, sotto di me, dietro di me. Le sue mani mi incendiavano la pelle. Avevo il fiato corto. E anche lui.

Con la punta della lingua gli sfiorai il dito, che si piegò di riflesso nella mia bocca, avvicinandomi ancora, finché le nostre labbra non furono separate da due centimetri di aria carica di elettricità.

Sollevò il mento e le sue labbra sfiorarono le mie con esasperante lentezza. Mi guardò con occhi che erano due pozze nere, lucide e roventi. Mi accarezzò i fianchi, scendendo fino ai polpacci, e poi risalì lungo le cosce, afferrandomi le natiche.

Ebbi un fremito quando le sue dita si insinuarono sotto l'orlo dei miei pantaloncini, bruciandomi la pelle. «January» sussurrò scuotendo la testa. «Mi fai impazzire.»

Poi suonarono alla porta e lo slancio e il desiderio del momento si schiantarono contro il muro della realtà.

Ci guardammo un istante, immobili. Gus deglutì, percorrendo il mio corpo con lo sguardo. «La cena» disse con voce roca.

Mi alzai, improvvisamente lucida, e mi sistemai i capelli, asciugandomi il viso mentre andavo ad aprire. Firmai la ricevuta della carta di credito, presi il sacchetto pieno di contenitori di plastica e ringraziai il ragazzo delle consegne con voce roca e impastata, proprio come quella di Gus.

Quando chiusi la porta e mi voltai, lui era lì, visibilmente a disagio. Aveva i capelli arruffati e la maglietta bagnata dalle mie lacrime. Si grattò la testa, con aria esitante. «Mi dispiace.»

Scrollai le spalle. «Non ne hai motivo.»

«Invece sì» disse. Non aggiungemmo altro.

19

LA SPIAGGIA

Venerdì, andammo a casa di Dave per continuare l'intervista. La prima parte era stata così dettagliata che Gus non aveva programmato di farne una seconda, ma quella mattina Dave l'aveva chiamato. Dopo averci riflettuto bene, sua madre aveva deciso di raccontare alcune cose sul Nuovo Eden.

La casa era una piccola costruzione su due livelli, probabilmente risalente alla fine degli anni Sessanta, e sembrava abitata da fumatori incalliti.

Nonostante l'acre odore di sigaretta e l'arredamento sciatto, era estremamente ordinata: coperte ripiegate sui braccioli del divano, vasi con piante accanto alla porta, pentole appese ai ganci della parete, il lavello immacolato.

Dave Schmidt era più o meno nostro coetaneo, ma Julie-Ann Schmidt doveva avere almeno dieci anni più di mia madre. Era minuta, col viso rotondo e morbido segnato dalle rughe, e ci diede il benvenuto con una stretta di mano vigorosa. Mi chiesi se fosse il frutto di una vita passata a essere trattata con delicatezza, per via del suo aspetto.

Abitava lì insieme a Dave. «La casa è mia, ma è lui che paga le bollette.» Scoppiò a ridere, dandogli una pacca sulla schiena. «È un bravo ragazzo.» Gus li osservava, concentrato. Pensai che cercasse tracce di violenza nelle loro interazioni, ma Dave si limitava a sorridere a disagio, le spalle curve. «È sempre stato un bravo ragazzo. E dovreste sentire come suona il piano.»

«Posso portarvi qualcosa da bere?» chiese Dave.

«Un po' d'acqua sarebbe perfetta» risposi, per dargli un pretesto per defilarsi. Mentre spariva in cucina, gironzolai per il soggiorno, studiando le foto incorniciate appese alle pareti. Col suo gilet con scollo a V e la camicia verde chiaro, Dave sembrava congelato all'età di otto anni. Suo padre era presente nella maggior parte delle foto, e anche in quelle in cui non compariva era facile immaginarlo dietro la macchina fotografica, mentre immortalava la donna minuta e sorridente con il neonato in grembo, col bimbo che muoveva i primi passi tenendola per mano, o faceva la linguaccia accanto alla gabbia del gorilla allo zoo.

Il padre di Dave era un uomo allampanato, con i capelli castani, le sopracciglia folte e il mento sfuggente. Dave era la sua fotocopia.

«Dunque, mi pare di capire che vorrebbe aggiungere qualcosa» esordì Gus. «Qualcosa che forse Dave non può sapere.»

«Proprio così.» Julie-Ann si sedette su una poltrona scozzese, mentre io e Gus ci accomodammo su un divano di tessuto beige. «Ho una visione a trecentosessanta gradi. Dave ha una visione parziale dei fatti, e quando ce ne siamo andati in quel modo, be', temo che la sua opinione sia passata da un estremo all'altro.»

Io e Gus ci scambiammo un'occhiata. Mi protesi in avanti, cercando di bilanciare la sua postura difensiva con il mio atteggiamento amichevole, accogliente. «Mi sembra un ragazzo piuttosto equilibrato, a essere sinceri.»

Julie-Ann prese le sigarette dal tavolo e ne accese una, poi ci offrì il pacchetto. Gus accettò. Mi resi conto che lo aveva fatto per metterla a suo agio, non perché volesse davvero fumare, e il gesto mi fece sorridere. Sebbene scrivessimo e sostenessimo cose tanto diverse, avevo la sensazione di conoscere Gus, di leggergli dentro come non mi era mai successo con nessuno. Perché col passare dei giorni ero sempre più sicura che fosse *come me.*

Julie-Ann gli accese la sigaretta e si sedette, accavallando le gambe. «Non erano cattive persone» esordì. «La maggior parte di loro non lo era. E non posso farvi andare via lasciandovi credere che lo fossero. Qualche volta... qualche volta le persone buone, o almeno perbene, fanno cose cattive. E qualche volta credono davvero di fare la cosa giusta.»

«E non pensa che sia soltanto una scusa?» le chiese Gus. «Non crede nell'esistenza di qualche principio morale?»

Da come lo disse, sembrò crederci davvero: una cosa che soltanto poche settimane prima mi avrebbe sorpreso, ma che ora aveva perfettamente senso.

«Forse si comincia così» disse lei. «Ma poi si cambia, invecchiando. Come puoi dire che una cosa è giusta e l'altra sbagliata, se tutti quelli che hai intorno ti dicono il contrario? Dovresti ritenerti il più intelligente di tutti.»

Dave tornò con tre bicchieri d'acqua e ce li porse a uno a uno. Julie-Ann sembrò poco disposta a proseguire la conversazione in presenza del figlio, ma né lei né Gus lo invitarono ad andarsene. Forse perché Dave aveva trent'anni e pagava le bollette della casa in cui si trovavano.

«Parecchie di queste persone» continuò Julie-Ann, «non avevano molto. Non intendo solo il denaro, anche se quello era certamente un problema. C'erano tanti orfani. Persone che avevano rotto i ponti con la famiglia. Altre che avevano perso il coniuge e i figli. I primi tempi, al Nuovo Eden, mi convinsi che... che il motivo per cui fino ad allora mi era andato tutto storto fosse che non avevo vissuto nel modo giusto. Mi sembrava che avessero tutte le risposte, che fossero tutti felici, appagati. E dopo una vita passata a volere qualcosa – a volte senza nemmeno sapere cosa, animata unicamente da questo *desiderio*, come se il mondo non fosse abbastanza grande o luminoso –, be', mi sono sentita come davanti a una rivelazione.

«Stavo finalmente ottenendo delle risposte. Era come se fossero riusciti a risolvere un'enorme equazione scientifica. E sapete cosa vi dico? Ha funzionato, fino a un certo punto. Almeno per un po'. Seguivi le loro regole, i loro rituali, ti vestivi secondo i precetti, mangiavi il loro cibo ed era come se il mondo intero avesse cominciato a illuminarsi dall'interno. Niente più cose banali. Pregavi in ogni momento della giornata: in bagno, sotto la doccia, mentre pagavi le bollette. Per la prima volta, ero grata di essere viva.

«Esercitavano un potere enorme sulla nostra vita. Quindi, quando le persone hanno iniziato a vacillare e a commettere degli sbagli e sono cominciate le punizioni, mi sono sentita come se una mano enorme fosse sospesa sul tappo della vasca da bagno, pronta a toglierlo e a strapparmi via tutto. E mio marito... era un uomo *buono*. Un uomo buono e smarrito.» Guardò Dave e fece un tiro dalla sigaretta.

«Voleva diventare un architetto. Costruire stadi e grattacieli. Adorava disegnare ed era bravissimo. E poi sono rimasta incinta alle superiori e ha dovuto rinunciare ai suoi progetti. Dovevamo essere pratici. E non si è mai lamentato.» Il suo sguardo si posò di nuovo sul figlio. «Mai un lamento, perché eravamo fortunati. Quasi dei miracolati. Ma a volte la vita ti mette i bastoni tra le ruote... non so come spiegarlo, ma a Nuovo Eden avevo una strana sensazione. Come se... come se mio marito si aggrappasse a qualsiasi cosa. Come se l'unica cosa importante fosse stare bene, anche se non eravamo dalla parte della ragione.»

Pensai a mio padre e a Sonya. A mia madre, che era rimasta con lui pur sapendo del tradimento. A come aveva insistito che tra loro due fosse finita.

Sì, ma perché era cominciata?, le avevo chiesto in auto, prima che si chiudesse nel suo mantra ostinato: *Non posso parlarne. Non ho intenzione di parlarne.*

In realtà, avevo una mia teoria.

Ai tempi in cui facevo le medie, i miei genitori si erano separati. Per poco, giusto un paio di mesi, ma mio padre era arrivato al punto di trasferirsi da amici mentre cercavano di capire come sistemare le cose. Non conoscevo tutta la storia. Non avevano mai fatto scenate come la maggior parte dei genitori divorziati dei miei amici, ma nonostante avessi soltanto tredici anni, mi ero accorta che mia madre era cambiata. All'improvviso era diventata malinconica, se ne stava tutto il giorno a guardare fuori dalla finestra, a rifugiarsi in bagno per poi uscire con gli occhi gonfi.

La sera prima che mio padre andasse via di casa, avevo socchiuso la porta della mia camera e ascoltato le loro voci che arrivavano dalla cucina. «Non lo so» continuava a ripetere mia madre tra le lacrime. «Non lo so, sento che è finita.»

«Il nostro matrimonio?» aveva chiesto papà dopo una lunga pausa.

«La mia *vita*» gli aveva risposto lei. «Sono soltanto tua moglie. La madre di January. Nient'altro, e non hai la più pallida idea di come mi sento. Ho quarantadue anni ed è come se avessi già fatto tutto quello che c'era da fare.»

All'epoca non ero riuscita a capire cosa intendesse, e ovviamente nemmeno mio padre, perché la mattina dopo mi avevano preso da parte per spiegarmi cosa stava succedendo, e poi avevo visto la sua macchina allontanarsi con una valigia sul sedile posteriore.

Avevo creduto che la mia vecchia vita fosse finita per sempre.

Poi, all'improvviso, papà era tornato a casa: a dimostrazione del fatto che non vi era nulla di irreparabile! Che l'amore poteva vincere ogni sfida, che nella vita i problemi si sarebbero sempre risolti. Sempre. Quindi, quando i miei genitori mi informarono della diagnosi della mamma e la nostra esistenza cambiò radicalmente, *sape-*

vo che non sarebbe stato per sempre. Che si trattava solo di un altro colpo di scena nella trama della nostra storia.

Dopo, sembrarono più innamorati che mai. Ballavano. Si tenevano per mano. Organizzavano fughe romantiche durante il fine settimana. Mio padre mi diceva cose tipo: *Nei vent'anni in cui l'ho conosciuta, tua madre è stata molte persone diverse e mi sono innamorato di ognuna di loro, Janie. È questa la chiave per un buon matrimonio. Continuare a innamorarsi delle nuove versioni dell'altro: è la sensazione più bella del mondo.*

Avevo creduto che il loro amore fosse più forte del tempo, delle crisi di mezz'età, del cancro, di tutto.

Però la separazione c'era stata *davvero*, e quel giorno, mentre litigavo con mia madre, me lo ero chiesto. Se fosse iniziato tutto in quei due mesi. Quando papà e Sonya si erano ritrovati. Se, quando l'aveva incontrata, si era aggrappato a lei perché aveva bisogno di credere che sarebbe andato tutto bene. Se, quando la mamma lo aveva riaccolto in casa, lo aveva fatto perché aveva bisogno di *fingere* che andasse tutto bene.

Julie-Ann mi guardò, scuotendo la testa.

«Ha senso?» chiese. «Avevo solo bisogno di stare bene: avrei potuto fare la cosa sbagliata per il motivo giusto.»

Pensai a Jacques e alla determinazione con cui perseguivamo la nostra vita meravigliosa, al mio disperato desiderio di stare con qualcuno che mia madre aveva conosciuto e amato. Pensai alla sua diagnosi e all'infedeltà di mio padre e alla storia che mi raccontavo da quando avevo dodici anni per esorcizzare la paura di ciò che sarebbe potuto accadere. Pensai ai romanzi rosa che avevo divorato quando il cancro era tornato e avevo dovuto rinunciare al dottorato, credendo che la mia vita fosse di nuovo sul punto di andare in frantumi. Alle notti passate a scrivere fino al sorgere del sole, con la schiena dolorante per il bisogno di andare in bagno ma restia a smettere di lavorare perché niente era più importante di quel libro: dare a quegli amanti immaginari il finale che meritavano, ai miei *lettori* il finale che meritavano.

Persone che si aggrappavano a qualsiasi cosa, pur di non crollare?

Sì. Sì, aveva senso. Lo capivo perfettamente.

Quella sera, quando ce ne andammo, mandai un messaggio a mia madre, cosa che non facevo spesso, negli ultimi tempi: Ti voglio bene. Anche se non riuscissi più a parlare di lui, te ne vorrò sempre, mamma. Ma spero che ci riuscirai.

Mi rispose venti minuti dopo: Anch'io, Janie. Idem.

Sabato andammo in spiaggia. «Non è un'idea molto originale» dissi, mentre percorrevamo il sentiero pieno di radici. Gus aprì la bocca per replicare, ma lo fermai. «Non azzardarti a dire che il mio genere letterario preferito è pieno di cliché.»

«Stavo per dire che siamo stati stupidi a non venire più spesso» rispose lui.

«Pensavo che ti fosse venuta a noia.»

Gus scosse la testa. «Non vengo quasi mai in spiaggia.»

«Dici davvero?»

«Occhio alla radice» mi avvisò, mentre ero distratta a guardarlo. Riuscii a evitarla. «Non sono un patito della spiaggia.»

«Be', mi sembra ovvio» risposi. «Se *lo fossi*, indosseresti una maglietta o un cappellino che lo dichiara al mondo intero.»

«Esatto» concordò. «In ogni caso, preferisco venirci in inverno.»

«Davvero? Perché in inverno io preferisco essere morta.»

Gus si lasciò sfuggire una risata roca. Uscì dal sentiero alberato sulla sabbia, porgendomi la mano per superare il leggero dislivello. «È bellissimo. C'eri mai stata?»

Scossi la testa. «Quando ero all'università stavo quasi sempre all'interno del campus. Non esploravo granché.»

Gus annuì. «Quando Pete e Maggie si sono trasferite qui, venivo a trovarle per le feste di Natale. Mi compravano il biglietto dell'aereo o dell'autobus e passavo le vacanze con loro.»

«Immagino che a tuo padre non dispiacesse.» Il pensiero di Gus da ragazzino, tutto solo, mi riempì di rabbia, facendomi uscire di bocca quelle parole prima di riuscire a trattenermi. Lo guardai di sottecchi. Aveva la mandibola contratta, ma per il resto era impassibile.

Scosse la testa. Stavamo camminando lungo la riva e mi lanciò un'occhiata, per poi tornare a fissare la sabbia. «Puoi tirare fuori l'argomento, non è un problema. Non è stato così tremendo.»

«Gus.» Mi fermai e mi voltai a guardarlo. «Il semplice fatto che tu senta il bisogno di *dirlo*, significa che è stato molto peggio di quello che pensi.»

Esitò per un istante, poi riprese a camminare. «Non è andata così» disse. «Dopo la morte di mia madre, avrei potuto andarmene. Pete voleva che mi trasferissi da lei e Maggie. Cercava sempre di convincermi a... a parlare dei litigi che avevo con mio padre, in modo da ottenere la mia custodia, ma io decisi di non farlo. Lui prendeva un sacco di medicine per il cuore. Tutti i giorni. Lo faceva solo se glielo chiedevo almeno tre volte, ma se osavo insistere di più, apriti cielo. Cominciava a sbraitare. A volte ho pensato che...» Le parole gli morirono sulle labbra. «*Mi sono chiesto* se volesse che lo uccidessi. O che lo facessi arrabbiare al punto da fargli venire un infarto. Ho abbandonato la scuola e mi sono messo a lavorare, in modo da pagargli le cure, ma quando mi sono trasferito si è lasciato andare. Ha smesso di mangiare, di lavarsi. Tenerlo in vita era una lotta. Forse, pensava di punirmi.»

«Di punirti?» chiesi con voce strozzata. «Per *cosa*?»

Gus scrollò le spalle. «Non lo so. Forse per essere sempre stato dalla sua parte.»

«Di tua madre?»

Annuì. «Pensava che ci fossimo alleati contro di lui. Ed era così, in realtà. La incolpava per tutto quello che andava storto, stupidaggini, per lo più. Tipo, una sera mia madre si dimenticò di fare benzina e il giorno dopo lui fu costretto a fermarsi al distributore e fece tardi al lavoro. Oppure se buttava uno scontrino per sbaglio, o decideva di gettare via gli avanzi che erano in frigo qualche ora prima che a lui venisse voglia di mangiarli.

«Era cattivo anche con me, ma più a caso. Mi picchiava se veniva svegliato dallo squillo del telefono, oppure se aveva in programma di uscire ma la neve glielo impediva. Ero sempre alla ricerca del codice segreto, delle regole da seguire per evitare che perdesse le staffe. Impari a sopravvivere, sai? Presti attenzione al modo in cui funziona il mondo. Soltanto che non c'era nessun codice segreto, con lui. Le nostre azioni erano completamente scollegate dalle sue reazioni. Si comportava come se fossi un moccioso pigro ed egoista e mia madre si credesse una regina. Come se considerassimo i suoi soldi carta igienica. Lei si scusava di continuo, per tutto, e quando le faceva male davvero, o ne faceva a me, era lui a chiedere scusa. E poi se ne stava tranquillo per qualche giorno.

«Nonostante tutto, credo che perderla abbia distrutto quel poco che era rimasto di lui. Non so.» Fece una pausa, pensieroso. «Forse non era amore. Forse, trattarla da schifo lo faceva sentire forte. Quando sono diventato grande, non ha potuto farlo anche con me.»

«Costringerti a tenerlo in vita era l'unico modo che gli era rimasto per manipolarti» dissi.

«Non lo so» ammise. «Forse. Ma se me ne fossi andato, sarebbe morto prima.»

«E pensi che sarebbe stata colpa tua?»

«Non ha importanza. A quel punto, lui sarebbe stato morto e io avrei saputo che potevo evitarlo. In più *mia madre* non l'aveva abbandonato. Come potevo farlo io, sapendo che non era quello che lei avrebbe voluto?»

«Non puoi saperlo» risposi. «Eri solo un bambino.»

«Pete dice sempre che non lo sono mai stato.»

«È la cosa più triste che abbia mai sentito.»

«Non voglio farti pena» disse. «È tutto passato. È finita.»

«Sai qual è il tuo problema?» gli chiesi. Mi fermai, e lui fece lo stesso.

«Ne ho diversi, lo so.»

«Non conosci la differenza tra pena e compassione» dissi. «Non provo pena. Mi rende triste sapere che ti hanno trattato così. Mi fa infuriare pensare che non hai avuto tutte le cose che i bambini meritano di avere. E sì, il pensiero che tante persone debbano subire quello che hai subìto tu mi rende triste e arrabbiata, ma mi turba ancora di più perché è capitato a te. Ti conosco e mi piaci, e voglio che tu abbia il meglio. Non provo pena. Tengo a te.»

Mi guardò con espressione seria, poi scosse la testa. «Non voglio che pensi a me in quel modo.»

«*Quale* modo?» chiesi.

«Come se fossi un sacco da boxe ammaccato e arrabbiato» disse con espressione cupa e tesa.

«*Non lo penso.*» Feci un passo verso di lui, cercando le parole giuste. «Per me sei Gus e basta.»

Mi osservò con attenzione. Sulle sue labbra comparve un sorriso incerto, che svanì subito per lasciare posto a un'espressione esausta. «Però lo sono» disse piano. «Sono arrabbiato e incasinato, e ogni volta che tento di avvicinarmi a te, cominciano a suonare tutti questi campanelli d'allarme e provo a comportarmi come una persona normale, ma non ci riesco.»

Sentii il mio stomaco fare le capriole. *Avvicinarmi a te.* Guardai il lago, cercando di orientarmi. «Pensavo che lo sapessi: le persone normali non esistono.»

«Forse no» rispose Gus. «Ma c'è comunque una differenza tra le persone come me e le persone come te, January.»

«Non offendermi.» Gli lanciai uno sguardo tagliente. «Non pensi che sia arrabbiata? Che mi senta a pezzi? Neanche la mia vita è stata perfetta.»

«Non ho *mai* pensato che lo fosse» rispose.

«Stronzate. Mi chiamavi la principessa delle fiabe.»

Si lasciò sfuggire una risata. «Perché brilli come una stella! Non capisci?» Scosse la testa. «Il punto non è ciò che ti succede nella vita, ma come lo affronti, chi sei. Sei sempre stata luminosa e anche nei momenti peggiori, quando sei arrabbiata e a pezzi, conservi tutta la tua umanità. Non hai paura di dire alle persone che... che le ami.»

«Smettila» dissi. Fece per incamminarsi, ma gli afferrai i gomiti e lo tenni stretto. «Non riuscirai a spezzarmi, Gus.»

Si fermò per scrutarmi come in cerca di qualcosa, le labbra socchiuse. Aveva la testa inclinata di lato e due solchi in mezzo alla fronte.

Sperai che in quel momento capisse che lo vedevo. Che non doveva fare niente di speciale, né inventarsi qualche codice misterioso per accedere alle parti più recondite di me. Doveva soltanto restare, permettermi di scoprirlo un po' alla volta, come faceva con me da quando ci eravamo incontrati.

«Non ho bisogno che tu mi dica che mi vuoi bene» dissi alla fine. «Due sere fa mi hai tenuto stretta mentre piangevo. Penso di essermi soffiata il naso nella tua maglietta. Ti chiedo soltanto di poter fare lo stesso, possibilmente senza che mi sporchi i vestiti di moccio.»

Fece un sospiro profondo e si avvicinò, nascondendo il viso nell'incavo del mio collo, come un bambino mortificato, anche se il suo respiro caldo mi fece fremere tutta. Le mie mani corsero lungo i muscoli delle sue braccia, cercandogli le dita ruvide. Il sole era basso all'orizzonte e nuvole sottili tingevano il cielo con pennellate color mandarino. Sembravano ghiaccioli all'arancia che fluttuavano in un mare blu. Gus sollevò il capo e mi guardò di nuovo negli occhi, mentre la luce del sole che filtrava attraverso le nuvole in movimento screziava il suo viso.

Calò un silenzio tranquillo, imperturbato. Il tipo di situazione che, se avessi dovuto descriverla in un romanzo, avrei potuto saltare a piè pari.

Ma sarebbe stato un errore. Perché lì sulla spiaggia, in quell'attimo in cui non stava accadendo nulla e finalmente avevamo esaurito le cose da dirci, mi resi conto che Gus Everett mi piaceva, che stava diventando importante per me. Negli ultimi tre giorni ci eravamo detti tante cose, e sapevo che col tempo ne sarebbero venute fuori molte altre, ma per la prima volta, da un anno a quella parte, non mi sentivo soffocata da emozioni represse e parole taciute.

Mi sentivo un po' vuota, leggera.

Felice. Non era euforia, né gioia assoluta, ma la felicità costante e discreta che, nei periodi migliori della vita, permea tutto il resto e fa da cuscinetto tra te e il mondo.

Ero felice di essere lì con Gus, senza far niente, e anche se era una cosa temporanea, mi bastava per credere che un giorno sarei stata di nuovo bene. Forse non bene come quando c'era ancora mio padre – probabilmente no – ma comunque bene, in un modo nuovo, altrettanto solido e sicuro.

Avvertivo anche il dolore, la fitta leggera che avrei provato, quando e se questa cosa tra Gus e me fosse implosa. Riuscivo a immaginare ogni sensazione: alla bocca dello stomaco e nel palmo delle mani, il ricordo doloroso di quanto era stato bello stare lì con lui, in quel modo; ma per una volta, pensai che lasciar perdere non fosse la risposta.

Volevo aggrapparmi a lui e a quel momento, ancora un po'.

Come se mi avesse letto nel pensiero, Gus mi strinse le mani. «Anch'io, sai» disse. «Ci tengo, a te.» Lo disse in un sussurro, tenero e ruvido com'era lui.

«Sì» risposi. «Lo so, voglio dire.»

Poi sorrise e la luce color mandarino guizzò sui suoi denti, accentuando le fossette sulle guance, che comparivano tanto di rado. Restammo così, lasciando che intorno a noi il mondo si fermasse.

20

IL SEMINTERRATO

Ho delle brutte notizie e delle brutte notizie, mi messaggiò Shadi il mattino dopo.

Quale vuoi dirmi per prima???, risposi. Mi misi seduta, facendo attenzione a non svegliare Gus. Dire che ci eravamo addormentati sul divano non era del tutto corretto. Mi ero dovuta imporre di dormire, la sera prima.

Per la prima volta da quando avevamo cominciato a frequentarci, ci eravamo avventurati nel mondo delle maratone di film e del binge watching. «Tu ne scegli uno e poi io ne scelgo un altro» mi aveva detto.

Così avevamo finito col guardare *Un amore tutto suo*, *Un tram che si chiama Desiderio*, *Pirati dei Caraibi 3* (come punizione per averlo costretto a guardare *Un tram che si chiama Desiderio*) e *Glitter*, con Mariah Carey (mentre precipitavamo in una spirale di follia crescente). E anche dopo tutte quelle ore davanti allo schermo eravamo sveglissimi, su di giri.

Gus aveva proposto di mettere *La finestra sul cortile*, e a metà del film, quando ormai i primi raggi di sole avevano cominciato a filtrare attraverso le finestre, avevamo finalmente smesso di parlare. Ci eravamo sdraiati alle estremità opposte del divano, gambe e piedi aggrovigliati, e ci eravamo messi a dormire.

In casa faceva freddo: avevo lasciato le finestre aperte, e si erano appannate mentre la temperatura cominciava a risalire col sopraggiungere del mattino. Gus era raggomitolato in posizione semifetale, avvolto in una coperta, così gli misi addosso le due che avevo usato io e andai in cucina per accendere il fornello sotto il bollitore.

Era una giornata azzurra e silenziosa. Se il sole era sorto, era finito dietro una cortina di foschia. Presi la confezione di caffè macinato e la caffettiera francese dal vassoio girevole, cercando di non fare rumore.

Il rituale mi sembrò diverso da quello del primo mattino: più normale, e quindi sacro, da un certo punto di vista.

Negli ultimi giorni, stavo cominciando a sentirmi a casa, nel cottage.

Il telefono mi vibrò tra le mani.

Mi sono innamorata, scrisse Shadi.

Di Cappello Stregato?, le chiesi, tutta emozionata. Shadi era la persona più eccezionale del mondo, ma quando era innamorata diventava unica. Ogni tratto del suo carattere emergeva con maggior intensità. Diventava ancora più scatenata, divertente, sciocca, saggia, dolce. L'amore illuminava da dentro la mia migliore amica, e anche se le sue delusioni le spezzavano regolarmente il cuore, non si chiudeva mai. Ogni volta che tornava a innamorarsi, la sua gioia debordava, travolgendo me e il mondo.

Certo che sì, scrissi. Raccontami TUTTO.

BE', cominciò Shadi. Non lo so!! Passiamo tutte le notti insieme e il suo migliore amico mi ADORA e io adoro lui e l'altra sera siamo rimasti svegli fino all'alba e poi, mentre era in bagno, il suo amico mi fa: "Sta' attenta, con lui. Ha perso la testa per te" e io gli ho risposto: "LOL, anch'io". Per concludere, ho altre brutte notizie.

Già detto, risposi. Spara.

Mi vuole far conoscere la sua famiglia...

Concordo, è decisamente una notizia terribile, scrissi. E se poi TI PIACCIONO? E se poi ti chiedono di giocare a qualche gioco di società e ti offrono un whisky e Cola sulla veranda???!

BE', rispose Shadi. Vuole che andiamo a trovarli questa settimana. Per il Quattro luglio.

Guardai il messaggio, senza sapere cosa dire. Da una parte, era ormai un mese che vivevo su un'isola in cui c'eravamo soltanto io e Gus Everett e non avevo crisi depressive, né attacchi di claustrofobia.

Dall'altra, non vedevo Shadi da mesi, e mi mancava. Tra Gus e me c'era il tipo di amicizia inebriante e immediata tipica dei campeggi estivi e della settimana di orientamento al college, ma con Shadi c'erano anni di vita condivisa. Potevamo parlare di qualsiasi cosa, senza bisogno di aggiornamenti e contesto. Non che lo stile comunicativo di Gus richiedesse chissà quale contesto. I momenti che trascorrevamo insieme mi stavano fornendo via via il quadro completo. Ogni giorno avevo una visione sempre più chiara di lui, e quando andavo a dormire non vedevo l'ora che arrivasse il mattino per scoprire cose nuove.

Eppure.

Lo so che dovevo venire a trovarti, scrisse Shadi, ma ho già parlato col mio capo e vengo ad agosto per il mio compleanno e TI PROMETTO che ti svuoto da sola tutta la stanza del sesso.

Quando il bollitore cominciò a fischiare, posai il cellulare per versare l'acqua sul caffè macinato e premere lo stantuffo per l'infusione. Lo schermo del telefono si illuminò con un nuovo messaggio e mi appoggiai al bancone della cucina.

Ovviamente non sono OBBLIGATA ad andare, scrisse ancora. Ma ho questa sensazione ??? di DOVER andare. Anche se so che non è così. Se hai bisogno di me, posso venire subito.

Non potevo farle una cosa del genere: trascinarla via da una cosa che la rendeva più felice di quanto fosse stata da mesi.

Se vieni ad agosto, quanto ti fermi?, le chiesi, aprendo i negoziati.

Nel frattempo mi arrivò la notifica di una nuova e-mail, che aprii con ansia. Sonya aveva finalmente risposto a proposito dei mobili della veranda.

January,

mi piacerebbe tanto avere quei mobili, ma temo di non potermelo permettere. Se intendevi regalarmeli, fammi sapere quando posso venire con un furgone e degli amici che mi aiutino a portarli via. Se invece era una proposta di vendita, grazie, ma non posso accettarla.
A ogni modo, hai un momento per parlare? Di persona sarebbe meglio, io...

«Ciao.»

Chiusi l'e-mail e mi voltai a guardare Gus che entrava

in cucina strofinandosi l'occhio destro con il palmo della mano. Aveva i capelli tutti dritti da una parte e la maglietta sgualcita tipo antica pergamena dietro la vetrina di un museo, con una manica arrotolata che scopriva il bicipite. All'improvviso fui travolta dal desiderio di vedergli le spalle.

«Accidenti» dissi. «Quindi è questo l'aspetto di Gus Everett prima che si renda presentabile.»

Con gli occhi ancora stropicciati e gonfi di sonno, abbassò le braccia lungo i fianchi. «Che te ne pare?»

Il mio cuore ebbe un fremito. «Esattamente come immaginavo.» Mi voltai, cercando due tazze nella credenza. «L'aspetto è quello solito.»

«Lo prenderò come un complimento.»

«Ne hai il diritto, in qualità di cittadino americano.» Mi girai di nuovo verso di lui con le tazze in mano, sperando di sembrare più disinvolta di quanto in realtà non fossi all'idea di essermi svegliata sotto il suo stesso tetto.

Era appoggiato al piano di lavoro della cucina, come sempre, la bocca piegata in un sorriso. «Grazie, Jack Reacher.»

Portai una mano al cuore. «Amen.»

«Il caffè è pronto?»

«Quasi.»

«Veranda o terrazzo?» chiese.

Cercai di immaginare il senso di claustrofobia. Cercai di immaginare di stancarmi di tutto ciò: il suo sorriso, i vestiti sgualciti, quel linguaggio tutto nostro, le battute e le lacrime e quel continuo sfiorarsi.

Mi arrivò un nuovo messaggio da Shadi: Resto ALMENO una settimana.

Le risposi: Allora ci vediamo ad agosto, tesoro. Tienimi aggiornata sui tuoi tormenti amorosi.

Era mercoledì e avevamo trascorso la giornata scrivendo a casa mia (ero ormai a un buon 33% del libro), mentre aspettavamo che l'acquirente venisse a prendere i mobili della camera da letto del primo piano. Ora che io e Gus avevamo preso l'abitudine di trascorrerci qualche serata, avevo rimandato la questione dei mobili della veranda. Avevo cominciato a impacchettare le cianfrusaglie del pianterreno e a portarle al negozio dell'usato, oltre a vendere i mobili più superflui. Il divanetto a due posti e la poltrona del soggiorno erano andati, così come l'orologio sulla mensola, le tovagliette e le candele di varie forme e misure sul mobile accanto al tavolo della cucina erano state tutte regalate.

Forse perché stava cominciando a perdere le sembianze di una casa abitata, il cottage di mio padre era diventato il nostro ufficio di fatto, e quando avevamo finito di lavorare ci spostavamo da Gus.

Era andato in cucina a prendere altro ghiaccio, così ne approfittai per curiosare (ficcare il naso, in realtà) tra i suoi scaffali, come avrei voluto fare già dalla sera in cui mi ero trasferita sul lago e li avevo visti illuminati dalla finestra del mio soggiorno. Aveva una bella collezione di classici e contemporanei, Toni Morrison, Gabriel García Márquez, William Faulkner, George Saunders, Margaret Atwood, Roxane Gay. Per la maggior parte erano in ordine alfabetico, ma sembrava che avesse smesso di sistemare sugli scaffali i nuovi acquisti, impilati davanti o in cima ad altri libri, con lo scontrino che sbucava ancora da sotto la copertina.

Mi chinai per guardare meglio il ripiano in basso dello scaffale più lontano, in cui i libri erano completamente alla rinfusa, e sussultai alla vista di un dorso con la scritta LICEO GREGORY L. WARNER.

Aprii l'annuario e andai alla lettera E. Scoppiai a ridere quando lo sguardo mi cadde sulla foto in bianco e nero di Gus. Aveva una massa di capelli arruffati, i piedi ai lati di binari fatiscenti. «Oddio. Grazie. Grazie, Signore.»

«Oh, per favore» disse Gus, tornando nella stanza. «Non c'è niente di sacro per te, January?» Posò il secchiello del ghiaccio sulla credenza e cercò di strapparmi l'annuario di mano.

«Non ho ancora finito» protestai, tirandolo di nuovo verso di me. «Anzi, dubito che la smetterò mai. Voglio che sia la prima cosa che vedo la mattina e l'ultima che guardo prima di andare a dormire.»

«Va bene, pervertita, tieniti pure il tuo catalogo di biancheria intima.» Tentò un'altra volta di prendermelo dalle mani, ma mi girai e me lo portai al petto, obbligando Gus a cingermi con le braccia.

«Puoi togliermi la vita» strillai, schivando le sue mani. «Puoi togliermi la libertà, ma non potrai mai portarmi via questo annuario, Gus.»

«Mi basterebbe riprendermi l'annuario» disse, facendo un altro tentativo. Afferrò il libro per i lati, ma continuai a tenerlo stretto.

«Non stavo scherzando. È una foto troppo meravigliosa per tenerla nascosta. Il *New York Times* deve vederla. E anche *GQ*. Devi inviarla a *Forbes* per la classifica degli uomini più sexy del paese.»

«Te lo ripeto, in quella foto avevo diciassette anni» disse. «Smettila di trattarmi come un ragazzino-oggetto.»

«Sarei stata pazza di te» gli dissi. «Hai l'aria di uno che si è appena travestito da teenager ribelle per la festa di Halloween. Cavoli, è vero quello che dicono. Certe cose non cambiano mai. Hai ancora lo stesso identico look che avevi in quella foto.»

«È una falsità colossale» protestò, sempre appoggiato alla mia schiena, le braccia attorno a me per afferrare l'annuario. Ero riuscita a tenere il segno con un dito, e mentre riaprivo il libro, lui allentò la presa. Si appoggiò alla mia spalla per guardare, facendomi scivolare le mani lungo le braccia, fino ai fianchi.

Come per tenersi in equilibrio. Come per non cadere dalla mia spalla. Quante volte ancora potevamo ritrovarci in situazioni come quella? E quanto tempo sarebbe passato prima che perdessi quel briciolo di autocontrollo che mi restava?

Finché non fosse successo qualcosa di concreto, mi dissi. E a quel punto l'avrei perso. Si sarebbe spaventato, avrebbe pensato che mi fossi innamorata, che volessi troppo, che fosse destinato a spezzarmi il cuore. E nel frattempo io... mi sarei innamorata di lui, condannata ad avere il cuore spezzato.

Ero troppo romantica per riuscire a vivere una relazione occasionale, e anche se fossimo stati totalmente incompatibili, quello che provavo per Gus era più di una semplice attrazione fisica.

E sembrava che nessuno dei due riuscisse a smettere di spingersi oltre.

Mentre guardavamo l'annuario scolastico, o fingevamo

di farlo, le sue mani scivolarono sui miei fianchi, su e giù, tirandomi a sé e poi spingendomi via, in una metafora terribilmente appropriata. Sentivo i muscoli tesi del suo ventre contro la schiena, così decisi di concentrarmi sulla foto.

L'euforia iniziale svanì e a colpirmi fu un nuovo particolare. Almeno il 30% dei ragazzi del mio annuario scolastico aveva optato per lo stesso look tormentato, ma quello di Gus era diverso. La piega un po' storta della sua bocca era tesa e non vi era alcun accenno di sorriso. La cicatrice bianca trasversale sul labbro superiore era più scura, più recente, e i suoi occhi erano circondati da un alone di stanchezza. Anche se Gus mi sorprendeva di continuo, nelle piccole cose, a livello istintivo mi sembrava di conoscerlo, di riconoscerlo. Al club del libro aveva capito che qualcosa mi aveva cambiato, e guardando la foto compresi che gli era successo lo stesso, poco prima dello scatto.

«È stata scattata dopo che tua madre...» dissi, senza riuscire a proseguire.

Gus annuì, premendo il mento sulla mia spalla. «È morta quando ero al secondo anno di liceo. Questa è la foto dell'ultimo anno.»

«Pensavo che avessi abbandonato la scuola» dissi, e lui annuì di nuovo.

«Il fratello di mio padre faceva il giardiniere in un cimitero enorme. Sapevo che mi avrebbe assunto a tempo pieno al compimento dei diciotto anni – con i contributi eccetera –, ma Markham ha voluto a tutti i costi che facessi la foto e la inoltrassi per l'annuario, e non si può dire di no agli amici.»

«Grazie, Markham» mormorai, cercando di mantenere un tono leggero, nonostante la tristezza che mi riempiva il petto. Mi chiesi se anche i miei occhi fossero così persi e vuoti, ora; se dopo il funerale di papà il mio viso fosse stato così scavato. «Avrei voluto conoscerti allora» dissi, impotente. Non avrei potuto cambiare le cose, ma almeno sarei stata lì. Avrei potuto amarlo.

Forse mio padre era stato un bugiardo, un donnaiolo e un uomo d'affari sempre lontano da casa, ma da bambina non c'era stato un solo istante in cui mi fossi sentita sola. I miei genitori c'erano sempre stati e *casa* era sempre stato un luogo sicuro.

Non c'era da stupirsi che gli fossi sembrata una principessa delle fiabe che attraversava la vita con scarpette scintillanti e una fiducia incrollabile nell'universo, credendo fermamente che *chiunque* potesse *essere* chi voleva, *avere* ciò che desiderava. Mi faceva soffrire l'idea di non poter tornare indietro e vederlo per com'era davvero, essere più paziente. Avrei dovuto accorgermi della solitudine di Gus Everett. Avrei dovuto smettere di raccontarmi una storia e guardare sul serio il mondo che mi circondava.

Le sue mani continuavano a muoversi. Mi resi conto che ne assecondavo il movimento, come un'onda che mi cullava. Ogni volta che mi tirava a sé, mi ritrovavo premuta contro di lui e mi inarcavo per sentire il suo corpo contro il mio. Sentii le sue mani scivolarmi sulle gambe e afferrarmi le cosce, e feci del mio meglio per continuare a respirare in modo regolare.

Stavamo giocando: fino a dove potevamo spingerci, senza ammetterlo?

«Pensavo una cosa» disse.

«Davvero?» scherzai, anche se la mia voce era ancora impastata di emozioni contrastanti. «Vuoi che prenda la videocamera per documentarlo?»

Gus strinse la presa sulle mie cosce e io mi appoggiai contro di lui. «Divertente» disse in tono piatto. «Come dicevo, ho avuto un'idea, ma ha a che fare con la nostra ricerca.»

Ah. La ricerca. Che tornava puntuale, a ricordarmi che dovevamo inquadrare questa cosa che c'era tra di noi nei termini del nostro accordo. Che, in definitiva, si trattava sempre di una specie di gioco.

«Va bene. Di cosa si tratta?» Mi girai verso di lui e le sue mani scivolarono sulla mia pelle senza abbandonare la presa.

«Be'» fece con una smorfia. «Ho detto a Pete e Maggie che sarei andato alla festa che organizzano per il Quattro luglio, ma è un venerdì.»

«Oh.» Feci un passo indietro. Ricordarmi che esisteva anche il resto del mondo mentre teneva le sue mani su di me era una cosa che mi disorientava sempre. «Quindi devi saltare una delle nostre serate?»

«Il fatto è che ho anche bisogno di tornare presto a Nuovo Eden, se voglio continuare a scrivere» disse. «Quindi, dal momento che non posso andarci venerdì, speravo che potessimo farlo sabato.»

«Capito» dissi. «Perciò questa settimana saltiamo "Teoria e prassi del romanzo rosa" e ci buttiamo su "Letteratura di alto livello"?»

Gus scosse la testa. «Non sei obbligata a venire. Questa volta posso fare da solo.»

Inarcai un sopracciglio. «Perché non posso venire?»

Gus affondò i denti nel labbro inferiore, preoccupato, e la cicatrice sul labbro superiore divenne ancora più bianca. «Sarà molto sgradevole» disse. «Pensi di farcela?»

Sospirai. Ci risiamo. La vecchia storia della principessa troppo fragile per questo mondo crudele. «Gus» dissi lentamente, «se vai, vengo anch'io. Questi erano i patti.»

«Anche se salto il campo scuola da Eroe Romantico per una settimana?»

«Per questo mese hai già dato con i balli di gruppo» dissi. «Ti meriti una pausa e una festa del Quattro luglio.»

«E tu?» chiese.

«Io merito sempre una pausa» dissi. «Soltanto che le mie pause consistono *in gran parte* nei balli di gruppo.»

Si schiarì la voce. «Intendevo venerdì.»

«Venerdì cosa?»

«Vuoi venire da Pete?»

«Sì» risposi immediatamente. Gus mi rivolse il suo caratteristico sorriso a bocca chiusa. «Aspetta. Non lo so.» Il suo sorriso si spense e mi affrettai ad aggiungere: «C'è un modo per...». Pensai e ripensai a come formulare la frase. «Pete è amica dell'amante di mio padre.»

«Oh» fece Gus, sorpreso. «Io... Mi dispiace che non me l'abbia detto, quando le ho chiesto se potevo invitarti. Non avrei accettato se avessi saputo che...»

«Non sono sicura che lo sappia.»

«Oppure stava cercando di strapparmi una promessa omettendo un'informazione importante» disse.

«Be', tu *dovresti* andarci» dissi. «Io però non sono sicura di *farcela.*»

«Cercherò di indagare» si affrettò a dire. «E se quella donna non c'è?»

«Allora vengo» dissi. «Ma preparati, ho intenzione di chiedere a Maggie delle sue rocce.»

«Hai una mente malata e perversa, January Andrews» disse lui. «Ti amo per questo.»

Ebbi un tuffo al cuore. «Oh, è per *quello*.»

«Be'» disse, «è uno dei motivi. Mi sembrava troppo volgare invitarti a casa di mia zia e poi dirti che hai un bel culo.»

Di solito, quando andavo a una festa, ne approfittavo per comprare un vestito adatto all'occasione. O almeno un paio di scarpe nuove. Ma anche dopo aver venduto una buona parte dei mobili, quando il venerdì mattina controllai il mio estratto conto, l'home banking mi guardò con aria di rimprovero.

Mandai un messaggio a Gus. Non credo di poter venire alla festa, perché ho appena scoperto che non posso nemmeno permettermi di portare una ciotola di insalata russa.

Guardai i puntini apparire e scomparire sullo schermo, mentre digitava la risposta. Si fermò. Ricominciò. Dopo un minuto buono, il simbolo svanì e io tornai a fissare la porta del seminterrato.

Avevo evitato di passare in rassegna il bagno e la camera da letto padronale e avevo tolto quasi tutto (incluse le foto alle pareti) dal pianterreno, quindi mi restava il seminterrato.

Inspirai profondamente, aprii la porta e guardai le scale immerse nel buio. In fondo, il pavimento era di cemento. Era una buona cosa: non c'era motivo di sospettare che fosse arredato, pieno di *altri* mobili di cui avrei dovuto sbarazzarmi. Provai ad accendere l'interruttore, ma la lampadina era fulminata. Comunque non era buio pesto, le finestre in vetrocemento che avevo visto da fuori lasciavano filtrare un po' di luce naturale. Presi il telefono per usarlo come torcia e scesi le scale. Lungo la parete, accanto a uno scaffale in metallo pieno di attrezzi e a un freezer, erano impilati dei contenitori di plastica rossi e verdi. Mi avvicinai allo scaffale, toccando una scatola impolverata di lampadine. Individuai il coperchio e lo sollevai.

Una delle lampadine era già stata usata.

Quella che si era fulminata sulle scale del seminterrato, probabilmente.

Forse mio padre era sceso a fare qualcos'altro e si era accorto, come me, che l'interruttore non funzionava. Aveva preso la lampadina ed era tornato sulle scale, dove poteva sostituirla senza stare in punta di piedi.

Questa volta, il dolore mi colpì come un arpione. Non avrebbe dovuto andare meglio, col passare del tempo? Quand'è che maneggiare qualcosa che aveva toccato mio padre avrebbe smesso di farmi così male al petto da non riuscire a respirare? Quand'è che la lettera dentro la scatola del gin avrebbe smesso di riempirmi di terrore?

«January?»

Mi girai verso la voce, aspettandomi di vedere uno spettro, un assassino, o un fantasma omicida rimasto nascosto nel ventre della casa per tutto il tempo.

Invece vidi Gus, illuminato dalla luce del corridoio, che si sporgeva dal parapetto delle scale.

«Merda» sussultai, ancora in preda alla scarica di adrenalina.

«La porta d'ingresso non era chiusa a chiave» disse, scendendo i gradini. «Mi sono spaventato, vedendo che la porta del seminterrato era spalancata.»

«*Io* mi sono spaventata, dal momento che pensavo di essere sola.»

«Scusa.» Si guardò intorno. «Non c'è granché, qua sotto.»

«Niente stanza del sesso.»

«È mai stata contemplata?» chiese.

«Shadi ci sperava.»

«Capisco.» Dopo un istante di silenzio, disse: «Sai, non sei costretta ad affrontare queste cose. Non sei costretta ad affrontare un bel niente, se non vuoi».

«Non posso vendere il cottage completo di cassetta degli attrezzi e lampadine» gli feci notare. «Rientrerebbe nella zona grigia tra "ammobiliato" e "vuoto da far schifo". Inoltre, ho bisogno di soldi. Dev'essere tutto a posto. Si tratta di una specie di svendita. L'alternativa è dar fuoco alla casa e cercare di incassare il premio dell'assicurazione.»

«Sono venuto a parlarti proprio di questo» disse.

Lo guardai. «Mi volevi proporre una frode assicurativa per incendio doloso?»

«L'insalata russa» disse. «Mi ero dimenticato di dirti che non c'è bisogno di portare *niente*, alla festa di Pete e Maggie. Anzi, tutto quello che porterai finirà sotto un tavolo già pieno di provviste e poi ti costringeranno a riprendertelo a fine serata. Se insisti, te lo ritroverai nella borsa, ammuffito e maleodorante.»

«Penseranno a *tutto* loro?» chiesi.

«Tutto.»

«Anche il White Russian?»

Gus annuì.

«E le rocce? Ci saranno le rocce, o devo portare le mie? Come spunto di conversazione.»

«Mi sono appena reso conto di una cosa» disse Gus. «Non sei più invitata.»

«Oh, e invece sì» dissi. «Non possono voltare le spalle a qualcuno con delle rocce.»

«Va bene, in quel caso credo che mi ammalerò. Dovrai andarci da sola.»

«Rilassati.» Gli afferrai il braccio. «Non mi metterò a parlare di rocce. Non per molto, almeno.»

Fece una smorfia e si avvicinò, scuotendo la testa. «Non vengo. Sto malissimo.»

«Sopravvivrai.» Avevo ancora la mano nell'incavo del suo gomito, e sentivo la sua pelle rovente sotto le dita. Si avvicinò, scuotendo di nuovo la testa. La mia schiena toccò i bordi freddi dello scaffale degli attrezzi, e i suoi occhi mi percorsero dalla testa ai piedi, facendomi venire la pelle d'oca. Lo attirai a me e quando i nostri corpi si sfiorarono avvertii il desiderio diffondersi sotto le costole, l'ombelico e tutti i punti in cui ci stavamo toccando.

Mi afferrò i fianchi per spingerli contro di sé, e il desiderio divampò come una fiamma su una scia di benzina. Sussultai. Il sangue sembrava scorrere più lento e denso nelle vene, ma il cuore batteva all'impazzata mentre lo guardavo cambiare espressione, il sorriso che si spegneva agli angoli della bocca, gli occhi che si facevano profondi e penetranti.

Non mi importava che riuscisse a leggermi come un libro aperto. Anzi, volevo che lo facesse.

Una volta sola una volta sola una volta sola, continuava a ripetere ossessivamente il mio cervello.

E poi Gus si chinò su di me, sfiorandomi il naso con il suo, finché il suo respiro non mi solleticò le labbra, invitandomi a schiuderle senza nemmeno toccarle, e le mie dita affondarono nella sua pelle, mentre la sua bocca si posava sulla mia, baciandomi in modo così lento e avido e rovente che pensai di sciogliermi prima ancora che quel bacio finisse.

Sapeva di caffè e sigaretta e non riuscivo a staccarmene. Gli infilai le mani tra i capelli, mentre con la lingua esplorava la mia bocca. Mi schiacciò contro lo scaffale, prendendomi il viso per baciarmi ancora, più intensamente, come se fossimo ansiosi di sondare le profondità l'uno dell'altra.

Ogni bacio, ogni carezza era ruvida e calda, come lui. Le sue mani scivolarono sul mio petto e poi sotto la maglietta, le dita leggere come fiocchi di neve sulla mia cintura, sul reggiseno, facendomi fremere mentre ci abbandonavamo l'uno nelle braccia dell'altra. Mi spinse di nuovo contro lo scaffale, che cigolò, e lui rise nella mia bocca, accrescendo il mio desiderio.

Gli infilai le mani sotto la maglietta e la sua bocca scese sul mio collo, lenta e avida. Con una mano mi afferrò la vita, mentre l'altra scivolò sotto il pizzo del reggiseno a balconcino e cominciò a disegnare lenti cerchi sulla mia pelle. Le sue carezze erano gentili, ogni movimento languido e deciso, ma quando mi inarcai contro di lui, la sua presa si fece più salda e io sussultai.

Si ritrasse, col fiato corto. «Ti ho fatto male?»

Scossi la testa e Gus mi prese il viso tra le mani, baciandomi con cautela entrambe le tempie. Gli afferrai l'orlo della maglietta per togliergliela, fremendo alla vista dei suoi muscoli asciutti e definiti. Dopo che l'ebbi buttata a terra, lui mi sfilò la mia, i palmi ruvidi che mi accarezzavano i fianchi sollevando la stoffa. La lanciò da una parte, poi mi guardò intensamente. «Dio» disse con voce profonda, roca.

Trattenni un sorriso. «Mi stai pregando, Gus?»

Il suo sguardo nero come l'inchiostro si posò sul mio corpo, risalendo fino agli occhi. Vidi i muscoli della mandibola contrarsi e mi inarcai contro di lui mentre le sue mani scivolavano sulla mia schiena per slacciarmi il reggiseno. «Qualcosa del genere.»

Sfilò una spallina, seguendo con lo sguardo il percorso lento delle sue dita lungo il profilo del mio seno. Quando risalirono, mi prese il seno nel palmo, facendomi fremere dalla testa ai piedi. Le sue carezze erano leggere come piume, ma il suo sguardo era così profondo che sembrava scavarmi dentro, e mi inarcai di nuovo, reagendo al suo tocco.

L'angolo della sua bocca si contrasse mentre fissava di nuovo gli occhi nei miei. Mi sfilò l'altra spallina e il reggiseno cadde. Mi guardò intensamente, con calma, divorandomi con i suoi occhi scuri, facendomi impazzire di desiderio. Vidi la sua mandibola contrarsi ancora, poi mi tirò a sé con prepotenza.

Ci sarebbero state delle conseguenze. Quella era destinata a rivelarsi una pessima idea.

Mi bloccò contro lo scaffale. Gli afferrai i fianchi.

21
IL BARBECUE

Le mani di Gus scesero lungo i miei fianchi, sfiorando ogni centimetro di pelle nuda del mio corpo.

«Sei bellissima, January» mormorò, baciandomi con tenerezza. «Sei bella come il sole.»

La sua bocca percorse il mio corpo, assaporando tutti i punti che aveva accarezzato. Volevo di più. Affondai le unghie nella sua schiena e lui mi tirò via dallo scaffale per mettermi a sedere sul freezer accanto, armeggiando col bottone dei miei shorts. Mi sollevai, affinché potesse togliermeli, e quando risalì lungo le mie cosce infilando le mani sotto le mutandine, mi inarcai. Lui si avvolse le mie gambe intorno ai fianchi. «Dio mio, January» sussurrò mentre mi baciava.

Cercai di rispondere, ma il desiderio mi toglieva il fiato, facendomi annaspare. Mi strusciai contro di lui e le sue carezze si fecero più decise.

Smettemmo di essere gentili. Non riuscivo a rallentare il ritmo, non riuscivo ad andarci piano, e non volevo che lo facesse nemmeno lui. Gli slacciai i pantaloni e li abbassai. Mi insinuò una mano tra le gambe e si lasciò sfuggire un gemito. Con l'altra mi stringeva il fianco, mentre la bocca scendeva a baciarmi il ventre. Mi afferrò ancora le cosce, e dovetti aggrapparmi ai bordi del freezer quando affondò il viso sul mio sesso. Cominciai ad ansimare, mentre la pressione diventava quasi insopportabile. Mi prese per i fianchi, sussurrai il suo nome. Strinse più forte, afferrandomi le natiche. Non mi bastava. Lo volevo. Quando lo sentii mormorare: «Ti voglio, January», mi resi conto di averlo detto ad alta voce.

Si tirò su e mi trascinò sul bordo del freezer, mentre lo cingevo con le gambe.

«Gus» dissi, e alzò lo sguardo verso di me, fremente di desiderio. «Hai un preservativo?»

Impiegò un minuto per rispondere, come se il suo cervello stesse traducendo da un'altra lingua. Mi guardò con occhi profondi e affamati, le mani sempre sulle mie cosce. «Qui? Nel seminterrato di tuo padre?»

«Pensavo più che altro che magari ne avevi uno in tasca» dissi, senza fiato.

Si lasciò sfuggire una risata roca. «Cosa penseresti, se fossi sceso qui a parlarti dell'insalata russa con un preservativo in tasca?»

«Te ne sarei immensamente grata» dissi.

«Non avevo idea che potesse succedere.» Gus si passò una mano tra i capelli, frustrato, continuando a tenermi stretta. «Nel cottage. Dovrei averne qualcuno.»

Ci guardammo un istante, poi raccogliemmo i nostri indumenti da terra e ci vestimmo. Mentre correvamo su per le scale, Gus mi afferrò le natiche. «Dio mio» disse di nuovo. «Grazie per questa giornata, Signore. E grazie anche a Jack Reacher.»

Non perdemmo tempo a metterci le scarpe, corremmo fuori e attraversammo il giardino, diretti a casa sua. Arrivai per prima e mi voltai, mentre Gus saliva le scale. Si lasciò sfuggire una risata roca e scosse la testa, mentre mi cingeva i fianchi e mi baciava di nuovo, premendomi contro la porta.

Insinuai le dita tra i suoi capelli e mi dimenticai di tutto. C'erano soltanto le sue mani su di me, che si insinuavano sotto i miei vestiti, e la sua lingua, che invitava le mie labbra a schiudersi, mentre cercavo di toccare ogni centimetro del suo corpo. Mi scappò un gemito frustrato, mentre lui girava il pomello della porta, facendomi entrare.

Non avevamo percorso nemmeno un metro che mi aveva di nuovo sfilato la maglietta, spogliandosi a sua volta. L'istante dopo, ero sul suo tavolo di lavoro e mi stava togliendo i pantaloncini, facendoli cadere a terra. Poi si insinuò tra le mie gambe.

Mi inarcai verso di lui, mentre mi prendeva i seni, stringendomi i capezzoli, accarezzandomi fino a farmi vibrare. Mi prese tra le braccia e mi girò con la schiena contro la libreria. Affondò le mani nelle mie cosce e mi ressi allo scaffale, per sollevare i fianchi.

Non mi basta, nemmeno un po'.

Si slacciò i pantaloni e se li tolse. Cercai senza successo di sfilargli gli slip. Mi appoggiò allo scaffale e fece da solo.

La sensazione del suo corpo premuto contro il mio mi travolse. Mi sfuggì un gemito, mentre ruotavo i fianchi verso di lui. «Cazzo, January» mormorò lui, sorreggendomi con una mano.

La sua voce roca mi fece fremere dalla testa ai piedi. Con la coda dell'occhio lo vidi prendere qualcosa da un contenitore azzurro alle mie spalle.

Quando tirò fuori un preservativo mi scappò una risata. «Oddio» mormorai. «Fai *sempre* sesso appoggiato alla libreria? Ci sono i tuoi romanzi, dietro di me? Cos'è, per alimentare il tuo ego?»

Lui si ritrasse e mi rivolse un sorriso ironico, mentre apriva l'involucro con i denti. «È per ricordarmi di prenderli prima di uscire, spiritosa.» Allentò la presa, scostandosi di qualche centimetro. «È la prima volta che lo faccio qui, ma se non sei convinta, possiamo sempre aspettare di trovarci dentro una grotta sulla spiaggia mentre fuori piove.»

Lo tirai a me, impaziente, prendendogli il labbro inferiore tra i denti, prima che potesse allontanarsi. Mi baciò con voracità, mentre indossava il preservativo. Poi le sue mani scivolarono sulla mia vita, questa volta dolci e leggere, e mi diede un altro bacio, lento e sensuale, facendomi fremere nell'attesa.

Il primo affondo fu così lento da farmi perdere la testa, poi mi abbandonai, accogliendolo dentro di me. Le sue dimensioni mi colsero di sorpresa e sussultai, travolta da un'ondata di piacere.

«Oddio» annaspai, mentre muoveva il bacino avanti e indietro.

«Mi stai pregando?» disse, provocandomi una scossa in tutto il corpo. Quel ritmo così lento mi stava facendo impazzire. Mi aggrappai a lui e cominciai a muovermi veloce, avida, e lui mi assecondò.

Mi prese tra le braccia e mi tirò via dalla libreria, poi

si girò per sdraiarsi sul divano, mettendomi a cavalcioni su di lui. Mormorai il suo nome mentre entrava di nuovo dentro di me, stringendomi i fianchi. Mi chinai su di lui, le mani sul suo petto, cercando di non venire. La sua bocca si posò sul mio seno e fui travolta da un'ondata di piacere.

«Ti desidero da così tanto tempo» sussurrò, stringendomi le natiche.

«Anch'io» dissi, in preda all'eccitazione. «Dalla sera al drive-in» ammisi.

«No» rispose lui, deciso. «Io da prima.»

Fu come se mille farfalle si fossero alzate in volo nel mio cuore, e poi l'onda minacciò di travolgere il mio corpo teso e tremante, mentre Gus continuava a sussurrarmi all'orecchio: «Prima che aprissi la porta con indosso quel vestito nero e gli stivali al ginocchio, e prima di vederti al club del libro, con i capelli arruffati dalla pioggia».

Mi cinse la vita con un braccio e ci girammo; avvolsi una gamba attorno al suo fianco, facendo scivolare l'altro piede sul suo polpaccio, mentre mi parlava di nuovo, con quella voce roca che mi attraversava come una scarica elettrica.

Mi baciò la mandibola. «E prima di quella dannata festa al college.»

Il mio stomaco fece una capriola, e cercai di rispondergli, ma Gus mi afferrò la nuca con una mano, e con l'altra scese verso il mio inguine, incidendomi i pensieri come un coltello caldo nel burro. Ci perdemmo l'uno nell'altra, assecondando il ritmo del nostro piacere, e tutto il resto divenne sfocato e superfluo.

«*Oh*» esclamai, mentre affondava dentro di me, e l'istante dopo mi abbandonai al piacere, lasciando che mi travolgesse, un'onda dopo l'altra. Gus mi tenne stretta, la bocca sul mio collo, mentre venivamo insieme, tremanti, senza fiato.

Crollò accanto a me, ansimante, continuando a tenermi stretta, le dita serrate sulle mie costole. Si coprì gli occhi con l'altro braccio, scosse la testa e si lasciò sfuggire una debole risata.

«Cosa c'è?» gli chiesi, ancora senza fiato. Mi girai su un fianco e lui mi imitò. Tolse la mano dal viso e mi accarezzò l'interno coscia e il fianco, poi si protese verso di me per baciarmi la spalla lucida di sudore, affondando il volto nell'incavo del mio collo.

«Mi è tornato in mente quello che hai detto a proposito della libreria» disse con voce roca. «È più forte di te, non smetti di prendermi in giro nemmeno mentre perdo la testa per il tuo corpo.»

Fui travolta da una sensazione di calore: imbarazzo e vertigine e qualcosa di più tenero e duro da definire. *Da prima*, lo sentii mormorare nella mia mente. Mi sdraiai, appoggiando la testa sul cuscino. Gus disegnò la curva del mio fianco con la mano, poi si protese verso di me, baciandomi lentamente il ventre.

Mi sentivo esausta e priva di forze, ma il mio cuore batteva ancora all'impazzata. Sapevo che prima o poi tra di noi sarebbe successo qualcosa, ma non mi sarei mai immaginata Gus in quel modo: le sue mani che mi cercavano freneticamente, i suoi occhi sulla mia bocca e sul mio corpo, i baci e le risate mentre eravamo nudi, avvinghiati come se l'avessimo fatto centinaia di volte.

Cosa significa?, pensai, e poi mi dissi: *Smettila di vo-*

ler trovare un significato a tutti i costi! Sentii un senso di oppressione mentre prendevo consapevolezza di ciò che era appena accaduto. Mi era piaciuto tantissimo toccare Gus, essere toccata da lui, come immaginavo, ma *questo*... era inaspettato, e mi piaceva ancora di più.

Posò la testa sul mio petto, disegnando un leggerissimo arabesco nell'incavo del mio fianco. Mi baciò tra i seni, sulle costole, e anche in quello stato di rilassatezza totale fui attraversata da un brivido. «Adoro il tuo corpo» disse.

«E io il tuo» ribattei. Gli sfiorai la cicatrice sul labbro. «Per non parlare della tua bocca.»

Mi sorrise e si appoggiò sul gomito, la mano aperta sul mio ombelico. «Dicevo davvero, non sono sceso nella tua stanza del sesso per sedurti.»

Mi misi seduta. «Come fai a sapere che non sono stata *io*, a sedurti?»

«Perché non ce ne sarebbe stato bisogno» disse, continuando a sorridere. Ripensai alle sue parole: *Ti desidero da così tanto tempo. No. Da prima ancora.* Ebbi un tuffo al cuore, e poi sobbalzai di nuovo, quando all'improvviso squillò un cellulare.

«Merda» gemette Gus, e mi baciò il ventre un'ultima volta, prima di scendere dal divano. Prese i pantaloni dal pavimento e tirò fuori il telefono dalla tasca.

Guardò lo schermo e si fece scuro in volto, mentre tra le sue sopracciglia comparivano delle rughe profonde.

«Gus?» dissi, in preda all'ansia.

Quando alzò lo sguardo, sembrò un po' in difficoltà. Serrò la bocca e tornò a fissare il telefono. «Mi dispiace» disse. «Devo rispondere.»

«Oh.» Mi misi seduta, tutto a un tratto consapevole di essere completamente nuda. «Va bene.»

«Merda» disse di nuovo, questa volta sottovoce. «Ci metterò pochi minuti. Possiamo vederci a casa tua?»

Lo guardai, cercando di non mostrarmi ferita.

Che problema c'era, se mi sbatteva fuori di casa dopo aver fatto sesso per rispondere a una telefonata misteriosa?

Andava tutto bene. Per forza. Doveva andare bene.

Era fuori dal mio corpo, ora. E comunque era così che andavano le cose. Non avevamo mai parlato di restare sdraiati mentre lui prendeva nota di ogni centimetro del mio corpo nudo con baci lenti e premurosi. Tuttavia, avevo lo stomaco stretto in una morsa quando mi alzai per raccogliere le mie cose.

«Certo» dissi. Prima di riuscire a infilarmi la maglietta, Gus era a metà del corridoio. «Pronto?» disse, e poi sentii la porta della camera da letto chiudersi, e restai sola.

Rientrai a casa che erano le undici. Gus e io dovevamo andare al barbecue di lì a poco. Pete aveva detto a Gus che Sonya sarebbe arrivata tardi, quindi la cosa migliore era trascorrere la prima parte della giornata alla festa e andarcene prima del dolce, del brindisi e dei fuochi d'artificio. Quando Gus me ne aveva parlato, gli avevo proposto di andare con due auto, in modo che lui potesse trattenersi.

«Stai scherzando?» aveva detto. «Non hai idea di tutti i pizzicotti sulle guance che mi eviti, se andiamo insieme. Non ho intenzione di restare solo con quella gente per più di trenta secondi.»

«E se devo andare in bagno?» gli avevo chiesto.

Gus aveva scrollato le spalle. «Me la do a gambe e ti lascio lì, se è necessario.»

«Cos'hai, quattrocento anni?» risposi. «Sei un po' grande per i pizzicotti alle guance, e *anche* per averne così tanta paura.»

«Avrò anche quattrocento anni, ma loro ne hanno almeno mille più di me e artigli da avvoltoio.»

Era strano che quella conversazione risalisse soltanto a dodici ore prima. Un brivido mi attraversò la schiena.

Al pensiero che non sarei più stata insieme a lui, una fitta di dolore mi trafisse da parte a parte, colpendo ogni punto del corpo che Gus aveva esplorato con gli occhi e la bocca e le mani. All'idea di non vederlo mai più così, nudo e vulnerabile e senza barriere, che mi sussurrava segreti all'orecchio, mi si chiuse lo stomaco.

Una volta sola: era la regola di Gus. E quello che c'era appena stato contava di sicuro.

Ha soltanto ricevuto una telefonata importante, mi dissi. *La regola non c'entra. Tu non c'entri.* Ma non ne ero certa.

Gus non si fece sentire fino alle undici e tre quarti, quando mi mandò un messaggio: Pronta?

Neppure lontanamente. Anche se avevo consumato energia camminando avanti e indietro, ero ancora assorbita dal ricordo di ciò che era appena successo e in preda all'ansia per quello che sarebbe accaduto dopo. Non mi aspettavo che facesse finta di niente, che mi mandasse un messaggio come se nulla fosse, ma forse avrei dovuto.

Sospirai e gli risposi: Certo. Corsi in camera da letto e indossai un prendisole bianco e un paio di sandali rossi che avevo comprato al negozio dell'usato. Raccolsi i capelli, poi cambiai idea, prima di truccarmi meglio che potevo nei due minuti che avevo a disposizione.

Gus si era dato una ripulita. I capelli erano la massa arruffata di sempre, ma aveva indossato una camicia azzurra ragionevolmente stirata, arrotolando le maniche sugli avambracci nervosi. Mi rivolse un cenno di saluto, prima di mettersi al volante.

Salii accanto a lui, sprofondando in un imbarazzo moltiplicato per dieci rispetto a quello che avevo sempre temuto di provare immaginando uno scenario del genere. *Stupido coniglietto, stupido coniglietto, stupido coniglietto!*, mi rimproverai.

Poi pensai al modo tenero e dolce con cui mi aveva baciato il ventre. Esistevano davvero storie di una notte – di una *mattina*, in realtà – così... *reali*?

Guardai fuori dal finestrino e cercai di parlare in tono disinvolto (fallendo miseramente, zero su dieci). «Va tutto bene?»

«Mh-mh» rispose lui.

Tentai di decifrare la sua espressione, intuendo che avrei dovuto preoccuparmi, ma non troppo.

Quando arrivammo da Pete e Maggie, la strada era già piena di auto. Gus parcheggiò dietro l'angolo e mi accompagnò a un cancello laterale che si apriva su uno dei vialetti del giardino.

Passammo accanto alla porta principale, facendo il giro della casa e raggiungendo il giardino sul retro.

Si levò un coro di voci che chiamavano il suo nome. Poi Pete esclamò: «Jaaaanuary!» e il resto degli ospiti la imitò.

Attorno a un paio di tavoli da gioco, sotto un pergolato ricoperto di rampicanti, c'erano almeno venti persone. Sulle tovaglie di carta con un motivo a stelle e strisce c'erano bottiglie di birra e bicchieri di plastica rossa e, come promesso, su un lungo tavolo in fondo alla veranda *montagne* di vassoi di alluminio pieni di cibo e lattine di birra.

«Vi presento il mio bellissimo nipote e la sua adorabile compagna.» Pete era dietro alla griglia, intenta a rigirare hamburger. Indossava un grembiule con la scritta KISS THE COOK. Aveva aggiunto (JK! OGGI SPOSI!) con un pennarello mentre Maggie indossava un grembiule bianco sul quale aveva scritto: KISS THE GEOLOGIST. Gli ospiti erano accalcati attorno a un tavolo in mezzo allo stravagante giardino, e poco lontano altre persone sguazzavano in un'enorme piscina azzurra.

«Spero che abbiate portato il costume!» disse Pete brandendo la spatola, mentre Gus si chinava ad abbracciarla. Gli diede un sonoro bacio sulla guancia e si ritrasse. «Oggi la temperatura dell'acqua è perfetta.»

Guardai Gus. «Gus *possiede* un costume da bagno?»

«Tecnicamente parlando» disse Maggie, avvicinandosi a baciare il nipote, «non ce l'ha.» Poi si girò per baciare me e proseguì: «Però ne teniamo uno in casa: da bambino era un vero *pesce*! Lo portavamo alla piscina comunale e dovevamo puntare un timer per trascinarlo fuori dalla vasca e impedirgli di farci la pipì dentro. Non sarebbe mai uscito di sua spontanea volontà».

«È una storia completamente inventata» disse Gus. «Non è mai successo niente del genere.»

«Giuro» disse Maggie nel suo modo nostalgico e leggero. «Avrai avuto sì e no cinque anni. Ti ricordi, Gussy? Quando eri piccolo, tu e Rose venivate in piscina con noi un paio di volte alla settimana.»

Gus cambiò espressione. Qualcosa nello sguardo, come se dietro i suoi occhi si fosse appena chiusa una saracinesca. «No. Non ricordo.»

Rose? Il nome vero di Pete era Posey, che significava "mazzolino di fiori". Rose doveva essere sua sorella, la madre di Gus.

«Be', la sostanza non cambia» proseguì Maggie. «Adoravi nuotare, che ti piaccia o no, e il tuo costume ti sta aspettando nella stanza degli ospiti.» Maggie mi squadrò dalla testa ai piedi. «Sono sicura che troveremo qualcosa anche per te. Forse ti starà lungo. E anche largo. Sei uno scricciolo, eh?»

«Non l'ho mai pensato, prima di quest'estate.»

Maggie mi accarezzò il braccio e mi sorrise tranquilla. «È quello che succede quando vivi tra gli olandesi. Siamo gente robusta, da queste parti. Vieni, ti presento al resto degli ospiti. Gussy, vieni anche tu.»

L'istante dopo, fummo trascinati nel giardino di Pete e Maggie. Gus conosceva tutti quanti – per lo più professori universitari con le loro famiglie, oltre a due sorelle di Maggie –, ma sembrava che avesse ben poco da dire a chiunque, a parte un saluto educato. Darcy, la sorella minore di Maggie, era più alta di lei di almeno sette centimetri, con lunghi capelli biondi stopposi e due occhioni azzurri, mentre Lolly aveva un severo caschetto grigio ed era più bassa di una trentina di centimetri. «Ha la sindrome del figlio di mezzo» bisbigliò Maggie, mentre ci accompagnava in un angolo del giardino in cui era allestita una piattaforma di legno per giocare a Cornhole. Due labrador correvano allegramente avanti e indietro, cercando di prendere i sacchetti di mais lanciati dai bambini.

«Sono sicura che vi faranno giocare» ci disse Maggie, rivolgendo un cenno verso il gioco.

Gus si girò verso di lei sfoderando uno dei suoi rari, impenitenti sorrisi. «Credo che cominceremo con un drink.»

Lei gli diede un buffetto sul braccio. «Oh, sei proprio il figlioccio di Pete, Gussy. Vi preparo due dei miei punch azzurri di chiara fama!»

Andò avanti e, mentre la seguivamo, Gus mi lanciò uno sguardo complice, come per avvertirmi che il drink era terribile. Dopo il nostro viaggio in auto, così carico di tensione, fu sufficiente a sciogliermi dalla testa ai piedi. «Di chiara *infamia*» mormorò.

«A proposito, sai di che roccia è fatto il vialetto?» mormorai a mia volta.

Scosse la testa, incredulo. «Per tua informazione, quella domanda è l'unica cosa che non potrei mai perdonarti.»

Ci eravamo fermati in una nicchia creata da una folta vegetazione, al riparo dagli sguardi.

«Gus» dissi. «Va tutto bene?»

Per un istante mi fissò intensamente, poi sbatté le palpebre e quell'espressione scomparve, sostituita da una cauta indifferenza. «Sì, non è niente.»

«Però è successo qualcosa» dissi.

Scosse di nuovo la testa. «No. Non c'è niente, a parte il punch, e quello scorrerà a fiumi. Cerca di non esagerare.»

Si incamminò verso il terrazzo e non mi rimase che seguirlo. Quando arrivammo, Maggie ci aveva già riempito due bicchieri fino all'orlo. Ne bevvi un sorso e feci del mio meglio per non tossire. «Cosa c'è dentro?»

«Vodka» rispose Maggie disinvolta, elencando gli ingredienti con le dita. «Rum al cocco. Curaçao. Tequila. Succo d'ananas. Un goccio di rum. Ti piace?»

«Buonissimo» dissi. Odorava come una bottiglietta di acetone.

«Gussy?» chiese.

«Meraviglioso» rispose.

«Meglio dell'anno scorso, non è vero?» disse Pete, abbandonando la postazione dietro la griglia.

«Occhio a non rovesciarlo su un'automobile, o potrebbe toglierle la vernice» disse Gus.

Pete scoppiò a ridere e gli diede una pacca sul braccio. «Hai sentito, Mags? Te lo dicevo che questa roba potrebbe far decollare un aereo.»

Maggie sorrise, indifferente alla battuta. La luce si posò sul viso di Gus rivelando la sua fossetta nascosta e illuminando i suoi occhi, fino a farli splendere come ambra dorata. Mi guardò intensamente, sorridendomi. Non sembrava una persona diversa. Sembrava più a suo agio, come se in tutto quel tempo mi fossi trovata faccia a faccia con la sua ombra.

In quell'istante, fu come se mi fossi imbattuta in una cosa nascosta e sacra, più intima di quello che c'era stato tra di noi nel cottage. Come se Gus avesse scostato le tende di una casa che ammiravo, di cui immaginavo l'interno, ma che avevo comunque sottovalutato.

Mi piaceva vederlo così, con le persone che lo avrebbero sempre amato.

Avevamo fatto sesso come se il mondo stesse per finire da un momento all'altro, ma se avessi avuto un'altra possibilità di baciarlo, volevo baciare quella versione di lui.

Il Gus che non si sentiva così oppresso dal mondo circostante da doversi appoggiare, per reggersi in piedi.

«... cosa ne dite del primo fine settimana di agosto?» stava dicendo Pete. Lei, Maggie e Gus mi stavano guardando, in attesa di una risposta. Soltanto che non avevo sentito la domanda.

«Per me va bene» disse Gus. «Per te, January?» Sembrava rilassato, felice. Valutai tutte le opzioni: dirmi d'accordo con qualcosa senza avere idea di cosa fosse, ammettere che non avevo ascoltato, o tentare di carpire ulteriori informazioni facendo qualche domanda (che probabilmente mi avrebbe incriminato).

«A che... a che ora?» dissi, sperando di aver scelto l'opzione giusta. E una domanda che avesse senso.

«In settimana di solito facciamo alle sette, ma dato che si tratta di un weekend, possiamo fare all'ora che vogliamo. La sera è il momento migliore: siamo in una località balneare, dopotutto, e le persone amano leggere, ma preferiscono farlo sdraiate al sole.»

«Penso che sarebbe molto interessante» disse Maggie, battendo piano le mani. «Da fuori sembrate così diversi, ma immagino che i vostri meccanismi interni siano molto simili. Come la labradorite e la...»

«Salute» disse Gus.

«No, Gussy, non stavo starnutendo» disse Maggie. «La labradorite è una pietra bellissima...»

«Lo è davvero» concordò Pete. «Sembra venuta dallo spazio. Se dovessi girare un film di fantascienza, lo ambienterei in un mondo fatto di labradorite.»

«A proposito» disse Gus. Mi lanciò un'occhiata e capii che aveva trovato un modo per cambiare argomento.

«Avete visto *Contact*, con Jodie Foster? È un cazzo di film assurdo.»

«Everett» esclamò Pete. «Modera i termini!»

Maggie si portò una mano alla bocca, scoppiando a ridere. Aveva le unghie dipinte di bianco e decorate con minuscole stelline blu. Quelle di Pete erano rosso scuro. Mi chiesi se fosse stata Maggie a trasmetterle la passione della manicure. Mi piaceva pensarlo: il modo in cui due persone sembravano fondersi fino a diventare una cosa sola. O almeno due parti sovrapposte, alberi con le radici aggrovigliate.

«Ma tornando all'evento» disse Pete, voltandosi verso di me. «Potremmo fare alle sette, così non togliamo troppo tempo alla spiaggia.»

«Mi sembra perfetto» dissi. «Ti dispiace mandarmi un'e-mail con i dettagli? Così quando torno a casa controllo la mia agenda.»

«Non c'è nessun dettaglio. L'unica cosa che devi sapere è l'orario in cui presentarti! Maggie e io prepareremo un bell'elenco di domande» disse Pete.

L'indecisione doveva trasparire dal mio viso, perché Gus si avvicinò e disse: «Te la mando *io*, l'e-mail».

«Gus Everett, dubito che tu abbia un account e-mail, così come dubito che tu abbia un costume da bagno» dissi.

Scrollò le spalle, inarcando le sopracciglia.

«Be', sono contenta di non essere l'unica» disse Pete. «Dopo averti inondato di video di cani senza ottenere risposta, comincio a chiedermi se stai cercando di dirmi qualcosa, col tuo silenzio!»

Gus cinse il collo di Pete con un braccio. «Te l'ho detto. Non controllo mai le e-mail. Questo non significa che non sia capace di mandarne una, se me lo chiedono. Per un buon motivo.»

«I video di cani sono un buon motivo a prescindere» scherzò Maggie.

«Non ne abbiamo bisogno, dal momento che ci sono già i tuoi cani che scorrazzano per il giardino» disse Gus.

«A proposito di labrador» disse Maggie. «Stavo dicendo che la labradorite...»

Gus mi guardò con un sorriso. Aveva ragione. Dovevamo evitare l'argomento rocce, a qualsiasi costo. Persi il filo del discorso abbastanza rapidamente, mentre Maggie passava da una roccia all'altra, stimolata a parlare da qualche informazione interessante che le ricordava *altre* informazioni interessanti. Dopo un po', anche lo sguardo di Pete (che di solito era adorante), sembrò spegnersi.

«Oh, che bello!» esclamò, tagliando corto, mentre qualche nuovo invitato entrava in giardino. «Sarà meglio che vada ad accogliere gli ospiti.»

«Se vuoi andare anche tu» disse Gus a Maggie, «non ti tratteniamo!»

Sul volto di Maggie si dipinse un'espressione sconvolta. «Non lo farei mai!» esclamò, prendendo Gus per un braccio. «Tua zia sarà anche volubile, ma per me non c'è nessuno più importante di *te*, Gussy! Nemmeno i labrador... non dirglielo, però.»

Mi avvicinai a Gus. «Nemmeno la *labradorite*» mormorai. Si voltò e mi sorrise. Era a un centimetro da me e lo vedevo tutto sfocato, mentre l'odore del punch sulle sue labbra macchiate di azzurro faceva esplodere dei fuochi d'artificio dentro di me.

«Quindi avevo ragione, riguardo ai labrador?» disse un uomo a tavola, prendendo in giro Maggie.

«Non essere sciocco, Gilbert» rispose Pete, tornando con i nuovi ospiti e un bellissimo mazzo di fiori tra le mani. «I labrador sono *per sempre.*»

Gus mi guardò e il suo sorriso svanì, trasformandosi in un'espressione pensierosa e tormentata. Si stava chiudendo in se stesso, e all'improvviso fui travolta dall'impulso di tenerlo stretto, di afferrare il più possibile di lui per non lasciarlo andare via.

Mi lanciò un'occhiata. «Devo smaltire un po' di questo punch. È un problema se ti lascio da sola?»

«No» dissi. «A meno che tu non stia andando a nascondere le foto di quando eri piccolo. In quel caso sì, è un problema.»

«Non lo farò.»

«Sicuro?» chiesi, cercando di farlo sorridere, di riportare in superficie il Gus felice che si sentiva al sicuro. «Perché Pete me lo direbbe. Non puoi sfuggirmi.»

Sollevò l'angolo della bocca in un sorriso e i suoi occhi scintillarono. «Se vuoi venire in bagno con me per assicurartene, sta a te.»

Ebbi un fremito allo stomaco. «D'accordo» dissi.

«D'accordo?»

Mi sentii avvampare sotto il suo sguardo penetrante. «Gus» dissi, «vuoi che venga in bagno con te?»

Lui scoppiò a ridere, ma non si mosse. Mi guardò a lungo, poi rivolse un'occhiata a Pete. Quando tornò a guardarmi, il suo sorriso si era spento, il bagliore nei suoi occhi era svanito. «Non importa» disse. «Torno subito.»

Mi sfiorò un braccio, poi si girò ed entrò in casa, lasciandomi lì, mortificata come non mi succedeva da tantissimo tempo. O almeno come non mi succedeva dalla sera in cui avevo bevuto il vino nascosto nella borsa al club del libro. Pensai che ora avrei rivissuto la stessa esperienza, e cercai di cancellare il ricordo di quello che era appena accaduto.

Gus mi aveva respinto. Poche ore dopo aver fatto l'amore con me appoggiati a una libreria, mi aveva respinto.

Da un certo punto di vista, era molto peggio della peggiore delle ipotesi che avevo immaginato, quando avevo valutato i pro e i contro di avere una storia con Gus.

Perché aveva detto di desiderarmi da tanto tempo? In quel momento mi era sembrato così sexy, ma ora mi faceva sentire come se fossi un dettaglio lasciato in sospeso che finalmente aveva sistemato. Il mio stupido difetto mortale aveva colpito di nuovo.

Aspettai qualche minuto accanto alla porta a vetri, il viso che bruciava per l'umiliazione, il bicchiere in mano. Sussultai quando mi arrivò la notifica di un'e-mail di Gus. Il cuore cominciò a battermi all'impazzata, poi mi crollò il mondo addosso. C'era scritto soltanto: Evento in libreria. 2 agosto, h 19.00.

Ripensai a quello che aveva detto Maggie, al fatto che io e Gus fossimo così diversi, all'esterno, da diventare "interessanti". Ero abbastanza sicura di aver preso l'impegno di presentare i miei libri insieme a lui.

Stupido coniglietto, stupido coniglietto, stupido coniglietto. Avevo trascorso un mese a contatto continuo con Gus. E ora mi sentivo come Tom Hanks in *Castaway*, quando dice addio a Wilson, la sua palla da volleyball sporca di sangue.

Invece no, non era andata così. Non erano soltanto la solitudine e l'inclinazione al romanticismo ad avermi portato fin lì.

Conoscevo Gus. Sapevo che la sua vita era un casino. Sapevo che i muri che si era costruito intorno erano così robusti che ci sarebbero voluti anni per aprirmi un varco, e che la sua diffidenza nei confronti del mondo era profondissima. Sapevo di non avere poteri magici e di non poter risolvere i suoi problemi con la mia sola presenza.

Alla resa dei conti, sapevo benissimo chi era Gus Everett, e non cambiava la realtà delle cose. Perché anche se probabilmente non avrebbe mai imparato a danzare nella pioggia, era lui che volevo. Soltanto lui. Gus.

Quella delusione me l'ero cercata, e ora non mi restava che farmi coraggio e aspettare che accadesse l'irreparabile.

22

IL VIAGGIO

«Avanti, Gussy. Buttati!» Maggie schizzò un po' d'acqua verso il bordo della piscina, ma Gus si limitò a fare un passo indietro, scuotendo la testa con un gran sorriso.

«Cosa c'è, hai paura di rovinarti la permanente?» lo stuzzicò Pete da dietro la griglia del barbecue.

«E che magari scopriamo che te la fai?» aggiunsi. Quando i suoi occhi si posarono su di me fui attraversata da un brivido, seguito dalla dolorosa consapevolezza che il costume intero prestatomi da Maggie mi faceva sembrare un ghiacciolo liquefatto avvolto nella carta igienica.

«Forse ho paura che, una volta entrato, nessuno metta il timer per ricordarmi di uscire per andare in bagno» rispose Gus.

In fondo alla piscina, un bambino gracile e una bambina paffuta si buttavano a bomba da lati opposti, inondandoci di schizzi.

Gus tornò a guardarmi. «Aggiungiamoci anche quello.»

«Cosa?» chiesi. «Il divertimento? Hai paura che sia contagioso?»

«No, ho paura che la piscina sia già piena di pipì. Voi però divertitevi con l'urinoterapia.» Tornò dentro, e io feci il possibile per non controllare ogni minuto se fosse uscito di nuovo.

Maggie trovò una palla gonfiabile e iniziammo a lanciarcela. Si fecero presto le quattro e, dato che Sonya era attesa per le cinque, andai a cambiarmi. Anche Maggie uscì agilmente dall'acqua e raccolse i teli gialli che avevamo lasciato sul cemento attorno alla piscina.

Me ne avvolse uno sulle spalle, prima che potessi prenderglielo dalle mani. «Puoi usare il bagno al piano di sopra» mi disse con un sorriso *quasi* ammiccante.

«Oh» esclamai un po' a disagio. «D'accordo.» Raccolsi i vestiti e salii le scale.

Erano gradini stretti, di legno, e scricchiolavano a ogni passo. Arrivata a metà, la scala curvò bruscamente e mi ritrovai nel corridoio del piano superiore. Il bagno era in fondo, una mostruosità di piastrelle rosa talmente brutta da risultare quasi carina. Su un lato del corridoio c'erano due porte, e sull'altro una terza, tutte chiuse.

Era quasi ora di andare. Avrei dovuto bussare a tutte per riuscire a trovarlo. Cercai di non sentirmi a disagio o risentita, ma non era facile.

Gus ti ha fatto capire da subito che non potevi aspettarti niente da lui, January. È il tipo di uomo che neanche tu *riusciresti a mettere in un romanzo.*

In bagno, mi asciugai e mi vestii, poi uscii e andai a bussare piano alla prima porta. Nessuna risposta, così mi diressi verso quella sul lato opposto del corridoio.

Dall'interno provenne un borbottio simile a un «Sì?», così aprii.

Gus se ne stava con le gambe allungate e la schiena appoggiata alla parete su uno dei due letti singoli all'angolo della stanza. Alla sua destra, le tende erano leggermente scostate e raggi di sole squarciavano il buio. «È ora di andare?» chiese, grattandosi la nuca.

Osservai la camera, i mobili spaiati, l'assenza di piante. Sul comodino c'era una lampada che sembrava un pallone da calcio, e la piccola libreria azzurra ai piedi del letto era piena di libri di Gus, edizioni americane e straniere. «Sei venuto a meditare sulla tua caducità?» chiesi, indicando la libreria con un cenno del capo.

«Avevo mal di testa» rispose. Mi accostai al letto per sedermi al suo fianco, ma lui si alzò precedendomi. «Sarà meglio che scenda a salutare. Anche tu dovresti, se non vuoi che Pete ti metta sulla sua lista nera.» E se ne andò, lasciandomi sola. Mi avvicinai alla libreria. Sopra c'erano quattro fotografie incorniciate. Una, sfocata, ritraeva un neonato con gli occhi scuri circondato da vaporose nuvolette finte. In quella accanto c'erano Pete e Maggie, di trent'anni più giovani, con gli occhiali da sole sulla testa e un bambino con un paio di sandali ai piedi tra loro. Sullo sfondo si intravedeva un frammento del Castello di Cenerentola.

La terza fotografia era molto più vecchia: un ritratto color seppia di una ragazzina sorridente con riccioli scuri e una fossetta. La quarta ritraeva una squadra: bambini e bambine in divisa viola in fila accanto a una Pete giovane e snella col fischietto al collo e un cappellino calato sugli occhi. Riconobbi subito Gus, magro e arruffato, con un sorriso timido e sghembo.

In quel momento sentii levarsi delle voci dal piano di

sotto. «... sei sicuro che non possiate rimanere?» stava dicendo Pete.

Posai la foto e uscii dalla stanza, chiudendo la porta alle mie spalle.

In auto, restammo in silenzio un paio di minuti, poi Gus mi chiese: «Ti sei divertita?».

«Pete e Maggie sono meravigliose» risposi, evasiva.

Gus annuì. «È vero.»

«Già» dissi, senza sapere bene come continuare.

Il suo sguardo tagliente si spostò su di me, addolcendosi un po'; poi serrò le labbra e guardò altrove.

Osservai gli edifici che scorrevano rapidi fuori dal finestrino. La maggior parte dei negozi aveva già chiuso i battenti, ma mentre eravamo a casa di Pete c'era stata una sfilata e su entrambi i lati della strada c'erano ancora i venditori ambulanti e famiglie vestite di rosso, bianco e blu, che se ne andavano in giro mangiando popcorn e tenendo in mano girandole con i colori della bandiera americana.

Avevo tante domande da fargli, ma erano confuse, impronunciabili. Nel romanzo della mia vita, non volevo essere l'eroina che permette a uno stupido errore di comunicazione di rovinare qualcosa di bello, ma nella realtà preferivo rischiare e mantenere la mia dignità, piuttosto che confessare i miei sentimenti a Gus e sentirlo ammettere che non mi voleva quanto io volevo lui.

Più di una volta, pensai tristemente. *Qualcosa di reale, anche se un po' deforme.*

Parcheggiammo l'auto davanti a casa (molto più tardi del previsto a causa dell'aumento del traffico pedonale) e Gus disse: «Fammi sapere per domani».

«Domani?» chiesi.

«Il viaggio a Nuovo Eden.» Aprì lo sportello. «Fammi sapere se vuoi sempre venire.»

Era bastato *questo*? Aveva perso *qualsiasi* interesse nei miei confronti, persino come compagna di ricerche?

Scese dall'auto. Tutto qua? Erano le cinque del pomeriggio e ci stavamo salutando. Il Quattro luglio, quando non conoscevo nessuno in città, a parte lui e le sue zie.

«Perché dovrei aver cambiato idea?» chiesi, furiosa. «Avevo detto che volevo venire.» Era già a metà del vialetto. Si girò e scrollò le spalle.

«Tu vuoi che venga?» gli domandai.

«Se ti va.»

«Non è quello che ho chiesto. Voglio sapere se vuoi che venga con te, domani.»

«Voglio che tu faccia quello che ti va di fare.»

Incrociai le braccia sul petto. «A che ora?» dissi.

«Verso le nove» rispose. «Ci vorrà tutto il giorno.»

«Perfetto. A domani.»

Entrai in casa e cominciai a camminare avanti e indietro, arrabbiata; quando mi resi conto che non funzionava, mi misi davanti al computer e scrissi fino a tardi. Una volta esaurite tutte le parole rabbiose che mi venivano in mente, uscii sul terrazzo e guardai i fuochi d'artificio sul lago, le scintille come stelle cadenti sull'acqua. Cercai di non rivolgere lo sguardo verso casa di Gus, ma ogni tanto il bagliore del suo computer in cucina attirava la mia attenzione.

A mezzanotte stava ancora lavorando, quando mi arrivò un messaggio di Shadi: Be', ormai è andata. Sono innamorata. RIP Shadi.

Idem.

Mi svegliò il boato di un tuono che fece tremare la casa e scesi dal letto. Erano le otto, ma la stanza era ancora immersa nell'oscurità per via delle nubi portate dal temporale.

Rabbrividendo, presi la vestaglia dalla sedia della toeletta e andai in cucina per mettere a bollire l'acqua. Il bagliore dei lampi squarciava le acque agitate del lago, sfolgorando dalle vetrate sul retro come una serie di flash fotografici. Rimasi a osservare lo spettacolo incantata. Non avevo mai visto un temporale abbattersi su una vasta distesa d'acqua, a parte nei film. Mi chiesi se avrebbe rovinato i programmi di Gus.

Forse sarebbe stato meglio. Che mi avesse ignorata definitivamente. Avrei chiamato e cancellato l'evento in libreria e non ci saremmo mai più visti, così avrebbe potuto restare fedele alla sua preziosa regola del "niente legami" e io me ne sarei andata in Ohio e avrei sposato un assicuratore, qualsiasi cosa volesse dire.

Alle mie spalle, il bollitore cominciò a fischiare.

Mi preparai un caffè e mi misi al lavoro. Ancora una volta le parole uscirono di getto. Avevo raggiunto il traguardo delle quarantamila parole. Il mondo dei protagonisti del mio libro si stava sgretolando. La seconda famiglia del padre di Eleanor si era presentata al circo. La madre della ragazza aveva avuto uno scontro con uno spettatore ed era sempre più nervosa. Eleanor aveva dormito con il ragazzo di Tulsa ed era stata beccata mentre tornava di nascosto alla tenda, ma Nick, il meccanico, le aveva coperto le spalle.

E poi c'erano i clown. Avevano rischiato di essere smascherati mentre erano appartati nel bosco dietro il luna park, e in seguito avevano litigato ferocemente. Uno di loro era andato nel bar della città e aveva finito col passare la notte in cella.

Non avevo idea di come sarebbero andate le cose, ma sapevo che dovevano peggiorare. Erano le 9.15 e di Gus nessuna traccia. Mi sedetti sul letto disfatto e guardai fuori, verso il suo studio. Vedevo la luce calda dei paralumi attraverso la sua finestra.

Gli mandai un messaggio: Andiamo malgrado il temporale?

Non è il massimo, rispose. Però io vado.

E sono ancora invitata?, gli chiesi.

Naturalmente. Dopo un minuto arrivò un altro messaggio. Hai delle scarpe da trekking?

Assolutamente no, risposi.

Che numero porti?

38 e mezzo, perché? Pensi che abbiamo lo stesso numero?

Ne chiederò un paio a Pete, rispose. Se vuoi sempre venire.

DIO MIO, stai cercando di escludermi?, scrissi.

Impiegò più tempo del solito a rispondere e l'attesa cominciò a farmi stare male. Approfittai della pausa per vestirmi. Alla fine scrisse: No. È solo che non voglio che ti senta obbligata.

Esitai, pensando a cosa fare. Mi inviò un altro messaggio: Voglio che tu venga, se ti va. È ovvio.

Non è affatto ovvio, replicai, infuriata e sollevata allo stesso tempo. Non sei stato molto chiaro.

È chiaro adesso?, mi chiese.

Adesso è PIÙ chiaro.

Voglio che tu venga, disse.

Allora corri a prendere quelle scarpe.

C'è posto anche per il tuo portatile, se vuoi, aggiunse. È possibile che debba restare lì parecchio tempo.

Venti minuti dopo, Gus accostò accanto al marciapiede e diede un colpo di clacson. Indossai il giubbotto e corsi fuori, sfidando il temporale. Lui si allungò per aprirmi lo sportello ancora prima che raggiungessi l'auto e, una volta salita, lo richiusi in fretta e mi abbassai il cappuccio. Faceva caldo nell'abitacolo, i finestrini erano appannati e sul sedile posteriore c'erano delle torce, uno zaino enorme, uno più piccolo, di quelli impermeabili, e un paio di scarpe da trekking con i lacci rossi, sporche di fango. Quando si accorse che le guardavo, mi disse: «È un 39 e mezzo, pensi che ti vadano bene?».

Ricambiai lo sguardo e mi sembrò che sussultasse, anche se forse me l'ero soltanto immaginato. «Per fortuna ho portato un altro paio di calzini.» Tirai fuori dalla tasca del giubbotto i calzini appallottolati e glieli tirai. Li prese al volo e se li rigirò tra le mani.

«E se le scarpe fossero state troppo piccole?»

«Mi sarei tagliata le dita» risposi, categorica.

Finalmente si lasciò sfuggire un sorriso, guardandomi da sotto le folte ciglia scure. Aveva i capelli tirati indietro e la fronte scoperta come al solito, e quando ero salita in auto qualche goccia di pioggia lo aveva raggiunto sul viso. Deglutì, e sulla sua guancia apparve la fossetta.

Odiavo l'effetto che aveva su di me. Una piccola carota non avrebbe dovuto sopraffare il mio istinto di stupido coniglietto che mi gridava di fuggire a gambe levate.

«Pronta?» mi chiese.

Annuii. Tornò a guardare la strada e partimmo, lasciandoci alle spalle i cottage. La pioggia era diminuita e i tergicristalli si muovevano lentamente sul parabrezza, così cominciammo a chiacchierare con una certa disinvoltura dei nostri libri e della pioggia e del punch azzurro. Sfiorammo appena l'ultimo argomento, per niente entusiasti all'idea di parlare del giorno prima.

«Dove stiamo andando?» chiesi un'ora dopo, quando Gus uscì dall'autostrada. Dalle mie ricerche online, sapevo che il Nuovo Eden era ancora lontano.

«Non è uno dei miei luoghi da delitto perfetto» promise.

«È una sorpresa?»

«Se preferisci. Però potresti restare delusa.»

«Il più grande gomitolo del mondo?» azzardai.

Mi guardò con aria sospettosa, come se ci stesse pensando su. «E ne saresti delusa?»

«No» risposi, col cuore in gola. «Ma ho immaginato che avresti potuto *pensarlo.*»

«Nel mondo esistono meraviglie che nessun uomo può contemplare senza abbandonarsi al pianto, January. Un gomitolo gigante è una di queste.»

«Va bene, puoi dirmelo» dissi.

«Dobbiamo fare benzina.»

Lo fissai. «Lo confesso, sono un po' delusa.»

«La vita fa quell'effetto.»

«No, ti prego» dissi.

Ci vollero altri sessantatré minuti prima che Gus uscisse di nuovo dall'autostrada vicino ad Arcadia, e poi altri venticinque chilometri di strada normale in mezzo al bosco. Fermò l'auto sul ciglio fangoso della carreggiata e mi disse di infilare il portatile nello zainetto impermeabile.

«Ecco, questo *sì* che è il luogo ideale per un omicidio» dissi, scendendo dall'auto.

Non c'era nulla nel raggio di chilometri, a parte un ripido terrapieno a destra coperto dagli alberi.

«Probabilmente è la scena del crimine di qualcuno, sì» disse Gus. Tornò in macchina. «Ma non la mia. Adesso cambiati le scarpe. Da qui in avanti dobbiamo camminare.»

Gus prese lo zaino più grande e una delle torce, aspettò che infilassi l'altro paio di calzini e le scarpe, e poi mi porse l'altro zaino. «Da questa parte» disse, risalendo il crinale fangoso in direzione del bosco. Si girò per aiutarmi e, dopo essere scivolata per tre volte nel fango, finalmente riuscii ad arrampicarmi sul sentiero. Almeno, sembrava un sentiero, anche se non c'erano indicazioni, né motivi apparenti per cui dovesse partire proprio da lì.

Il bosco era silenzioso, a parte il picchiettio leggero delle gocce sulle foglie e il rumore dei passi e del nostro respiro. Tenni il cappuccio sulla testa, anche se nel fitto della vegetazione la pioggia cadeva sotto forma di foschia rada. Ero abituata ai blu e ai grigi del lago, al giallo dorato del sole che si posava sull'acqua e sulle cime degli alberi, ma lì ogni colore era intenso e profondo, ogni tonalità di verde più vivida.

Erano almeno due giorni che non mi sentivo così in pace, per non parlare dell'ultimo anno. Qualsiasi incomprensione ci fosse tra Gus e me, era stata messa da parte, mentre attraversavamo il tempio silenzioso del bosco. Ero madida di sudore: sotto le ascelle, lungo l'attaccatura dei capelli e nelle mutandine, così mi fermai e decisi di togliermi il giubbotto. Senza dire una parola, Gus mi imitò.

Gli si impigliò la maglietta attorno alle spalle e intravidi un frammento del suo ventre piatto e olivastro. Distolsi lo sguardo, mentre la tirava giù.

Mettemmo di nuovo lo zaino in spalla e continuammo a camminare. I muscoli delle cosce cominciarono a farmi male e il sudore e la pioggia mi incollarono la canottiera e i jeans alla pelle. A un certo punto, ricominciò a piovere forte e ci riparammo per qualche minuto in una specie di grotta poco profonda, in attesa che la pioggia diminuisse. Il cielo grigio rendeva difficile capire quanto tempo fosse trascorso, ma quando finalmente gli alberi si diradarono e avvistammo lo scheletro annerito del Nuovo Eden, dovevamo aver camminato per almeno due ore.

«Cavoli» sussurrai, fermandomi accanto a Gus. Lui annuì. «L'avevi mai visto prima?»

«Solo in fotografia» rispose, e si avviò verso la roulotte più vicina, completamente annerita dal fumo. Il secondo incendio, a differenza di quello provocato dal fulmine, non era stato accidentale. Le indagini della polizia avevano evidenziato che gli edifici erano stati cosparsi di benzina. Il Profeta, un uomo che si faceva chiamare Padre Abe, era morto all'esterno dell'ultimo edificio che aveva preso fuoco, spingendo le autorità a sospettare che fosse stato lui ad appiccare l'incendio.

Gus deglutì. Indicò una roulotte sulla destra. «Quello era l'asilo nido. Sono stati i primi a lasciarci» disse con voce roca.

Lasciarci, pensai.

Sono bruciati vivi, mi dissi. Mi girai, in preda ai conati di vomito.

«La gente è orrenda» disse Gus alle mie spalle.

Ricacciai la bile nello stomaco. Mi piangevano gli occhi. Mi bruciava la radice del naso. Gus si voltò a guardarmi, e la sua espressione si addolcì. «Vuoi che montiamo la tenda?»

Dovette notare la mia espressione, perché si affrettò ad aggiungere: «Così possiamo usare i computer». Indicò il turbolento cielo scuro con un cenno del capo, mentre si sfilava lo zaino dalle spalle. «Non credo che la situazione migliorerà tanto presto.»

«Non qui, però» risposi. «Mi sembra sbagliato piantare una tenda qui in mezzo.»

Annuì e continuammo a camminare, allontanandoci finché il complesso non fu più visibile. Finché non riuscii quasi a fingere che fossimo in un altro bosco, lontano dagli eventi del Nuovo Eden. Mentre Gus estraeva i paletti della tenda dalla borsa, mi avvicinai per dare una mano. Mi tremavano le mani per il freddo e il disagio di trovarmi lì, così cercai di concentrarmi sul montaggio del nostro riparo, scacciando le immagini dei resti carbonizzati della setta.

Il diversivo durò pochissimo. Nel giro di pochi minuti montammo la tenda e sistemammo dentro le nostre cose, eccetto il taccuino e la matita che Gus tirò fuori dalla tasca mentre tornavamo al complesso di roulotte.

Mi lanciò un'occhiata esitante che non riuscii a interpretare, poi si avviò verso una delle roulotte, o meglio, tre roulotte unite insieme alla bell'e meglio con assi di compensato e tela cerata. Cercai di farmi coraggio e lo seguii, ma dopo qualche passo Gus si fermò e tornò da me. «Puoi restare nella tenda» mi disse un po' scontroso. «È meglio che tu non veda.»

Mi venne un groppo in gola. Ovviamente non avevo

nessuna voglia di andare a vedere. Ma sentirgli dire che era meglio che *io* non andassi, mentre lui era sempre intenzionato a esplorare il sito, mi dava fastidio. Si capiva benissimo che quel posto non gli piaceva per niente. E tuttavia, stava affrontando la sua paura.

Era sempre così. Non si girava mai dall'altra parte. Forse pensava che *qualcuno* dovesse farsi testimone dell'oscurità, o magari sperava che, fissando abbastanza a lungo in quel baratro buio, i suoi occhi si sarebbero adattati e gli avrebbero permesso di vedere le risposte che celava.

È per questo che succedono cose terribili, gli avrebbe detto il buio. *In questo modo ogni cosa ha un senso.*

Non potevo nascondermi. Non potevo lasciare che Gus affrontasse tutto da solo. Se aveva deciso di calarsi nell'abisso, avrei usato una corda per legarmi a lui e l'avrei seguito.

Feci di no con la testa e mi avvicinai. I suoi occhi profondi si posarono su di me, studiandomi con attenzione, le ciglia – rese più scure e pesanti dalla pioggia – che gli sfioravano gli zigomi olivastri.

Avrei voluto dirgli tante cose, ma l'unica frase che riuscii a pronunciare fu: «Ci sono».

E l'istante dopo corrugò la fronte e contrasse la mandibola, e mi guardò in quel suo modo particolare che mi serrò la gola.

Annuì e si girò verso la roulotte, indicandola con un cenno del mento. «Lì viveva Padre Abe. Pare che si consultasse con un gruppo di angeli e quindi gli servisse spazio.»

Staccai a fatica lo sguardo da Gus e osservai la roulotte fuligginosa. Mi fece sentire subito stordita e alla deriva, come se l'aria fosse ancora satura di anidride carbonica e cenere.

Perché succedono cose terribili?, pensai. *Com'è possibile dare un senso a tutto ciò?* Purtroppo, non mi apparve nessuna grande verità. Non c'era alcun motivo, per quel terribile evento, e non c'era alcun motivo per le cose brutte che erano successe a Gus. Accidenti, i R.E.M. avevano ragione: eravamo tutti destinati a soffrire, quando arrivava il nostro turno. A volte, l'unica cosa che potevi fare era aggrapparti a qualcuno, finché il buio che ti aveva inghiottito non ti avesse risputato fuori.

Gus, che fino a un istante prima sembrava immerso in pensieri cupi e solenni, si chinò a prendere appunti, tenendo il taccuino in equilibrio sulle ginocchia. Io restai dietro di lui, con le gambe che mi tremavano, ma gli occhi ben aperti. *Sono qui*, pensai. *Sono qui e lo vedo anch'io.*

Girovagammo in quel modo, silenziosi come fantasmi, Gus che teneva il taccuino al riparo dalla pioggia che ci bagnava i vestiti e la pelle, entrandoci nelle ossa.

Una volta fatto il giro completo dell'area, si incamminò verso il mostruoso assemblaggio di roulotte di Padre Abe, guardandomi per la prima volta in due ore. «Si gela» disse. «Dovresti tornare alla tenda.»

Si gelava davvero: si era alzato il vento e la temperatura era scesa, e i miei jeans sembravano borse del ghiaccio sulla pelle. Ma ero sicura che non fosse quello il motivo per cui stava cercando di allontanarmi.

«Per favore, January» mormorò Gus, e fu quel *per favore* ad aprirmi gli occhi. Cosa stavo facendo? Gli volevo bene, ma se non mi voleva accanto a sé, dovevo accettarlo.

«Okay» dissi, battendo i denti. «Ti aspetto nella tenda.»

Gus annuì, poi si voltò e si allontanò, arrancando nel fango. Ferita, tornai verso la tenda, mi chinai ed entrai. Mi rannicchiai in posizione fetale per scaldarmi e chiusi gli occhi, ascoltando la pioggia che tamburellava sulla stoffa. Cercai di sgombrare la mente da pensieri ed emozioni, ma sembrarono gonfiarsi fino a diventare un'onda scura e turbolenta, mentre scivolavo in un sonno inquieto.

Fu il rumore della cerniera a svegliarmi. Aprii gli occhi impastati di sonno e vidi Gus all'ingresso della tenda, bagnato fradicio.

«Ciao» dissi con voce roca. Mi misi seduta, ravviandomi i capelli bagnati.

«Ci ho messo un sacco di tempo, scusami» disse, chiudendo la cerniera alle sue spalle. «Avevo bisogno di fare delle foto e disegnare una mappa e tutto il resto.» Si sedette vicino a me e aprì il giubbotto, che aveva indossato quando ci eravamo separati.

Scrollai le spalle. «Nessun problema. Mi avevi avvisato che ci sarebbe voluto tutto il giorno.»

Alzò lo sguardo verso il soffitto. «E dicevo sul serio» aggiunse. «Tutto il giorno. La tenda era solo una precauzione per la pioggia. Ho passato troppi anni in Michigan.»

Annuii, fingendo di capire. Magari avevo capito davvero.

«Comunque» continuò, guardandomi i piedi. «Se sei pronta, possiamo tornare indietro.»

Restammo un istante in silenzio. «Gus» dissi con voce stanca.

«Sì?»

«Mi dici cosa sta succedendo?»

Piegò le gambe e si appoggiò ai palmi delle mani, guardandomi fisso negli occhi. Fece un respiro profondo. «A quale parte ti riferisci?»

«A tutto» risposi. «Voglio sapere tutto.»

Scosse la testa. «Te l'ho detto. Puoi chiedermi qualsiasi cosa.»

«D'accordo.» Cercai di farmi coraggio. «Quella telefonata. C'è qualche problema?»

«Problema?»

«Non costringermi a dirlo» ribattei con un filo di voce. Gus sembrava confuso. Strinsi i denti e chiusi gli occhi. «Era Naomi?»

«No» rispose. Ma non era un *No, come puoi pensare una cosa del genere?* Era più un *No, ma ci sentiamo ancora.* Oppure un *No, però era qualcun altro di molto importante.*

Lo stomaco mi si chiuse in una morsa, ma mi obbligai ad aprire gli occhi.

Gus aggrottò la fronte, e una goccia di pioggia scese lungo il suo zigomo affilato. «Era la mia amica, Kayla Markham.»

«Kayla?» dissi con voce tremante, patetica. Il migliore amico di Gus delle superiori, Markham, era una donna?

Gus mi guardò come se finalmente avesse capito. «Non è... è il mio *avvocato.* È amica anche di Naomi... si sta occupando del nostro divorzio.»

«Oh» dissi, sentendomi piccola e stupida. «La vostra *amica comune* si sta occupando del vostro divorzio?»

«Lo so, è strano» ammise, spettinandosi i capelli. «Però devo ammettere che Kayla è del tutto imparziale. Ogni anno mi organizza una festa di compleanno strepitosa, poi però mi tocca vedere le foto di lei e Naomi in vacanza a Cancún. Non ne parliamo mai, ma si occupa del nostro divorzio, ed è...»

«Molto strano?» azzardai.

«Stranissimo» ammise con un sospiro.

Un po' della tensione che sentivo nel petto si allentò ma, indipendentemente da chi fosse Kayla Markham per Gus, non cambiava il modo in cui si era comportato il giorno prima. «Se lei non c'entra, perché stai cercando di liberarti di me?» chiesi con voce sommessa.

Gus si fece scuro in volto. «January.» Scosse la testa. «Non sto facendo niente del genere.»

«Invece sì» dissi. Mi ero ripromessa di non piangere, ma fu tutto inutile. Subito dopo aver pronunciato quella frase, mi si riempirono gli occhi di lacrime. «Ieri mi hai ignorato. Oggi hai tentato di annullare l'impegno. Ho provato a stare con te, ma mi hai mandato nella tenda: non volevi che venissi. Avrei dovuto darti retta» dissi, in tono stridulo.

«January, no.» Mi prese il viso tra le mani, guardandomi negli occhi. «Non è così.» Mi baciò la fronte. «Tu non c'entri. Nemmeno un po'.» Mi baciò una guancia bagnata di lacrime, poi l'altra.

Mi cinse con le braccia, avvolgendomi nel suo calore umido di pioggia, la bocca e il naso premuti sulla mia testa.

«Mi sento una stupida» piagnucolai. «Ho creduto che tu non...»

«Hai ragione» si affrettò a dire, scostandosi. «January, oggi non volevo che venissi perché sapevo che sarebbe stata dura. Non volevo che a causa mia fossi costretta a passare una giornata intera in un cimitero carbonizzato. Non volevo farti vivere un'esperienza del genere. Tutto qui.»

Mi scostò una ciocca di capelli dietro l'orecchio e la dolcezza di quel gesto mi fece piangere ancora di più. «Però non mi volevi nemmeno alla festa di Pete» dissi con voce rotta. «Mi hai invitato, poi siamo finiti a letto insieme e hai cambiato idea.»

La sua bocca si contorse in una smorfia di evidente dolore. «Invece ti volevo» mormorò, e quando un'altra lacrima solcò la mia guancia, la raccolse con il pollice.

«Ascoltami» disse, «questo divorzio si sta trascinando da un'eternità. Ho aspettato che Naomi firmasse le carte, ma non l'ha fatto, e boh, era come se non mi importasse, quindi non ho insistito, fino a qualche settimana fa. Mi ha detto che avrebbe firmato se avessi accettato di incontrarla per bere qualcosa, quindi sono andato a Chicago e quando me ne sono andato credevo che fosse tutto deciso. Invece ieri Markham mi ha chiamato per dirmi che Naomi ha cambiato idea. Vuole "rivedere qualche dettaglio": non capisco, le uniche cose che sono di *entrambi* erano alcune costosissime pentole di rame, che ha tenuto lei, e le nostre auto. Non dovrebbe essere complicato, ma l'ho rimandato troppo a lungo e...»

Si massaggiò la fronte. «E poi Markham mi ha chiesto se ci fossero novità e le ho parlato di te, le ho detto che saresti rimasta qui tutta l'estate, e lei ha pensato che fosse una pessima idea...»

«Una pessima idea?» lo interruppi, col cuore in gola. Non mi sembrava un commento imparziale. Tutto il contrario.

«Perché te ne andrai» si affrettò ad aggiungere Gus. «E lei sa tutto: sa come mi comporti da stupido, quando si tratta di te, sa che al college avevo perso la testa e...»

«Di cosa stai *parlando*?» protestai. «Non mi rivolgevi nemmeno la parola.»

Si lasciò sfuggire una risata amara. «Perché mi odiavi, January! Venivo sempre a lezione in ritardo, così potevo mettermi seduto vicino a te, mi sbrigavo a uscire per non perderti di vista, ti chiedevo le penne in prestito, se ti attardavi fingevo che mi cadessero i libri come uno sfigato qualunque, in modo da restare da solo con te. E tu non mi degnavi di uno sguardo! Anche quando lavoravamo sui tuoi racconti e ti parlavo, non mi guardavi. Non riuscivo a capire cosa ti avessi fatto. E poi ti ho visto a quella festa, e finalmente sembrava che ti fossi accorta di me e... È questo, che volevo dire! Quando si tratta di te, divento un perfetto idiota.»

Ero frastornata da quella valanga di informazioni. Ripensai a tutte le interazioni che avevamo avuto, cercando di considerarle dal suo punto di vista. Ma le uniche immagini che mi tornavano in mente erano quelle in cui io lo fissavo, distogliendo lo sguardo quando se ne accorgeva, consumata dalla gelosia, dalla frustrazione e dal desiderio. Potevo anche credere che Gus mi desiderasse da *prima* di quella famigerata festa studentesca, perché era così anche per me, ma niente di più.

«Gus» gli dissi, «non facevi altro che *criticare* i miei racconti. Ero il tuo zimbello.»

Non avevo mai visto nessuno con un'espressione tanto sconvolta. «Perché ero un idiota!» esclamò, senza contribuire molto a chiarire le cose. Poi proseguì: «Ero uno stupido snob di ventitré anni, convinto che i miei compagni di corso mi facessero soltanto perdere tempo. Tutti, a parte te! Pensavo che fosse *ovvio* cosa provavo per te, cosa pensavo di ciò che scrivevi. È proprio questo il punto! Non ho mai capito cosa pensassi quando eravamo al college, e continuo a non averne la più pallida idea...».

«*Secondo te* perché ti sono saltata addosso?» gli chiesi.

Si passò una mano tra i capelli, frustrato. «È quello che sto cercando di dirti, quello che cerco di dirti da quando sei arrivata» disse. «Non so più come funzionino queste cose, né come dovrei comportarmi. Anche prima di Naomi... January, io non sono come Jacques.»

«E questo che vorrebbe dire?» chiesi, ferita.

«Non sono il tipo di uomo che le donne vogliono frequentare» disse, frustrato. «Non lo sono mai stato. Sono quello con cui vogliono andare a letto e flirtare quando sono ubriache, e con cui vogliono uscire quando hanno appena chiuso una storia importante: e non è un problema, però non è quello che voglio con te, d'accordo? Non ci riesco.»

Parlai con un filo di voce. «È questo che pensi? Che per me si tratti di una specie di crisi di identità?»

Mi guardò intensamente. Per una volta, mi sembrò di riuscire a leggergli dentro. Credeva *davvero* che le cose stessero così: che anche lui, come la nostra scommessa, fosse un vestito che mi stavo provando per vedere come mi stava, mentre mi prendevo una pausa dalla *vera me*. Come se fosse la mia personale versione al contrario di *Mangia, Prega, Ama* in cui la fiamma si sarebbe spenta altrettanto velocemente di come si era accesa.

«Vorrei tanto essere il tuo principe azzurro, January, ma non posso» continuò Gus. «Non lo sono.»

Non sono come Jacques, aveva detto, e avevo pensato

che volesse offenderlo o lanciarmi una frecciatina, ma mi sbagliavo.

Gus continuava a credere che gli mancasse qualcosa, quella parte speciale che avevano tutti altri e che faceva *restare* le persone, e mi sentii male per lui. Quando eravamo al college, era convinto che non lo avessi mai guardato, e saperlo mi spezzò il cuore.

Scossi la testa. «Non ho bisogno che tu sia un principe azzurro» dissi con la voce carica di emozione, come se non fosse la frase più stupida mai pronunciata in vita mia.

«Invece sì» replicò lui con forza. «Nelle ultime ventiquattr'ore non ho fatto che ferirti, January. Vuoi che sia in grado di leggerti dentro, ma non ci riesco. Vuoi che sappia come comportarmi, ma non lo so.»

«No» gli risposi. «Voglio solo che tu mi dica come ti senti. Voglio sapere che cosa vuoi.»

«Rovinerò tutto» disse, disperato.

«Forse sì!» esclamai. «Ma non è quello che ti ho chiesto. Dimmi cosa vuoi, Gus. Non perché non puoi averlo, né cosa pensi che voglia *io*, o perché non puoi darmelo. Per una volta, dimmi soltanto cosa vuoi. Non ti chiedo altro.»

«Voglio te» mormorò. «Voglio te, sempre e comunque. Voglio portarti fuori e giocare con una stupida palla gonfiabile in piscina, ma sono a pezzi, January.

«Sono intrappolato in un matrimonio con una donna che vive insieme a un altro, e sto aspettando che sia tutto finito. Prendo dei farmaci. Sono in analisi. Sto cercando di smettere di fumare e di imparare a *meditare*: e mentre succede tutto questo, mentre non faccio che combinare casini, ti desidero come non ho mai desiderato nessuno.

Non voglio ferirti, e non voglio neanche pensare a come mi sentirei, se ti perdessi.»

Si fermò un istante. Nella penombra della tenda, il suo viso era attraversato da ombre nette, ma gli occhi neri e profondi brillavano come se fossero accesi dall'interno. Fece qualche respiro, poi mormorò dolcemente: «Non è che non ti desideri, January, ti ho sempre desiderato. Però voglio anche che tu sia felice e ho paura che non potrò mai essere capace di darti quella felicità».

L'intensità del suo sguardo si placò, come se avesse consumato tutto il fuoco che aveva dentro, ma amavo i suoi occhi anche così, caldi e sinceri e pacificati. Gli presi il viso tra le mani e mi guardò, col fiato corto. Un'ondata di calore mi riempì il petto e si diffuse fino alle dita mentre gli accarezzavo il viso. «Allora lascia che sia felice insieme a te, Gus» gli dissi, baciandolo teneramente, come se fosse una cosa dolce e rara.

Le sue mani scivolarono lungo la mia schiena, attirandomi sé.

23

IL LAGO

Gus mi tenne una mano sulla nuca, le dita tra i miei capelli, e mi fece sdraiare con delicatezza. Lo guidai sopra di me, mentre mi prendeva l'orlo della maglietta, sollevandola sopra le costole. Mi sfilò la canottiera umida e la appoggiò da una parte, poi mi prese il viso tra le mani e mi diede un bacio lento e intenso, forte e ruvido com'era lui. Il palmo della sua mano corse al mio seno, e poi giù, a slacciarmi i jeans bagnati. Mi aiutò a togliere scarpe e pantaloni, mettendomi seduta a cavalcioni su di lui.

«January» sussurrò nell'oscurità, come se fosse un incantesimo, una preghiera.

Avrei voluto pronunciare anch'io il suo nome per intero. Volevo che *Augustus* avesse un significato diverso rispetto al passato. Ma sapevo che ci sarebbe voluto del tempo, e per Gus ero disposta ad aspettare. Quindi mi limitai a baciarlo, accarezzandogli il ventre caldo, e poi gli sfilai la maglietta fradicia buttandola nel mucchio dei miei vestiti. Restammo seduti a guardarci, senza fretta, senza vergogna.

Nel seminterrato era stato frenetico, vorace. Questa volta era diverso. Ora potevo osservare Gus come avevo sempre desiderato, gustando ogni centimetro di quel corpo asciutto e muscoloso che fino ad allora avevo potuto guardare soltanto furtivamente. Lui disegnò la curva dei miei fianchi e i rilievi delle mie costole con lo stesso quieto stupore, seguendo con lo sguardo il movimento delle dita. Il mio corpo sembrava illuminarsi sotto i suoi occhi, come se il sangue mi affiorasse in superficie, impaziente di confluire nella sua bocca o nelle sue mani.

La sua bocca si posò di nuovo sul mio collo, tra i miei seni. «Perfetta» sussurrò. Le dita sfiorarono ogni punto sul quale aveva posato le labbra, e poi mi guardò negli occhi. «Sei perfetta» disse con voce roca, dandomi un bacio così lento e intenso da sciogliermi.

Mi tolse il reggiseno e mi prese tra le braccia, e quando sentii il suo petto contro il mio, le sue mani sui miei fianchi, una fitta di desiderio si fece largo nel basso ventre. Eravamo entrambi bagnati fradici, la bocca e la pelle scivolose e calde, e i nostri corpi erano una cosa sola: dita e labbra e lingua e fianchi che si cercavano, aggrovigliandosi, sciogliendosi, allontanandosi.

Aveva il sapore dei boschi, pino e rugiada e cannella. Ci fermammo il tempo necessario a sbarazzarci dei suoi pantaloni e degli slip e poi fu sopra di me, la sua bocca che esplorava l'interno delle mie cosce mentre mi sfilava le mutandine. Le sue labbra indugiarono sul mio ventre, tracciandone la curva. Sussultai quando scesero tra le mie cosce, e gli insinuai le dita tra i capelli e sul collo, mentre mi prendeva i fianchi e mi baciava, facendo vibrare ogni nervo del mio corpo, mille sensazioni concentrate in quell'unico punto.

Lo guidai lungo il mio corpo e le sue mani circondarono i miei seni, mentre gli cingevo i fianchi con le gambe e mi inarcavo contro di lui, facendolo fremere. «Preservativo?» mormorai, e lui si allungò verso lo zaino, frugandoci dentro. Trovò l'involucro, lo aprì, e dopo qualche secondo era dentro di me e la sua bocca esplorava la mia, le mani tra i miei capelli e sulla mia pelle, il suo respiro contro il mio orecchio, il suo nome che mi attraversava come un'onda di marea, la sua voce che sussurrava il mio nome mentre entrava in me, sempre di più, inondandomi di piacere.

La pioggia cadeva intorno a noi e mi dimenticai di tutto, aggrappandomi a Gus e a quel momento. Mi abbandonai completamente senza cercare di convincermi che un giorno sarebbe andato tutto bene, ma concentrandomi sul fatto che era già così, in quel preciso istante.

Mentre i nostri corpi fremevano in preda alla passione crescente, Gus mi afferrò le mani e restammo così, avvinghiati e aggrappati l'uno all'altra, ansimanti. Una volta finito, non mi lasciò andare. Rimanemmo distesi vicini, sotto la coperta che aveva tirato fuori dallo zaino, tenendoci per mano e cercando di riprendere fiato.

Quella notte facemmo sesso altre due volte: un'ora dopo, quando mi interruppe mentre parlavo della festa di Pete per baciarmi, e un'altra volta più tardi, in uno stato di torpore sognante, quando ci svegliammo nudi e ancora abbracciati, io già pronta ad accoglierlo dentro di me e lui eccitato.

Dopo, tirò fuori un sacchetto di chips di mais e un

paio di barrette energetiche, oltre alle stesse fiaschette che aveva portato alla serata danzante.

Mi appoggiai su un gomito per guardarlo. Gus accese una lanterna, che lo avvolse in una luce rossa e dorata. Mi offrì le chips. «Una semplice precauzione?» gli chiesi, indicando le provviste.

Mi rivolse un sorriso e mi accarezzò il braccio fino alla clavicola. «Ho pensato positivo. Sono un ottimista, ora.» Mi sfiorò il mento, tenendolo sollevato per baciarmi di nuovo il collo. Mi prese il viso tra le mani e mi diede un bacio lento, profondo, come se volesse assaporarmi fino in fondo. Quando si ritrasse, mi passò una mano tra i capelli, accarezzandomi il labbro inferiore con il pollice, e mi chiese: «Sei felice, January?».

«Estremamente» risposi. «E tu?»

Mi prese tra le braccia, baciandomi la tempia. «Sono tanto felice» mi sussurrò all'orecchio.

Il mattino dopo, ci infilammo i vestiti umidi, preparammo gli zaini e tornammo all'auto. Il cielo era terso e luminoso, e Gus accese la radio e si mise alla guida, le nostre mani allacciate sulla leva del cambio, mentre squarci di luce filtravano tra gli alberi e dal parabrezza.

Avevo la sensazione di aver ritrovato il Gus che avevo visto a casa di Pete. E avevo anche la sensazione di essere tornata la January di un tempo, quella che poteva innamorarsi senza paura. Cercai quella tensione che mi prendeva sempre alla bocca dello stomaco, la paura che qualcosa andasse storto. Avrei potuto trovarla, se mi fossi sforzata abbastanza, ma per una volta non sentii il desiderio di farlo. Quel momento era più importante di qualsiasi dolore futuro, e cercai di ripetermelo fino a quando non fossi stata sicura di ricordarmene, in caso di necessità.

Gus si portò la mia mano alle labbra, senza guardarmi.

La sera prima avevo capito che quello che c'era tra di noi avrebbe potuto sfuggirmi, dissolversi nell'aria. Una parte di me si era preparata all'idea che, alle prime luci dell'alba, Gus si rendesse conto di quello che aveva fatto e, cosa più importante, di quello che aveva detto. Invece, una volta aperti gli occhi, mi aveva regalato un sorriso incerto e mi aveva preso tra le braccia, nascondendo il viso contro la mia spalla e baciandomi i capelli.

E adesso eravamo in auto e Gus Everett mi teneva la mano e non sembrava intenzionato a lasciarla.

Quello che era accaduto due giorni prima nel suo studio sembrava qualcosa di inevitabile, una rotta di collisione tracciata all'inizio dell'estate. Questo, però, era qualcosa che non mi ero mai permessa di sognare. Non avrei saputo da che parte cominciare. Gus non assomigliava a nessun personaggio della storia.

Durante il viaggio di ritorno, ci fermammo a fare colazione in una bettola lungo l'autostrada e, a quel punto, mi eclissai in bagno per chiamare Shadi. La madre di Cappello Stregato aveva insistito affinché la mia amica dormisse con le sorelline di Ricky (avremmo dovuto chiamarlo col suo vero nome, se le cose fossero andate avanti), così Shadi era andata in fondo alla strada per parlare con me, ma continuava a sussurrare come se avesse tutta la famiglia che le alitava sul collo.

«Oddio» sussurrò.

«Esatto» risposi.

«Oddiooooooo» ripeté.

«Shad. Ho capito.»

«Cavoli.»

«Cavoli» concordai.

«Non vedo l'ora di venire a trovarti per vederlo innamorato pazzo di te» disse.

Mi sentii ribollire al solo pensiero. «Vedremo.»

«No» disse convinta. «Come potrebbe essere altrimenti? Nemmeno il Sexy Malefico Gus potrebbe essere così fuori di testa, *habibi*.» In quel momento una signora bussò alla porta del bagno, così ci salutammo in fretta e tornai al séparé appiccicoso, alla montagna di pancake e a Gus. Sexy, arruffato e sorridente, mi prese il ginocchio da sotto il tavolo, scatenando un incendio lungo le cosce e nel basso ventre.

Volevo tornare in bagno e portarlo con me.

La colazione si trasformò in una gita alla libreria locale, dove non avevano nessuno dei miei romanzi, eccetto il primo, e le due copie disponibili di *Le rivelazioni* erano seminascoste in mezzo agli altri libri. Poi ci fermammo in un bar con la veranda.

«Qual è la tua recensione negativa preferita?» gli chiesi.

Sorrise tra sé, mescolando il whisky e ginger ale che aveva davanti. «Intendi di una rivista o di un lettore?»

«Partiamo con il lettore.»

«Ce l'ho» disse. «Su Amazon. Una stella: "Non l'avevo nemmeno ordinato".»

Scoppiai a ridere, buttando indietro la testa. «Adoro quelli che ordinano il libro sbagliato, poi si lamentano perché è diverso da quello che *volevano* ordinare.»

Scoppiò a ridere anche lui. Mi toccò di nuovo il ginocchio sotto il tavolo. «A me piacciono quelli che spiegano cosa stavo *cercando* di fare. Tipo: "L'autore cerca di imitare Franzen, senza successo".»

Feci finta di vomitare e Gus si coprì gli occhi, finché non smisi. «Ma non è che lo stavi davvero facendo?»

«Imitare Franzen?» Rise. «No, January. Cerco solo di scrivere dei bei libri. Tipo quelli di Salinger.»

Risi di gusto e lui mi rivolse un sorriso. Sorseggiammo i drink, in silenzio. «Posso chiederti una cosa?» dissi dopo un minuto.

«No» rispose Gus, impassibile.

«Fantastico» feci io. «Perché hai cercato di tenermi lontana dal Nuovo Eden? Cioè, so che non volevi che fossi costretta a vederlo, e lo capisco. Però l'obiettivo della nostra scommessa era convincermi che il mondo fosse come sostenevi tu, giusto? E quella era un'opportunità perfetta.»

Restò in silenzio per un po'. Si passò una mano tra i capelli arruffati. «Pensi davvero che si trattasse di questo?»

«Be', spero che *in parte* fosse una complessa strategia per venire a letto con me» lo stuzzicai, ma mi guardò con espressione seria, come in preda a un'ansia sottile. Scosse la testa e guardò fuori.

«Non ho mai desiderato che tu vedessi il mondo come lo vedo io» disse.

«Ma la scommessa...» replicai, cercando di capire cosa intendesse.

«La scommessa è stata una tua idea» mi ricordò. «Pensavo soltanto che magari, se avessi provato a scrivere quello che scrivevo io... non lo so, forse speravo che avresti capito che non era adatto a te. Non perché non ne sei capace!» si affrettò ad aggiungere. «Ma perché tu sei diversa. E lo è anche il tuo modo di vedere le cose. Ho sempre pensato che la tua visione del mondo fosse... incredibile». Un leggero rossore gli tinse le guance olivastre, poi scosse ancora la testa. «Non voglio che cambi.»

Un groviglio di emozioni mi chiuse la gola. «Anche se quello che vedo non è reale?»

Sul viso di Gus la tensione sembrò allentarsi. «Quando ami qualcuno» disse, esitante, «vuoi fare in modo che veda il mondo in modo diverso. Vuoi dare un senso alle cose brutte, e rendere quelle belle ancora più belle. E tu lo fai. Per i tuoi lettori. Per me. Crei cose bellissime, perché ami il mondo, e forse il mondo non è sempre come lo descrivi nei tuoi libri, però... credo che il solo fatto di scriverli cambi le cose, almeno un po'. E il mondo non può permettersi di rinunciarvi.»

Si passò una mano tra i capelli. «È una cosa che ho sempre ammirato. I tuoi libri rendono il mondo un posto più luminoso, e le persone che lo abitano un po' più coraggiose.»

Una sensazione di calore si diffuse dentro di me, come se il blocco di ghiaccio incastrato nel mio petto dalla morte di papà si fosse spezzato e i frammenti più grandi cominciassero a sciogliersi. Perché, diciamocelo, scoprire la verità su mio padre aveva reso il mondo un luogo buio e sconosciuto, ma scoprire Gus poco alla volta aveva avuto l'effetto contrario. «O forse ho ragione» mormorai. «E qualche volta le persone sono più luminose e coraggiose di quanto non credano.»

Un debole sorriso gli increspò le labbra, poi scomparve. «Non credo di aver mai amato il mondo come lo ami tu. Ricordo di averne avuto paura. E dopo di essere stato arrabbiato. Poi, a un certo punto, ho deciso che non volevo più provare niente. Però non lo so. Forse quando mi immergo nelle mie ricerche, quando parlo con persone come Dave e mi aggiro tra le rovine della vita degli altri, una parte di me spera di trovare qualcosa.»

«Cosa?» chiesi con un filo di voce.

Appoggiò i gomiti al tavolo. «Forse il mondo che descrivi tu. La prova che non è brutto come sembra. O che ci sono più cose belle che brutte. Che se facessimo un bilancio dello schifo e della meraviglia del mondo, sarebbe comunque positivo.»

Gli presi una mano e mi guardò con i suoi occhi scuri, dolci e sinceri. «Quando ho scoperto che mio padre aveva una relazione, ho cercato di fare lo stesso calcolo» ammisi. «Com'era possibile che avesse mentito e tradito, e fosse comunque un buon padre? Com'era possibile che volesse bene a Quella Donna e allo stesso tempo amasse mia madre? E com'era possibile che amasse *comunque* la sua vita?

«Tentavo di capire se era stato felice, se sentiva la nostra mancanza quando era lontano e, nei momenti peggiori, se ci aveva odiato, per essere arrivato a fare ciò che ha fatto. E non ho mai trovato una risposta.

«E a volte la cerco ancora, mentre altre sono terrorizzata all'idea di cosa potrei scoprire. Soltanto che le persone non sono equazioni matematiche.» Scrollai le spalle. «Posso sentire la mancanza di mio padre e detestarlo allo stesso tempo. Posso essere in ansia per questo libro, distrutta per quello che è successo alla mia famiglia e nauseata al pensiero di vivere nel cottage, e al tempo stesso guardare il lago Michigan ed essere sopraffatta dalla sua bellezza. Ho passato l'estate scorsa pensando che non sarei più stata felice e adesso, un anno dopo, sono ancora preoccupata, arrabbiata e nauseata, ma anche felice, a tratti. Le cose brutte non scavano dentro di te fino a renderti un abisso di infelicità. Insieme allo schifo, ci saranno sempre anche le cose meravigliose. Ci saranno persone come Pete e Maggie, e i temporali nel bosco e il sole sulle onde.»

«E il sesso appoggiati a uno scaffale o dentro una tenda» disse Gus con un sorriso.

«Nella migliore delle ipotesi» risposi. «A meno che il mondo non vada incontro a una seconda glaciazione. E anche in quel caso, ci saranno i fiocchi di neve a farci compagnia fino alla fine.»

Gus mi accarezzò una guancia. «Non ho bisogno dei fiocchi di neve» disse, baciandomi. «Finché ci sei tu.»

Ciao dolcezza. Volevo soltanto assicurarmi che fossimo sempre d'accordo per la consegna del manoscritto il 1° settembre. Sandy continua a chiamarmi e io sono felice di farti da scudo umano e tenerla a bada, ma vuole disperatamente comprare un tuo romanzo e se continuo a prometterle un libro... alla fine dovrà esserci per forza.

Gus aveva passato la notte da me e quando mi spostai per prendere il telefono, si girò, continuando a dormire, e accostò il viso al profilo del mio seno, la mano distesa sulla mia pancia.

Il cuore cominciò a battermi all'impazzata, sia per la novità del corpo nudo di Gus accanto a me, sia per il messaggio di Anya. Non potevo mandarle il libro incompleto.

Era un miracolo che non mi avesse ancora scaricato, e non potevo metterla in una situazione difficile con Sandy Lowe senza darle qualcosa per attutire il colpo. Scesi dal letto, ignorando le proteste di Gus, presi la vestaglia e andai in cucina, scrivendo ad Anya: Ce la farò. Te lo prometto.

1° settembre, rispose. Scadenza improrogabile, questa volta.

Lasciai perdere il caffè. Ero già più che sveglia.

Mi sedetti e cominciai a scrivere. Quando Gus si alzò, accese il bollitore e poi tornò al tavolo e bevve un sorso di birra rimasta dalla sera prima.

Lo guardai. «Che schifo.»

Mi porse la bottiglia. «Ne vuoi un po'?»

Ne bevvi un goccio. «È ancora peggio di quanto pensassi.»

Mi sorrise. Mi sfiorò la clavicola e scivolò giù, aprendomi la vestaglia. Le sue dita restarono impigliate nella cintura e l'allentò. Mi cinse la vita e mi fece alzare in piedi. Mi girò contro il tavolo e mi ci appoggiò sopra, insinuandosi tra le mie gambe. Mi fece scivolare la vestaglia lungo le braccia, lasciandomi nuda sul tavolo. «Sto lavorando» sussurrai.

Mi afferrò una coscia, appoggiandola contro il suo fianco. «Davvero?» Con l'altra mano mi accarezzò un seno, stringendo il capezzolo. «Lo so, vuoi vincere la scommessa. Allora rimandiamo.»

Lo tirai a me. «Scordatelo.»

La concentrazione era un problema. O meglio, il problema era concentrarsi su qualsiasi cosa che non fosse Gus. Decidemmo di ricominciare a scrivere ognuno a casa propria, e il piano avrebbe funzionato, se solo avessimo avuto abbastanza forza di volontà per *non* scambiarci messaggi tutto il giorno.

TI DESIDERO, scrisse lui una volta.

QUAND'È CHE SCRIVERE È DIVENTATO COSÌ DURO?, risposi.

DURISSIMO, scrisse lui.

Non era sempre lui a provocare. Il mercoledì, dopo aver fatto il possibile per resistere, gli scrissi: VORREI CHE FOSSI QUI, disegnando una freccia rivolta verso di me.

NON SEI L'UNICA, rispose. Poi aggiunse: SCRIVI DUEMILA PAROLE E POI NE PARLIAMO.

Si rivelò la strategia giusta. Cambiammo le regole. Duemila parole e potevamo stare nella stessa stanza. Quattromila parole e potevamo toccarci. Il nostro accordo stava perdendo le sembianze di una gara di velocità per trasformarsi in una corsa a tre gambe, fatta di lavoro di squadra e incoraggiamento reciproco. Ero ancora intenzionata a vincere, anche se non sapevo più bene cosa volessi dimostrare, né a chi.

A volte, la sera, uscivamo. Andavamo al thai in cui avevamo ordinato la cena d'asporto tante volte, un posticino tutto dorato in cui ti sedevi a terra sui cuscini, ordinando da un menu con la copertina in finto papiro. Oppure andavamo in una pizzeria un po' meno carina, con séparé di plastica rossa e luci da sala interrogatori. Andavamo anche al Tipsy Fish, un bar del centro, e quando entrava qualche conoscente di Gus, lui lo salutava senza lasciare la mia mano.

Anche quando giocavamo a freccette o a biliardo non smettevamo di toccarci, *insieme* nel senso letterale del termine: lui che mi cingeva il fianco con naturalezza, o infilava la mano sotto la maglietta, appoggiandola sulla mia schiena, io che intrecciavo le dita alle sue, o le infilavo nei passanti della sua cintura.

La sera successiva, uscendo dalla pizzeria, passammo davanti alla libreria di Pete e la vedemmo all'interno, intenta a sorseggiare un bicchiere di vino insieme a Maggie, seduta su una poltrona della caffetteria.

«Dovremmo entrare a salutare» disse Gus, così entrammo.

«Oggi è il nostro anniversario» disse Maggie, disinvolta.

«Con North Bear» aggiunse Pete. «Il giorno in cui ci siamo trasferite qui. Il *nostro* anniversario è il 13 gennaio.»

«Ma dai!» dissi. «È il giorno del mio compleanno.»

«Davvero?!» Maggie sembrava entusiasta. «Be', ma è ovvio! È il giorno più bello dell'anno: ha perfettamente senso che Dio l'abbia estratto a sorte.»

«Un giorno perfetto» concordò Pete.

Maggie annuì. «Come oggi.»

«Rifarei tutto» disse Pete. «Trasferirci qui è stata la cosa migliore che abbiamo mai fatto, a parte innamorarci.»

«E adottare i labrador» aggiunse Maggie saggiamente.

«*E* invitare un paio di persone al club del libro: sembra che abbia funzionato alla grande» aggiunse Pete facendo l'occhiolino.

«Attirandoci con l'inganno, vorrai dire» disse Gus, sorridendo.

Mi guardò e mi chiesi se pensassimo la stessa cosa. Forse trasferirmi a North Bear e presentarmi al club del libro, quella sera, non era stata la cosa *migliore* di tutta la mia vita. Ma nemmeno una cattiva idea. Anzi, si era rivelata una delle migliori degli ultimi anni.

«Bevete qualcosa con noi, Gussy» insistette Maggie, riempiendoci i bicchieri di plastica trasparente che usavano per il caffè freddo.

Da un bicchiere passammo a due, e poi a tre, e alla fine Gus si accomodò sulla poltrona di fronte a loro, prendendomi sulle ginocchia. Pete e Maggie si tenevano per mano e Gus mi accarezzava lentamente la schiena, mentre parlavamo e ridevamo senza curarci dell'ora.

Ci salutammo a mezzanotte, quando finalmente Pete dichiarò che era ora di andare a casa dai labrador e Maggie cominciò a darsi da fare per mettere in ordine. Noi due eravamo troppo ubriachi per guidare, così ci incamminammo nell'aria calda e brulicante di zanzare.

Mentre passeggiavamo, pensai: *Credo di amarlo. Sto cominciando ad amarlo. Lo amo.*

E quando arrivammo a casa, proseguimmo lungo il sentiero che portava al lago. In fondo era venerdì e il nostro accordo era ancora valido.

Ci spogliammo e cominciammo a correre mano nella mano, strillando al contatto con l'acqua gelida. Ci spingemmo al largo, finché l'acqua non ci arrivò alle cosce, alla vita, al petto. Battevamo i denti, scossi dai brividi. «È tremendo» disse Gus senza fiato.

«Nella mia fantasia, era più calda» gridai, e lui mi prese tra le braccia e mi massaggiò la schiena, nel tentativo di scaldarmi.

Poi mi diede un bacio appassionato. «Ti amo» sussurrò. E mi baciò di nuovo, con le mani tra i miei capelli e la bocca sulle mie tempie e sulle guance e lungo il profilo della mandibola, mentre un sacchetto di plastica ci passava accanto a pelo d'acqua. «Ti amo, ti amo.»

«Lo so.» Gli affondai le dita nella schiena, come se la mia presa potesse fermare il tempo e tenerci lì. Noi e quel lago gelido e i rifiuti che galleggiavano tutt'intorno. «Anch'io ti amo.»

«E pensare che avevi promesso di non innamorarti di me» disse.

24

IL LIBRO

«Non voglio farlo» dissi. Io e Gus eravamo in cima alle scale, fuori dalla camera da letto padronale.

«Non sei obbligata» mi ricordò.

«Se tu impari a danzare sotto la pioggia...»

«Non ci sono ancora riuscito» mi interruppe.

«... posso guardare le cose brutte che ci sono là sotto» conclusi.

Aprii la porta. Feci un paio di respiri, prima di riuscire a calmarmi abbastanza da muovermi. Appoggiato alla parete in fondo, c'era un matrimoniale king size, affiancato da due tavolini gemelli turchesi e lampade con le frange di perline verdi e blu. Una stampa incorniciata di Klimt era appesa sopra l'alta testiera grigia. Al lato opposto del letto, una cassettiera anni Cinquanta occupava l'intera parete e nell'angolo c'era un tavolino rotondo coperto da un centrino giallo con sopra un orologio e una pila di libri: i *miei* libri.

Per il resto, la stanza era banale e impersonale. Gus controllò un cassetto. «Vuoto.»

«Quella donna ha portato via tutto» dissi con voce tremante.

Gus mi rivolse un sorriso incerto. «Non è una cosa positiva?»

Mi avvicinai e aprii i cassetti uno dopo l'altro. Erano tutti vuoti. Andai al tavolino di sinistra. Niente cassetti, soltanto due ripiani. Su quello in alto c'era un cofanetto di porcellana.

Doveva essere lì. La cosa che stavo aspettando. La risposta oscura e profonda che temevo di vedere saltar fuori da tutta l'estate. Lo aprii.

Vuoto.

«January?» Gus era accanto al tavolino rotondo e teneva sollevato il centrino. Sotto, c'era una brutta scatola grigia corredata di tastierino numerico.

«Una cassaforte?»

«O un microonde molto vecchio» scherzò lui.

Mi avvicinai lentamente. «Probabilmente è vuota.»

«Probabilmente» convenne Gus.

«O magari c'è una pistola» dissi.

«Tuo padre era tipo da armi da fuoco?»

«In Ohio no.» Il padre che avevo conosciuto io era un lettore di biografie e un amante delle tranquille serate casalinghe, il coniuge diligente che teneva per mano sua moglie agli appuntamenti dai medici e che acquistava su Groupon lezioni di cucina mediterranea. Era il padre che mi svegliava prima dell'alba per portarmi sul lago e farmi manovrare la barca. Per quanto ne sapevo, permettere a una bambina di otto anni di tenere il timone di una barca per venti secondi su un lago deserto era il gesto più temerario e impulsivo che avesse mai fatto in vita sua.

Ma nel cottage tutto era possibile. Nella sua seconda vita.

«Aspettami qui» disse Gus. Prima che potessi protestare, era uscito dalla stanza. Ascoltai i suoi passi per le scale e poi, un istante più tardi, tornò con una bottiglia di whisky.

«E quello a cosa serve?» gli chiesi.

«Per tenere la mano ferma» disse Gus.

«Prima che mi ficchi da sola una pallottola nel braccio?»

Gus alzò gli occhi al cielo, mentre svitava il tappo. «Prima che forziamo la cassaforte.»

«Se bevessimo centrifugati come beviamo alcolici, vivremmo in eterno.»

«Se bevessimo centrifugati come beviamo alcolici, saremmo sempre chiusi in bagno e quindi non potremmo essere di nessuna utilità, in questo momento» disse Gus.

Presi la bottiglia e buttai giù un sorso di whisky. Poi ci sedemmo sul tappeto davanti alla cassaforte. «La data di nascita di tuo padre?» suggerì Gus.

Mi avvicinai e composi il numero. Lampeggiarono delle lucine rosse e lo sportello della cassaforte restò chiuso. «A casa, usavamo sempre la data del loro anniversario» dissi. «Di mamma e papà. Dubito che l'abbia usata anche qui.»

Gus scrollò le spalle. «Le vecchie abitudini sono dure a morire.»

Digitai la data senza troppe aspettative, ma quando le lucine rosse si accesero, avvertii comunque una fitta di delusione allo stomaco.

Non ero preparata per quella nuova ondata di gelosia.

Non era giusto che non fossi riuscita a conoscerlo intimamente. Non era giusto che Sonya avesse conosciuto parti di lui che a me sarebbero state precluse per sempre. Forse il codice della cassaforte alludeva a un momento particolarmente significativo: magari un anniversario o il compleanno di lei.

In ogni caso, di sicuro quella donna conosceva la combinazione.

Sarebbe bastata un'e-mail, ma non avevo intenzione di inviarla.

Gus si massaggiò il gomito, riportandomi alla realtà.

«Non ho tempo per queste cose, adesso» dissi, alzandomi in piedi. «Devo finire un libro.» *Questa settimana*, decisi.

La cosa più importante, mi dissi, era che il cottage poteva essere venduto con facilità. Una cassaforte non era niente di che, un imprevisto di poco conto. La casa era praticamente vuota. Potevo venderla e tornare alla mia vita.

Certo, ora che ci pensavo, dovevo fare tutto quanto in mio potere per evitare di chiedermi cosa sarebbe stato di me e di Gus. Ero andata lì per risolvere delle questioni in sospeso, e invece mi ero incasinata ancora di più, ma non sapevo come, in quel casino, il mio lavoro stava andando a gonfie vele. Scrivevo a un ritmo che non raggiungevo dal mio primo romanzo. Sentivo la storia che correva davanti a me e facevo il possibile per starle dietro.

Vietai a Gus di venire in casa, a parte un'ora tutte le sere (puntavamo un timer) e passavo il resto del tempo a scrivere nella seconda camera da letto del piano di sopra, da cui riuscivo a vedere soltanto la strada. Scrivevo fino a tarda sera e quando mi svegliavo riprendevo da dove avevo interrotto.

Non mi toglievo mai di dosso i miei pantaloni della mestizia e giurai persino che avrei cominciato a chiamarli con un nome più lusinghiero, se solo fossi riuscita a finire il libro, come se fossi in trattativa con una divinità profondamente interessata al mio guardaroba.

Non facevo la doccia, mangiavo appena, trangugiavo acqua e caffè, ma niente alcolici.

Sabato 2 agosto, alle due di notte, il giorno del nostro evento da Pete, arrivai all'ultimo capitolo di *SEGRETI_DI_FAMIGLIA*.docx e guardai il cursore che lampeggiava sullo schermo del pc.

Era andata più o meno come avevo immaginato. La coppia di clown era al sicuro, ma continuava a vivere con i suoi segreti. Il padre di Eleanor aveva rubato la fede nuziale della madre e l'aveva venduta, per dare all'altra famiglia i soldi di cui aveva bisogno. La madre di Eleanor continuava a essere all'oscuro dell'esistenza dell'altra famiglia e credeva di aver smarrito l'anello; forse, pensava, una volta arrivati nella nuova città, avrebbe disfatto le valigie, e la fede sarebbe caduta da una tasca o dalla piega di un asciugamano. Nel suo cuore, il filo colorato che il marito le aveva legato al dito ne era un degno sostituto. L'amore, in fondo, spesso non era fatto di oggetti scintillanti, ma di cose pratiche. Cose che invecchiavano e arrugginivano, per poi essere riparate e lucidate. Cose che si perdevano e dovevano essere sostituite, di tanto in tanto.

E Eleanor. Il cuore di Eleanor era in frantumi.

Il circo si stava spostando. Tulsa si stava allontanando sempre di più e la settimana trascorsa laggiù era sempre più confusa, come un sogno che svanisce al risveglio. La ragazza si guardava indietro, trafitta da un dolore che non sarebbe mai andato via.

Fine; avrei dovuto chiudere il romanzo così. Lo sapevo.

Aveva una bella struttura ciclica. Un ordine provvisorio, che si sarebbe sgretolato lontano dalla pagina. O forse no.

Eccolo lì, il mio libro, come doveva essere. Sentii un peso sul petto e mi vennero i brividi e gli occhi lucidi, anche se probabilmente era per via della stanchezza e del ventilatore al soffitto.

Ma non potevo chiuderlo così. Perché per quanto il momento fosse bellissimo – triste, a modo suo – non ci credevo. Quello non era il mondo che conoscevo. Avevo perso cose bellissime – anni di salute di mia madre, la possibilità di intraprendere una carriera da sogno, mio padre, troppo presto –, ma ne avevo trovate altre: una caffetteria che faceva l'espresso peggiore del mondo; un locale che organizzava balli di gruppo; un vicino di casa incasinato e bellissimo come Gus Everett. Posai le mani sulla tastiera e cominciai a scrivere:

Una spolverata di candidi fiocchi cominciò a scendere tutto intorno, impigliandosi nei suoi capelli e nei vestiti. Eleanor alzò lo sguardo dalla strada polverosa, incantata dalla nevicata improvvisa. Certo, non era neve. Era polline. Fiori di campo bianchi erano spuntati sul ciglio della strada e il vento scuoteva i boccioli, disperdendoli nell'aria.

Eleanor si chiese quale sarebbe stata la sua prossima meta, e come sarebbero stati i fiori di campo, laggiù.

Salvai la bozza e la inviai ad Anya.

Oggetto: Una cosa diversa dal solito.

Ti prego non odiarmi. Baci, J.

Mi alzai di buon'ora e guidai venti minuti per trovare una copisteria, al solo scopo di tenere la bozza tra le mani. Quando tornai, Gus mi aspettava sulla veranda, sdraiato sul divano, con l'avambraccio a coprirsi gli occhi. Lo sollevò per sbirciarmi, poi mi sorrise e si mise seduto, facendomi un po' di posto.

Mi prese le gambe e le appoggiò sulle sue, trascinandomi più vicino. «Allora?» disse.

Appoggiai la pila di carta sulle sue ginocchia. «Ora devo soltanto aspettare e vedere se Anya mi darà il benservito. E quanto si arrabbia Sandy. E se posso vendere il libro e avere qualcosa con cui "tiranneggiarti".»

«Anya non ti darà il benservito» disse Gus.

«E Sandy?»

«Probabilmente si arrabbierà» disse Gus. «Però hai scritto un altro libro. E ne scriverai ancora. E magari anche uno che vorrà pubblicare. Venderai il romanzo – non è detto che tu ci riesca prima di me, ma in un modo o nell'altro sono sicuro che troverai *qualcosa* con cui tiranneggiarmi.»

Scrollai le spalle. «Farò comunque del mio meglio. E tu, sei a buon punto?»

«A dire il vero, sì. Almeno la bozza. Una settimana o due dovrebbero bastare.»

«Più o meno il tempo che impiegherò per lavare tutti i piatti che ho lasciato in giro per casa questa settimana.»

«Tempismo perfetto» disse Gus. «È il destino che prende il controllo della situazione.»

«Il destino lo fa, di solito.»

Ci salutammo e andammo a prepararci in vista dell'evento in libreria, e quando i miei capelli furono asciutti, dopo una doccia decisamente necessaria, mi sdraiai sul letto, sfinita, a guardare le pale del ventilatore che giravano. La stanza sembrava diversa. Il mio corpo sembrava diverso. Mi pareva quasi di aver rubato braccia e gambe e la vita intera di qualcuno e di essermene innamorata.

Mi addormentai e mi svegliai con un'ora d'anticipo. Gus bussò alla porta trenta minuti più tardi e andammo al negozio a piedi: normalmente non avrei sopportato di arrivare a un evento tutta sudata, ma lì sembrava che fosse meno importante. Erano tutti un po' sudati, a North Bear Shores, e non avevo avuto nessuna voglia di mettermi il mio scomodo vestito nero, dopo un'estate in shorts e maglietta, così avevo indossato di nuovo il prendisole bianco che avevo comprato al negozio dell'usato, abbinato agli stivali ricamati.

In libreria, Pete e Maggie ci portarono in ufficio a bere un bicchiere di champagne. «Per scacciare il nervosismo» disse Maggie, raggiante.

Gus e io ci scambiammo uno sguardo d'intesa. Avevamo partecipato a un numero sufficiente di eventi per sapere che, in una città come quella, sarebbero arrivati soprattutto amici e parenti (almeno quando si trattava del tuo esordio letterario; dopo, la maggior parte non si prendeva la briga di venire) e persone che lavoravano in libreria. Maggie e Pete avevano spostato il tavolo con i nostri libri verso il bancone e allestito una decina di sedie pieghevoli, quindi, chiaramente, anche loro avevano una certa esperienza in materia.

«Peccato che le scuole siano chiuse» disse Pete, anticipando i miei pensieri. «Ci sarebbe il tutto esaurito. Ai professori piace rendere obbligatori questi eventi. O comunque invitare gli studenti a partecipare.»

Maggie annuì. «*Io* l'avrei reso obbligatorio, per i *miei* studenti.»

«D'ora in poi metterò la labradorite in tutti i miei romanzi» promisi. «Giusto per darti un buon motivo per farlo.»

Lei si portò le mani al petto come se fosse la cosa più dolce mai sentita da mesi.

«È ora di andare, ragazzi» annunciò Pete, facendoci strada. Ci fece accomodare dietro il bancone, dove c'erano altre quattro sedie: le due al centro erano per Gus e me, quelle ai lati per Maggie e Pete, che ci avrebbero "intervistato". Tra il pubblico vidi Lauren e suo marito, oltre a un paio di altre donne che avevo visto al barbecue, e cinque estranei.

Di solito, preferivo non sapere granché del mio pubblico. A dire il vero, preferivo non conoscere nessuno. Ma in libreria l'atmosfera era piacevole, rilassata.

Pete era ancora in piedi, intenta a dare il benvenuto ai partecipanti. Guardai Gus e capii immediatamente che c'era qualcosa che non andava.

Era diventato pallido e aveva la bocca contratta. Tutto

il suo calore era scomparso all'improvviso, come se avesse chiuso un rubinetto. Mormorai il suo nome, ma continuò a guardare tra la "folla". Seguii il suo sguardo e vidi una donna minuta con riccioli neri, zigomi alti e due occhi a mandorla azzurri incastonati in un viso a forma di cuore. Impiegai qualche secondo per capire, una manciata di secondi di beata ignoranza, e poi il mio stomaco precipitò sul pavimento.

Il cuore cominciò a battermi all'impazzata, come se il mio corpo avesse già capito, prima ancora che il cervello riuscisse ad ammetterlo. Guardai Maggie. Era corrucciata e teneva le mani in grembo, rigida e immobile, completamente diversa dal solito. E anche se Pete continuò a parlare disinvolta, vidi cambiare anche il suo linguaggio del corpo per assumere la posa di una mamma orsa: un feroce istinto di protezione, come se fosse pronta a fare un balzo.

Si sedette e girò la sedia, preparandosi a cominciare. Era un gesto naturale, ma mi sembrò scossa.

Le mani presero a sudarmi e il cuore stava ancora martellando, tanto che per un istante pensai lo sentisse anche il pubblico presente.

Naomi era bellissima. Avrei dovuto immaginarlo. E probabilmente era successo. Ma non mi aspettavo di vederla. Soprattutto non da sola, in libreria, a guardare Gus in quel modo.

Contrita, pensai; poi: *Affamata*.

Mi si chiuse lo stomaco. Era venuta lì con uno scopo preciso. Doveva dire qualcosa a Gus.

Santo cielo, e se mi fosse venuto da vomitare?

Pete aveva dato il via alle domande. Aveva esordito con

qualcosa tipo: «Perché non cominciate a raccontarci dei vostri libri?».

Gus si girò a guardarla. Stava rispondendo. Non sentivo cosa stesse dicendo, ma il tono era calmo, meccanico, e poi mi guardò, aspettando che rispondessi anch'io alla domanda, con un'espressione imperscrutabile.

Era come la camera da letto di papà: impersonale, asettica. Non c'era niente lì dentro, per me. Mi venne davvero da vomitare.

Mi feci forza e cominciai a descrivere il mio ultimo romanzo. Non era la prima volta: avevo imparato il copione a memoria. Non dovevo nemmeno concentrarmi troppo, dovevo solo lasciare che le parole fluissero, una dopo l'altra.

Mi sentivo malissimo.

E poi Pete ci rivolse un'altra domanda, leggendo da un elenco scritto a mano che teneva davanti a sé (Raccontateci dei vostri libri. Parlateci del vostro processo di scrittura. Da cosa cominciate? Quali sono gli autori che vi hanno influenzato?), e tra una domanda e l'altra Maggie contribuì con le sue curiosità elevate (Se il vostro libro fosse una bevanda, quale sarebbe? Avete mai pensato a *dove* vorreste che fossero letti i vostri libri? Cosa si prova a scrivere un libro? C'è mai stato un momento nella vostra vita in cui non siete riusciti a esprimere ciò che volevate dire con le sole parole?).

Questo momento mi darebbe del filo da torcere, per esempio, pensai.

In quanti modi puoi scrivere *Eleanor voleva disperatamente vomitare tutto quello che aveva mangiato*?

Probabilmente più di uno. Il tempo passava e non sapevo se volevo che scorresse più veloce o se ciò che sarebbe venuto dopo avrebbe soltanto peggiorato le cose.

Il solo fatto di chiedermelo sembrò spezzare l'incantesimo. L'ora era terminata. Le persone che avevano partecipato all'evento vennero da noi per parlare e farsi autografare i libri, e sorrisi a denti stretti, cercando di destreggiarmi tra battute e convenevoli, mentre il mio cuore era un deserto pieno di rovi.

Naomi restò in disparte, appoggiata a uno scaffale. Mi chiesi se avesse preso da Gus l'abitudine di appoggiarsi in quel modo, o fosse il contrario. Avevo paura di guardarla troppo a lungo e trovarci tracce di lui, dopo aver trascorso l'ultima ora cercando disperatamente di rintracciarle su di me, a dimostrazione che, soltanto quel pomeriggio, aveva sussurrato il mio nome con passione. Pete aveva intercettato Naomi e stava insistendo per accompagnarla alla porta, ma lei stava protestando, e allora le raggiunse anche Lauren, nel tentativo di non far scoppiare una lite.

Non riuscivo a sentire cosa stessero dicendo, ma vedevo i suoi riccioli rimbalzare, mentre annuiva. Il gruppo attorno al tavolo si stava disperdendo. Maggie li stava facendo pagare alla cassa, gli occhi azzurri che andavano dal registratore alla conversazione accanto all'ingresso.

Finalmente, Gus mi guardò. Sembrava pronto a darmi una spiegazione, ma l'espressione sul mio viso gli fece cambiare idea. Si schiarì la voce. «È meglio che vada a vedere perché è qui.»

Non dissi niente. Non feci niente. Lui mi fissò per un'altra manciata di secondi, poi si alzò e attraversò la libreria. Avevo le guance in fiamme, ma il resto del corpo era freddo, scosso dai brividi. Gus mandò via Pete, e quando lei mi guardò non ebbi la forza di sostenerne lo sguardo. Mi alzai e mi precipitai nell'ufficio, e poi dall'ufficio alla porta sul retro, sbucando su un vicolo in cui c'erano soltanto un paio di cassonetti dell'immondizia.

Non l'aveva invitata lui. Di questo ero certa. Ma non potevo sapere che effetto gli facesse vederla, né perché era venuta.

La bellissima, volitiva Naomi, il cui fascino imperscrutabile aveva rapito il cuore di Gus. Naomi, che non aveva bisogno di lui, né cercava di salvarlo. Che non aveva mai avuto paura di lasciarlo. Con cui Gus avrebbe voluto passare tutta la vita. Con cui sarebbe rimasto, malgrado tutto, se ne avesse avuto la possibilità.

Volevo gridare, ma riuscii soltanto a piangere. Avevo consumato tutta la mia rabbia, ed era rimasta soltanto la paura. Forse c'era stata sin dall'inizio, mascherata dietro emozioni più complesse.

Non sapendo bene cos'altro fare, mi incamminai verso casa. Quando arrivai, era buio e avevo dimenticato di lasciare accesa la luce della veranda, così, appena scorsi una sagoma alzarsi dal divanetto in vimini, a momenti caddi dalle scale.

«Scusa!» disse una voce femminile. «Non volevo spaventarti.»

L'avevo sentita soltanto due volte, ma era un disco consumato, a forza di riascoltarla nel mio cervello. Non avrei mai potuto dimenticarla.

«Speravo che potessimo parlare» disse Sonya. «In realtà è più di una speranza. Ho *bisogno* di parlarti. Per favore. Cinque minuti. Ci sono molte cose che non sai. Cose che potrebbero aiutarti. Questa volta me le sono scritte.»

25
LE LETTERE

«Non voglio starti a sentire» le dissi.

«Lo so» disse Sonya. «Ma se non lo faccio, deluderò tuo padre.»

Scoppiai a ridere. «Vedi, è proprio questo il punto. Non avresti dovuto permettere che mio padre ci deludesse.»

«Non avrei dovuto? Se le cose fossero andate come avrebbero *dovuto* fin dall'inizio, tuo padre non avrebbe mai incontrato tua madre. Tu non esisteresti nemmeno.»

Fremevo di rabbia. «Puoi scendere dalla mia veranda, per favore?»

«Non capisci.» Tirò fuori un foglio dalla tasca dei jeans e lo aprì. «Ti prego. Cinque minuti.»

Feci per aprire la porta, ma lei cominciò a leggere, dietro di me. «Ho conosciuto Walt Andrews a quindici anni, a lezione di inglese. È stato il primo ragazzo con cui sono uscita, il primo ragazzo che ho baciato, il mio primo fidanzato. Il primo uomo – o ragazzo – a cui ho detto "ti amo".»

La chiave restò bloccata nella serratura. Avevo smesso

di muovermi, sconvolta. Mi girai verso di lei, senza fiato. Gli occhi di Sonya si posarono su di me, poi tornarono alla pagina.

«Poi lui andò al college e dopo diversi mesi ci lasciammo. Non l'ho più sentito per vent'anni, finché un giorno l'ho incontrato qui, per caso. Era stato in viaggio d'affari a un'ora di auto da qui e aveva deciso di fermarsi a North Bear Shores un paio di giorni. Decidemmo di cenare insieme. Parlammo per ore, prima che mi dicesse che si era appena separato.

«Quando ci salutammo, pensammo entrambi che non ci saremmo mai più rivisti.» Mi guardò. «Sono sincera. Ma mentre lasciava la città, la sua auto ebbe un guasto.» Guardò di nuovo il biglietto. Aveva le lacrime agli occhi. «All'epoca eravamo entrambi in crisi. C'erano giorni in cui l'unica cosa bella della mia vita era ciò che avevamo.

«Cominciammo a vederci ogni weekend. Prese persino una settimana di ferie e venne a cercare una casa. Le cose procedevano in fretta. Era tutto così facile! Non ti sto dicendo queste cose per ferirti. Ma ho creduto con tutto il cuore che ci fosse stata concessa una seconda opportunità. Pensavo che ci saremmo sposati.» Smise di parlare per un istante e scosse la testa. Poi si affrettò a proseguire, prima che potessi fermarla.

«Fece richiesta di trasferimento nella filiale di Grand Rapids. Comprò la casa. *Questa casa.* All'epoca era in condizioni terribili, cadeva a pezzi, ma erano anni che non mi sentivo così felice. Diceva sempre che ti avrebbe portato a passare l'estate qui e saremmo stati insieme, noi tre. Pensavo che avrei vissuto nel cottage fino alla fine dei miei giorni, con l'uomo che amavo.»

«Era sposato» mormorai. Mi sentii soffocare. «Era ancora sposato.»

Gus è sposato, pensai.

Le emozioni minacciavano di travolgermi. Volevo odiarla. La odiavo, in realtà, e sentivo anche il suo dolore che si mescolava al mio. Sentii tutto l'entusiasmo tipico di un nuovo amore, un amore che ti guarisce, una seconda opportunità con qualcuno che avevi quasi dimenticato. E il dolore, quando la vita *vera* ti riporta alla realtà, l'agonia di sapere che c'è una storia con qualcun altro, una relazione sulla quale non hai alcun potere.

Sonya socchiuse gli occhi. «Non mi sembrò vero, fino alla diagnosi di tua madre.»

Quella parola mi attraversò come una scarica elettrica. Cercai di nasconderlo. Tornai ad armeggiare con la chiave, anche se ora avevo gli occhi così pieni di lacrime da non riuscire a vedere.

Sonya continuò a leggere, più veloce. «Restammo in contatto per alcuni mesi. Non sapeva bene cosa sarebbe successo. Sapeva soltanto che aveva bisogno di starle vicino, e non potevo farci niente. Ma le telefonate si diradarono e poi cessarono del tutto. Finché, un giorno, mi mandò un'e-mail, per farmi sapere che tua madre stava molto meglio. Che *stavano* molto meglio.»

Avevo di nuovo smesso di armeggiare con la porta, senza volerlo. Ora la stavo guardando, mentre le zanzare e le falene ronzavano tutt'intorno. «Ma questo è successo anni fa.»

Lei annuì. «E quando il cancro è tornato, mi ha chiamato. Era devastato, January. Non voleva stare con me, e lo sapevo. Era preoccupato per lei. Era spaventato, così accettai di vederlo, alla prima occasione. Cercava un po' di consolazione e io... io avevo iniziato una relazione con un vedovo amico di Maggie, una brava persona. Non era ancora una cosa seria, ma sapevo che avrebbe potuto diventarlo. E forse fu proprio questo a spaventarmi, o forse sapevo che una parte di me avrebbe sempre amato tuo padre, o magari eravamo soltanto due persone deboli ed egoiste. Non lo so. E non fingerò di saperlo.

«Però ti dico una cosa: la seconda volta, non mi sono fatta illusioni. Se tuo padre avesse perso tua madre, non sarebbe stato in grado di sopportare la mia vista, e io non avrei creduto che mi amasse davvero. Ero un diversivo, e forse ho persino creduto di doverglielo.

«E quando ha cominciato a ristrutturare la casa, ero consapevole, senza che me lo dicesse, che non era per noi. E poi successe di nuovo, quando tua madre cominciò a stare meglio. Le visite si diradarono sempre di più. Le telefonate diminuirono e si interruppero. E quella volta, non mi mandò nemmeno un'e-mail. Posso stare qui a dirti che abbiamo agito con le migliori intenzioni. Non ci sono risposte facili. So che non ho il *diritto* di essere a pezzi, in questo momento, ma lo sono.

«Sono a pezzi e arrabbiata con me stessa per essermi messa in questa situazione e stare qui, davanti a te, è una cosa che mi umilia profondamente...»

«Allora perché sei venuta?» le chiesi. Scossi la testa, mentre un'altra ondata di rabbia si abbatteva su di me con tutta la sua ferocia. «Se era finita, come dici, *come* hai fatto ad avere quella lettera?»

«Non lo so!» gridò, mentre le lacrime le riempivano gli occhi, solcandole le guance. «Forse voleva che tu avessi questo posto, ma pensava che tua madre non avrebbe avuto la forza di parlartene, o che non fosse giusto chiederlo a lei. Forse pensava che, se ti avesse spedito la chiave e la lettera, non ci sarebbe stato nessuno a chiederti di perdonarlo. Non lo so, January!»

La mamma non me ne avrebbe mai *parlato*, pensai all'improvviso. Anche quando Sonya mi aveva raccontato tutto, la mamma non era stata in grado di parlarne, né di confermarlo, o di darmi qualche spiegazione. Voleva ricordare tutte le cose belle. Voleva tenerle strette, in modo che non svanissero, non voleva allentare la presa e fare spazio alle parti di lui che le facevano male.

Sonya singhiozzò tra le lacrime e si asciugò gli occhi bagnati. «Tutto quello che so è che quando è morto, il suo avvocato mi ha mandato la lettera e la chiave insieme a un biglietto in cui Walt chiedeva a *me* di consegnarti tutto. E io non avrei voluto: per me era una storia chiusa. Finalmente sto con una persona che amo e sono felice, ma lui era *morto* e non potevo dirgli di no. Non a lui. Voleva che sapessi la verità, dall'inizio alla fine, e voleva che tu continuassi ad amarlo anche dopo. Penso che mi abbia mandato qui a sincerarmi che tu lo abbia perdonato.»

Le tremava la voce. «E forse sono venuta qui perché volevo che qualcuno sapesse che dispiace anche a me. Che sentirò sempre la sua mancanza. Forse volevo che qualcuno capisse che sono una persona completa, e non soltanto l'errore di qualcun altro.»

«Non mi interessa sapere che sei una persona completa» la aggredii, e capii subito che era vero. Non odiavo Sonya. Non la conoscevo nemmeno. Lei non c'entrava niente. Le lacrime scendevano più veloci, ora, facendomi annaspare. «Il problema è mio padre. E tutte le cose che non potrò mai sapere di lui, che non potrò nemmeno chiedergli. Quello che ha fatto passare a mia madre! Non riuscirò mai a costruirmi una famiglia, non saprò mai se le cose che mi ha detto sono vere. Devo ripensare a ogni ricordo e chiedermi se è una menzogna. Ora non lo conosco meglio di prima. Non ce l'ho. Non ce l'ho *più*.»

Stavo piangendo. Avevo il viso rigato di lacrime. La catena di eventi dolorosi con cui convivevo da un anno sembrava finalmente essersi spezzata.

«Oh, tesoro» disse Sonya a bassa voce. «Non arriveremo mai a conoscere del tutto le persone che amiamo. Quando le perdiamo, ci sarà *sempre* qualcosa che non abbiamo visto, sto cercando di farti capire proprio questo. Questa casa, questa città, questa *vista*: faceva tutto parte di lui e voleva condividerlo con te. E tu adesso sei qui, giusto? Sei qui e hai la casa sulla spiaggia che amava, in una città che amava, e hai tutte le lettere e...»

«Lettere?» dissi. «Ho *una* lettera.»

Sembrò sorpresa. «Non hai trovato le altre?»

«*Quali* altre?»

Parve sinceramente confusa. «Non l'hai letta. La prima lettera. Non l'hai mai letta.»

Certo che no. Perché *quello* era l'ultimo frammento inedito che mi restava di mio padre, e non ero pronta. A più di un anno di distanza dalla sua morte, non ero ancora pronta a dirgli addio. Ero pronta a dirgli un *sacco* di cose, ma non addio. La lettera era in fondo alla scatola dov'era rimasta tutta l'estate.

Sonya deglutì e ripiegò il foglio sul quale aveva scritto le cose da dire, mettendolo nella tasca di un maglione extralarge. «In quelle lettere ci sono dei pezzi di tuo padre. Sei l'ultima persona sulla Terra ad avere pezzi di lui, e se non vuoi guardarli, è una tua scelta. Ma non fingere che non ti abbia lasciato nulla.»

Si girò per andarsene. Mi aveva detto tutto quello che doveva dirmi, e glielo avevo lasciato fare. Mi sentii stupida, come se avessi perso una partita di cui nessuno mi aveva spiegato le regole. Ma allo stesso tempo, nonostante l'onda d'urto del dolore, ero ancora in piedi.

Avevo avuto la conversazione che avevo temuto per tutta l'estate. Ero entrata nelle stanze che avevo tenuto chiuse. Mi ero innamorata e poi il mio cuore si era spezzato in mille pezzi, e Quella Donna mi aveva detto cose che non avrei mai voluto sentire, tuttavia ero ancora in piedi. Le menzogne bellissime erano scomparse. Distrutte. Ed ero ancora lì.

Aprii la porta animata da un nuovo proposito ed entrai. Attraversai la casa immersa nel buio diretta in cucina e presi la scatola. Sulla busta si era depositato un velo di polvere. Lo soffiai via e aprii la linguetta, tirando fuori la lettera. La lessi lì, accanto al lavello, alla luce gialla della cucina.

Le mani tremavano così tanto che era difficile distinguere le parole.

Era una sera orribile. Era orribile quasi quanto quella in cui l'avevamo perso, o la sera del suo funerale. In qualsiasi altra situazione, avrei voluto soltanto i miei genitori vicino.

Maledizione, volevo *ancora* i miei genitori. Volevo papà con i suoi logori pantaloni del pigiama, rannicchiato sul divano a leggere una biografia di Marie Curie. Volevo la mamma che girava per casa in tenuta da yoga e spolverava ossessivamente le cornici sulla mensola del camino, canticchiando la canzone preferita di papà, *It's June in January, because I'm in love.*

Era la scena che mi si era parata davanti quando avevo fatto una sorpresa ai miei, rientrando a casa dall'università per la festa del Ringraziamento. Un'ondata di nostalgia tremenda mi aveva colto alla sprovvista, spingendomi a tornare a casa per le vacanze. Quando avevo aperto la porta ed ero entrata con il mio borsone, la mamma aveva lanciato un grido e fatto cadere lo spray per la polvere. Papà aveva tolto le gambe dal divano e mi aveva guardato nella luce dorata del salotto.

«Possibile?» aveva detto. «È la mia figliola adorata? La mia regina dei pirati dei sette mari?»

Poi mi erano corsi incontro, mi avevano abbracciato e avevo cominciato a piangere, come se avessi capito quanto mi erano mancati, soltanto ora che eravamo di nuovo insieme.

Ero distrutta e volevo i miei genitori. Volevo sedermi sul divano con loro, lasciare che mia madre mi accarezzasse i capelli, e dire loro che avevo combinato un casino. Che mi ero innamorata di un uomo che aveva fatto di tutto per avvertirmi di non innamorarmi di lui.

Che non avevo fatto niente, per evitare quel disastro. Che la mia vita stava andando a rotoli e non avevo idea di come aggiustarla. Che il mio cuore era spezzato come non mai e avevo paura che non sarei più *riuscita* a guarirlo.

Presi il foglio tra le mani e ricacciai indietro le lacrime, poi cominciai a leggere.

La lettera, come la busta, recava la data del mio ventinovesimo compleanno: il 13 gennaio, sette mesi *dopo* la morte di papà, rendendo tutto onirico e surreale. Cominciai a leggere.

Cara January,

di solito, ma non sempre, scrivo queste lettere per il tuo compleanno, ma i tuoi ventinove anni sono ancora lontani e voglio essere pronto a darti questa lettera, e tutte le altre, per quel giorno. Quindi, quest'anno comincio in anticipo.

Questa è una lettera di scuse. Mi costa moltissimo darti un motivo per odiarmi proprio prima di festeggiare il giorno in cui sei nata, ma sto cercando di essere coraggioso. A volte, ho paura che la verità non valga tutto il dolore che può causare. In un mondo perfetto, non verresti mai a sapere dei miei errori. O meglio; non li avrei nemmeno commessi, tanto per cominciare.

Solo che li ho commessi eccome, e ho passato anni a chiedermi come dirtelo. Una cosa la so per certo: voglio che tu mi conosca. Potrà sembrarti egoista da parte mia, e lo è. Ma non è soltanto egoista, January. Se e quando la verità salterà fuori, non voglio che ti faccia dubitare. Voglio che tu lo sappia: il mio amore per te è incrollabile e più grande dei miei errori, più grande di qualsiasi cosa abbia mai fatto di bello o di brutto.

Ho paura di quello che potrà farti la verità. Ho paura che non potrai più amarmi per come sono. Ma tua madre ha avuto la possibilità di decidere per sé, e la meriti anche tu.

1410 Queen's Beach Lane. La cassaforte. Il giorno più bello della mia vita.

Corsi su per le scale e mi precipitai nella camera da letto padronale. Il centrino era ancora sollevato, a rivelare la cassaforte. Avevo il cuore che batteva all'impazzata. Questa volta, non potevo fallire. Se mi fossi sbagliata, temevo che il peso che mi schiacciava il petto potesse spezzarmi a metà. Digitai il numero, lo stesso scarabocchiato nell'angolo a destra della lettera. Il giorno del mio compleanno. Si accesero le lucine verdi e poi si sentì il *clic* della serratura.

All'interno, c'erano due oggetti: una pila di lettere tenute insieme da un robusto elastico verde e una chiave attaccata a un portachiavi in pvc azzurro. Sopra, a caratteri bianchi, c'era scritto SWEET HARBOR MARINA, NORTH BEAR SHORES.

Per prima cosa presi le lettere e le guardai. C'era il mio nome su ognuna, scritto con biro diverse, la grafia più tagliente e decisa a mano a mano che andavo a ritroso nel tempo. Portai le buste al petto e mi lasciai sfuggire un singhiozzo. Le aveva toccate anche lui.

Era una cosa che, a un certo punto, avevo dimenticato di quella casa. Ma questo era diverso. C'era il mio nome, su quella busta; un pezzo di lui che aveva ritagliato e lasciato per me.

E sapevo che potevo leggerle e sopravvivere, per via di tutto quello a cui ero già sopravvissuta. Potevo guardare in faccia la realtà. Mi alzai in piedi e presi le chiavi, uscendo dalla stanza.

Il GPS del mio cellulare trovò il porto turistico senza

problemi. Era a quattro minuti di distanza. Un paio di curve, e mi ritrovai nel parcheggio immerso nel buio. C'erano altre due auto, probabilmente di qualche dipendente, ma mentre mi incamminavo lungo il pontile nessuno corse fuori a mandarmi via. Ero sola, con lo sciabordio placido dell'acqua contro i piloni, il rollio gentile delle barche che urtavano contro il legno del pontile.

Non sapevo cosa stavo cercando, ma mi stavo guardando attorno. Attraversai il pontile, percorrendo ogni singola passerella, le lettere strette in mano.

E poi la vidi: bianchissima e con la scritta a caratteri blu, le vele ammainate. *JANUARY*.

Salii a bordo, malferma sulle gambe. Mi sedetti sulla panca e guardai il lago che si estendeva davanti ai miei occhi.

«Papà» mormorai.

Non sapevo bene se credessi nell'aldilà, e in che termini, ma pensai al tempo e immaginai di appiattirlo, fino a farlo diventare un unico, grande istante. Riuscivo quasi a sentire la voce di mio padre. Riuscivo quasi a sentirlo, mentre mi sfiorava la spalla.

Mi sentii di nuovo smarrita. Ogni volta che cominciavo a ritrovare la strada, mi sembrava di scivolare indietro. Come potevo fidarmi di ciò che c'era stato tra Gus e me? Come potevo fidarmi dei miei sentimenti? Le persone erano *complicate*. Non erano equazioni matematiche; erano un miscuglio di emozioni e decisioni e colpi di fortuna. Anche il mondo era complicato, ma non come in un bellissimo film francese un po' sfocato: era un caos disastroso, orribile, disseminato di splendore e amore e significato.

Una brezza leggera fece frusciare le lettere che tenevo in grembo. Mi scostai i capelli dagli occhi lucidi e aprii la prima busta.

Cara January,

oggi sei venuta al mondo. Ero pronto da mesi. Non è stata una sorpresa. Tua madre e io ti volevamo tantissimo, prima ancora che cominciassi a esistere.

Quello che mi ha colto impreparato, invece, è che oggi mi sento rinato anch'io.

Mi hai reso una persona nuova: il padre di January. E so che lo sarò per il resto della mia vita. Mentre scrivo ti sto guardando, January, e riesco a malapena a mettere queste parole per iscritto.

Sono sconvolto, January. Non sapevo di poter essere questa persona. Non sapevo di poter provare tutte queste emozioni.

Non riesco a credere che un giorno indosserai uno zaino, saprai tenere in mano una matita, avrai dei gusti ben precisi in merito alle pettinature. Ti guardo e non riesco a credere che diventerai più meravigliosa di quanto non sia già.

Dieci dita delle mani. Dieci dita dei piedi. E anche se non le avessi, saresti comunque la cosa più grandiosa che abbia mai visto.

Mi è impossibile spiegarlo. Riesci a sentirlo? Adesso che sei abbastanza grande da leggere e per sapere chi sei, hai una parola per questa cosa che continua a sfuggirmi? La cosa che ti rende diversa da tutto il resto?

Forse dovrei raccontarti di me, dirti chi sono in que-

sto momento, mentre ti guardo dormire sul petto di tua madre.

Be', è un piacere conoscerti, January. Sono tuo padre, l'uomo che hai creato con la sola forza di dieci piccole dita delle mani e dei piedi.

Una all'anno, scritta sempre lo stesso giorno.

January, oggi compi un anno. Chi sono io, oggi? Sono la mano che ti guida mentre fai i primi passi maldestri. Oggi, tua madre e io abbiamo cucinato gli spaghetti, quindi penso di poter dire che sono anche un cuoco. Il tuo cuoco personale. Non mi è mai piaciuto cucinare, ma ora bisogna farlo.

Buon secondo compleanno, January. I tuoi capelli sono diventati molto più scuri. Non ti ricordi quando eri bionda, vero? Io li preferisco così. Ti stanno benissimo. Tua madre dice che assomigli a sua nonna, ma penso che tu abbia preso da mia madre. Ti avrebbe voluto così bene. Ti racconterò qualcosa di lei. Veniva da un posto chiamato North Bear Shores. Anch'io sono nato lì. Vivevo lì quando avevo la tua età. Mi diceva sempre che ero un bambino terribile. Strillavo fino a crollare. Ma in parte era colpa di Randy, il mio fratello maggiore. Un tipo un po' stronzo ma adorabile. Ora vive a Hong Kong, perché fa figo.

January, non riesco a credere che tu abbia quattro anni. Ora hai una tua personalità. Immagino tu l'abbia sempre avuta, ma ora più che mai.

Quando avevo quattro anni, distrussi il mio triciclo. Stavo pedalando lungo il pontile, diretto al faro che c'è in fondo. Mia madre si era distratta con un'amica e pensai che sarebbe stato fantastico pedalare il più velocemente possibile lungo il pontile e vedere se riuscivo a galleggiare sull'acqua. Tipo Beep Beep. Mi vide all'ultimo minuto e gridò il mio nome. Quando mi girai a guardarla, piegai il manubrio e finii contro il faro. È così che mi sono fatto quella grande cicatrice rosa che ho sul gomito. Immagino che ora non sia più così grande. Oppure è il gomito a essere cresciuto. La scorsa settimana hai sbattuto la testa contro il camino. Niente di grave: non hai nemmeno avuto bisogno di punti di sutura, ma tua madre e io abbiamo pianto tutta la notte, quando ti sei addormentata.

Ci siamo sentiti così in colpa. A volte, January, essere un genitore è un po' come essere un bambino a cui qualcuno ha affidato per sbaglio un altro bambino. «In bocca al lupo!» grida questo estraneo sconsiderato, prima di voltarti le spalle per sempre. Temo che commetteremo sempre degli errori. Spero che diventeranno sempre più piccoli, a mano a mano che diventiamo grandi. Vecchi, a dire il vero; per crescere, siamo già cresciuti.

Otto! Hai otto anni e sei una bambina così sveglia! Non smetti mai di leggere, January. Quando avevo la tua età odiavo leggere, ma d'altra parte ero una schiappa e sia Randy sia Douglas mi prendevano in giro senza pietà, anche se in questo periodo Douglas è mite come una colomba. Penso che se fossi stato più bravo a leg-

gere, mi sarebbe piaciuto di più. O forse è il contrario. Mio padre era un uomo molto impegnato, ma è stato lui a insegnarmi a leggere, January. E da allora non ho mai permesso alla mia povera madre di aiutarmi. Vorrà dire che, quando sarà il momento, ti insegnerò a guidare, mi diceva sempre. In questo periodo il tuo libro preferito è L'albero. *Però, santo cielo, January, quel libro mi spezza il cuore. Tua madre è un po' come quell'albero e ho paura che lo diventerai anche tu. Non fraintendermi. È bello essere così. Però. Vorrei che fossi un po' più dura, come il tuo vecchio. Soltanto per il tuo bene.*

Sai, quando avevo otto anni, ho rubato per la prima volta. Non mi sto giustificando, naturalmente, ma lo scopo di queste lettere è essere sincero. Rubai delle gomme da masticare dal vecchio emporio sulla strada principale di North Bear Shores. Adoravo quel negozio. Avevano degli enormi ventilatori per impedire al cioccolato di sciogliersi, in estate, e quando mia madre era occupata, io e i miei fratelli ci andavamo per sfuggire alla calura. E comunque andare in spiaggia da solo non mi è mai piaciuto granché. Forse ora sarebbe diverso. Non ci vado da un po'. Tua madre e io abbiamo in programma di portarti presto a vedere il lago.

January, hai tredici anni e sei la ragazzina più coraggiosa che conosca. Oggi, non so chi sono. Sono sempre tuo padre, certo. E il marito di tua madre. Però a volte la vita è molto dura, January. A volte pretende così tanto da te che cominci a perdere pezzi per strada, mentre ti allunghi per dare al mondo quello che vuole prendersi. Mi sento smarrito, January. Ricordi il faro di cui ti ho parlato? Penso di avertene parlato, almeno credo. A volte immagino che quel faro sia tu. Tieni lo sguardo fermo su January, *mi dico.* Lei non ti porterà fuori strada. Se ti concentri su January, non andrai alla deriva. *Ma forse ero così concentrato che sono andato a sbattere contro di te.*

E sono andato a sbattere anche contro tua madre. So che è stato un anno spaventoso per voi, ma in un modo o nell'altro io e tua madre ritroveremo noi stessi, e ci ritroveremo. Ti prego, non avere paura, tesoro mio, mia audace regina dei pirati dei sette mari. In un modo o nell'altro, andrà tutto bene.

Ho ricevuto il mio primo bacio a sedici anni, January. Si chiamava Sonya ed era una ragazza esile e pacata.

Manca ancora qualche mese al tuo compleanno, ma devo scrivere ora. Oggi parti per il college, January, e ho paura che mi si spezzi il cuore. Ovviamente non posso dirtelo. Ti sentiresti in colpa e non dovresti. Stai facendo la cosa giusta, sotto ogni punto di vista. Sei sempre stata una ragazza molto intelligente. Quello è il tuo posto. E poi non sarà per sempre. Ma quando ti sveglierai, questa mattina, e ci metteremo in viaggio diretti a nord, non ti guarderò dallo specchietto retrovisore. E quando leggerai questa lettera (???quando???) ripensa a questa giornata. Chissà se ti accorgerai che non ho la forza di guardarti. Probabilmente no. Sei così nervosa anche tu. Ma se te ne ricorderai, ora sai il motivo. Se vedessi anche solo un briciolo di esitazione nei tuoi occhi, ho paura che potrei fare dietrofront e riportare a casa tutti e tre. Vorrei tenerti sempre con me. Chi sono, senza di te?

In questi giorni dovresti fare il dottorato e lo sappiamo tutti. 'Fanculo al cancro, January. Ora sei un'adulta, il che significa che quando leggerai questa lettera dovresti avere una certa dimestichezza con la parola 'fanculo *e sappiamo entrambi che hai fin troppa dimestichezza con la parola* cancro. *Be', 'fanculo. Devo essere sincero, January. Sento che le nostre vite stanno implodendo e una parte di me vuole allontanarti, il più lontano possibile, finché tutto questo non finisce.*

Ti ho detto che sarei stato sincero con te, quindi eccomi qui. Se lo scrivo, so che non potrò più rimangiarmelo. Un giorno lo leggerai. Un giorno lo saprai.

Tradisco tua madre. A volte penso che sia un modo per consolarmi, altre che sia un modo per punirmi. Poi ci sono giorni in cui penso che sia soltanto un grandissimo 'fanculo al mondo. "Se vuoi distruggere la mia vita, posso fare di peggio."

A volte penso di amare Sonya. Sonya, si chiama così. Ne ero innamorato, da ragazzo. Credo di avertelo detto nel biglietto di auguri per i tuoi sedici anni. L'ho baciata quando avevo quell'età. Sono sicuro che non ti interessa sentire queste cose. Ma ritengo di dovertelo dire. Sono innamorato di una versione di me stesso che non può esistere, in questo inferno. Pensi che sia un uomo orribile, January? Potrei capirlo. Lo sono stato in tanti momenti diversi della mia vita.

Vorrei tornare a essere l'uomo che mi ha fatto diventare tua madre: il suo nuovo marito. L'uomo che mi hai fatto diventare tu: tuo padre, che ti adora. Sto cercando parti di me che ho perso, e non è giusto per nessuno.

Se potessi avere indietro il passato, gli anni meravigliosi prima che tornasse il cancro, farei i salti di gioia. Ma sistemerò le cose. Non abbandonarmi, January. Non è ancora finita.

January, oggi compi ventotto anni.

Quando avevo ventotto anni, la mia bellissima moglie ha dato alla luce la nostra bambina. Questo stesso giorno. Il 13 gennaio, universalmente riconosciuto come il giorno più bello di tutti. A volte penso a come saranno i tuoi figli. Non necessariamente tuoi e di Jacques, anche se andrebbe bene comunque.

Immagino una bambina che assomiglia a January. Forse avrà dieci dita delle mani e dei piedi, ma anche se così non fosse, sarebbe perfetta. E penso alla donna che sarai per lei. Alla madre che diventerai.

Quando ci penso, January, di solito mi metto a piangere. Perché so che sarai un genitore migliore di me e l'idea mi riempie di sollievo. Ma anche se non sarà così, anche se commetterai i miei stessi errori, io ti conosco, January.

Ti conosco molto meglio di quanto tu conosca me, e mi dispiace, ma se doveva esserci uno squilibrio, sono contento che sia andata in questo modo.

Ti ricordi la tua prima delusione d'amore? Te ne ho accennato nella lettera che ti ho scritto per il tuo diciassettesimo compleanno. Eri distrutta. Tua madre telefonò al fast food in cui lavoravi fingendo di essere te, per dire che non ti sentivi bene e saresti rimasta a casa.

In quel momento, ero perdutamente innamorato di tua madre. Sapeva qual era la cosa giusta da fare. Era brava a prendersi cura di te. Non ci sono parole per dirlo.

Lei sa tutto, a proposito. Sa tutto quello che ti ho raccontato. Ha accettato che te lo dicessi a modo mio, con i miei tempi. Temo che si vergogni. Non vuole che la gente provi compassione per lei, è una cosa che odia. Non è convinta che tu lo debba sapere. Forse non dovresti. In quel caso, mi dispiace. Ma volevo che avessi il quadro completo, che sapessi tutta la verità.

Se pensi che la storia abbia un finale triste, è perché non è ancora finita.

Da quando scrivo queste lettere, sono stato un milione di cose diverse, a volte belle, a volte brutte.

Ma oggi, nel giorno in cui compi ventotto anni, mi sento lo stesso uomo che ero tanto tempo fa.

Quello che ti guardava. Contando le tue dita. Chiedendosi cosa ti rendeva così diversa dal resto del mondo. Non so quando sia successo, ma sono di nuovo felice. E penso che porterò sempre con me questo momento, anche se le cose dovessero cambiare. Come potrei essere triste, dopo aver guardato la mia bambina diventare la donna che è?

January, hai ventotto anni, e oggi sono tuo padre.

26

LA MIGLIORE AMICA

Mi sdraiai sul pavimento della barca e fissai il cielo. Nuvole scure e vaporose andavano alla deriva, cancellando le stelle a una a una. Le guardai scomparire facendo il conto alla rovescia, anche se non sapevo bene per cosa. Le lettere erano attorno a me, tutte aperte, tutte lette. Quelle due ore non erano state sufficienti a dirgli addio, ma non avrei mai pensato di avere ancora del tempo con lui. Parole che non mi aveva detto finalmente erano state pronunciate. Era come se avessi viaggiato nel tempo.

Mi sentivo come una ferita in parte rimarginata e aperta di nuovo. Mi tornò in mente *Everybody Hurts*. Capivo che potesse essere di conforto, l'idea che il tuo dolore non fosse unico.

Qualcosa, in quel concetto, lo faceva sembrare più grande e più piccolo insieme. Più piccolo, perché era il mondo intero a soffrire. Più grande, perché finalmente potevo ammettere che tutte le altre emozioni su cui mi ero concentrata erano servite soltanto a distrarmi dal dolore più profondo di tutti.

Mio padre era morto. E avrei sentito la sua mancanza per sempre.

E dovevo accettarlo.

Presi il telefono e andai su YouTube. Digitai "Everybody Hurts" e l'ascoltai dal cellulare. Quando finì, la ascoltai di nuovo.

Il dolore si assestò su un ritmo profondo. Era quasi come quando mi allenavo, una specie di bruciore crescente nei muscoli e nelle giunture. Una volta, durante un brutto periodo di cefalea tensiva, il medico mi aveva detto che il dolore era il modo in cui il nostro corpo chiedeva di essere ascoltato.

«A volte è un avvertimento» mi aveva spiegato. «A volte lampeggia come un'insegna luminosa.»

Non sapevo quale fosse l'intento di questo dolore, ma pensai che se lo avessi ascoltato, forse sarebbe stato soddisfatto e se ne sarebbe andato per un po'.

Magari mi avrebbe persino concesso un giorno di sollievo.

La canzone terminò di nuovo. La feci ripartire.

Era una serata fredda. Chissà come sarebbe stato, a gennaio. Volevo verificare di persona. Mi dissi che se lo avessi fatto, avrei conosciuto un'altra parte di lui.

Raccolsi le lettere e le buste in una pila ordinata e mi alzai per andare a casa. All'immagine del cottage sul lago, fui attraversata da una nuova, strana variazione di quel dolore bruciante: *Gus, in Re minore*, pensai.

Ero a pezzi, come se il tessuto connettivo tra le mie costole si fosse staccato e fossi sul punto di spaccarmi a metà.

Non lo vedevo da ore. Niente telefonate, nemmeno un

messaggio. Pensai alla sua espressione, quando aveva visto Naomi, come se un fantasma si fosse materializzato davanti ai suoi occhi. Un fantasma minuscolo e bellissimo, che aveva amato così follemente da volerlo sposare. Così follemente da non volerla perdere, nemmeno quando lei gli aveva spezzato il cuore.

Ricominciai a piangere, talmente forte da non riuscire più a vedere.

Mandai un messaggio a Shadi: Ho bisogno di te.

Dopo qualche secondo, rispose: Arrivo col primo treno.

Guardai il telefono ancora un secondo. C'era soltanto un'altra persona con cui volevo davvero parlare. Feci il numero e portai il cellulare all'orecchio.

Era notte fonda. Non mi aspettavo una risposta, ma al secondo squillo rispose.

«Janie?» mormorò in fretta mia madre. «Stai bene?»

«No» dissi con un filo di voce.

«Dimmi tutto, tesoro» mi incalzò. La sentii mettersi seduta. Sentii il fruscio delle lenzuola, il *clic* lontano della lampada da notte. «Sono qui, tesoro. Dimmi tutto.»

La mia voce salì di un'ottava, mentre cominciavo dall'inizio. «Te l'ho mai detto che Jacques mi ha lasciato mentre eravamo in una vasca idromassaggio?»

La mamma ebbe un sussulto. «Quella merda schifosa!»

E poi le raccontai il resto. Tutto quanto.

Shadi arrivò alle dieci di mattina con un borsone in cui avrebbe potuto dormire comodamente un giocatore della NBA e uno scatolone pieno di verdure fresche. Quando aprii la porta e la vidi sulla veranda assolata, come prima cosa sbirciai nello scatolone e le chiesi: «Niente alcol?».

«Lo sapevi che a due isolati da qui c'è un fantastico mercato contadino?» disse, entrando in casa. «E che l'unico Uber della zona sembra ipovedente?»

Cercai di ridere, ma al solo vederla mi si erano riempiti gli occhi di lacrime. «Oh, tesoro» disse lei, e poi posò la scatola sul divano e mi strinse in un abbraccio che profumava di acqua di rose e olio di cocco. «Mi dispiace tanto» disse, giocherellando con fare gentile e materno con una ciocca dei miei capelli.

Si ritrasse e mi afferrò per le braccia, studiandomi attentamente. «La buona notizia» disse dolcemente, «è che hai la pelle di un neonato. Cosa mangi da quando sei qui?»

Indicai la scatola piena di zucca e insalata con un cenno del capo. «Quella roba no di sicuro.»

«Dieta da correzione bozze?» azzardò, e quando annuii, mi diede un buffetto sul braccio, prese lo scatolone e si incamminò verso la cucina. «Me lo immaginavo. Prima dell'alcol e delle lacrime, hai bisogno di mangiare un po' di verdure. E forse anche di un paio di uova.» Entrò in cucina e si fermò di colpo, trasalendo alla vista delle dimensioni, dell'ampiezza e dello stile o – più probabilmente – di fronte al casino disgustoso che ero riuscita a fare lì dentro. «Vaaa bene» disse, rimboccandosi le maniche, mentre cominciava a sistemare le verdure nell'unico angolo libero del piano di lavoro. «Perché non vai a cambiarti quei pantaloni, così comincio a preparare?»

«Cos'hanno che non va?» dissi, indicando i miei pantaloni della tuta. «È la mia divisa ufficiale, dal momento che mi sono ufficialmente arresa.»

Shadi alzò gli occhi al cielo e tamburellò con le unghie laccate di azzurro sul bancone della cucina. «Dico sul serio, Janie: non deve essere per forza un vestito da sera, ma non ho intenzione di cucinare per te, finché non indossi un paio di pantaloni con un bottone o una cerniera.»

In quel momento mi brontolò lo stomaco, come se volesse implorarmi, così mi rassegnai e andai nella camera da letto del pianterreno. C'erano un paio di magliette sgualcite che Gus aveva buttato sul pavimento durante le ultime due settimane, per non raccoglierle più; le buttai dietro la porta dell'armadio, dove non sarei stata costretta a guardarle, poi infilai un paio di shorts e una maglietta di Ella Fitzgerald.

Preparare il brunch fu questione di un'ora e mezzo e poi, prima di mangiare, Shadi volle a tutti i costi lavare i piatti. «Guarda che pila» le dissi, cercando di farla ragionare di fronte alla torre pericolante di ciotole incrostate di cereali. «Potrebbe volerci fino a Natale.»

«Allora sono contenta di aver messo un cappotto in valigia» rispose Shadi, scrollando le spalle.

Alla fine, impiegammo soltanto mezz'ora a caricare la lavastoviglie e lavare a mano tutto ciò che non ci stava. Una volta finito di mangiare, Shadi volle pulire casa da cima a fondo. Io volevo soltanto sdraiarmi sul divano a mangiare patatine guardando reality, ma aveva ragione lei. Pulire era una distrazione migliore.

Per una volta, non pensai alle menzogne di papà o a Sonya che mi veniva incontro al funerale. Non ripensai alla discussione che avevo avuto con mia madre in auto, né immaginai il sorriso dispiaciuto e seducente sulle labbra carnose di Naomi. Non mi preoccupai del libro, di quello che poteva pensare Anya, o di quello che avrebbe fatto Sandy. Non ci pensai affatto.

Le pulizie mi fecero cadere in trance; avrei voluto restare in una camera criogenica emotiva e dormire durante la fase peggiore della delusione amorosa che stavo cercando di evitare.

La prima telefonata di Gus era arrivata alle undici e non avevo risposto. Trascorsero venti minuti e quando finalmente chiamò di nuovo, facendomi sobbalzare, non lasciò alcun messaggio in segreteria né mi scrisse.

Spensi il telefono e lo infilai nel cassetto del comò della mia camera, poi tornai a pulire il pavimento del bagno. Shadi e io decidemmo di non parlarne, di non parlare del Sexy Malefico Gus, né di Cappello Stregato, finché non avessimo finito le faccende; mi sembrò una buona strategia, dal momento che le pulizie mi stavano aiutando a stordirmi, e ogni volta che il mio cervello rivolgeva un pensiero a Gus quel senso di torpore tendeva a svanire.

Alle sei, Shadi stabilì che avevamo finito e mi mandò a fare la doccia, mentre cominciava a preparare la cena. Cucinò una ratatouille, perché ne aveva voglia da quando aveva visto il film omonimo con le sorelline di Ricky, durante il fine settimana del Quattro luglio.

«Parlami di lui» le dissi, mentre ci sedevamo a tavola, io con la schiena rivolta al cottage di Gus, nonostante la sua finestra fosse chiusa e le tende tirate. «Mi fa piacere sapere che sei felice.»

«Dopo cena» disse Shadi. E, ancora una volta, aveva ragione. A quanto pareva ne avevo proprio bisogno: un altro pasto, composto prevalentemente di verdure, accompagnato soltanto da un po' di chiacchiere superficiali. Post di vecchi compagni di scuola sui social, libri che stava leggendo, serie che stavo guardando (solo ed esclusivamente *Veronica Mars*).

Dopo cena il cielo si rannuvolò, e mentre lavavo i piatti e Shadi preparava i nostri Sazerac scoppiò un temporale così forte che i boati dei tuoni fecero tremare la casa come tanti piccoli terremoti. Dopo aver asciugato il piatto di portata e averlo riposto nella credenza a destra del forno, mi porse il mio drink e andammo sul divano in cui avevo dormito le prime notti nel cottage e ci rannicchiammo agli angoli opposti, i piedi sotto la stessa coperta.

«Allora» mi disse. «Comincia dall'inizio.»

27
LA PIOGGIA

Parlammo tutta la notte, mentre il temporale infuriava su di noi, scatenandosi con altri tuoni e fulmini ogni volta che sembrava sul punto di placarsi. La nostra conversazione durò altrettanto, comprese le pause per piangere e le due interruzioni per preparare nuovi drink.

Da quando eravamo amiche, avevo assistito a cinque rotture strazianti di Shadi. «Era ora che mi dessi una mano» mi assicurò. «Avevo bisogno che piangessi un bel po', così potrò venire da te, se e quando Ricky mi spezzerà il cuore.»

«Dici che succederà?» le chiesi tirando su col naso, e Shadi fece un sospiro profondo.

«Ne sono quasi sicura.»

Aveva la tendenza a innamorarsi di persone che non avevano alcun interesse a fare altrettanto. All'inizio era sempre una storia senza importanza, un flirt che metteva radici per puro caso. Alla fine, c'era sempre un ostacolo di qualche tipo, qualcosa che era lì fin dall'inizio, ma che non era stato un problema, finché la storia era stata davvero occasionale.

C'era il cuoco farmacodipendente, lo skater alcolista, il promettente tutor di un doposcuola per giovani svantaggiati che, in sostanza, aveva detto a Shadi che l'amava e al contempo aveva ammesso di voler restare single per qualche anno.

Tutto, nella mia migliore amica, disorientava gli uomini di Chicago. Era stravagante e chiassosa, con la tendenza ad alzare il gomito e a folleggiare fino all'alba, a suo agio con le storie di una notte, divertente e scandalosa, e postava selfie in cui era seminuda con regolarità sempre più frequente. Era enigmatica, l'incarnazione di ogni fantasia maschile. Ma, nel profondo, era un'inguaribile romantica.

Quando si legava a qualcuno, si apriva come una rosa e rivelava il cuore più tenero, puro, disinteressato e leale che avessi mai visto. E appena gli uomini infantili con cui usciva vedevano quel suo lato, spesso si innamoravano perdutamente di lei, come lei di loro. E cominciavano a sognare un futuro che nessuno dei due aveva chiesto, all'inizio della storia.

«Farei qualsiasi cosa per smettere» disse.

«Non è vero» la presi in giro, e un sorriso incerto si aprì sul suo viso.

«Innamorarmi è una cosa che adoro e detesto allo stesso tempo.»

«Idem» dissi. «Gli uomini sono pessimi.»

«Pessimi» ripeté. Per qualche istante, restammo in silenzio. Le lacrime sulle mie guance si erano asciugate e il sole stava sorgendo, ma le nuvole temporalesche lo coprivano, diffondendo una strana luce bluastra che filtrava dalle tende di fronte al divano. «Ehi» disse alla fine. «Penso fosse arrivato il momento.»

«Per cosa?» le chiesi.

«Penso fosse arrivato il momento di innamorarti» disse. «Non sono mai riuscita a vederlo, da quando ti conosco. Penso fosse ora.»

«Mi conosci da prima di Jacques. C'eri, quando è successo.»

«Sì.» Shadi scrollò le spalle. «So che amavi Jacques. E forse, alla fine, è sempre la stessa cosa, ma con lui non ti sei mai *innamorata*, Janie. Ti ci sei buttata subito a capofitto.»

«Quindi la parte che fa soffrire è l'innamoramento?» chiesi, con una risata amara. «E se ti ritrovi ad amare qualcuno senza aver sofferto, allora vuol dire che non c'è nessun innamoramento?»

«No» disse Shadi in tono serio. «L'innamoramento è la parte che ti toglie il fiato. La parte in cui non riesci a credere che la persona che hai di fronte non solo esista, ma sia anche finita sul tuo cammino. Dovrebbe farti sentire fortunata di essere viva, felice di trovarti nel momento e nel luogo in cui sei.»

Mi si riempirono di nuovo gli occhi di lacrime. L'avevo provato con Gus, ma anche prima.

«Ti sbagli quando dici che non mi hai mai visto così» ribattei, e Shadi inclinò la testa di lato, pensierosa. «È quello che ho provato quando ti ho conosciuto.»

Mi sorrise, poi mi lanciò un cuscino del divano. «Ti voglio bene, Janie» mi disse.

«Io di più.»

Dopo un istante, il suo sorriso si spense e scosse la testa, decisa. «Sono sicura che ti ama anche lui» disse. «Lo sento.»

«Non ci hai nemmeno visto insieme» le feci notare. «Non l'hai nemmeno conosciuto *davvero*.»

«Però lo sento.» Indicò il muro con la mano. Nello stesso istante, un altro boato fragoroso fece tremare la casa e un lampo balenò alla finestra. «Proviene dalla sua casa. Inoltre, ho dei poteri paranormali.»

«Non fa una piega» dissi.

«Esatto» convenne Shadi. «Non fa una piega.»

Mi ero addormentata da pochi secondi, o forse erano passate ore, quando cominciarono a bussare alla porta. Il salotto era ancora immerso nelle ombre del temporale e il fragore dei tuoni faceva vibrare le assi del pavimento.

All'altro capo del divano, Shadi si mise seduta e si portò la coperta al petto. Quando bussarono di nuovo, sgranò gli occhi verdi. «Ci uccideranno a colpi d'accetta?» sussurrò nell'oscurità.

Poi sentii la sua voce dall'altra parte della porta. «January.»

Shadi si rannicchiò contro il bracciolo del divano. «È lui, vero?»

Gus bussò ancora e mi alzai, senza sapere cosa fare. Cosa dovevo fare, cosa volevo fare. Guardai Shadi con aria interrogativa.

All'ennesimo colpo alla porta, lei si strinse nelle spalle. «Per favore» disse Gus. «Ti prego, January, non te lo chiedo più, se non vuoi, però parlami, per favore.» Poi calò il silenzio e il gemito del vento riverberò come puntini di sospensione che imploravano di aggiungere qualcosa. Mi sembrò che le pareti della mia gola fossero crollate, come se dovessi deglutire più volte le macerie, prima di riuscire a parlare.

«Tu cosa faresti?» chiesi a Shadi.

Lei espirò. «Lo *sai* cosa farei, Janie.»

L'aveva detto poche ore prima: *Farei qualsiasi cosa per smettere*. La beffa era che poteva davvero fare qualcosa per smettere, ma allo stesso tempo non poteva lasciare i messaggi e le telefonate senza una risposta, non riusciva a *non* andare a trovare i genitori di una nuova fiamma per le feste, non riusciva a rinunciare alla possibilità di un nuovo amore.

Non sapevo – come avrei potuto – cosa mi avrebbe detto Gus a proposito della sera prima, a proposito di Naomi, o a proposito di noi. Non potevo saperlo, ma potevo sopravvivere.

Ripensai a quando eravamo in auto e avevo cercato di imprimere nella memoria quel momento, in modo da poter dire a me stessa che ne era valsa la pena, quando e se mi fossi guardata indietro.

Perché erano state le settimane più felici di tutto l'anno.

Sì, pensai. Era vero.

A quel punto mi mancò il fiato, come se mi fossi buttata di nuovo tra le onde del lago Michigan completamente nuda. *Ero* grata di essere viva, nonostante la spazzatura che galleggiava nell'acqua. Ero grata di avere Shadi lì con me. Ero grata di aver letto le lettere di papà, ed ero grata di essermi trasferita vicino ad Augustus Everett.

Qualsiasi cosa fosse successa dopo, sarei sopravvissuta, come aveva fatto Shadi così tante volte.

Quando compresi tutto questo, era passato un minuto buono senza che nessuno bussasse alla porta o chiamasse il mio nome, così mi precipitai all'ingresso col cuore in gola, mentre Shadi batteva le mani dal divano come se guardasse una gara olimpionica dalle tribune.

Spalancai la porta e mi affacciai sulla veranda buia e burrascosa, ma era vuota. Corsi fino ai gradini, scalza, e perlustrai il cortile, la strada, i gradini delle case vicine.

Gus non era da nessuna parte. Scesi le scale senza guardare dove mettevo i piedi, e a metà strada tagliai per il prato, con i piedi che affondavano nel fango. Ero già nel giardino di Gus, quando mi resi conto che la sua auto non c'era.

Era andato via. Non avevo fatto in tempo. Non sapevo bene se avevo ricominciato a piangere oppure consumato tutte le lacrime. Mi facevano male le costole; e mi faceva male quello che c'era all'interno. Mi tremavano le spalle e avevo il viso bagnato, ma forse era per via dell'acquazzone che si stava abbattendo sulla nostra stradina. Era praticamente allagata, foglie e spazzatura trascinate dalla corrente.

Volevo gridare. Ero stata così paziente con Gus, quell'estate. Gli avevo detto che lo sarei stata, e avevo mantenuto la promessa, e ora lo avevo respinto, negandogli quella che probabilmente era la nostra ultima possibilità di vederci.

Portai il dorso della mano alla bocca, mentre un singhiozzo esausto mi usciva dal petto. Volevo crollare in quel pantano erboso, lasciare che mi assorbisse. *Se diventassi tutt'uno col terreno*, pensai, *sentirei ancora meno di quando stavo facendo le pulizie*.

O forse avrei sentito ogni passo, ogni piede che mi calpestava, ma sarebbe comunque stato meglio della desolazione che provavo in quel momento.

Perché sapevo che Shadi aveva ragione. Mi ero innamorata. Quello con Gus Everett era stato un incontro incredibilmente fortuito, un segno del destino, e mi sentivo fortunata, nonostante fossi la persona più infelice del mondo.

Vidi accendersi una luce e mi girai, aspettandomi di vedere Shadi sulla veranda. Ma la luce non veniva dalla mia veranda.

Veniva da casa di Gus.

E poi partì la musica, forte come quella prima sera. Come se avessero trasferito nel nostro vicolo cieco il festival musicale di Pitchfork o di Bonnaroo.

Si levarono gli struggenti versi iniziali di *Nothing Compares 2 U*, cantata da Sinéad O'Connor.

La porta si aprì e Gus uscì sotto la luce del portico. Era bagnato fradicio quanto me, anche se i suoi capelli mossi riuscivano inspiegabilmente a sfidare la gravità ed erano dritti come se si fosse appena svegliato.

Con la canzone che risuonava per la strada, interrotta soltanto dallo sporadico boato del temporale in ritirata, Gus venne verso di me, sotto la pioggia. Aveva un'aria incerta, come se non sapesse se ridere o piangere. Quando mi raggiunse, cercò di dirmi qualcosa, ma si rese conto che il volume della musica era troppo forte per parlare con un tono di voce normale. Tremavo e battevo i denti, ma non sentivo freddo. Mi sentivo fuori dal mio stesso corpo.

«Non era nei miei piani» gridò alla fine, per farsi sentire, indicando la sua casa con un cenno del mento.

Gli rivolsi un sorriso incerto, nonostante la fitta di dolore che mi attraversava l'addome.

«Pensavo...» Si passò una mano tra i capelli e si guardò intorno. «Non lo so. Pensavo che magari potremmo ballare.»

Mi lasciai sfuggire una risata, che colse entrambi di sorpresa, e il viso di Gus si illuminò. Quando anche l'ultima traccia fu svanita, avvertii un bruciore alla radice del naso e gli occhi mi si riempirono nuovamente di lacrime. «Volevi ballare con me sotto la pioggia?» gli chiesi con un groppo in gola.

«Te l'ho promesso» disse in tono serio, mettendomi le mani sulla vita. «Ti ho detto che avrei imparato.»

Scossi la testa e cercai di parlare in tono fermo. «Non sei obbligato a onorare nessuna promessa, Gus.»

Lui mi tirò a sé, prendendomi tra le braccia, e fui avvolta dal suo calore, appena attenuato dalle gocce gelate. «Non è la promessa che importa» mormorò al mio orecchio mentre cominciava a ballare, facendomi oscillare da una parte all'altra in una tenera imitazione di una danza, l'esatto contrario della sera che avevamo trascorso alla confraternita. «Ma il fatto che l'ho promesso *a te*.»

Fragile January. January, che non riesce mai a nascondere cosa sta pensando. January, a cui ha sempre temuto di spezzare il cuore.

Mi si chiuse la gola. Faceva quasi male, essere tra le sue braccia in quel modo, senza sapere cosa mi stava per dire, o se quella sarebbe stata l'ultima volta che mi teneva stretta. Cercai di dire qualcosa, di ribadire che non aveva alcun obbligo nei miei confronti, che capivo la situazione complicata.

Non riuscii a fiatare. La sua mano era tra i miei capelli umidi, così chiusi di nuovo gli occhi per impedire alle lacrime di scendere, affondando il viso sulla sua spalla bagnata.

«Pensavo che fossi andato via. La tua auto...» dissi.

«... in questo momento è impantanata sul ciglio della strada» disse. «Sembra il diluvio universale.»

Mi rivolse un sorriso tirato, ma non riuscii a ricambiare.

La canzone era terminata, ma stavamo ancora ballando, tenendoci stretti, e temevo il momento in cui mi avrebbe lasciato andare, ma allo stesso tempo cercavo di godermi quell'istante, l'istante in cui ancora non l'aveva fatto.

«Ti ho chiamato» mi disse, e annuii, perché non riuscivo a dire *Lo so*.

Inspirai profondamente e gli chiesi: «Era Naomi?».

Non specificai che intendevo *la donna bellissima all'evento*, ma non ce n'era bisogno.

«Sì» rispose Gus in un sussurro. Per qualche secondo, nessuno dei due aprì bocca. «Voleva parlarmi» mi disse alla fine. «Siamo andati a bere una cosa vicino alla libreria.»

Sono ancora in piedi, pensai. Be', non proprio. Mi stavo *appoggiando*, lasciando che fosse Gus a sostenere il peso del mio corpo. Ma ero viva. E Shadi era in casa ad aspettarmi. Sarebbe andato tutto bene.

«Vuole tornare con te» gli dissi. Doveva essere una domanda, ma uscì come una specie di annuncio.

Gus si ritrasse, per guardarmi negli occhi, ma non lo ricambiai. Tenni la guancia premuta contro il suo petto. «Credo che lei e Parker si siano lasciati un po' di tempo fa» disse Gus, appoggiando di nuovo il mento sulla mia testa. Mi strinse più forte. «Lei... ha detto che ci pensa da molto tempo, ma che voleva aspettare. Per essere sicura che non fossi un ripiego.»

«Come potresti essere un ripiego?» gli chiesi. «Sei suo marito.»

Si lasciò sfuggire una risata ruvida. «Le ho detto più o meno la stessa cosa.»

Mi si chiuse lo stomaco.

«Non è una persona cattiva» disse Gus, come se mi supplicasse.

La morsa allo stomaco si fece più violenta. «Sono contenta di saperlo.»

«Davvero?» mi chiese, inclinando il capo. «Perché?»

«Non meriti di essere sposato con una stronza, credo. Probabilmente non se lo merita nessuno, a parte forse gli stronzi.»

«Be', il punto è questo» disse piano. «Mi ha chiesto di perdonarla. E credo che potrei. Insomma, prima o poi.»

Non fiatai.

«E poi mi ha chiesto se ho mai pensato all'eventualità di tornare con lei e... ci ho pensato. Immagino che sia possibile.»

Pensai che forse a quel punto dovevo dire qualcosa. *Oh? Bene? Be', quindi?* Il dolore non mi dava tregua. Ruggì dentro di me. «Gus» mormorai, poi chiusi gli occhi, mentre nuove lacrime cocenti mi solcavano le guance. Scossi la testa.

«Mi ha chiesto se possiamo riprovarci» mormorò, e le mie braccia persero ogni forza. Mi allontanai, asciugandomi il viso, mentre mettevo distanza tra di noi. Fissai l'erba allagata e i miei piedi infangati.

«Non avrei mai immaginato di sentirla dire una cosa

del genere» disse Gus senza fiato. «E non lo so... avevo bisogno di tempo per chiarirmi le idee. Così sono andato a casa e... ho cominciato a pensare, e volevo chiamarti, ma mi sembrava così egoista, chiamarti e chiederti di aiutarmi a trovare una soluzione. Così ieri ho passato tutto il giorno a riflettere» disse. «E all'inizio ho pensato...» Si fermò di nuovo e scosse la testa vigorosamente. «Potrei tornare con Naomi, di sicuro, ma anche se tornassimo insieme, non credo che potrei mai risposarmi. Era tutto troppo doloroso e incasinato. E poi ci ho pensato ancora e mi sono reso conto che non facevo sul serio.»

Chiusi ancora gli occhi, mentre sgorgavano nuove lacrime. *Ti prego*, volevo implorarlo. *Basta*. Ma mi sentivo bloccata dentro il mio stesso corpo, prigioniera.

«January» disse dolcemente. «Guardami.»

Scossi la testa.

Ascoltai il rumore dei suoi passi, mentre calpestava il prato. Prese le mie mani inerti nelle sue. «Quello che voglio dire è che non facevo sul serio con lei. Ma faccio sul serio con te.»

Aprii gli occhi e lo guardai da dietro un velo di lacrime. Lui deglutì, contrasse la mandibola. «Non ho mai incontrato nessuno che fosse la mia persona preferita in assoluto. Quando penso all'idea di stare con te tutti i giorni, non mi sento mai soffocare. E quando penso all'eventualità di discutere con te come facevo con Naomi, non ci trovo niente di spaventoso. Perché mi fido di te, più di qualsiasi altra persona al mondo, persino di Pete.

«Quando ti penso, January, e penso all'idea di fare il bucato insieme e assaggiare disgustosi centrifugati disintossicanti e andare per negozi d'antiquariato, mi sento soltanto felice. Il mondo mi sembra diverso da come pensavo che fosse e non voglio soffermarmi su ciò che non va o che potrebbe andare storto. Non voglio prepararmi al peggio e rinunciare alla possibilità di stare con te.

«Voglio essere io a darti ciò che meriti e voglio dormire accanto a te tutte le notti ed essere la persona con cui ti lamenti quando parli di libri, e credo di non meritarmi *niente* di tutto ciò, e so che questa cosa che c'è tra noi non è definitiva, ma vorrei almeno provarci. Perché sono certo che il tempo passato ad amarti mi ripagherà di tutto quello che verrà dopo.»

Era lo stesso pensiero che avevo avuto anch'io poche ore prima, e mentre andavamo via dal Nuovo Eden, tenendoci per mano sopra la leva del cambio, ma ora sembrava diverso, come venato da un po' di rimpianto.

«Ne varrà la pena» disse di nuovo, più piano, con più urgenza.

«Non puoi saperlo» mormorai. Feci un passo indietro, asciugandomi le lacrime.

«Va bene» mormorò Gus. «Non lo posso sapere. Ma ci credo. Lo *vedo*. Lascia che ti dimostri che ho ragione. Lascia che ti dimostri che posso amarti per sempre.»

«Siamo entrambi a pezzi» dissi con un filo di voce. «Non si tratta soltanto di te. Volevo pensare che fosse così, ma mi sbagliavo. Sono un disastro. È come se dovessi imparare tutto di nuovo, soprattutto come essere innamorati. Non so nemmeno da dove *cominciare*.»

Gus mi tolse le mani dal viso bagnato di lacrime. Mi rivolse un sorriso incerto, ma nonostante il cielo fosse offuscato dalle nubi, riuscii a vedere la fossetta sulla sua guancia. Fece scivolare le mani sui miei fianchi e mi tirò a sé dolcemente, appoggiandomi il mento sulla testa. «Vieni qui» mormorò tra i miei capelli.

Ebbi un tuffo al cuore. Che fosse possibile? Lo volevo così tanto, volevo che facesse parte della mia vita, in ogni suo aspetto, proprio come aveva appena detto.

«Quando ti guardo dormire» disse con voce tremante, «il pensiero che esisti mi riempie di felicità.»

Ricominciai a piangere. «E se per noi non ci fosse *nessun* lieto fine, Gus?» mormorai.

Lui ci pensò su, le mani che mi stringevano e mi tiravano a sé come se non potessero stare ferme. I suoi occhi scuri si fissarono nei miei. Lo guardai e vidi che aveva di nuovo quello sguardo sexy e malefico. Soltanto che ora sembrava meno sexy e malefico e più... Gus.

«Allora forse dovremmo goderci il nostro istante di felicità» disse.

«Il nostro istante di felicità.» Assaporai le parole, rigirandole sotto la lingua come vino. Era l'unica promessa possibile. E lui me l'aveva appena fatta.

Felice, ora.

Potevo accettarlo. Potevo imparare ad accettarlo.

Lentamente cominciò a farmi dondolare da una parte all'altra. Gli cinsi il collo e lasciai che mi prendesse tra le braccia, mentre imparavamo a danzare sotto la pioggia.

28

NOVE MESI DOPO

«Pronta?» disse Gus.

Portai al petto la mia copia in anteprima de *La grande famiglia Marconi*. Avevo il sospetto che non sarei mai stata pronta. Non per quel libro, e non per lui. Affidarlo al mondo era come precipitare a testa in giù da un aereo: potevo soltanto sperare che qualcosa, laggiù in fondo, decidesse di prendermi prima che mi schiantassi al suolo. «E tu?» chiesi a Gus.

Inclinò la testa di lato, pensandoci su. Era arrivato all'ultimo giro di bozze, quindi il suo manoscritto era tenuto insieme da clip metalliche, invece della brossura economica usata per le copie in anteprima.

Alla fine, il mio libro era stato venduto tre settimane prima del suo, ma il suo era stato acquistato per una cifra leggermente superiore, e tutti e due avevamo deciso di abbandonare lo pseudonimo. Avevamo scritto due libri di cui eravamo orgogliosi e anche se erano diversi da ciò che scrivevamo di solito, erano comunque nostri.

Era strano non vedere il logo della Sandy Lowe – il piccolo sole sulle onde – anche sul dorso di questo libro. Ma sapevo che il prossimo, *Il burbero vicino di casa*, l'avrebbe avuto, e l'idea mi faceva stare bene.

Il burbero. I miei lettori l'avrebbero adorato. Lo adoravo anch'io. Né più né meno de *La famiglia Marconi*. Ma forse mi sentivo più protettiva nei confronti dei Marconi, rispetto ai miei altri protagonisti, perché non sapevo come sarebbero stati accolti.

Anya aveva ribadito che *chiunque non volesse avvolgere i Marconi nella seta più fine e imboccarli con grappoli d'uva era soltanto un maiale che non aveva bisogno di perle. E che non dovevo preoccuparmi.* Certo, lo aveva detto quando mi aveva inoltrato la prima recensione degli addetti del settore, che era stata più che positiva, a parte aver descritto i personaggi come "scomodi" e la stessa Eleanor come una protagonista "piuttosto stridente".

«Penso di sì» rispose Gus, porgendomi il suo manoscritto. Non aveva motivo di preoccuparsi, e mi dissi che non ne avevo nemmeno io. Nell'ultimo anno avevo letto entrambi i suoi libri e lui aveva già letto i miei, e fino a quel momento nessuno dei due era rimasto disgustato dalla scrittura dell'altro.

Anzi, leggere *Le rivelazioni* mi aveva dato un po' l'impressione di nuotare nella mente di Gus. Era struggente e bellissimo, ma a tratti anche molto, molto divertente, e spesso estremamente insolito.

Gli passai il mio romanzo e sorrise all'immagine di copertina, che raffigurava le strisce di un tendone da circo che scendevano annodandosi attorno alle figure stilizzate dei personaggi, legandole l'una all'altra.

«È una bella giornata» osservò. Ogni tanto lo diceva, soprattutto quando stavamo facendo qualcosa di banale, tipo caricare la lavastoviglie o spolverare il soggiorno di casa sua, vestiti come due barboni. Da quando avevo venduto la casa di papà, in febbraio, avevo passato molto tempo in quella accanto, ma Gus era venuto a trovarmi anche nel mio appartamento in città. Era sopra il negozio di strumenti musicali – gestito da fratello e sorella di mezz'età con i dilatatori alle orecchie – e durante il giorno, mentre lavoravamo nel mio angolo cucina, qualche studente del college si fermava a provare una batteria che non avrebbe mai potuto entrare in dormitorio. Anche quando ci dava fastidio, era comunque una cosa che condividevamo.

A dire il vero, a me e Gus piaceva fare i brontoloni insieme.

La sera, dopo la chiusura, i proprietari mettevano su della musica – Dylan o Neil Young e i Crazy Horse o i Rolling Stones – e si sedevano sui gradini del retro a fumare uno spinello. Io e Gus uscivamo sul mio minuscolo balcone e lasciavamo che l'odore e la musica entrassero in casa. «È una bella giornata» diceva, oppure, se chiudeva per sbaglio la porta del balcone con la serratura bloccata, diceva qualcosa tipo: «Che giornata del cazzo».

E poi scendeva la scala antincendio per chiedere ai due fratelli che fumavano erba se poteva passare dal negozio per rientrare nel palazzo e loro rispondevano: «Certo, amico» e un minuto dopo lo vedevo arrivare con una birra gelata in mano.

A volte, mi mancava la cucina del cottage, con le sue piastrelle bianche e blu. Nelle ultime settimane, però, mentre una nuova estate stava per cominciare, avevo sentito il baccano e le risate della famiglia di sei persone che ci abitava e immaginai che ne apprezzassero lo stile quanto me. Forse, un giorno, uno dei quattro bambini avrebbe descritto quei motivi decorativi ai propri figli, un frammento di ricordo che era riuscito a sopravvivere al tempo, mentre tutto il resto era diventato vago e confuso.

«È *davvero* una bella giornata» dissi. L'indomani sarebbe stato l'anniversario del giorno in cui Naomi aveva lasciato Gus, la sera del suo trentatreesimo compleanno, e finalmente aveva detto a Markham che avrebbe preferito non fare nessuna festa.

«Voglio soltanto andare in spiaggia con un libro» aveva detto, e quello era stato il nostro programma delle ultime due settimane. Finalmente ci saremmo scambiati i romanzi e li avremmo letti all'aria aperta.

Certo, la sua proposta mi aveva colto di sorpresa. Anche se entrambi amavano quella vista, nell'ultimo anno Gus mi aveva dimostrato nei fatti che non andava quasi mai in spiaggia. Pensava che durante il giorno fosse troppo affollata e la sera fosse comunque troppo freddo per andare a nuotare. Ci avevamo passato molto più tempo in gennaio e febbraio, camminando lungo le onde gelate, tenendoci per mano sull'orlo del mondo, gli occhi socchiusi contro il sole morente, le giacche che frusciavano al vento.

La superficie del lago era ghiacciata, al punto che avremmo potuto camminarci sopra e raggiungere il faro contro il quale una volta mio padre era andato a sbattere con il suo triciclo. Inoltre, il livello dell'acqua era così alto e la neve che vi era caduta sopra così tanta che potevamo arrivare fino in *cima* al faro, e starcene lì su come se sotto di noi ci fosse una qualche civiltà perduta, con Gus che mi cingeva il collo con un braccio e canticchiava: *It's June in January, because I'm in love.*

Ero stata costretta a comprare un cappotto più grande, che assomigliava a un sacco a pelo con le maniche. Col cappuccio bordato di pelliccia e strati di Gore-Tex impermeabile fino alle caviglie, e anche così infagottata dovevo coprirmi con strati di felpe e magliette a maniche lunghe.

Ma il sole: cavoli, il sole era incredibile, in quelle giornate invernali, e si rifletteva sui cristalli di ghiaccio e neve più intensamente che mai. Era come essere approdati su un altro pianeta, soltanto Gus e me, più vicini a una stella di quanto fossimo mai stati. Il viso si intorpidiva a tal punto che non sentivamo nemmeno il naso colare, e quando tornavamo a casa avevamo le dita viola (coi guanti o meno) e le guance arrossate, e accendevamo il caminetto a gas crollando sul divano, scossi dai brividi, con le mani troppo intirizzite per spogliarci e infilarci sotto le coperte con una parvenza di grazia.

«January, January» cantava Gus, battendo i denti per il freddo. «Anche se non ci sono fiocchi di neve, sarà gennaio tutto l'anno.»

L'inverno non mi era mai piaciuto, ma ora capivo. Stare seduti sulla sabbia come quella sera era piacevole, ma condividevamo le onde scintillanti con una trentina di persone. Era un tipo diverso di bellezza, quella delle grida e degli strilli tra il fragore delle onde, sulla spiaggia, più simile alle notti in cui mi ero seduta nel giardino dei miei genitori ad ascoltare i bambini dei vicini che cercavano di prendere le lucciole. Ero contenta che Gus si mettesse in gioco.

Leggemmo per un paio d'ore, poi tornammo a casa nel buio. Quella notte dormii da lui, e quando mi svegliai era già sceso dal letto, e dalla cucina si levava il borbottio della caffettiera.

Quel pomeriggio tornammo in spiaggia e ci sedemmo vicini, scambiandoci i nostri libri. Mi chiesi cosa avrebbe pensato del mio finale: forse l'avrebbe trovato troppo forzato o sarebbe rimasto deluso perché non mi ero impegnata davvero a scrivere un finale triste.

Ma il suo libro era più breve e lo finii per prima. Scoppiai a ridere, costringendolo ad alzare lo sguardo dalla pagina, stupito. «Cosa c'è?» mi chiese.

Scossi la testa. «Te lo dico quando avrai finito.»

Mi sdraiai sulla sabbia e guardai il cielo color lavanda. Il sole aveva cominciato a tramontare e avevamo fatto merenda da un bel po'. Mi brontolò lo stomaco. Soffocai un'altra risata.

Il nuovo romanzo di Gus, il cui titolo provvisorio era *La tazza è già rotta*, non era affatto una commedia romantica, sebbene nella trama ci fosse *davvero* un'intensa storia d'amore e Gus avesse scritto qualcosa di *molto* simile a un lieto fine.

Il protagonista, Travis, aveva abbandonato la setta con tutte le prove di cui aveva bisogno. Aveva persino convinto Doris ad andarsene con lui. Erano felici, incredibilmente felici, ma la loro felicità era durata un paio di pagine, perché poi il meteorite apocalittico annunciato dal profeta aveva colpito la Terra.

Il mondo non era finito. Anzi, le uniche vittime erano state Travis e Doris. Il meteorite aveva mancato il complesso di roulotte e si era abbattuto sulla strada nel bosco sulla quale i due protagonisti stavano viaggiando. Non era stato nemmeno il meteorite a ucciderli: ma la distrazione che aveva causato. Travis aveva distolto lo sguardo dalla strada che aveva fatto tanta fatica a ritrovare.

Era uscito dalla carreggiata con la gomma destra e quando aveva sterzato, troppo bruscamente, aveva urtato un camion che sfrecciava nella direzione opposta. Nell'urto, il loro veicolo si era accartocciato come una lattina calpestata.

Chiusi gli occhi contro il cielo scuro e risi dentro di me. Non sapevo perché non riuscivo a smettere, ma ben presto la sensazione si consolidò nel mio stomaco e mi resi conto che non stavo ridendo. Stavo piangendo. Mi sentivo sconfitta e compresa al tempo stesso.

Ero arrabbiata, perché i personaggi meritavano più di quanto avessero avuto, e anche confortata dalla loro esperienza. *Sì*, pensai. *La vita funziona così, fin troppo spesso.* Fai il possibile per sopravvivere, e poi vieni sabotato da qualcosa sul quale non hai alcun controllo, o persino da una parte oscura di te stesso.

A volte, è il tuo corpo. Le tue cellule si trasformano in veleno e si rivoltano contro di te. Oppure è un dolore cronico che parte dal collo e si estende al cuoio capelluto finché non ti sembra di avere delle unghie piantate nel cervello.

Altre, è soltanto il desiderio o il cuore infranto o la solitudine o la paura, a mandarti fuori strada, spingendoti verso qualcosa che evitavi da mesi o anni. Qualcosa contro cui avevi lottato tutta la vita.

Almeno, l'ultima cosa che avevano visto, il meteorite che sfrecciava verso la Terra, li aveva distratti con la sua bellezza. Non avevano avuto paura. Ne erano stati ipnotizzati. Forse era l'unica cosa in cui sperare, nella vita.

Non sapevo da quanto tempo ero sdraiata lì, con le lacrime che mi solcavano le guance, ma a un certo punto un pollice ruvido si posò sul mio viso. Aprii gli occhi e vidi il volto gentile di Gus. Il cielo era diventato una tela dipinta di un blu violento. Vedere quel colore sulla pelle di qualcuno mi avrebbe chiuso lo stomaco. Ma in quel contesto era meraviglioso. Strano, come una cosa potesse essere repellente e incredibile allo stesso tempo.

«Ehi» disse teneramente Gus. «Cosa c'è?»

Mi misi seduta e mi asciugai il viso. «Alla faccia del lieto fine» dissi.

Gus aggrottò la fronte. «*Era* un lieto fine.»

«Per chi?»

«Per loro» disse. «Erano felici. Non avevano rimpianti. Avevano vinto. E non si sono nemmeno resi conto di morire. Per quel che ne sappiamo, vivranno per sempre cristallizzati in quell'istante, felici. Insieme e liberi.»

Mi venne la pelle d'oca. Capivo cosa intendeva. Ero sempre stata grata del fatto che mio padre se ne fosse andato nel sonno. Speravo che la sera prima lui e mia madre avessero guardato qualcosa in tv e lui avesse riso così tanto da doversi togliere gli occhiali per asciugarsi le lacrime. Magari qualcosa in cui c'entrava una barca. Speravo che avesse esagerato con i famigerati martini della mamma e che fosse andato a dormire con una sola preoccupazione, e cioè che il mattino dopo non facesse troppo caldo.

Quando ero andata a trovare mia madre per Natale, glielo avevo detto. Lei si era messa a piangere e mi aveva abbracciato. «È andata più o meno così» mi aveva assicurato. «Come la maggior parte della nostra vita.» Parlava di mio padre a singhiozzo. Imparai a non farle pressione. Lei imparò a sfogarsi un po' alla volta, e capì che non c'è niente di male a far entrare nella tua storia le cose brutte. Non le avrebbero sottratto tutta la bellezza.

«È un lieto fine» disse di nuovo Gus, riportandomi al presente. «Inoltre, vogliamo parlare del *tuo* finale? Ogni tassello si incastra alla perfezione nella storia.»

«Mica tanto» dissi. «L'unico ragazzo che Eleanor abbia mai *pensato* di amare è sposato.»

«Sì, e lei e Nick ovviamente finiranno insieme» disse lui. «L'ho intuito da subito. Era ovvio che fosse innamorato di lei, e che lei lo ricambiasse.»

Alzai gli occhi al cielo. «Penso che sia una tua proiezione.»

«Forse» disse con un sorriso.

«Immagino che abbiamo fallito entrambi» dissi, alzandomi in piedi.

Gus mi imitò. Ci incamminammo lungo il sentiero sbilenco e pieno di radici. «Non credo. Penso di aver scritto la mia versione di un lieto fine e che tu abbia scritto la tua versione di un finale triste. Dovevamo scrivere quello che per noi è vero.»

«E tu credi ancora che un meteorite che si abbatte sulla Terra sia lo scenario migliore per un romanzo d'amore.»

Gus scoppiò a ridere.

Ci eravamo dimenticati di accendere le luci della veranda, ma non c'era niente su cui inciampare. La veranda di Gus non era arredata, e quando avevo regalato i mobili di papà a Sonya, avevamo deciso di risparmiare e comprarcene di nostri, poi ce ne eravamo dimenticati.

Finalmente, Gus infilò la chiave nella toppa, poi si girò per guardarmi, prima di aprire. Mi accarezzò la guancia, baciandomi con la sua bocca calda. «Se mi colpisse un meteorite mentre sono in auto con te, allora sì, penserei comunque che sono morto in bellezza.»

Quando diceva quelle cose, non potevo fare a meno di arrossire. Un'ondata di calore mi pervase. Aprì la porta e mi prese per mano. Posò i manoscritti sulla scarpiera accanto all'ingresso, accese la luce e un coro di voci gridò: «SORPRESA!».

Indietreggiai, confusa. C'erano Pete e Maggie e la mamma con il suo nuovo caschetto mosso e i pantaloni di lino che indossava sempre quando viaggiava, Shadi e il suo nuovo ragazzo, il Lupo Mannaro Sexy della Louisiana (che ora chiamavamo con il suo vero nome, Armand), e Kayla Markham. Erano riuniti nello studio e sorridevano come nella pubblicità di un centro dentistico, tenendo in mano un bicchiere di champagne, e, cosa ancora più assurda, vestiti vagamente da pirati. Uno striscione tutto decorato era appeso alla porta dietro di loro, e sopra, a caratteri colorati, c'era scritto FELICE ANNIVERSARIO. Tra tutti i gesti eclatanti possibili, quello era il più strano che avessi mai visto.

«Cosa...» dissi, senza sapere come proseguire. «Che cosa...» Gus era accanto a me e, quando alzai lo sguardo, mi rivolse il suo sorriso d'ordinanza.

«Mi è venuta un'idea, January» disse, inginocchiandosi davanti a me. Lo tenevo per mano, e mi accorsi che stavo tremando. O forse era lui a tremare, o entrambi. Mi guardò, nella luce calda dello studio.

«Un altro film dei *Pirati dei Caraibi*?» chiesi con un filo di voce.

Sul suo viso si aprì un ampio sorriso. Così ampio che se mi fossi piegata in avanti avrei potuto guardare nella sua gola e vedere il cuore che batteva forte. «January Andrews, un anno fa ti ho incontrato per la seconda volta e mi hai cambiato la vita. Non mi interessa sapere come finirà, a patto di trascorrerla insieme a te.»

Infilò una mano in tasca e tirò fuori un foglietto bianco, un pezzettino di carta sgualcita che sembrava essere stato piegato e ripiegato centinaia di volte. Lentamente, l'aprì un'ultima volta e lo sollevò, rivelando una parola scritta a grandi caratteri neri.

SPOSAMI.

Forse avrei dovuto prendermi del tempo per rispondergli. Invece lo presi tra le braccia e lo baciai. «Sì» dissi, con le labbra sulle sue. E poi ancora: «Sì. Sì».

Pete e Maggie esultarono. La mamma applaudì. Shadi si precipitò ad abbracciarmi.

Nei libri, avevo sempre avuto la sensazione che il lieto fine fosse un nuovo inizio, ma per me era diverso. Il mio lieto fine era formato da una serie di attimi di momentanea felicità legati insieme, e non risalivano soltanto a un anno prima, ma a trent'anni prima. Il mio lieto fine era già cominciato, e quindi quel giorno non era né una fine né un inizio.

Era soltanto un'altra bella giornata. Una giornata perfetta. Un istante di felicità così immenso e profondo che sapevo – o meglio, credevo – di non dovermi preoccupare del domani.

RINGRAZIAMENTI

Dietro ogni libro che viene alla luce, c'è un intero villaggio di sostenitori, e questo libro non avrebbe potuto avere un villaggio migliore a sostenerlo, passo dopo passo. Prima di tutto, grazie infinite alla mia meravigliosa editor, Amanda Bergeron, che con la sua passione, competenza e gentilezza ha trasformato il tempo passato a lavorare su questo romanzo in puro piacere. Nessuno avrebbe potuto capire o rifinire il cuore della storia di January e Gus meglio di te, e ti sarò eternamente grata di essere sempre stata dalla loro parte. Lavorare con te è un sogno diventato realtà.

Grazie anche al resto dell'inimitabile squadra alla Berkley: Jessica McDonnell, Claire Zion, Cindy Hwang, Grace House, Martha Cipolla e gli altri. Mi sento incredibilmente fortunata ad aver trovato una casa e una famiglia, con voi.

Grazie alla prima persona che ha letto questo libro, Lana Popovic, per aver sempre creduto in me e per avermi ispirato l'agente letterario fittizio migliore del mondo, Anya.

Grazie anche alla *mia* agente da sogno, Taylor Haggerty. Sei stata la luce che mi ha guidato durante tutta la stesura del libro e nel profondo del cuore so che *Libro d'estate* non sarebbe mai venuto alla luce senza di te e senza il resto dell'incredibile squadra alla Root Literary: Hooly Root, Melanie Castillo e Molly O'Neill. Un grazie enorme anche a Heather Baror, che si occupa della vendita del libro all'estero, e alla Baror International, per non parlare di Mary Pender della UTA, che mi ha fornito il suo incredibile sostegno sin dall'inizio di questo viaggio.

Devo anche ringraziare la mia cara amica Liz Tingue, una delle prime persone che ha scommesso su di me e sulla mia carriera di scrittrice. Davvero, senza di te nulla di tutto ciò sarebbe stato possibile. Sono infinitamente grata a te e a Marissa Grossman per far parte della mia squadra sin dall'inizio.

Ci sono tante altre persone che hanno contribuito in modo determinante alla mia crescita come persona e come scrittrice, ma devo ringraziare soprattutto Brittany Cavallaro, Parker Peevyhouse, Jeff Zentner, Riley Redgate, Kerry Kletter, Adriana Mather, David Arnold, Janet McNally, Candice Montgomery, Tehlor Kay Mejia e Anna Breslaw per essere degli amici stupendi e per aver costruito intorno a me una comunità di scrittori meravigliosa e stimolante. Siete scintillanti, coraggiosi, divertenti e spaventosamente pieni di talento. Per non parlare del fatto che siete molto, *molto* belli.

E naturalmente, non potrei mai scrivere di cose come la famiglia, l'amicizia e l'amore, se non per la famiglia, gli amici e il compagno spettacolari che ho avuto la fortuna di incontrare sulla mia strada.

Grazie ai miei nonni, ai miei genitori, ai miei fratelli e sorelle, e a tutti i cani che mi hanno sempre circondato con il loro amore. A Megan e Noosha, le donne la cui amicizia mi ha insegnato a raccontare cos'è un'amica per la pelle. E all'amore della mia vita, la mia persona preferita in assoluto, Joey. Ogni momento che passo insieme a te è l'istante di felicità più grande e profondo che abbia mai sognato. Con te nella mia vita, non è difficile essere romantici.

DIETRO IL LIBRO

Ho un'amica che pensa che *Shining* sia un film divertentissimo. Dice che non può guardarlo senza ridere. La sua scena preferita è quella in cui Shelley Duvall trova il manoscritto a cui Jack Nicholson ha lavorato tutto l'inverno e si accorge che su ogni pagina c'è la stessa frase, ripetuta all'infinito. È un momento agghiacciante del film, in cui la protagonista si rende finalmente conto dello stato mentale del marito.

Ma per la mia amica, è anche un'autentica rivelazione.

«Il film parla del blocco dello scrittore» mi dice. Se le cose più divertenti nascondono sempre un fondo di verità, allora sì, quello è un momento esilarante. Perché quando ti dedichi a un progetto ampio come quello di un libro, ci sono *un sacco* di momenti in cui smetti di vedere il tuo lavoro in modo chiaro, in cui non hai la più pallida idea di cosa stai facendo e in cui sei piuttosto sicura che tutte le idee meravigliose che avevi prima di cominciare, in realtà siano soltanto robaccia.

Ci sono momenti in cui potresti abbassare lo sguardo

e accorgerti di aver scritto IL MATTINO HA L'ORO IN BOCCA due miliardi di volte, e la cosa non ti sorprenderebbe affatto. Ci sono momenti in cui tutta la casa ti sembra vagamente stregata, come se i rampicanti della carta da parati fossero la manifestazione tangibile della trama che non riesci a sbrogliare e stessero prendendo vita, soffocandoti lentamente.

E c'è una specie di ironia contorta nell'idea che forse questo film dell'orrore racconta davvero quanto ci sentiamo soli, confusi e sull'orlo della follia, mentre scriviamo un libro.

Quando gli amici mi chiedono di cosa parli *Romanzo d'estate*, dico loro che racconta la storia di un'autrice di romanzi rosa e uno scrittore di narrativa delusi dalla vita, che stringono un accordo e si scambiano i rispettivi generi letterari durante l'estate. Quando dei colleghi mi chiedono di cosa parli *Romanzo d'estate*, dico loro che parla del blocco dello scrittore.

L'estate in cui l'ho scritto, ero completamente priva di energia e di ispirazione: mi sembrava di non aver più niente da dire, come se non ci fosse nessun nuovo personaggio che prendeva forma nella mia mente, nessuna storia che non vedevo l'ora di raccontare. Eppure, l'improvvisa impennata della temperatura mi aveva reso impaziente di scrivere.

Mi succede ogni stagione. Il modo in cui gli odori e i colori della natura si trasformano, il modo in cui l'aria stessa sembra diversa, mi fanno sempre venir voglia di creare.

Mi buttai sulle serie tv. Cercai di tuffarmi in qualche frizzante, leggera lettura estiva. Cercai di fare yoga, o di portare il cane fuori. Macinai chilometri inutilmente, mi sdraiai sul pavimento in posizioni diverse.

Ma volevo soltanto lavorare.

E non sarebbe stato un problema, se avessi avuto un'idea per un libro.

Per quanto mi sforzassi, mi scervellassi, cercassi su Google cose stupide tipo: "su cosa dovrei scrivere", non riuscivo a trovare un briciolo di ispirazione.

E quindi, ovviamente, l'unica cosa di cui riuscivo a scrivere era il fatto di *non riuscire a scrivere*. Non mi sembrava un'idea brillante. Non mi sembrava qualcosa da cui potesse nascere un vero libro. Ma non avevo nient'altro.

Così, cominciai a raccontare di un'autrice col blocco dello scrittore. E ripensai a ogni volta in cui ero rimasta bloccata, ogni stagione in cui le parole non volevano saperne di uscire e le trame non volevano saperne di sciogliersi, e a tutte le diverse ragioni per cui restiamo bloccati, da un punto di vista creativo, ma non solo.

Gli eventi che si presentano nella nostra vita e rendono *molto* difficile fare le cose a cui teniamo. Le crisi che ci spingono a interrogarci se teniamo *davvero* a quelle cose, o se è giusto continuare a considerarle importanti anche quando il mondo intorno a noi sta crollando.

Interrogai il mio blocco dello scrittore. Gli chiesi come si collegasse alle altre parti della mia vita. E i modi in cui sembrava dissonante, rispetto al resto della mia esistenza.

E più la mia curiosità aumentava, più sentivo crescere l'ispirazione. January prese forma fino a diventare un personaggio completo, reale. Una donna ferita, incasinata e col cuore spezzato, con una storia ricca e importante.

Divenne una scrittrice di romanzi rosa, anche se io, all'epoca, non mi consideravo tale. Le mie domande cambiarono: *Quali potrebbero essere i motivi per cui non riesce a scrivere? Cosa dovrebbe succedere, per farle dubitare di poter tornare a scrivere? Che legame c'è tra il suo blocco dello scrittore e quello che sta succedendo nella sua vita? Cosa ci vorrebbe, per far sì che tornasse a lottare per se stessa e per ciò che desidera?*

A volte, perdiamo la capacità di creare perché siamo stanchi. Abbiamo bisogno di riposare e guarire. Ma altre volte, non riusciamo ad andare avanti perché prima dobbiamo farci delle domande difficili. Ostacoli sul nostro cammino che dobbiamo saltare, o muri che dobbiamo abbattere: domande che chiedono a gran voce una risposta.

E se siamo abbastanza coraggiosi da fare tutto questo, possiamo creare qualcosa di bello. Qualcosa che all'inizio del nostro percorso non credevamo di poter fare.

Quindi sì, a volte scrivere è un po' un film dell'orrore.

Ma altre volte ci si innamora perdutamente.

In un modo o nell'altro, ci sarà anche da ridere.

Questo volume è stato stampato nel maggio 2023
presso Rotolito S.p.A. - Milano